Amor imposible

Primera edición: febrero de 2022
Título original: *The Dare*

Diseño de cubierta: Taller de los Libros
Imagen de cubierta: Peopleimages / istockphoto
Corrección: Alexandre López

Publicado por Wonderbooks
C/ Aragó, 287, 2.º 1.ª
08009, Barcelona
www.wonderbooks.es

ISBN: 978-84-18509-17-9
THEMA: YFM
Depósito Legal: B 3693-2022
Preimpresión: Taller de los Libros
Impresión y encuadernación: Liberdúplex
Impreso en España – *Printed in Spain*

ELLE KENNEDY

AMOR IMPOSIBLE

SERIE
LOVE ♥ ME

Traducción de
Tamara Arteaga y Yuliss M. Priego

wonderbooks

CAPÍTULO I
TAYLOR

Es viernes por la noche y estoy viendo cómo las mayores mentes de mi generación se emborrachan con chupitos de gelatina y brebajes azules servidos en cubos enormes de pintura. Los cuerpos empapados de sudor se retuercen medio desnudos, frenéticos e hipnotizados por las ondas subliminales de excitación electrónica. La casa está a rebosar de estudiantes de Psicología expresando el resentimiento de sus padres a los futuros estudiantes desprevenidos de Administración y Dirección de Empresas. Y los de Ciencias Políticas ya están plantando las semillas que germinarán en chantajes dentro de diez años.

Vamos, la típica fiesta de hermandad universitaria.

—¿Te has fijado alguna vez en que la música electrónica suena como gente borracha follando? —observa Sasha Lennox. Está junto a mí en un rincón; nos hemos colocado entre el reloj y la lámpara de pie para fundirnos mejor con el mobiliario.

Ella sí que lo entiende.

Es el primer fin de semana después de las vacaciones de primavera, o lo que es lo mismo, la fiesta de arranque del segundo semestre en nuestra sororidad, Kappa Ji. Uno de los muchos eventos a los que Sasha y yo nos referimos como diversión obligatoria. Como chicas Kappa que somos, nos obligan a asistir, aunque nuestra presencia siempre es más decorativa que funcional.

—Si al menos tuviera melodía, no sería tan ofensiva. Seguro... —Sasha arruga la nariz y gira la cabeza hacia la estridente sirena, que resuena con un sistema de sonido envolvente, antes de que otra demoledora sucesión de golpes de contrabajo vuelva a hacer retumbar el salón—. Seguro que la CIA usó esta mierda con los del proyecto MK Ultra.

Me rio tanto que casi me atraganto con el ponche. Y llevo al menos una hora con el mismo vaso; la receta la habrán sacado de algún canal de YouTube. Sasha, estudiante de Música, odia cualquier cosa que no se interprete con instrumentos en directo. Por tanto, preferiría estar en la primera fila de un concierto en cualquier bar de mala muerte, con la reverberación de la música de una Gibson Les Paul en los oídos, a verse atrapada bajo una refulgente y caleidoscópica bola de discoteca.

No me malinterpretes: Sasha y yo sabemos divertirnos. Vamos a los bares del campus y cantamos en los karaokes de la ciudad (bueno, eso ella, yo me limito a animarla al amparo de las sombras). Joder, si hasta nos perdimos una vez en el parque Boston Common a las tres de la mañana estando perfectamente sobrias. Estaba tan oscuro que Sasha se cayó en el estanque y un cisne estuvo a punto de atacarla. Créeme, sabemos cómo pasarlo bien.

Pero la práctica ritual de los universitarios de atiborrarse de sustancias psicoactivas hasta confundir la embriaguez con la atracción o la inhibición con la personalidad no es, digamos, nuestra forma favorita de pasarlo bien.

—Atenta. —Sasha me da un codazo al oír un montón de gritos y silbidos procedentes del vestíbulo—. Llegan los problemas.

Un muro de flagrante masculinidad atraviesa la puerta principal coreando «¡Briar! ¡Briar! ¡Briar».

Los imponentes goliats del equipo de *hockey* de la Universidad de Briar entran en la casa, todo hombros y torsos anchos, igual que los salvajes de *Juego de tronos* invadiendo el Castillo Negro.

—Salve a los héroes conquistadores —exclamo de forma sarcástica mientras Sasha oculta una sonrisilla maliciosa con un pulgar.

El equipo de *hockey* ha ganado esta noche y se han clasificado para la primera ronda del campeonato nacional. Lo sé porque nuestra hermana Kappa, Linley, está saliendo con un calientabanquillos, así que estuvo en el partido hablando con nosotras por Snapchat en vez de estar aquí limpiando los baños, aspirando el suelo, o mezclando las bebidas para la fiesta como todas las demás. Los privilegios de salir con la realeza. Aunque ser suplente del equipo de *hockey* no te convierte exactamente en el príncipe Harry, sino más bien en el hijo cocainómano de alguien cercano al príncipe.

Sasha se saca el móvil de la cinturilla de sus ajustados *leggings* de polipiel y mira la hora.

Yo echo un vistacillo a la pantalla y gimo. Madre mía, ¿solo son las once? Ya noto cómo la migraña me sube por las sienes.

—No, es bueno —dice—. Veinte minutos y esos imbéciles se habrán fundido el barril. Luego se ventilarán lo que quede de alcohol en casa. Yo diría que esa es la señal perfecta para pirarme de aquí. Media hora, como mucho.

Charlotte Cagney, nuestra presidenta, no especificó claramente cuánto tiempo debíamos quedarnos para cumplir con el requisito de asistencia obligatoria. Normalmente, una vez se acaban las bebidas, la gente se va en busca del *afterparty* y es buen momento para marcharse sin que nadie se cosque. Con suerte, estaré de vuelta en mi apartamento en Hastings y con el pijama puesto antes de medianoche. Conociendo a Sasha, seguro que ella se irá hasta Boston en busca de algún concierto en vivo.

Las dos somos las hermanastras marginadas de Kappa Ji. Cada una tenía sus propios motivos ocultos para formar parte de sus filas. En el caso de Sasha, su familia. Su madre, y la madre de su madre, y la madre de la madre de su madre, y así sucesivamente, fueron todas Kappa, así que sobraba decir que la carrera académica de Sasha incluiría continuar con ese legado. Era eso u olvidarse de estudiar algo tan «frívolo y autoindulgente» como Música. Proviene de una familia de médicos, así que sus decisiones ya se refutan mucho de por sí.

En mi caso, bueno, supongo que esperaba poder brillar en la universidad. Pasar de ser la perdedora en el instituto al alma de la fiesta en la facultad. Reinventarme. Dar un vuelco completo a mi vida. La cosa es que unirme a sus clubs, llevar su ropa o soportar las semanas de adoctrinamiento no tuvo el efecto deseado. No salí brillante y renovada. Fue más bien como si todas las demás bebieran ponche y vieran preciosos colorines, y a mí me hubiesen dejado sola en la oscuridad con un vaso de agua con sabor a frutas.

—¡Hola! —nos saluda un chico con la mirada borrosa, tratando de colocarse junto a Sasha sin tropezarse y mirándome abiertamente a las tetas. Cuando estamos juntas, solemos crear la combinación perfecta de mujer deseable. Ella, con su exquisita simetría facial y esbelta figura, y yo, con mi enorme delantera—. ¿Queréis algo de beber?

—Estamos servidas —grita Sasha por encima de la estridente música. Ambas levantamos nuestros vasos prácticamente llenos. Un mecanismo estratégico para mantener a raya a los tíos salidos de fraternidad.

—¿Queréis bailar? —pregunta inclinándose hacia mi pecho, como si hablara al altavoz de la zona de pedidos en coche de algún restaurante de comida rápida.

—Lo siento —replico—, ellas no bailan.

No sé si me oye o si pilla el desprecio en mi voz, pero asiente y se aleja.

—Tus tetas tienen una fuerza gravitacional que solo atrae a los gilipollas —comenta Sasha con un resoplido.

—No tienes ni idea.

Un día me desperté y fue como si me hubiesen crecido en el pecho dos enormes tumores. Desde los doce años he tenido que acostumbrarme a estas dos bolas que siempre llegan diez minutos antes que yo a todos lados. No sé quién es un mayor peligro para la otra, si Sasha o yo. Mis tetas o su cara bonita. A ella solo le hace falta entrar en una biblioteca para llamar la atención. Los tíos se dan de hostias por estar en su presencia y hasta se olvidan de sus propios nombres.

Un fuerte estallido resuena por toda la casa y provoca que todos se encojan y se cubran los oídos. El silencio sigue a la confusión, mientras a nuestros tímpanos los sigue taladrando un fuerte pitido.

—¡El altavoz ha petado! —grita una de las hermanas desde la sala contigua.

La casa se llena de abucheos.

La histeria invade a la muchedumbre mientras las Kappa se apresuran a tratar de encontrar una solución rápida para salvar la fiesta antes de que nuestros inquietos invitados empiecen a rebelarse. Sasha ni siquiera intenta ocultar la emoción. Me mira como diciendo que al final sí que vamos a poder pirarnos de la fiesta antes de tiempo.

Pero entonces Abigail Hobbes entra en acción.

La vemos pasearse entre la embutida multitud con un vestidito negro bastante revelador y el pelo rubio platino rizado en unos tirabuzones perfectos. Da una palmada y, con una voz que bien podría cortar el cristal, exige que todos desvíen la atención a sus labios rojo pasión.

—¡Oíd todos! Toca jugar a Atrevimiento o Atrevimiento.

Los vítores se desatan en respuesta y el salón se atesta de más cuerpos. El juego es una tradición Kappa muy popular y es exactamente tal y como suena. Alguien te reta a hacer algo y tú lo haces; en esta versión no existe la opción de «verdad». A veces es entretenido y otras tantas, despiadado, y ha desembocado en unos cuantos arrestos, por lo menos en una expulsión y, según los rumores, hasta en un par de bebés.

—Bueno, veamos… —La vicepresidenta de nuestra sororidad se lleva una de las uñas pintadas a la barbilla y gira sobre sí misma despacio para inspeccionar la estancia y decidir quién será su primera víctima—. ¿A quién elijo…?

Por supuesto, sus maliciosos ojos verdes aterrizan justo donde Sasha y yo nos encontramos apretujadas contra la pared. Abigail se encamina hacia nosotras con melosa maldad.

—Ay, cielo —me dice con los ojos brillantes por haberse tomado unas cuantas copas de más—. Relájate, que es una fiesta. Tienes cara de haberte visto otra estría.

Cuando está borracha, Abigail se convierte en una zorra, y yo soy su objetivo favorito. Ya estoy acostumbrada a ella, pero son las risas que provoca cada vez que se burla de mi cuerpo las que no cejan de dejarme huella. Las curvas han sido la cruz de mi existencia desde que cumplí los doce.

—Ay, cielo —la imita Sasha enseñándole el dedo corazón—. ¿Por qué no te vas a la mierda?

—Venga ya —gimotea Abigail con una exagerada voz infantil—. Tay-Tay sabe que estoy de broma. —Enfatiza sus palabras clavándome el dedo en el abdomen como si no fuese más que una puñetera atracción de feria.

—Sentimos mucho que se te caiga el pelo, Abs.

Tengo que morderme el labio inferior para contener la risa por el comentario de Sasha. Sabe que yo me bloqueo en estas situaciones y ella siempre aprovecha para soltar dardos envenenados en mi defensa.

Abigail responde con una risotada sarcástica.

—¿Vamos a jugar o no? —se impacienta Jules Munn, la compinche de Abigail. La morenaza se aproxima a nosotras con cara de aburrimiento—. ¿Qué pasa? ¿Sasha se vuelve a negar a hacer el atrevimiento como en la fiesta de la cosecha?

—Que te jodan —replica Sasha—. Me retaste a lanzar un ladrillo por la ventana del decano. No iba a arriesgar la expulsión por culpa de un juego estúpido.

Jules enarca una ceja.

—¿Acaba de insultar una de nuestras tradiciones inmemoriales, Abs? Porque creo que eso es lo que ha hecho.

—Sí, sí. Lo ha hecho. Pero no te preocupes, Sasha, aquí tienes tu oportunidad para redimirte —le propone Abigail con dulzura, luego se queda callada—. Mmm. Te reto a... —Se gira hacia sus espectadores mientras sopesa el atrevimiento. Le encanta ser el centro de atención. Luego vuelve a girarse hacia Sasha—... hacer el Doble Doble y, luego, cantar el himno de la sororidad.

Mi mejor amiga resopla y se encoge de hombros, como diciendo: «¿Solo eso?».

—Haciendo el pino y del revés —añade Abigail.

Sasha tuerce el gesto y medio le gruñe, lo cual hace que los chicos presentes rompan a reír a carcajadas. A los tíos les encantan las luchas de gatas.

—Como quieras. —Poniendo los ojos en blanco, Sasha da un paso al frente y sacude los brazos como lo haría un boxeador para calentar antes de un combate.

El Doble Doble es otra tradición festiva Kappa, que implica beberse dos chupitos dobles de lo que sea que haya a mano y, luego, beber cerveza durante diez segundos sin parar, seguido de otros diez segundos bebiendo a morro del barril bocabajo. Hasta los bebedores más resistentes entre nosotros rara vez lo consiguen. Tener que hacer el pino, encima, mientras canta el himno de la sororidad del revés son ganas de Abigail de tocar las narices.

Pero mientras no le suponga la expulsión, Sasha no es de las que se achantan ante un reto. Se ata el pelo, grueso y negro, en una coleta y acepta el vaso de chupito que se materializa de la nada. Se traga el primero con éxito y luego el siguiente. Entonces pasa a beber la cerveza mientras un par de chicos Zeta le sostienen el embudo y la multitud a su alrededor le lanza gritos de ánimo. A través de una cacofonía de vítores, consigue superar la parte del barril mientras uno de los jugadores de *hockey* de metro noventa le sujetaba los pies en el aire. Cuando vuelve a estar en posición natural, todos están impresionados por el hecho de que la chica puede ser capaz siquiera de mantenerse de pie, y mucho menos parecer entera y perfectamente seria. Mi amiga es toda una guerrera.

—¡Apartaos! —grita Sasha para echar a la gente de la pared de enfrente.

Con el gesto triunfal de una gimnasta, arroja los brazos al aire y luego hace una especie de voltereta hasta hacer el pino contra la pared. A voz en grito y segura de sí misma, empieza a entonar el himno de la sororidad del revés mientras los demás tratamos, en vano, de seguir las palabras en nuestra mente para asegurarnos de que lo hace bien.

Luego, cuando acaba, Sasha lleva a cabo otra elegante pirueta para volver a colocarse sobre los dos pies y le dedica una reverencia a la multitud, que estalla en aplausos.

—Eres una máquina, joder —digo entre risas mientras ella se pavonea hasta recuperar su sitio, encorvada, en nuestro rinconcito de las apestadas.

—Nunca he hecho mal un aterrizaje. —El primer año de universidad, Sasha iba de camino a las clasificatorias olímpicas como una de las mejores saltadoras del mundo, pero entonces se jodió la rodilla al resbalarse sobre el hielo, y ahí quedó su carrera como gimnasta.

Para no perder protagonismo, Abigail desvía la mirada hacia mí.

—Te toca, Taylor.

Respiro hondo. Se me acelera el corazón. Ya siento las mejillas arder. Abigail sonríe ante mi incomodidad como un tiburón que percibe las ondas en el agua de una foca en apuros.

Me preparo para cualquier plan maligno que esté tramando para mí.

—Te reto a… —Arrastra los dientes sobre el labio inferior. Ya veo en sus ojos la inminente humillación que voy a sufrir antes de que abra la boca siquiera—. Conseguir que el chico que yo elija te lleve arriba.

Zorra.

Los hombres que todavía siguen observando el espectáculo profieren carcajadas perversas y chiflidos.

—Venga ya, Abs. Que te violen no es ningún juego. —Sasha da un paso hacia adelante y me protege con su cuerpo.

Abigail pone los ojos en blanco.

—Anda, no seas tan dramática. Escogeré a alguien bueno, con quien cualquiera querría acostarse. Hasta Taylor.

Dios, por favor, no me obligues a hacerlo.

Para mi alivio absoluto, la ayuda proviene en forma de Taylor Swift.

—¡Arreglado! —grita una de nuestras hermanas de sororidad justo cuando la música vuelve a envolver la casa.

Blank Space de Taylor Swift genera una ola de vítores que desvía la atención del estúpido juego de Abigail. La multitud se dispersa enseguida para rellenarse las bebidas y regresar al rítmico ritual preliminar que es el baile.

Gracias, tocaya, aunque estés más delgada y buenorra que yo.

Para mi desgracia, a Abigail se la suda.

—Mmm, ¿quién será el afortunado…?

Me trago un quejido. He sido una estúpida al pensar que iba a dejarlo pasar. Una vez que se pronuncia un reto, si una hermana no consigue completar la tarea lo mejor que pueda, la castigan sin piedad hasta que alguna tonta tenga la suficiente mala suerte como para ocupar su lugar. Y si Abigail se saliese con la suya, eso no llegaría nunca. Ya me cuesta de por sí tratar de encajar con las demás. Esto me convertiría en una paria.

Inspecciona la estancia de puntillas para ver por encima de la cabeza de la gente y barajar las distintas opciones disponibles. Cuando vuelve a mirarme, lo hace con una sonrisa de oreja a oreja.

—Te reto a seducir a Conor Edwards.

Mierda.

Mierda, mierda, mierda.

Sí, sé quién es Conor. Todos lo conocen. Está en el equipo de *hockey* y suele frecuentar las fiestas de fraternidad. Y también las camas de las chicas de sororidad. Pero la verdadera razón de su popularidad es que es el chico nuevo más buenorro de todo tercer curso. Lo que lo sitúa en una liga muy superior a la mía. Si el objetivo de este reto es la humillación más absoluta al verme rechazada mientras se ríen en mi cara, ha elegido perfectamente.

—Rachel sigue en Daytona —añade Abigail—. Puedes usar su dormitorio.

—Abigail, por favor —le suplico. Pero mi súplica solo la envalentona más.

—¿Qué te pasa, Tay-Tay? No recuerdo que tuvieras problema en besar a otros chicos en un atrevimiento. ¿O es que solo te pone liarte con los novios de las demás?

Porque con Abigail todo siempre se reduce a eso: venganza y el error que me ha estado haciendo pagar cada mísero día desde segundo. Por muchas veces que me haya disculpado, o lo mucho que me arrepienta de haberle hecho daño, mi vida se ha reducido a que Abigail disfrute de mi sufrimiento.

—Deberías ir al médico a que te miren esa zorritis aguda que tienes —espeta Sasha.

—Ay, pobre Taylor, la mojigata. No te descuides o te robará al novio —canturrea Abigail. Sus burlas se convierten en un coro cuando Jules empieza a cantar también.

Sus comentarios mordaces me entumecen los dedos. Ojalá me tragase la tierra. O me fundiese con la pared. O estallase en llamas y me convirtiese en cenizas. Cualquier cosa menos ser yo, aquí y ahora. Odio ser el centro de atención, y sus burlas han atraído la atención de varios pares de ojos embriagados por el alcohol a nuestro alrededor. Unos cuantos segundos más y la casa entera empezará a canturrear a coro lo mojigata que soy, como una escena horrible sacada de mis peores pesadillas.

—¡Está bien! —estallo, solo para que paren. Haré cualquier cosa con tal de que cierren la boca—. Vale. Lo haré.

Abigail sonríe triunfante. Ni aunque se pusiera a babear sería tan obvia.

—Pues ve a por él, venga —repone, extendiendo una mano a su espalda.

Me muerdo el labio y sigo la dirección de su delgado brazo hasta que, por fin, localizo a Conor junto a la mesa de *beer pong* en el comedor.

Joder, qué alto es. Y tiene unos hombros anchísimos. No le veo los ojos, pero sí que tengo una vista perfecta de su perfil y del pelo rubio medio largo que lleva peinado hacia atrás. Debería ser ilegal ser tan guapo.

Échale ovarios, Taylor.

Respiro hondo con ánimo de templar los nervios y me encamino hacia un Conor Edwards ajeno a todo lo que ha sucedido.

CAPÍTULO 2

CONOR

Los tíos están desmadrados. Llevamos en esta fiesta unos veinte minutos y Gavin y Alec ya se han desgarrado la camiseta con las manos y se pavonean alrededor de la mesa de *beer pong* como un par de bárbaros. Aunque lo cierto es que, tras ganar la eliminatoria, yo también me siento un poco así. Si ganamos dos más, vamos a la Frozen Four. Aunque no lo decimos en alto para no ser gafes, tengo la sensación de que ha llegado nuestro momento.

—Con, ven aquí, capullo —me llama Hunter desde el otro lado de la sala, donde unos tipos y él han puesto en fila vasos de chupitos—. Tráete a esos zopencos.

Sonrojados y con el subidón de adrenalina, nos reunimos con nuestros compañeros de equipo. Cada uno sujeta un vaso de chupito mientras nuestro capitán, Hunter Davenport, da un discurso. Ni siquiera le hace falta gritar, porque llevamos diez minutos sin música. Las chicas de la sororidad han entrado en pánico y caminan hacia y desde los altavoces del salón a toda prisa.

Hunter nos mira a todos.

—Simplemente quiero deciros que estoy orgulloso de nosotros por haber perseverado como equipo durante esta temporada. Nos hemos cubierto las espaldas y todos nos hemos esforzado al máximo. Dos más, tíos. Dos más y habremos llegado. Así que pasadlo bien esta noche. Montad una buena. Y después, a volver a concentrarse para un último esfuerzo.

A veces me cuesta creer que sea real. Estoy en una puñetera universidad de la Ivy League con los hijos e hijas de gente de pasta y cuyos antepasados son los Padres Fundadores, joder. In-

17

cluso cuando estoy con mis amigos —lo más cercano que tengo a una familia aparte de mi madre—, a veces no puedo evitar cuidarme las espaldas. Como si fueran a descubrir en cualquier momento quién soy en realidad.

Tras gritar «¡*Hockey* de Briar!», nos bebemos el chupito. Bucky traga y profiere un grito de guerra que sorprende a todo el mundo. Nos echamos a reír.

—Tranquilo, fiera. Guárdate un poco para la pista —le digo.

A Bucky le importa una mierda. Está demasiado entusiasmado. Es joven, idiota y tiene demasiadas ganas de portarse mal esta noche. Seguro que deja a alguna chica más que satisfecha.

Y hablando de chicas, apenas tardan en apiñarse en torno a la mesa de *beer pong* en cuanto empezamos otra partida. Esta vez somos Foster y yo contra Hunter y su novia, Demi. Y la chica de Hunter hace trampas. Se ha quitado la sudadera y se ha quedado en una camiseta de tirantes blanca que deja entrever un sujetador negro, cosa que usa para ponernos las tetas en la cara con el fin de distraernos. Y funciona, joder. Foster se queda embelesado y erra el tiro.

—Joder, Demi —gruño—, tápate eso un poco.

—¿Qué, esto? —Se las agarra y se las sube casi hasta el cuello mientras trata de poner una expresión inocente.

A Hunter no le cuesta acertar el tiro en uno de nuestros vasos.

Demi me guiña el ojo.

—Mentiría si te dijese que lo siento.

—Si tu chica se quiere quitar la camiseta, me retiro ahora mismo —dice Foster, tratando de provocar a Hunter.

Es pan comido. Con la actitud de un cavernícola, se quita la camiseta para ponérsela a Demi, que le queda más bien como un vestido holgado.

—Mira hacia los vasos, capullo.

Reprimo la risa y el comentario de que, aun cubierta de tela arpillera, Demi Davis seguiría siendo guapísima. Le habría tirado los trastos, pero antes incluso de que Hunter se diera cuenta, el resto del equipo ya veíamos que estaba coladito por ella. Ellos solo tardaron un poco más en darse cuenta.

De momento, mis opciones no son muy buenas, que digamos. Hay tías buenas, sí. Una morena casi se me sube encima y me da un beso en el cuello cuando acierto y meto la pelota en uno de los vasos de Demi y Hunter. Pero estas chicas se muestran demasiado ansiosas y, de momento, no me llama nadie la atención.

Para ser sincero, las chicas ya empiezan a desdibujarse en mi cabeza. Desde que me cambié a Briar el otoño pasado, me he acostado con muchas. Poner patas arriba el mundo de una tía y hacer que se sienta especial se me da de miedo. Sin embargo —y, si confesara esto a los tíos, se descojonarían—, ninguna de ellas se preocupa por que yo me sienta especial. Algunas fingen querer conocerme, pero para la mayoría soy un ligue, una medallita de la que presumir ante sus amigos. A veces ni siquiera intentan entablar conversación. Me meten la lengua hasta la campanilla y las manos en los pantalones.

Joder, hay que trabajárselo. O al menos soltad una buena broma. En fin, supongo que es lo que hay.

Tampoco es que quiera una relación. Me gusta que las tías se sientan bien durante una noche o una semana, tal vez incluso un mes, pero ambas partes sabemos que no hay nada a largo plazo. Lo cual me parece perfecto. Me aburro fácilmente y las relaciones son el paradigma del aburrimiento.

Y esta noche me siento igual de aburrido con el desfile de tías que pasan junto a la mesa de *beer pong;* todas lanzan sonrisas coquetas y me rozan el brazo con el pecho sin querer queriendo. No me apetece nada. Estoy cansado de esta rutina que acaba siempre igual. Ya ni siquiera tengo que ir detrás, y eso forma parte de la diversión.

Se escuchan vítores cuando vuelve a sonar la música. Una tía intenta aprovecharse y sacarme a bailar, pero yo niego con la cabeza e intento volver a concentrarme en la partida. Me cuesta un poco, porque ha pasado algo en el porche delantero que ha provocado que todos miren por la ventana. Foster, distraído, falla, y estoy a punto de sermonearlo cuando atisbo algo por el rabillo del ojo.

Giro la cabeza hacia el salón a tiempo de ver a una rubia con aspecto de estar asustada acercándose a nosotros. Como si fuera un conejillo correteando en busca de su madriguera tras ver a un zorro hambriento. Al principio tengo la sensación de que se dirige a la ventana para ver qué narices está pasando ahí fuera, pero entonces sucede algo rarísimo.

Llega hasta mí, me agarra del brazo y me insta a bajar la cabeza para hablarme al oído.

—Siento mucho todo esto, y sé que vas a pensar que estoy pirada, pero necesito que me ayudes, así que sígueme el juego —balbucea tan deprisa que me cuesta seguirle el ritmo—. Necesito que me acompañes arriba y finjas que nos vamos a liar, pero no quiero tocarte el pene ni nada por el estilo.

¿Ni nada por el estilo?

—Es un reto estúpido, y te deberé una si me haces este favor —susurra deprisa—. Te prometo que no me portaré de forma rara.

Confieso que me ha picado la curiosidad.

—A ver si te he entendido bien: ¿no quieres liarte conmigo? —respondo también entre susurros, incapaz de ocultar que me hace gracia.

—No. Quiero que lo finjamos.

Bueno, pues ya no estoy aburrido.

La miro con detenimiento; es mona. No es una chica despampanante como Demi, pero es guapa. Y menudo cuerpo. Joder. Es como una chica *pin-up*. Bajo ese jersey holgado que le resbala por el hombro tiene un buen par de tetas que me podría pasar toda la noche follando. Le echo un vistazo al culo y no puedo evitar imaginármela inclinada sobre mi cama.

Pero todo eso se esfuma cuando la veo mirarme con unos ojos turquesas suplicantes y claudico. Sería un cabrón si diese la espalda a una mujer que me necesita.

—Alec —lo llamo sin apartar la vista de la chica *pin-up*.

—¿Qué? —responde mi compañero.

—Te toca. Dale una paliza al capitán y a su malvada novia.

—Voy.

Capto las risas intencionadas de Hunter y Foster y el resoplido de Demi.

La mirada inquieta de la rubia se clava por encima de mi hombro en la mesa de *beer pong*, en la cual Alec me reemplaza.

—¿Eso es un sí? —murmura.

Le coloco unos mechones tras la oreja y rozo los labios contra su piel como respuesta. Porque sea quien sea quien esté torturando a esta pobre chica, seguro que nos está mirando, así que por mí se puede ir a la mierda.

—Detrás de ti, nena.

Abre los ojos como platos y por un momento me da la sensación de que su cerebro ha colapsado. No sería la primera vez que le pasa a alguien en mi presencia, así que le agarro la mano, lo cual provoca que algunos ahoguen un gemido, y la conduzco por el laberinto de cuerpos que merodean por la casa. La verdad es que conozco bastante bien este sitio.

Siento la mirada de la gente clavada en nosotros cuando subimos las escaleras. Ella me aprieta la mano mientras se le vuelve a activar el cerebro. Cuando llegamos al segundo piso, tira de mí hacia una habitación en la que todavía no he estado y echa el pestillo de la puerta una vez entramos.

—Gracias —murmura sin aire en cuanto nos quedamos a solas.

—No hay de qué. ¿Te importa si me pongo cómodo?

—Sí. Digo, no. Siéntate donde te apetezca. O... vaya, vale, te has tumbado.

Sonrío al verla tan nerviosa. Es adorable. Me estiro entre los peluches y cojines decorativos que hay en la cama mientras ella permanece pegada a la puerta como un conejillo asustado y respirando de forma entrecortada.

—Si te soy sincero, jamás había visto a una tía tan desdichada por estar encerrada en un cuarto conmigo —le suelto al tiempo que entrelazo los dedos por debajo de la cabeza.

Consigo lo que pretendía y los hombros se le hunden, e incluso me lanza una tímida sonrisa.

—De eso no me cabe duda.

—Por cierto, me llamo Conor.

Pone los ojos en blanco.

—Lo sé.

—¿Por qué pones los ojos en blanco? —le pregunto, fingiendo que su gesto me duele.

—Lo siento, no es por nada. Es que sé quién eres. Eres famoso en el campus.

Cuanto más la miro, con los brazos en jarra, apoyada contra la puerta, con una rodilla doblada y el pelo rubio alborotado sobre un hombro, más me imagino sujetándole los brazos por encima de la cabeza mientras recorro su cuerpo con la boca. Su piel es muy apetecible.

—Taylor Marsh —espeta del tirón, y es entonces cuando me doy cuenta de que no tengo ni idea del tiempo que hemos pasado callados.

Me echo a un lado en la cama y coloco un cojín a modo de barrera.

—Ven. Si vamos a pasar mucho tiempo aquí, qué menos que nos hagamos amigos.

Taylor se ríe en voz baja y con ese gesto se destensa algo más. Tiene una sonrisa bonita. Cálida, radiante. Sin embargo, me cuesta un poco que se tumbe en la cama.

—Esto no es una especie de trampa ni nada —me asegura, y coloca peluches en fila para mantener la barrera entre nosotros—. No soy ninguna desquiciada que engaña a los tíos para que se vayan a la cama con ella y después se abalanza sobre ellos.

—Ya —asiento con fingida seriedad—. Pero no pasaría nada si lo hicieras.

—Nanai. —Sacude la cabeza con demasiado énfasis; creo que tal vez he abierto una grieta en esa coraza—. Nada de abalanzarse. Mi comportamiento será de lo más ejemplar.

—A ver, cuéntame, ¿por qué alguien que supuestamente es amiga tuya te ha puesto en este brete, que claramente te parece terrible?

Taylor lanza un prolongado suspiro. Agarra un peluche de tortuga y lo abraza contra el pecho.

—Porque Abigail es mala con mayúsculas. La odio con todas mis fuerzas.

—¿Por qué? ¿Qué ha pasado?

Me dedica una mirada dudosa y es evidente que se debate entre si confiar en mí o no.

—Te prometo que no diré nada —le juro—. Sin presión.

Pone los ojos en blanco, pero me lanza una sonrisa divertida.

—El año pasado, en una fiesta como esta, me retaron a acercarme a un tío cualquiera y liarme con él.

Sonrío.

—Me da que hay un patrón.

—Ya, pero entonces tampoco me hizo gracia. Eso es lo que les va. A las chicas de la sororidad. Saben que tengo un complejo a la hora de acercarme a los tíos y les encanta aprovecharse de mis inseguridades. Al menos a las peores.

—Las tías sois despiadadas, joder.

—No te haces una idea, chaval.

Me muevo para mirarla de frente.

—Vale, sigue. Tenías que liarte con un tío.

—Eso. La cosa es que... —Juguetea con el ojo de plástico de la tortuga y lo retuerce—. Me acerqué al primer chico que vi que no estaba tan borracho como para vomitarme encima. Le agarré la cara y le di un beso; ya sabes, cerré los ojos y me lancé.

—Lo normal.

—Bueno, pues cuando me aparté vi a Abigail. Parecía que le había rapado el pelo mientras dormía. Prácticamente me estaba asesinando con la mirada. Por lo visto, el tipo al que acababa de comerle la boca era su novio.

—Joder, T. Qué mal.

Pestañea con esos ojos del color del mar Caribe que tiene y hace un puchero. Al verla hablar me he empezado a obsesionar con el lunar que tiene en la mejilla derecha, a lo Marilyn Monroe.

—¡No lo sabía! Abigail cambia de novio más que de bragas. No estaba al día de su vida amorosa.

—Entonces, no se lo tomó bien —adivino.

—Se puso hecha un basilisco. Montó un numerito en la fiesta. Se tiró semanas sin apenas hablarme y, cuando lo hacía, me insultaba y me lanzaba comentarios hirientes. Llevamos desde entonces siendo archienemigas y ahora aprovecha cada vez que puede para humillarme. De ahí que te propusiera lo de esta noche. Esperaba que me rechazases y que yo hiciera el ridículo.

Joder, me siento mal por esta chica. Los tíos somos unos capullos; incluso en el equipo buscamos formas de molestarnos los unos a los otros, pero lo hacemos de broma. Poca broma con esta tal Abigail. Retar a Taylor a que se líe con un desconocido con la esperanza de que la rechacen sin miramientos y la humillen delante de todos los asistentes a la fiesta... Eso sí que es de ser una mala pécora.

Me empieza a sobrevenir un sentimiento de protección hacia ella. No la conozco apenas, pero no me parece de las que traicionen a sus amigas de una forma tan cruel.

—Lo peor es que antes éramos amigas. Fue mi mayor apoyo durante la semana de iniciación, en primero. Estuve a punto de abandonar una docena de veces y fue ella quien me ayudó a aguantar. Pero cuando me fui a vivir fuera del campus, nos distanciamos.

Unas voces fuera de la habitación captan la atención de Taylor. Miro hacia allí y frunzo el ceño al ver que las sombras se mueven por la rendija entre el suelo y la puerta.

—Pfff. Es ella —murmura. Ya he aprendido a distinguir cuando se siente intimidada. Palidece y se le nota el pulso en el cuello—. Joder, nos están escuchando.

Me contengo para no gritarles que se vayan a los que nos están oyendo. Si lo hiciera, Abigail y los demás sabrían que Taylor y yo no estamos haciéndolo, porque estaríamos más preocupados el uno del otro que de la puerta. Aun así, estas cotillas tienen que aprender una lección. Aunque no pueda solucionar el problema de Taylor, sí que puedo ayudarla esta noche.

—Espero que presten atención —suelto con una sonrisa pícara.

Entonces, me arrodillo y coloco las manos en la parte superior del cabecero. Taylor me observa recelosa, por lo que yo vuelvo a sonreír y empiezo a empujar con el cuerpo y a golpear el cabecero contra la pared.

Pam. Pam. Pam.

—Joder, nena. Qué estrecho... —gruño en voz alta.

Taylor se cubre la boca con la mano. Arquea mucho las cejas.

—¡Qué bien!

La pared tiembla con cada golpe del cabecero. Salto de rodillas para que el armazón de la cama cruja a modo de protesta. Todos los ruidos necesarios de cuando uno se lo está pasando bien.

—¿Qué haces? —susurra, entre aterrorizada y divertida.

—Ofrecerles un buen espectáculo. No me dejes colgado, T. Van a pensar que me estoy masturbando.

Niega con la cabeza. Pobre conejito asustado.

—Joder, nena, no vayas tan rápido, que me corro.

Justo cuando creo que tal vez he llegado demasiado lejos, Taylor echa la cabeza hacia atrás, cierra los ojos y suelta el ruidito más *sexy* que jamás haya oído hacer a una chica a la que no me estuviera tirando.

—Ah, ahí. Justo ahí —grita—. Dios, estoy a punto. No pares. No pares.

Pierdo el ritmo y me descojono. Ambos estamos sonrojados y partiéndonos de risa en la cama.

—Mmm, eso, nena. ¿Te gusta?

—Me gusta mucho —responde con un gemido—. No pares. Más deprisa, Conor.

—¿Así?

—Me encanta.

—¿Sí?

—Oh, sí, ¡métemela por detrás! —suplica.

Me desplomo y me doy en la frente con el cabecero. La miro fijamente; estoy flipando.

—¿Qué? ¿Demasiado? —me pregunta con una expresión inocente.

Qué tía, joder. Es diferente.

—Sí, cálmate un poquito —digo con voz ronca.

No dejamos de reír y cada vez nos cuesta más respirar y seguir con la pantomima de los gemidos excitados. Tras lo que seguramente sea más de lo necesario, paramos. Todavía vibrando de risa, entierra la cara en los cojines con el culo en pompa y, de repente, me cuesta recordar por qué estamos fingiendo.

—¿Te ha gustado? —le pregunto tumbado bocarriba. Tengo el pelo sudado y me lo aparto de los ojos al tiempo que Taylor se tumba junto a mí.

Me observa. Me lanza una mirada completamente nueva; tiene los ojos entrecerrados clavados en mí y sus labios están rojos e hinchados de habérselos mordido al gemir. Tras esa máscara se oculta todo un mundo de entresijos, unas profundidades fascinantes que cada vez tengo más ganas de explorar. Por un instante, creo que quiere que la bese. Pero parpadea y el momento pasa.

—Conor Edwards, eres un tío decente.

Me han dicho cosas peores. Pero sí que me he fijado en lo *sexy* que son sus pechos cuando se tumba de lado para mirarme de frente.

—Ha sido el mejor polvo falso que he echado nunca —digo con aire de gravedad.

Ella se ríe.

Paseo la vista por sus mejillas sonrosadas y su piel perfecta y brillante. Después, se me vuelven a ir los ojos a su maravillosa delantera. Sé lo que va a responder antes incluso de que se lo pregunte, pero lo hago de todas maneras:

—¿Quieres que nos liemos?

CAPÍTULO 3

TAYLOR

No lo dice en serio. Lo sé. Proponérmelo después de nuestra pequeña actuación es solo una forma de hacerme sentir mejor ante esta situación de mierda. Otra prueba de que, bajo esa melenita rubia hasta la barbilla, esa mirada gris y dura suya, y ese cuerpo escultural, Conor tiene buen corazón. Razón de más para salir pitando de aquí antes de que empiece a sentir algo por él. Porque Conor Edwards es el típico tío del que te pillas antes de darte cuenta de que las chicas como yo no salen con chicos como él.

—Lo siento, he dicho que mi comportamiento sería ejemplar —respondo con firmeza.

Él me dedica una sonrisilla torcida que hace que se me pare el corazón un momento.

—Tenía que intentarlo.

—Bueno. Me lo he pasado bien —le digo mientras me bajo de la cama—, pero debería...

—Espera. —Conor me agarra la mano. Una ola de nervios me sube por el brazo y hace que sienta un cosquilleo en la nuca—. Has dicho que me debes un favor, ¿verdad?

—Sí —respondo con cautela.

—Bueno, pues quiero cobrármelo ahora. No llevamos aquí ni cinco minutos. No puedo dejar que la gente de abajo piense que no sé cómo hacer disfrutar a una dama. —Arquea una ceja—. Quédate un rato más. Ayúdame a mantener intacta mi reputación.

—Tu ego no necesita ayuda. No te preocupes, supondrán que te has aburrido de mí.

—Sí que me aburro con facilidad —conviene—, pero mira qué suerte tienes, T. Aburrimiento es lo último que siento ahora mismo. Eres la persona más interesante con la que he hablado en mucho tiempo.

—Pues no debes de salir mucho, entonces —bromeo.

—Venga, va —me insiste—, no me hagas bajar todavía. Hay demasiada desesperación ahí abajo. Todas las tías actúan como si yo fuera el último solomillo sobre la faz de la Tierra.

—¿Que las mujeres reclaman tu atención? Vaya, pobrecito.

Aunque intento no pensar en él como un trozo de carne, es innegable que es un espécimen de lo más apetecible. Sinceramente, es el tío más atractivo y guapo que haya visto nunca. Y ya no digamos el más *sexy* con diferencia. Sigue agarrándome la mano y, por culpa del ángulo de su cuerpo, los músculos de su brazo escultural se han abultado de forma absolutamente tentadora.

—Venga, quédate a hablar conmigo.

—¿Y qué hay de tus amigos? —le recuerdo.

—Los veo todos los días en el entrenamiento. —Cuando dibuja circulitos con el pulgar por el interior de mi muñeca, sé que estoy perdida—. Taylor. Por favor, quédate.

Es una idea pésima. Este momento es justo el que recordaré de aquí a un año, cuando me haya cambiado el nombre a Olga, teñido el pelo y mudado a Schenectady. Pero sus ojos suplicantes y la sensación de su piel contra la mía me impiden marcharme.

—Está bien. —No tenía ninguna oportunidad contra Conor Edwards—. Solo para hablar.

Juntos, nos volvemos a acomodar en la cama, aunque la muralla de almohadas entre nosotros se ha desmontado por culpa de todo el traqueteo y bamboleo de antes. Y por el encanto de Conor, el cual coge la tortuga de peluche que había migrado hasta los pies de la cama y la coloca en la mesita de noche. Ahora que lo pienso, no sé muy bien si he estado aquí alguna vez. La habitación de Rachel es… muchas cosas. Como si una chica *influencer* y una madre bloguera hubiesen vomitado sobre una tanda de princesas Disney.

—Ayúdame a conocerte. —Conor cruza esos brazos suyos tan sensuales sobre el pecho—. Este no es tu cuarto, ¿verdad?

—No, no, tú primero —insisto. Si voy a quedarme, debe haber un poco de reciprocidad—. Tengo la sensación de que he monopolizado la conversación. Ayúdame a conocerte, yo a ti.

—¿Qué quieres saber?

—Cualquier cosa. Todo. —*Como qué pinta tienes desnudo... Pero no, eso no puedo preguntárselo. Puede que esté tumbada en una cama con el tío más buenorro de todo el campus, pero no nos vamos a quitar la ropa. Ni él ni mucho menos yo.*

—Ah, pues... —Se quita los zapatos con los pies y los tira de la cama de una patada. Estoy a punto de decirle que no nos vamos a quedar tanto, pero entonces él prosigue—:... Juego al *hockey*, pero supongo que eso ya lo sabías.

Asiento a modo de respuesta.

—Me trasladé el semestre pasado desde Los Ángeles.

—Anda. Eso explica muchas cosas.

—Ah, ¿sí? —Finge ofenderse.

—No en el mal sentido. Es decir, eres la personificación del «chico surfista», pero te pega.

—Voy a tomármelo como un cumplido —dice, y me propina un ligero codazo en las costillas.

Ignoro el pequeño estremecimiento que siento en el pecho. Su actitud juguetona me resulta un poco demasiado atrayente.

—¿Y cómo es que un chico de la costa oeste ha acabado jugando al *hockey*, de entre todos los deportes?

—Allí también se juega al *hockey* —responde con sequedad—. No es exclusivo de la costa este. En el instituto también jugaba al fútbol americano, pero el *hockey* me resultaba más divertido y se me daba mejor.

—¿Y qué te hizo querer venir aquí? —Los inviernos en Nueva Inglaterra son duros. Teníamos una hermana de primer año que solo aguantó seis días andando con la nieve hasta las rodillas antes de coger un avión de regreso a Tampa. Tuvimos que mandarle sus cosas a casa por correo.

Algo cruza el semblante de Conor. Por un momento, se le desenfocan los ojos grises y estos se vuelven distantes. Si lo conociera mejor, diría que le he tocado la fibra sensible. Cuando responde, su voz ha perdido parte de su anterior carácter juguetón.

—Necesitaba un cambio de aires. Me surgió la oportunidad de venirme a Briar y no la rechacé. Vivía en casa, ¿sabes? Y llegó un punto en el que sentía que había demasiada gente.

—¿Tienes hermanos o hermanas?

—No, mi madre y yo hemos vivido solos durante mucho tiempo. Mi padre nos abandonó cuando yo tenía seis años.

La compasión suaviza mi voz.

—Eso es horrible. Lo siento.

—No te preocupes. Apenas me acuerdo de él. Mi madre se casó con otro tío, Max, hace unos seis años.

—¿Y no os lleváis bien o qué?

Suspira, se hunde mucho más en las almohadas y se queda mirando al techo. Arruga la frente con enfado. Siento la tentación de retractarme y decirle que no tiene por qué hablar de ello y que no era mi intención meter las narices donde no me llaman. Veo que el tema le afecta, pero me responde igualmente.

—No es mal tío. Mi madre y yo vivíamos en una casucha enana de alquiler cuando se conocieron. Ella trabajaba de peluquera sesenta horas a la semana para mantenernos a ambos. Y entonces, de la nada, aparece este hombre de negocios ricachón y perfecto y nos saca de nuestra miseria para llevarnos a Huntington Beach. No te puedes ni imaginar lo infinitamente mejor que olía el aire. Eso fue lo primero que noté. —Se encoge de hombros con una sonrisa autocrítica—. Cambié de colegio, pasé de uno público a uno privado. Mi madre se redujo la jornada en el trabajo hasta que, al final, terminó por dejarlo. Cambiamos de vida por completo. —Se detiene un momento—. Él se porta bien con ella. Lo es todo para él. Pero él y yo... no congeniamos. Ella era el premio y yo los restos de los cereales que siempre se quedan olvidados en el armario.

—De eso nada —le digo. Que cualquier niño crezca pensando así me rompe el corazón, y me pregunto si ha sobrevivido a las cicatrices de sentirse así de abandonado gracias a esa actitud desenfadada e indiferente—. Bueno, hay gente a la que no se le dan bien los niños.

—Sí —asiente con ironía. Ambos somos conscientes de que mis comentarios simples y clichés no van a curarle esa herida tan profunda como por arte de magia.

—Yo también he estado sola con mi madre todos estos años —digo para cambiar de tema y hacer desaparecer la amargura que empieza a cernirse sobre Conor como una sombra—. Soy fruto de un apasionado rollo de una noche.

—Vale. —A Conor se le iluminan los ojos. Se tumba de lado para mirarme de frente y apoya la cabeza sobre una mano—. Ahora sí que vamos avanzando.

—Sí, sí, Iris Marsh era empollona durante el día y toda una leona por las noches.

Su risa ronca me provoca otro escalofrío. Tengo que dejar de ser tan… consciente de él. Es como si mi cuerpo hubiese sintonizado su radiofrecuencia y ahora respondiera a todos sus movimientos y sonidos.

—Es profesora de ciencia nuclear e ingeniería en el MIT, y hace veintidós años conoció a un importantísimo científico ruso en un congreso de Nueva York. Tuvieron un encuentro romántico, y, luego, él volvió a Rusia y mi madre a Cambridge. Unos seis meses después, tuvo que leer en el *Times* que había muerto en un accidente de coche.

—Joder. —Levanta la barbilla—. ¿Crees que tu padre fue, digamos, asesinado por el gobierno ruso?

Me río.

—¿Qué dices?

—Tío, ¿y si tu padre era un espía o algo así? ¿Y si la KGB averiguó que trabajaba para la CIA y por eso se lo quitaron de en medio?

—¿Qué? Creo que te estás viniendo muy arriba. Son los mafiosos los que se quitan a la gente de en medio. Y tampoco sé si la KGB sigue existiendo siquiera.

—Sí, eso es lo que ellos quieren que creas. —Luego abre mucho los ojos—. Ostras, ¿y si tú también eres una de esas espías rusas?

El chaval tiene mucha imaginación, está claro. Pero al menos ha recuperado el buen humor.

—Bueno —respondo, pensativa—, eso podría significar dos cosas. Una, que pronto seré víctima de una muerte horrible.

—Mierda. —Con impresionante agilidad, Conor salta de la cama y, cómicamente, echa un vistazo por la ventana antes de bajar la persiana y apagar la luz.

La única luz que nos ilumina ahora es la lámpara de tortuga sobre la mesita de noche de Rachel y el brillo de las farolas que se filtra por entre las rendijas de la persiana.

Vuelve a acomodarse en la cama entre risas.

—No te preocupes, nena, yo te protejo.

Esbozo una sonrisa.

—O dos, que tendré que matarte por haber descubierto mi secreto.

—O escúchame: me aceptas como tu musculoso y guapo secuaz y nos ganamos la vida como mercenarios.

—Mmm… —Finjo pensármelo a la vez que le doy un repaso con la mirada—. Una oferta muy tentadora, camarada.

—Pero primero deberíamos cachearnos y desnudarnos para ver si tenemos algún pinganillo escondido. Ya sabes, para establecer una relación de confianza.

Es tan adorable como un cachorrillo insaciable.

—Ni hablar.

—Qué aburrida eres.

No me aclaro con este chico. Es dulce, encantador, gracioso…, tiene todas esas cualidades furtivas de los hombres que nos hacen creer que podemos convertirlos en personas civilizadas. Pero, a la vez, también es atrevido, abierto y modesto de un modo que casi nadie lo es en la universidad. Todos tratamos de descubrirnos a nosotros mismos, con mayor o menor éxito, mientras ponemos buena cara a los demás. ¿Cómo encaja eso con el Conor Edwards que conoce todo el mundo? El que se ha acostado con más tías que copos de nieve caen en enero. ¿Quién es el verdadero Conor Edwards?

¿Y a mí qué me importa?

—Bueno, y… ¿qué estudias? —pregunto, aunque me resulta un poco cliché.

Él echa la cabeza hacia atrás y exhala.

—Finanzas, supongo.

Vale, eso no me lo esperaba.

—¿Supones?

—Sí, no me gusta mucho. No era lo que yo quería.

—Entonces ¿quién quería que estudiaras eso?

—Mi padrastro. Se le ha metido en la cabeza que vaya a trabajar para él una vez me gradúe. Para enseñarme a dirigir su empresa.

—No pareces muy ilusionado que digamos —comento. Esa obviedad hace que se ría.

—No, la verdad es que no —conviene—. Preferiría que me cortaran las pelotas antes que ponerme un traje y pasarme todo el santo día mirando hojas de contabilidad.

—¿Qué te gustaría estudiar, entonces?

—Esa es la cosa. No tengo ni idea. Supongo que al final accedí a meterme en Finanzas porque no se me ocurría ninguna otra excusa mejor. No podía hacer como que me interesaba otra cosa, así que...

—¿Nada? —le insisto.

Yo estaba dividida entre muchas posibilidades. Sí, es cierto que algunas no eran más que fantasías infantiles, como ser arqueóloga o astronauta, pero bueno. Cuando llegó la hora de decidir lo que quería hacer durante el resto de mi vida, no me faltaron opciones.

—Por cómo crecí, no tenía yo muchas esperanzas de nada —repone con voz ronca—. Me imaginaba que terminaría trabajando por el salario mínimo en algún restaurante de mala muerte o en la cárcel y que no iría a la universidad. Por eso nunca le di mucha importancia.

No me imagino vivir así. Mirar al futuro sin esperanzas de conseguir nada. Eso me recuerda lo privilegiada que soy por haber crecido oyendo que podría llegar a ser lo que quisiera, y sabiendo que el dinero y los contactos estaban ahí para respaldarme.

—¿En la cárcel? —Trato de aligerar el ambiente—. No te quites méritos, hombre. Con esa cara y ese cuerpo, habrías ganado una fortuna en el porno.

—¿Te gusta mi cuerpo? —Sonríe a la vez que señala su cuerpo enorme y musculoso—. Todo tuyo, T. Sube a bordo.

Dios, ojalá. Trago saliva y finjo que su atractivo no tiene efecto sobre mí.

—Paso.

—Lo que tú digas, mujer.

Pongo los ojos en blanco.

—Y tú ¿qué? —me pregunta—. ¿Qué estudias? No, espera. Déjame que lo adivine. —Conor entrecierra los ojos y se me queda mirando—. Historia del Arte.

Niego con la cabeza.

—Periodismo.

Otro gesto negativo.

—Mmm... —Me observa con mucha más intensidad y mordiéndose el labio. Dios, qué boca más apetecible tiene—. Diría Psicología, pero conozco a uno de esos y tú no eres así.

—Educación Primaria. Quiero ser profesora.

Enarca una ceja y luego me lanza una miradita casi... hambrienta.

—Qué *sexy*.

—¿Qué tiene de *sexy*? —pregunto, incrédula.

—Todos los tíos hemos fantaseado alguna vez con tirarnos a una profesora. Nos pone.

—Los hombres sois muy raros.

Conor se encoge de hombros, pero el deseo sigue tiñendo su rostro.

—Dime una cosa... ¿Por qué no estabas aquí ya con alguien?

—¿A qué te refieres?

—¿No hay ningún hombre en tu vida?

Ahora soy yo la que escurre el bulto. Probablemente tenga más cosas que decir sobre la indumentaria que llevaba la gente en el siglo XIII que sobre ese tema. Y como ya me he puesto suficiente en ridículo por una noche, preferiría no agravar la humillación compartiendo con él los detalles de mi inexistente vida amorosa.

—Entonces sí que hay algo —supone Conor, confundiendo mi vacilación por simple evasión—. Cuéntame.

—¿Y tú qué? —le devuelvo—. ¿Aún no te has decidido por ninguna *groupie?*

Se encoge de hombros, impávido ante la pulla.

—No me van mucho las novias.

—Ja, eso no se lo cree nadie.

—No, me refiero a que nunca he salido con nadie durante más de unas cuantas semanas. Si no siento nada, pues para qué alargarlo, ¿sabes?

Ah, conozco a los de su tipo. Se aburren con facilidad. No dejan de buscar a la siguiente que les llame la atención. Es como un meme con patas.

Quién lo diría. Los guapos siempre son los que más valoran la libertad.

—No creas que te vas a librar —me advierte antes de lanzarme una sonrisilla cómplice—. Responde a la pregunta.

—Lamento decepcionarte, pero no hay nadie. Lo siento.

—Un lío de nada el año pasado y que apenas llegó a considerarse relación es demasiado patético como para mencionárselo siquiera.

—Venga ya. No soy tan tonto como parece. ¿Qué, le rompiste el corazón? ¿Se ha pasado seis meses durmiendo en la calle, fuera de casa?

—¿Por qué presupones que alguien dormiría bajo la lluvia y el granizo por mí?

—¿Estás de coña? —Su mirada plateada se pasea por mi cuerpo, deteniéndose parsimoniosos sobre ciertas partes antes de volver a mirarme a los ojos. Ahora me cosquillean todos los sitios donde la ha posado—. Nena, tienes el cuerpo con el que los tíos soñamos por las noches.

—Ni se te ocurra —le advierto a la vez que hago amago de apartarme. Todo rastro de humor ha desaparecido de mi voz—. No te burles de mí. No tiene gracia.

—Taylor.

Me sorprendo cuando me agarra de la mano para evitar que me dé la vuelta. El pulso se me acelera a mil por hora en el momento que se lleva mi mano temblorosa al pecho. Noto su cuerpo sólido y cálido. Su corazón late a un ritmo rápido y regular bajo mi contacto.

Estoy tocando el pecho de Conor Edwards.

¿Qué narices está pasando? Ni en mis sueños más salvajes me habría imaginado nunca que una fiesta de la sororidad fuera a terminar así.

—Lo digo en serio. —La voz se le agrava—. No he dejado de tener pensamientos guarros sobre ti toda la noche. No confundas mis modales con indiferencia.

Consigo esbozar una sonrisa reacia en los labios.

—Modales, ¿eh? —No sé si creerle. Ni que haberse imaginado un vídeo porno conmigo cuente como cumplido. Aunque imagino que la intención es lo que cuenta.

—Mi madre no ha educado a un sinvergüenza cualquiera, pero, si es lo que te mola, puedo volverme de lo más indecoroso.

—¿Y qué es indecoroso exactamente en la costa oeste? —pregunto, reparando en cómo se le crispa el labio superior cuando está siendo atrevido.

—Bueno... —Toda su actitud cambia. Entrecierra los ojos. Ralentiza la respiración. Conor se relame los labios—. Si no fuese un caballero, podría intentar colocarte el pelo detrás de la oreja. —Me roza el pelo con los dedos. Luego los baja por la columna, desde mi cuello. No se oye más que un breve rumor de piel contra piel.

Se me ponen los vellos de punta en el cuello y dejo de respirar.

—Y te acariciaría el hombro con un dedo.

Lo hace, y se me acelera el corazón. El deseo se arremolina en mi interior.

—Lo llegaría hasta... —Llega al tirante de mi sujetador. No me había dado cuenta de que se me veía, ni tampoco de que el jersey se me había escurrido por el hombro.

—Bueno. Relájate, anda. —Recuperando el buen juicio, le aparto la mano de encima y me recoloco la manga. Joder, este tío debería venir con una señal de advertencia—. Creo que ya lo he pillado.

—Estás muy buena, Taylor. —Esta vez, cuando habla, no dudo de su sinceridad, aunque sí, tal vez, de su cordura. Supongo que los tipos como él tampoco ganan mucho siendo exigentes—. No pierdas más el tiempo pensando lo contrario.

Durante las siguientes horas, no lo hago. En lugar de eso, me permito fingir que, de hecho, atraigo a alguien como Conor Edwards.

Nos quedamos allí tumbados entre la colección de peluches de animales de Rachel hablando como si fuéramos amigos de toda la vida. Sorprendentemente, no nos quedamos sin temas de conversación, ni tampoco se crean silencios incómodos entre nosotros. Pasamos de temas banales, como las comidas favoritas de cada uno o nuestro gusto en común por las películas de ciencia ficción, a otros más serios, como lo fuera de lugar que me siento entre mis hermanas de la sororidad; o a otros más graciosos, como aquella vez con dieciséis años que se emborrachó después de pasar la noche fuera en San Francisco y se metió en la bahía con la intención de ir nadando hasta Alcatraz.

—La puta guardia costera apareció y... —Se interrumpe a media frase para bostezar a todo volumen—. Joder, se me cierran los ojos.

Me contagia el bostezo y me cubro la boca con el antebrazo.

—A mí también —respondo somnolienta—. Pero no vamos a salir de aquí hasta que termines de contarme esa historia, porque... madre del amor hermoso, eras un poco cortito, ¿eh?

Eso consigue que el dios nórdico tumbado junto a mí rompa a reír.

—No eres la primera que me lo dice, ni tampoco serás la última.

Para cuando termina de narrar la historia, ambos estamos bostezando sin parar y no dejamos de parpadear con la intención de permanecer despiertos. La más estúpida y adormilada de las conversaciones la sigue mientras buscamos las fuerzas para ponernos de pie.

—Deberíamos bajar —murmuro.

—Sí... —musita él.

—En plan, ya.

—Ajá, buena idea.

—O dentro de cinco minutos. —Bostezo.

—Sí, cinco minutos. —Me copia el gesto.

—Vale, cerramos los ojos durante cinco minutos y luego nos levantamos.

—Solo vamos a descansar los ojos. Ya sabes, los ojos también se cansan.

—Pues sí.

—Ojos cansados —murmura ya con los párpados cerrados—, y también que he jugado un partido esta noche y me han molido a palos, así que...

No oigo el resto de la frase porque ambos nos hemos quedado dormidos.

CAPÍTULO 4

TAYLOR

Toc. Toc. Toc. TOC.

La última llamada a la puerta consigue que me siente de un salto. Abro los ojos levemente y los protejo contra los rayos de sol que se cuelan en la habitación. Pero ¿qué...?

Es de día. Por la mañana. Tengo la boca seca y la lengua pastosa. No recuerdo haberme quedado dormida. Bostezo y siento que los músculos se me destensan. Y a continuación otro ruido hace que el corazón me dé un vuelco.

Ronquidos. A mi lado.

Me cago en la leche.

Conor está despatarrado boca abajo y sin camiseta, solo lleva unos calzoncillos.

—¡Oye, abre la puerta! ¡Que este es mi cuarto!

Llaman otra vez. Con fuerza.

Joder, Rachel ha vuelto a casa.

—Despierta. —Sacudo a Conor. Este ni se inmuta—. Tío, levántate. Tienes que irte.

No entiendo cómo es que sigue aquí o cómo me quedé dormida anoche. Me reviso rápido y veo que sigo vestida, con los zapatos puestos. Entonces, ¿por qué narices está Conor casi en pelotas?

—¡Salid, capullos! —Rachel va a intentar tirar la puerta abajo de un momento a otro.

—Venga, despierta —le propino un golpe en la zona baja de la espalda que consigue que pegue un bote, confuso.

—¿Mmm? —balbucea de forma ininteligible.

—Nos hemos quedado dormidos. Mi hermana de sororidad ha llegado y quiere entrar en su cuarto —susurro deprisa—. Tienes que vestirte ya.

Conor se cae de la cama. Se levanta, algo inestable, y murmura algo en voz baja. Avergonzada, quito el pestillo y abro la puerta, enfrentándome a una Rachel muy muy cabreada en el pasillo. Tras ella veo que todos ya están despiertos, merodeando en pijama, con el pelo de recién levantados y tazas de café y Pop-Tarts fríos en la mano. No veo a Sasha por ningún lado, así que supongo que encontró algún concierto en Boston y se quedó en casa de sus amigos.

—Joder, Taylor, ¿por qué tenías el pestillo echado en mi cuarto?

Diviso la sonrisa cruel de Abigail entre las caras que llenan el pasillo.

—Lo siento, yo...

Sin dejar que termine de hablar siquiera, abre la puerta de golpe y entra como una exhalación, lo que consigue que todo el mundo se recree en la imagen de Conor sin camiseta y abrochándose los vaqueros.

—Oh —suelta un chillido. El cabreo se le esfuma de golpe al contemplar el cuerpo de infarto de Conor.

No la culpo por quedarse pasmada. Está para mojar pan. Es ancho de hombros y tiene los músculos bien definidos. Y no nos olvidemos de ese torso de curvas suaves y tentadoras. No me puedo creer que haya dormido junto a él y no me acuerde de nada.

—Buenas —suelta Conor con una sonrisa burlona. Saluda con un gesto a las chicas de fuera—. Señoritas.

—No sabía que estabas acompañada —me dice Rachel, todavía con la mirada fija en él.

—*Mea culpa* —responde con naturalidad antes de taparse el torso con la camiseta y ponerse los zapatos—. Lo siento —me guiña el ojo de camino a la puerta—. Llámame.

Y al igual que nos convertimos en dos aliados extraños de improviso, se marcha sin más. Nadie despega los ojos de su culo firme, que se le marca gracias a los vaqueros, hasta que desaparece de nuestra vista al bajar por las escaleras.

Trago saliva varias veces antes de hablar.

—Rachel, yo...

—No pensaba que fueras capaz, Marsh. —Parece sorprendida, impresionada—. La próxima vez que mates a un dragón en mi cuarto, termina antes del desayuno, ¿vale?

—Claro, disculpa —respondo, aliviada. Supongo que lo peor ya ha pasado. Viviré para librar otras batallas. Y lo haya hecho o no, si mi dignidad ha sufrido otro golpe en beneficio de mi estatus social, por lo menos estas tías podrán vivir de forma indirecta mis supuestas proezas.

Y luego está Abigail.

Mientras las demás vuelven a las series matutinas de dibujitos y sus tostadas con canela, ella se rezaga en la cima de las escaleras, como aguardándome. Quiero pasar por su lado e ignorarla, tal vez incluso empujarla ligeramente por las escaleras. En lugar de eso, me comporto como una idiota y me quedo plantada en el pasillo, mirándola a los ojos.

—Estarás satisfecha —espeta, arqueando una de sus cejas perfectamente depiladas.

—No, Abigail, solo cansada.

—No te equivoques pensando que has demostrado algo esta noche. Conor se tiraría hasta a una marioneta si esta le sonriese. No te creas especial, Tay-Tay.

Esta vez sí que le doy un golpecito al pasar.

—Ni se me ocurriría.

—¿Y no te tiró los trastos? —inquiere Sasha el domingo por la mañana una vez termino de contarle los sucesos del viernes por la noche.

Al contrario que yo, Sasha sigue viviendo en Kappa Ji, así que hemos quedado para desayunar en el Della's Diner. Normalmente es tan vaga que no viene a Hastings y me convence para que quedemos en una de las cafeterías de Briar, pero supongo que el mensaje confuso que le mandé ayer —«Ya te contaré cuando nos veamos»— no fue suficiente para satisfacer la curiosidad de mi mejor amiga. Por lo menos ya sé lo que cuesta sacarla del campus: salseo picante.

O la falta de él.

—Nop —confirmo—. Nada. —No me preocupa que se lo cuente a las Kappa. Confío ciegamente en ella, y no pienso dejar que crea que me he liado con un deportista popular porque es un casanova. Es la única que sabe que sigo siendo virgen.

—¿No te intentó besar?

—Qué va. —Mastico despacio un trozo de tostada de harina de trigo integral. Siempre pido lo mismo en el Della's para desayunar: tostada integral, una tortilla de claras de huevo y un pequeño bol de frutas. Si contar calorías fuese una carrera, sería más rica que Jeff Bezos.

—Me parece flipante —opina—. A ver, su reputación le precede.

—Bueno, sí que tonteó un poco —confieso mientras hago amago de agarrar el vaso de agua—. Fingió que le atraía mi cuerpo.

Pone los ojos en blanco.

—Taylor, te aseguro que no fingía. Sé que crees que a los tíos solo se la pone dura una tía con cuerpo de fideo, pero confía en mí, te equivocas. Las curvas los vuelven locos.

—Ya. Curvas, no mollas.

—Tú no tienes mollas.

Ahora no, y gracias a Dios. Llevaba desde Nochevieja empeñándome en comer bien, porque durante las vacaciones me pasé y engordé casi cinco kilos. En estos tres meses había perdido unos ocho y estaba contenta, pero me encantaría seguir perdiendo más.

Mi modelo de cuerpo ideal estaría entre Kate Upton y Ashley Graham. Tiendo a fluctuar entre las dos, pero me encantaría llegar al de Kate. Soy de las que creen que todos los cuerpos son bonitos. Sin embargo, me olvido al mirarme al espejo. Mi cuerpo lleva siendo el eje de mi estrés e inseguridades toda la vida, así que mantenerme bien es mi prioridad.

Me trago el último trozo de tortilla y finjo no darme cuenta de lo apetecible que me resulta el desayuno de Sasha. Una pila deliciosa de tortitas con virutas de chocolate bañadas en sirope.

Es una de esas tías con la suerte de poder comer todo lo que quiera sin engordar. Y mientras tanto yo, con un mísero bocado de hamburguesa, voy y engordo cinco kilos de la noche a la mañana. Mi cuerpo es así. Ya lo he asumido. Las hamburguesas y las tortitas saben superbién en el momento, pero a largo plazo no merece la pena comerlas.

—En fin —prosigo—, fue todo un caballero.

—Sigo sin dar crédito —logra decir con la boca llena de tortitas. Mastica con rapidez—. ¿Y te dijo que lo llamases?

Asiento.

—Pero es evidente que no lo dijo en serio.

—¿Por qué?

—Pues porque es Conor Edwards y yo soy Taylor Marsh. —Pongo los ojos en blanco—. Además, no me dio su número.

Ella frunce el ceño, y sé que con eso he logrado que desista.

—Así que más vale que te olvides de cualquier fantasía romántica que te hayas montado en la cabeza. Conor me hizo un favor la otra noche. —Me encojo de hombros—. Y ya está.

CAPÍTULO 5

CONOR

Si alguno de nosotros albergaba la esperanza de que el entrenador Jensen nos dé un poco de manga ancha tras asegurar nuestra participación en las semifinales del campeonato de primera división de la NCAA, se esfuma poco después de salir al hielo para el entrenamiento el lunes por la mañana. Desde el primer silbato, el entrenador se ha vuelto loco, tanto como si acabara de enterarse de que Jake Connelly ha dejado preñada a su hija o algo. Nos pasamos la primera hora entrenando la velocidad, patinando hasta que nos sangran los dedos de los pies. Luego nos manda lanzar tantas veces a puerta que siento que los brazos se me van a caer de los hombros.

Silbido, a patinar. Silbido, a lanzar. Silbido, mátame.

Cuando el entrenador nos ordena ir a la sala multimedia para estudiar las imágenes del partido, a mí me falta poco para salir del hielo a rastras. Hasta Hunter, que ha intentado mantener el tipo como capitán del equipo para que no perdiéramos la actitud positiva, tiene cara de querer llamar a su madre para que lo coja en brazos. En el túnel de vestuarios compartimos una mirada lastimera. *Te entiendo, tío.*

Después de tragarme un botellín de Gatorade y una de esas barritas energéticas, me siento medio vivo, por lo menos. La sala multimedia contiene tres filas de sillas afelpadas colocadas en semicírculo, y yo estoy en la primera con Hunter y Bucky. Todos estamos despatarrados del cansancio.

El entrenador se coloca frente a la pantalla del proyector con la imagen estática de nuestro partido contra Minesota iluminándole la cara. Hasta el sonido que hace cuando se aclara la garganta me produce escalofríos.

—Algunos parecéis creer que lo peor ya ha pasado. Que vais a tocaros los huevos hasta el campeonato y que a partir de ahora todo van a ser fiestas y alcohol. Pues os traigo malas noticias. —Da dos palmadas fuertes en la pared y juro que el edificio entero se mueve. Todos nos sentamos rectos en las sillas, más despiertos que su puta madre—. Ahora es cuando empieza el trabajo duro. Hasta ahora habéis estado pedaleando con ruedines. Ahora es cuando vuestro papi os lleva a lo alto del maldito monte y os hacer bajar de un empujón.

La imagen se mueve a cámara lenta en la pantalla. Se ve a la línea de defensa fuera de posición en un desmarque del oponente y que da por perdido un disparo a la red que repica en el poste. Ese soy yo a la izquierda, y verme tratar de perseguir al lanzador me abre un agujero en el estómago.

—Justo aquí —explica el entrenador—. Desconectamos del partido. Nos quedamos mirando el disco. Es solo un segundo en el que nos descentramos pero, pam, se nos adelantan.

Adelanta la cinta. Esta vez son Hunter, Foster y Jesse los que no atinan con los pases.

—Venga, señoritas. Estamos hablando de cosas básicas que lleváis haciendo desde que teníais cinco años. Manos blandas. Visualizad dónde están vuestros compañeros. Abríos. Penetrad la defensa contraria.

Todos estamos recibiendo un buen palo en nuestros desorbitados egos. Así es el entrenador: ir de superestrellitas con él, no. Desde hace unas cuantas semanas, nos hemos sentido casi invencibles en nuestro ascenso hasta la cima. Ahora que tenemos a nuestros rivales directos por delante, ya es hora de que pongamos los pies en la tierra. Y eso implica partirse el lomo en los entrenamientos.

—Esté donde esté el disco, quiero a tres tíos dispuestos a recibir —prosigue el entrenador—. No quiero ver nunca a nadie parado porque no haya nadie que se le ofrezca. Si queremos prepararnos para Brown o Minesota, tenemos que jugar nuestro juego. Pases rápidos. Presión alta. Quiero ver confianza detrás del palo.

Mi entrenador en Los Ángeles era un verdadero hijo de puta. La clase de tío que irrumpe en una habitación gritando y chillando, dando portazos y lanzando sillas por los aires. Lo expulsaban del partido al menos dos veces por temporada y luego venía al siguiente entrenamiento y lo pagaba con nosotros. A veces nos lo merecíamos. Otras, era como si necesitara exorcizar cuarenta años de vergüenza e ineptitud con un puñado de críos estúpidos. Con razón su programa de *hockey* era una mierda.

Por su culpa casi ni me molesté en probar en el equipo cuando llegué a Briar, pero conocía la reputación de la universidad y también había oído cosas buenas. El entrenador Jensen fue todo un alivio. Puede cantarnos las cuarenta, pero nunca lo hace con maldad. Nunca se centra demasiado en el deporte como para olvidar que está entrenando a personas de verdad. Algo de lo que nunca he dudado es de que el entrenador Jensen se preocupe por cada uno de nosotros. Hasta ayudó a sacar a Hunter de la cárcel el semestre pasado. Por eso solo, lo seguiríamos adonde fuera. Total, ¿qué más da si perdemos las uñas de los pies de tanto sangrar?

—Muy bien, eso es todo por hoy. Quiero que todos vayáis a hablar con el nutricionista y os aseguréis de recibir la programación de comidas para las próximas semanas. Vamos a esforzarnos más que en toda la temporada. Quiero que cuidéis vuestros cuerpos. Si tenéis molestias o dolores, notificádnoslo e id a que os lo miren. Ahora no es el momento para ocultar lesiones. Debéis saber que podéis contar con el compañero más cercano en el hielo. ¿Está claro?

—Oye, entrenador —habla Hunter. Suspira y se encoge en el sitio—. Los chicos se preguntan si se sabe algo del tema de la mascota.

—¿Del cerdo? ¿Aún seguís con eso del cerdo? Mira que sois idiotas.

—Eh... sí. Algunos de los chicos se sienten vacíos debido a la ausencia de Pablo Huescobar.

Me río disimuladamente. No voy a mentir, en el fondo yo también echo de menos a nuestro estúpido huevo. Era un buen tío.

—Por Dios santo. Sí, tendréis a vuestra maldita mascota. En agosto, por lo que he oído. Hay que rellenar muchísimo papeleo absurdo cuando se adquiere un cerdo por motivos no agrícolas. ¿Satisfecho, Davenport?

—Yip yip. Gracias, entrenador.

Todos empezamos a marcharnos y las conversaciones empiezan a aflorar conforme nos dirigimos a la puerta.

—Eh, esperad —brama el entrenador.

Todos nos paramos en seco, como los buenos soldados que somos.

—Casi se me olvida. Me han dicho desde arriba que nuestra asistencia es obligatoria en no sé qué evento de antiguos alumnos el sábado por la tarde.

Se oye toda una sarta de quejidos y protestas.

—¿Qué? ¿Por qué? —pregunta Matt Anderson desde el fondo.

—Ah, venga ya, entrenador —se queja Foster.

A mi lado, Gavin está cabreado.

—Menuda mierda.

—¿Y qué tendremos que hacer? —inquiere Bucky—. Ni que fuéramos monos de feria o algo.

—Pues básicamente —responde el entrenador—. Oíd, yo también odio estas cosas. Pero cuando el rector dice salta, el director deportivo solo pregunta cómo de alto.

—Pero somos nosotros lo que saltamos —protesta Alec.

—Ya lo vais pillando. Estos eventos están hechos para que os hinchéis a lamer culos. La universidad cuenta con estos pequeños escaparates para recibir financiación para los programas de deportes y para construiros unas instalaciones de primera y que podáis entrenar como auténticas princesitas. Así que llevad los trajes a la tintorería, peinaos un poco y, por el amor de Dios, portaos bien.

—¿Eso significa que alguna asaltacunas rica me pellizcará el culo? —Todos nos reímos y Jesse levanta la mano para seguir hablado—. Porque yo no tengo ningún problema con sacrificarme por el equipo, pero mi novia es celosa y voy a necesitar un justificante o algo oficial en caso de que me pregunte.

—Quiero que quede constancia de que este tipo de cosas me resulta de lo más sexista y que puede considerarse explotación —añade Bucky para meter baza.

El entrenador, hasta las narices de nuestras gilipolleces, se lleva los dedos a los ojos y recita con voz plana y monótona lo que supongo que es el código de conducta de Briar:

—Está en la política de la universidad que ningún estudiante deba comportarse de manera inmoral o poco ética, o de forma que pueda comprometer sus creencias religiosas o espirituales. La universidad es una institución que ofrece igualdad de oportunidades basadas en los méritos académicos y que no discrimina en función de género, orientación sexual, situación económica, religión o falta de ella, o el temperamento de vuestras novias. ¿Satisfechos, chicos?

—¡Gracias, entrenador! —exclama Bucky mostrándole los dedos pulgares de forma exagerada. Algún día de estos el chaval le provocará un aneurisma.

Pero Jesse y Bucky no van tan desencaminados. Hay algo que no funciona bien en un sistema que nos obliga a pagar cincuenta mil pavos al año y a la vez nos trata como si no fuésemos más que prostitutas. Al menos a los que no estamos aquí de gratis, como yo.

Aunque, si hay algo que se me dé bien, es hacer de juguete sexual.

Una cosa sí diré de este puñado de imbéciles: cuando nos ponemos, nos ponemos. El equipo vino de punta en blanco el sábado por la tarde. Con las barbas recortadas. Gomina en el pelo. Bucky hasta se había cortado los pelos de la nariz, como tuvo a bien informarnos.

El almuerzo con los antiguos alumnos es en Woolsey Hall, en el campus. Hasta ahora, solo ha consistido en escuchar a un puñado de gente levantarse y hablar sobre cómo Briar los ha convertido en los hombres y mujeres que son hoy día, no sé qué de devolver, el espíritu académico, y bla, bla, bla... Nos han asignado asientos separados a todo el departamento deportivo, junto con los representantes de las fraternidades, la junta de estudiantes y otras tantas importantes organizaciones de estudiantes, repartidos por todas las mesas con los exalumnos invitados. En su mayor parte solo he tenido que sonreír, asentir, reírme de sus chistes malos y decirles: «Por supuesto, señor, vamos a llevarnos el campeonato este año».

Aunque no todo es malo, la verdad. La comida es decente y hay mucho alcohol gratis. Así que al menos voy a poder emborracharme.

No obstante, por muy bien que esté con traje, sigo teniendo la sensación de que me lo van a oler. El olor a pobreza. El apestoso hedor a nuevo rico. Todos estos gilipollas que probablemente se pasaron la mayor parte de sus años de universidad metiéndose coca con billetes de cien dólares sacados de sus fondos fiduciarios y que les habrán dado intereses porque sus antepasados estaban metidos en el negocio de los esclavos.

Hace siete meses vine a Briar como un chaval cualquiera de Los Ángeles. Exactamente la clase de gente que las universidades de la Ivy League prefería que les barrieran el suelo en vez de asistir a clases. Aun así, un padrastro con los bolsillos grandes hace maravillas a la imagen que pueda dar uno al consejo de admisiones.

Sí, doy el pego muy bien, pero mierdas como esta me recuerdan que no soy uno de ellos. Y nunca lo seré.

—Señor Edwards. —La mujer mayor sentada junto a mí tiene lo que parece ser el ajuar entero de joyas de la reina de Inglaterra colgando del cuello. Desliza una de sus manos huesudas por mi muslo y se inclina hacia mí—. ¿Me hace usted el favor de conseguirle a esta dama un *gin-tonic*? El vino me da dolor de cabeza. —Huele a cigarrillos, a chicles de menta y a perfume caro.

—Por supuesto. —Con la esperanza de que no repare en mi alivio, me disculpo ante los presentes en la mesa dando gracias por poder tomarme un respiro.

Fuera del salón encuentro a Hunter, Foster y Bucky en la barra de bar, donde los del *catering* están recogiendo tras el banquete de aperitivos y entremeses.

—¿Es mucha molestia si te pido un *gin-tonic*? —le pregunto al camarero.

—No, para nada. —Empieza a servir la bebida—. Cuantas más botellas vacíe, menos tendré que llevarme de aquí.

—¿Un *gin-tonic?* Tío, ¿cuándo te has convertido en mi abuela? —bromea Bucky.

—No es para mí. Es para mi asaltacunas.

Hunter resopla y le da un trago a su cerveza.

—Por favor, no os riáis. Un par de *gin-tonics* más y seguro que intenta subírseme a la polla. —Asiento al camarero para que me dé permiso, y luego me robo una de las cervezas que tiene en una caja en el suelo.

—Por lo que he oído —dice Foster—, tu polla ha estado bastante ocupada esta semana.

Abro el botellín con el anillo que llevo en el dedo corazón de la mano derecha.

—¿A qué te refieres?

—Las malas lenguas dicen que pasaste la noche del viernes con una Kappa y te metiste en la cama de una Tri Delta el jueves.

Suena fatal cuando lo dice así. Pero sí, supongo que eso es lo que parece. Él no sabe, claro, que Taylor y yo solo compartimos una encantadora y platónica noche de conversación. Y tampoco puedo defender su honor sin mandar a la mierda su tapadera. Confío en estos tíos, pero es inevitable que cualquier cosa que diga les llegue a sus novias y, bueno, la gente habla.

—¿Quién te ha contado lo de mi rollo con la Delta? —le pregunto con curiosidad, porque Natalie me había metido a escondidas en la casa de la fraternidad pasada la medianoche. Al parecer la casa Delta tiene una ridícula regla que prohíbe que los chicos nos quedemos a dormir allí.

—Ella misma—responde Foster, riéndose por lo bajo.

Arrugo el ceño.

—¿Eh?

Bucky se saca el móvil del bolsillo.

—Sí, sí, todos vimos la foto. Espera. —Da toquecitos sobre la pantalla varias veces—. Aquí está.

Echo un vistazo al Instagram de Bucky. Y sip, ahí está Natalie en un selfi, enseñando el dedo pulgar mientras yo aparezco en la esquina inferior de la foto, dormido como un tronco. Debajo, el comentario reza: «Mirad quién ha marcado. #BuenorroDelHockeyDeBriar #MenudoPalo #SuenaElMarcador #Goooooool».

Qué bonito.

—Le doy un sobresaliente en iluminación y composición —comenta Foster, riéndose. Cabronazo.

—*Hashtag* bombonazo —añade Bucky—. *Hashtag*…

Cuando el camarero me tiende el *gin-tonic*, yo regreso para llevárselo a su dueña, no sin antes enseñarles el dedo corazón a mis colegas.

No son las bromas lo que me molesta. Ni siquiera la foto, en realidad. Es solo que me siento casi como… una puta barata. Alguien con quien acostarse para presumir y conseguir me gustas. Puedo ser un pelín promiscuo, pero yo no trato a las mujeres como conquistas. Un sencillo intercambio de placer físico, donde todos consiguen lo que quieren y no hay mentiras de por medio, es perfectamente sano. ¿Por qué hacer que la otra persona se sienta como un pedazo de carne?

Pero, bueno, supongo que es lo que me merezco. Ir por ahí como un vividor follador es lo que tiene, que te van a tratar igual.

Cuando regreso al salón, la banda de *jazz* está tocando y los platos del almuerzo han desaparecido. La mayoría de los invitados han salido a bailar a la pista de baile, incluyendo mi asaltacunas enjoyada. Dejo la copa en la mesa y me siento, rezando por que nadie venga a obligarme a bailar también. Por ahora, todo bien. Doy un trago a mi cerveza y me limito a observar a la gente. Enseguida, una conversación un par de mesas más allá capta mi atención.

—Venga ya, por favor. No le des tanto bombo. Fue una apuesta, ¿vale? No es como si él hubiese ligado con ella ni nada.

—Créeme —responde la voz de una chica—, yo oí lo que pasaba allí dentro. Seguro que vio esas tetas y ese culo de estrella del porno y pensó que, mientras se la follara por detrás, no tendría por qué verle la cara.

—Yo me follaría el cuerpo de Taylor con tu cara —responde un tío.

Aprieto la mano sobre el botellín de cerveza. ¿Esos capullos están hablando de Taylor?

—¿Me estás vacilando, Kevin? Repite eso y te arranco los huevos.

—Joder, Abigail, que estoy de coña. Tranquila, tía.

Abigail. ¿La hermana de la sororidad de Taylor que la obligó a aceptar esa estúpida apuesta?

Echo un vistazo rápido por encima del hombro. Sí, es ella. Recuerdo haberla visto esa mañana en el pasillo de la casa Kappa cuando hice el paseo de la vergüenza. Está sentada con un grupo de chicas Kappa que reconozco de la fiesta y otros cuantos tíos. Taylor tenía razón, la chica es una auténtica zorra.

Presuponiendo que ella también debe de estar aquí, inspecciono la estancia en busca de Taylor, pero no la encuentro.

—¿Sabéis que quiere ser profesora? —añade otra chica—. Seguro que acaba preñada de alguno de sus alumnos.

—Joder, tú, debería dedicarse a grabar vídeos porno donde hace de profesora —responde uno de los chavales—. Esos melones le harían ganar mucha pasta.

—¿Cómo puede la gente ganar dinero con el porno? ¿No es gratis ahora?

—Deberías ver las cosas que tenemos en vídeo por haber pagado. Te caerías de espaldas.

No es hasta que regresa la asaltacunas a por su *gin-tonic* y me deja una marca de pintalabios rojo en la mejilla que caigo en que estoy apretando los puños por debajo de la mesa y conteniendo la respiración. No sé muy bien qué conclusiones sacar de ello. Esta gente es lo peor, sí, pero ¿por qué me cabreo por una chica a la que conozco de una noche? Mis compañeros de equipo siempre bromean con que nunca nada me molesta y, por norma general, tienen razón. Se me da muy bien no rayarme por cosas absurdas. Sobre todo, cuando el tema ni siquiera me incumbe.

Pero esta conversación me está sacando de mis casillas.

—¿Viste la foto aquella de la Delta en Insta? Conor ni siquiera ha querido una segunda ronda con Taylor.

—Algunas chicas solo están hechas para ser rollos de una noche. Ese es el lugar que le corresponde —repone Abigail con voz engreída—. Salir con un tío como Conor es un objetivo inalcanzable para Taylor. Cuanto antes se dé cuenta de eso, más feliz será. Aunque es triste, la verdad.

—¡Ay, madre! Seguro que ya ha escrito en sus libretas «Taylor quiere a Conor».

—O «Taylor Edwards» con sangre en su diario.

Se ríen a carcajadas. Capullos.

Se me pasa por la cabeza ir hasta allí y enfrentarme a ellos. Taylor no ha hecho nada para que se burlen de ella así. Es una tía guay. Inteligente, divertida. Llevaba mucho tiempo sin que me apeteciera pasar toda una noche hablando con una desconocida. Y no porque me diese pena o necesitara una coartada. Me lo pasé de puta madre con ella. Esos imbéciles no tienen derecho a reírse así de...

Hablando de la reina de Roma.

Tenso los hombros cuando veo a Taylor caminar en mi dirección. Tiene la cabeza gacha por estar concentrada en su móvil. Lleva un vestido negro que le llega hasta las rodillas, una rebeca corta y rosa abotonada hasta el cuello, y el pelo recogido en un moño bajo y desordenado.

Recuerdo el modo en que se lamentaba de sus curvas y, sinceramente, no lo entiendo. El cuerpo de Taylor me resulta mil veces más atractivo que, digamos, el esquelético de Abigail. Las mujeres deberían ser suaves, blanditas y con curvas. No sé muy bien en qué momento las obligaron a pensar lo contrario.

Se me seca un poco la boca a la vez que Taylor se me acerca. Está absolutamente preciosa esta noche. *Sexy*. Elegante.

No se merece las burlas de esta gente.

Algo me incita a hacerlo. El sentido de la justicia, tal vez. El triunfo de los buenos sobre los malos. Siento un hormigueo en la base del cuello, ese que me dice que estoy a punto de cometer una estupidez.

Conforme pasa por al lado de la mesa junto a la mía, sin darse cuenta de que estoy sentado allí, me pongo de pie para retenerla.

—¡Eh! ¡Taylor! ¿Por qué no me has llamado? —le pregunto lo bastante alto como para llamar la atención de Abigail y de su grupito dos mesas más allá.

Taylor parpadea, anonadada y confundida con razón.

Venga, nena. Sígueme el rollo.

Le suplico con los ojos cuando repito la pregunta con absoluta desolación:

—¿Por qué no me has llamado?

CAPÍTULO 6
TAYLOR

Intento prestar atención a lo que me está diciendo Conor, pero verlo vestido de traje me está afectando a la concentración. Sus hombros anchos y torso se ajustan a la chaqueta azul marino a la perfección. Me entran ganas de pedirle que se dé la vuelta para ver cómo le queda por detrás. Seguro que le hace un culazo.

—Taylor —me llama con impaciencia.

Parpadeo y me obligo a mirarlo a la cara.

—Ah, hola, Conor. Perdona, ¿qué decías?

—Ha pasado una semana —dice con una insistencia algo rara—. No me has llamado. Creía que nos lo habíamos pasado bien en la fiesta.

Me quedo con la boca abierta. ¿Está de coña? A ver, sí, técnicamente me dijo que lo llamara cuando se fue el sábado por la mañana, pero formaba parte de su papel, ¿no? ¡Si ni siquiera me dio su número!

—Perdón. —Frunzo el ceño—. Supongo que ha habido un malentendido.

—¿Me estás evitando? —inquiere.

—¿Qué? Claro que no.

Está raro. Y quejica. Me da por pensar si tiene algún tipo de trastorno de personalidad.

O tal vez esté pedo. Ha habido barra libre, y por eso me dirigía al baño. Pero entonces ha aparecido de la nada y se ha interpuesto en mi camino.

—No puedo dejar de pensar en ti, Taylor. No pudo comer, no puedo dormir. —Se pasa una mano por el pelo, nervioso—. Creía que esa noche había habido algo entre nosotros. Quería ir de guay, ¿sabes? No quería sonar muy agresivo ni nada, pero te echo de menos, nena.

Si esto se trata de una broma, no me hace ni pizca de gracia.

Aprieto los puños a los costados y retrocedo.

—Vale, no sé de qué va todo esto, pero sea lo que sea, vi una foto en Instagram en la que salías en la cama con una tía, así que me atrevería a decir que ya lo has superado.

—Eso es porque has jugado conmigo. —Y lanza un gruñido teñido de dolor—. Mira, sé que la he cagado. Soy débil. Pero es que me jodió mucho que la noche tan increíble que pasamos no significara nada para ti.

Vale, este chico me empieza a preocupar.

Exasperada, doy un paso hacia él.

—Conor, tú...

Me agarra de improviso. Me envuelve entre sus brazos y pega sus manos enormes a mi cintura al tiempo que inclina la cabeza para enterrarla en el hueco de mi cuello. Me quedo quieta, aturdida y sinceramente un poco asustada ante lo que está pasando.

Hasta que me susurra al oído.

—Sé que vas a pensar que estoy pirado, pero necesito que me ayudes. No quiero tocarte el pene ni cosas así. Sígueme el juego, T.

Al apartarme para mirarlo, veo un brillo de urgencia y humor en sus ojos. Eso sí, sigo sin saber del todo qué está pasando. ¿Está intentando devolvérmela por lo que hice el finde pasado? ¿Es una broma? ¿Una estúpida venganza?

—Con, tío, deja a la pobre chica en paz —comenta una voz divertida.

Me giro hacia el chico de pelo oscuro que acaba de hablar y es entonces cuando veo a Abigail y a Jules. Mis hermanas de sororidad están sentadas con sus novios y algunos tíos de Sigma, y ahora todo empieza a cobrar sentido.

Me derrito un poquito. El mundo no se merece a Conor Edwards.

—Pírate, capitán —responde Conor sin volverse siquiera—. Estoy conquistando a mi chica.

Contengo la risa.

Él me guiña un ojo y me da un apretón en la mano. Y entonces, para más bochorno, se pone de rodillas. Ay, madre, los que antes no nos estaban mirando, ahora sí, joder.

El buen humor que tenía está a punto de esfumarse. Estoy segura de que Conor está acostumbrado a ser el centro de atención con esa cara bonita que tiene. Pero yo preferiría que me clavasen astillas bajo las uñas antes de que todos se fijen en mí. No obstante, siento cómo Abigail me fulmina con la mirada, lo que significa que no puedo mostrarme débil. Ni mostrar ni un ápice de la ansiedad que me está sobreviniendo.

—Por favor, Taylor. Te lo suplico. Sin ti no valgo nada.

—¿Qué narices está pasando? —inquiere uno.

—Calla, Matty —lo chista el primer chico—. Estoy deseando ver qué hacen.

Conor ignora a sus colegas. No despega sus ojos grises de mí.

—Sal conmigo. Dame una cita.

—Pues va a ser que no —contesto.

Se oye un jadeo de sorpresa proveniente de la zona de la mesa de las Kappa.

—Venga, T —me suplica de nuevo—. Dame una oportunidad.

Tengo que morderme el interior de la mejilla para no echarme a reír. Los ojos se me anegan en lágrimas de la risa. Vacilo durante un buen rato; no porque intente crear tensión o dramatismo, sino porque me preocupa que, si abro la boca, estalle en carcajadas o me eche a llorar de la vergüenza.

—De acuerdo —claudico al final encogiéndome de hombros. Para parecer más distante, desvío la mirada hacia el escenario, como si todo esto me aburriera—. Supongo que no pasa nada por tener una cita.

Se le ilumina la cara.

—Gracias. Te prometo que no te arrepentirás.

Ya lo hago.

Tras el numerito de Conor, apenas nos quedamos mucho más en el banquete. Teniendo en cuenta que ni me apetecía asistir, me alegro de poder marcharme.

El año pasado, Sasha y yo nos pusimos un poco piripis y nos lo pasamos genial, pero esta vez no ha podido venir porque ha tenido un ensayo de última hora para su concierto de primavera. Eso significa que me he pasado estas últimas horas sonriendo, relacionándome con la gente y fingiendo ser superamigui de las Kappa, que bien me odian, bien pasan de mí. Eso sin contar con la maldita rebeca de punto que llevo puesta. Me la he puesto antes porque me estaban mirando el pecho sin parar, así que estoy sudando como un pollo.

Conor se ofrece a llevarme a mi apartamento porque ambos vivimos en Hastings, pero resulta que es algún tipo de mago confundemente, porque acabamos en su casa. No sé por qué he accedido a cenar y ver una peli con él. Culpo a las dos copas de champán que me he bebido en el banquete, aunque me siento totalmente sobria.

—Te lo advierto, mis compañeros pueden resultar algo... exaltados —me previene mientras nos detenemos delante de un piso en una calle bordeada de árboles.

—¿Exaltados, en plan de frotarse contra mi pierna cachondos perdidos, o de los que se asustan fácilmente de los ruidos fuertes?

—Un poco de ambos. Dales un golpecito en la nariz si se propasan.

Asiento y cuadro los hombros.

—Vale, lo pillo.

Si soy capaz de sobrevivir a una clase de veinticuatro críos de seis años hasta arriba de azúcar, creo que podré manejar a cuatro jugadores de *hockey*. Aunque seguramente me resultará más fácil con vasitos de pudin.

—Con, ¿eres tú? —pregunta alguien cuando entramos—. ¿Qué quieres en el bol?

Conor coge mi abrigo para colgarlo en uno de los ganchos junto a la puerta.

—Poneos calzoncillos —dice—. Tenemos una invitada.

—¿Qué bol? —inquiero, confusa.

—Son las normas de nutrición del equipo. Nos toca comer como ratoncillos. Nada de calorías vacías. —Y suspira.

Cómo lo entiendo.

Doblamos la esquina hacia el salón y veo a tres tíos enormes despatarrados en los sofás; dos están jugando a la Xbox.

Todavía llevan los trajes del banquete, aunque estén bastante desaliñados; se han desatado la corbata y se han sacado las camisas. Juntos parecen salidos de un anuncio de colonia de la revista *GQ* en el que se quiere reflejar el final de una noche inolvidable, en Las Vegas o algo así. Lo único que les falta es un par de piernas femeninas con tacones sobre los hombros o tal vez algo de ropa interior roja de encaje sobre el brazo del sofá.

—Chicos, esta es Taylor. Taylor, los chicos.

Conor se quita la chaqueta del traje y la lanza al respaldo de una silla.

Me quedo alelada observando cómo sus músculos se adhieren a la camisa blanca. Su torso presiona contra los botones de esta. Creo que no voy a ser capaz de mirar un traje con los mismos ojos a partir de ahora.

—Hola, Taylor —saludan todos a la vez, como si formara parte de una broma.

—Hola, chicos —los saludo con la mano, algo avergonzada. Encima, hace un calor horrible aquí y me apetece muchísimo quitarme la rebeca.

El vestido que llevo debió de encogerse en la lavadora o algo ayer, porque mis tetas llevan toda la tarde tratando de liberarse. Me ha desanimado ver que, al caminar por aquel salón lleno de funcionarios de la Casa Blanca, premios Nobel y directores de empresas de la lista Fortune 500, muchos llevan sin mirar a una mujer a los ojos desde sus años de fraternidad.

Los tíos son una especie fallida.

—Así que eres tú. —Uno de sus compañeros enarca una ceja mientras se encorva hacia delante con un mando de Xbox en la mano. Es guapo, y tiene unos hoyuelos que dejan a la gente atolondrada.

Lo reconozco. Es el chico que estaba sentado junto al capitán del equipo de Conor en el banquete. Ha llegado antes que él a casa, aunque eso ha sido por mi culpa; tenía que ir al servicio y la cola era inmensa.

—¿Quién? —Me hago la tonta.

—La que ha conseguido que Con se arrodille y se vuelva un idiota enchochado. —Hoyuelos se me queda mirando a la espera de que se lo explique todo.

—Joder, ¿eras tú? —exclama otro tío—. Qué rabia que nos fuéramos antes del numerito. —Fulmina con la mirada al de al lado—. Te dije que nos tendríamos que haber tomado una copa más.

—No interrogues a mi invitada, Matt —gruñe Conor—. Y el resto, más de lo mismo.

—¿Vas a ser nuestra nueva mamá? —El tercer tío abre una cerveza y sonríe con ojitos de cordero degollado, y yo soy incapaz de reprimir la risa.

—Ya basta. —Conor echa a Matt del sofá más pequeño y me hace un gesto para que me siente—. Por eso no viene nadie a veros.

Comparado con mi piso, su casa es enorme. El salón es grande y tiene sofás de cuero viejos y un par de butacas reclinables. Hay una televisión inmensa conectada, por lo menos, a cuatro consolas. Cuando Conor me ha contado que vive con cuatro compañeros, me esperaba que viviera en un piso que apestase a sudor, que tuviera cajas de pizza tiradas por todos lados y la ropa sucia desperdigada por el suelo, pero este sitio está sorprendentemente ordenado y limpio y tampoco huele a pies o a pedo.

—Oye, invitada —una cuarta cara se asoma por el hueco que separa la cocina del salón—. ¿Qué quieres tú de Freshy Bowl? —pregunta con el móvil pegado a la oreja.

—Una ensalada con pollo a la parrilla, por favor —respondo al momento. Me conozco de sobra la carta de uno de los únicos sitios que hay Hastings de comida sana.

—Pago yo —murmura Conor al ver que voy a sacar dinero del bolso.

Lo miro.

—Gracias. A la siguiente, pago yo.

¿A la siguiente? Como si fuera a volver a cenar en casa de Conor Edwards, vaya. Creo que es más probable que el cometa Halley aparezca varias décadas antes de lo previsto.

No soy la única a la que le sorprende el giro de los acontecimientos. Cuando Sasha me escribe unos minutos después y yo le cuento dónde estoy, me acusa de estar gastándole una broma.

Mientras Conor y sus compañeros debaten qué peli ver, yo le contesto:

YO: No es ninguna broma, te lo prometo.
ELLA: ¿¿¿Que estás en su CASA???
YO: Te lo juro por mi póster firmado de Ariana Grande.

Es la única cantante de pop de la que Sasha me deja ser seguidora. Siempre dice que «si no cantan en directo y sin *autotune*, no son artistas de verdad, bla, bla, bla...».

ELLA: Sigo pensando que me estás mintiendo. ¿Estáis solos?
YO: Somos seis. Yo + Con + 4 compis de piso.
ELLA: ¿¿¿Con??? ¿YA ESTAMOS ACORTANDO NOMBRES?
YO: No, lo he acortado por pereza de escribir.

Estoy a punto de añadir un emoticono poniendo los ojos en blanco cuando me quitan el móvil de las manos bruscamente.

—Oye, devuélvemelo —protesto, pero Conor me lanza una sonrisa malévola y lee en alto mi conversación con Sasha a sus compañeros de piso.

—¿Tienes un póster firmado de Ariana Grande? —inquiere Alec. O al menos creo que se llama Alec. Todavía no me he aprendido sus nombres del todo.

—¿Le das un besito antes de ir a dormir? —me pregunta Matt, lo cual consigue que los demás se echen a reír.

Fulmino a Conor con la mirada.

—Traidor.

Me guiña el ojo.

—Oye, mi profesora en el instituto, la señorita Dillard, siempre nos decía que, si nos pillaba escribiendo notitas en Geografía, las leería en alto para que se enterase toda la clase.

—La señorita Dillard suena a sádica. Como tú. —Pongo los ojos en blanco de nuevo de forma exagerada—. ¿Y si hubiese escrito algo sobre lo mucho que me duele la regla?

Gavin, que está junto a Alec, palidece.

—Devuélvele el móvil, Con. De esto no va a salir nada bueno.

Los ojos grises de Conor regresan a la pantalla.

—Pero la amiga de T no se cree que estemos con ella. Espera, vamos a mandarle pruebas. Sonreíd, tíos.

Y tiene la jeta de sacarse una foto. Me quedo con la boca abierta al ver que todos flexionan los bíceps.

—Hala, enviada —suelta Conor, asintiendo satisfecho.

Le quito el móvil de la mano por las malas. Sí que se la ha mandado. Y mi amiga no tarda en responder.

ELLA: JODER. Quiero lamerle los hoyuelos a Matt Anderson.

ELLA: Y después chuparle la polla.

Estallo en carcajadas y Conor intenta volver a quitarme en móvil otra vez. Esta vez gano yo y me guardo el iPhone en el bolso antes de que puedan hacerse con él.

—¿Veis esto? —les digo a todos señalando el bolso—. Es algo intocable. Cualquier tío que ose rebuscar en el bolso de una tía acabará asesinado por el Carnicero de Bolsos.

Conor suelta una risilla.

—Joder, nena, se te ha visto un poco el lado psicópata.

Le lanzo una sonrisa dulce. Al final acabo quitándome la rebeca porque todos estos tíos enormes exudan un calor impresionante.

En cuanto se desliza por mis hombros, veo que más de uno clava los ojos en mi escote. Me sonrojo, pero los ignoro y aprieto los labios.

—Oye, ¿estás bien? —le pregunto a Gavin, que ahora tiene la mirada perdida.

—Ah, eh... sí. Yo... tú... eh... me gusta tu vestido.

Matt se ríe disimuladamente desde una de las butacas reclinables.

—Eh, que se te sale la lengua, alelado.

Eso consigue que Gavin vuelva en sí. A pesar de quedarse mirándome al principio, los chicos vuelven a actuar con normalidad, y lo agradezco. No diría que son unos perfectos caballeros, pero tampoco son unos depravados.

En cuanto llega la comida, los tíos ponen *Profundidad seis*. Me como la ensalada con pollo a la parrilla y veo en la tele cómo un cangrejo gigante está atacando una base submarina de la marina; a todo esto, me pregunto cómo me he dejado engatusar por Conor Edwards para pasar tiempo con él.

A ver, no es que me importe. Es divertido. Y dulce, también. Sin embargo, todavía no le he pillado el punto. Suelo ser recelosa en lo que respecta a los tíos y las amistades que se forjan como de la nada. Cuando estábamos en el coche le he preguntado por qué ha montado el numerito delante de Abigail y sus secuaces y él se ha limitado a encogerse de hombros y a responder con un «porque me hace gracia vacilarles a los de las fraternidades».

Me creo que le haga gracia, pero sé que hay otra razón. No obstante, no se lo puedo preguntar delante de sus compañeros de piso, lo cual me hace pensar que tal vez lo sepa y por eso los usa como escudo, para no tener que responderme.

—No tiene sentido. —Joe, que me ha pedido que lo llame Foster, fuma de la cachimba tumbado en la butaca—. La diferencia de presión a esa profundidad requeriría varias horas de descompresión antes de poder ascender.

—Tío, hay un cangrejo gigante intentando zamparse el minisubmarino —replica Matt—. No te comas la cabeza.

—No, tío, es que es absurdo. Si pretenden que me tome en serio la historia, que respeten algunas leyes básicas de la física. Vamos, hombre. ¿Qué clase de guionista ha escrito esto?

En el sofá, Conor sacude la cabeza a mi lado y reprime la risa. Es absurdamente atractivo y me cuesta concentrarme en otra cosa que no sea su marcado mentón y la simetría de su rostro. Cada vez que me mira el corazón me da un vuelco, como si fuera un delfín contento, y yo no tengo más remedio que intentar que no se me note.

—Creo que te lo estás tomando demasiado en serio —le dice a Foster.

—Solo pido que lo hagan bien, ¿vale? ¿Cómo pretendes hacer una peli sobre una estación submarina y pasarte las reglas por el forro? ¿Qué es lo siguiente? ¿Una película del espacio en la que no haya vacío y todo el mundo pueda respirar fuera sin el traje? No, porque eso es una soberana estupidez.

—Dale a la cachimba, anda —le aconseja Gavin desde uno de los sofás antes de llevarse otro bocado a la boca—. Cuando no estás fumado te pones de mal humor.

—Pues sí que lo voy a hacer. —Le da una calada larga, suelta un hilo de humo y vuelve a enfurruñarse mientras come quinoa.

Es un tío raro. Es guapo, pero raro. Y claramente inteligentísimo también. Antes de empezar la peli me han dicho que Foster estudia Biofísica Molecular, lo cual lo convierte en una mezcla rara entre cerebrito, jugador de *hockey* y fumador de cachimba.

—¿No os hacen test antidopaje? —le pregunto a Conor.

—Sí, pero siempre y cuando se fume poco y no muy a menudo, no se refleja en la orina —me explica.

—Créeme —murmura Alec, acomodado sobre el brazo del sofá y más dormido que despierto. Se ha quedado frito en el sofá al lado de Gavin en cuanto ha empezado la película—. Mejor no conocer a Foster sin maría.

—Que te den —replica Foster.

—Oye, capullos, ¿podríais no dejaros en vergüenza cuando tenemos compañía? —los amonesta Conor—. Lo siento, no están muy bien adiestrados.

Sonrío.

—Me caen bien.

—¿Ves, Con? Le caemos bien —contesta Matt.

—Eso, así que vete a la mierda —interviene Gavin alegremente.

Ojalá vivir en la casa Kappa hubiera sido algo así. Esperaba una hermandad verdadera y al final se pareció más a la serie *Scream Queens*, hasta con mi propia Chanel Oberlin y todo. A ver, no todas eran tan insoportables como Abigail, pero fue desbordante. El ruido, los escándalos continuos. Que todo lo que hiciéramos fuera en grupo.

Soy hija única, y durante algún tiempo pensé que tener unas hermanas de sororidad llenaría el hueco que no sabía que tenía en el corazón. Bueno, pues enseguida aprendí que hay gente a la que no le importa compartir el baño y otra que prefiere cagar en el bosque antes que pasarse otra mañana más esperando a que otras diez tías terminen de cepillarse el pelo.

Una vez acaba la peli, los tíos quieren poner otra de miedo, pero Conor espeta que no le apetece y me levanta del sofá.

—Venga —me dice, y el corazón me vuelve a dar un vuelco—. Vámonos arriba.

CAPÍTULO 7
TAYLOR

Conor y yo nos dirigimos a su habitación entre silbidos y gruñidos sugerentes por parte de los chicos. Están a un paso o dos por delante en la escala evolutiva de las gallinas salvajes, pero aburridos no son, desde luego. Sé que piensan que vamos arriba a acostarnos, pero yo tengo un propósito distinto en mente.

—Ahora que te tengo a solas… —digo una vez Conor cierra la puerta a nuestra espalda.

Él tiene el dormitorio principal, que es lo bastante grande para que quepa una cama enorme de matrimonio con una estructura de madera oscura, un sofá biplaza al otro lado de la habitación y una cadena de música con otra tele gigantesca. También tiene un baño privado y un gran ventanal que ocupa la mitad de la pared y da a un jardincito donde la nieve del invierno por fin se ha derretido casi por completo.

—Sí, nena, por mí perfecto. —Conor se arranca la corbata de la camisa y la arroja a través de la estancia.

Pongo los ojos en blanco.

—Eso no.

—Mira que te gusta provocarme.

Me siento en su cama, contra el cabecero, y coloco una almohada entre nosotros al igual que hizo él la última vez que nos quedamos los dos solos en un dormitorio. La colcha de cuadros azules me dice que su madre quiso elegir algo masculino para él en Neiman Marcus. Es muy suave y huele a él; a sándalo y a una pizca de sal marina.

—Quiero saber una cosa. ¿De qué iba todo ese paripé en el banquete?

—Ya te lo he dicho.

—Sí, pero creo que hay algo más que no me has contado. Así que, suéltalo.

—¿No prefieres que nos liemos? —Se sube al colchón a mi lado y de repente la cama se me antoja diminuta. ¿De verdad es de matrimonio? Porque Conor está justo ahí, y una mísera almohada no va a protegerme del calor de su cuerpo atlético ni del olor de su loción para después del afeitado.

Me obligo a no caer rendida ante la sonrisa sensual que me dedica.

—Conor —digo con el tono de voz que uso con mis alumnos de primero de primaria cuando uno de ellos no quiere prestar sus ceras.

Su sonrisa coqueta desaparece al instante.

—Si te dijera que no quieres saberlo, ¿confiarías en mí y lo dejarías pasar?

—No. —Lo miro intensamente a los ojos—. Dime por qué has hecho lo que has hecho en el banquete de antiguos alumnos.

Él suspira y se pasa las manos por la cara antes de apartarse el pelo de los ojos.

—No quiero hacerte daño— murmura la confesión como un susurro.

—Ya soy mayorcita. Si me respetas, cuéntame la verdad.

—Joder, T. Cómo sabes dar donde más duele.

Al mirarme con absoluta incomodidad, sé que debo prepararme para lo peor. Que quizás Abigail esté detrás de todo, que lo planearon juntos. La primera apuesta, la declaración de amor en Woolsey Hall... Todo eso fue una conspiración para obligarme a sentir algo por él. ¿Y ahora es cuando está empezando a arrepentirse? Es una posibilidad de lo más humillante, pero tampoco sería lo peor que hubiese hecho Abigail.

—Vale. Pero ten en cuenta que son sus palabras, no las mías.

Me narra lo que oyó antes decir a Abigail y a Jules con sus novios sobre mi «lío» con Conor. Yo me encojo en el sitio cuando me explica con tono infeliz que su conversación también incluía el tema de mi potencial como actriz porno, entre otras cosas.

Qué bonito todo.

Tiene razón, podría haber seguido con mi vida sin conocer todos los detalles morbosos.

Antes siquiera de que termine de hablar, ya tengo ganas de vomitar. Se me revuelve el estómago al pensar en que Conor los ha oído soltar toda esa mierda sobre mí.

—Todavía me sobran diez kilos para poder llegar a ser una estrella del porno —bromeo a pesar de ser a expensas de mí misma.

La mayoría de las veces, si te burlas de ti misma primero, la gente tiende a no soltar comentarios hirientes con respecto a tu peso. Demostrarle a los demás que eres consciente de ese sobrepeso suaviza la aversión que puedan sentir hacia el hecho de tener una amiga rechoncha. Porque es importante que todos conozcamos nuestro lugar en el mundo.

—No digas eso. —Conor se incorpora y me mira con los ojos entrecerrados—. Tu aspecto no tiene nada de malo.

—No pasa nada. No tienes por qué hacerme sentir mejor. Sé muy bien cómo me ve la gente. —Las pullas siempre me afectan, pero a estas alturas mis terminaciones nerviosas ya casi ni sienten ni padecen. Al menos, eso es lo que yo me digo—. De niña era regordeta. De adolescente, también. —Me encojo de hombros—. Llevo lidiando con el tema del peso toda mi vida. Es lo que hay. Ya lo he aceptado.

—No, no me estás entendiendo, Taylor. —La frustración cruza su expresión—. No tienes por qué justificarte. Sé que ya te lo he dicho, y supongo que lo seguiré diciendo hasta que me creas, pero estás muy buena. Me acostaría contigo ahora mismo, ya, y de todas las formas posibles si me lo permitieras.

—Anda, cállate. —Me río.

Pero él no se ríe conmigo. En vez de eso, se levanta de la cama y me da la espalda.

Mierda. ¿Se ha enfadado porque le he dicho que se calle? Pensaba que estábamos de coña. En eso se basa nuestra relación, ¿no? Espera. ¿Nos conocemos lo suficiente como para tener una relación? Joder.

—Con...

Antes de poder arreglar lo que sea que haya roto entre nosotros, Con empieza a desabotonarse la camisa, y luego se la saca de los pantalones.

Pasmada, me quedo admirando su espalda desnuda. Tiene la piel bronceada y los músculos definidos. Dios, me encantaría pegar la boca contra ese espacio entre sus omóplatos y explorarlo con la lengua. Aquella imagen consigue que se me pongan los vellos de punta. Me muerdo el labio tan solo para evitar proferir algún ruidito absolutamente indigno de mí.

Él arroja la camisa al otro lado de la habitación y luego se desabrocha los pantalones. Estos caen contra el suelo de madera, así que ahora lo único que lleva puesto son unos calcetines negros y unos bóxeres que se aferran al culo más prieto que haya visto nunca.

—¿Qué haces? —La voz me sale más susurrante de lo que pretendo.

—Quítate la ropa. —Se gira y se encamina hacia la cama, decidido.

—¿Disculpa? —De rodillas, me muevo rápidamente hacia el borde contrario de la cama.

—Que te desnudes —me ordena Conor.

—Va a ser que no.

—Escucha, Taylor. Vamos a solucionar esto aquí y ahora, y ya no habrá más discusión.

—¿Qué vamos a solucionar, exactamente?

—Voy a follarte y a demostrar que a mi polla la pones cachonda.

¿Perdón?

Hasta cuando me lo quedo mirando pasmada, mis ojos, inconscientemente, bajan hasta su entrepierna. No sabría decir si el bulto bajo aquella tela elástica y negra es su erección o su paquete de normal. Sea como sea, la declaración de Conor es tan absurda que no puedo evitar soltar una carcajada.

Y luego otra.

Y otra.

Enseguida ya no soy capaz de respirar y hasta me he doblado por la mitad del dolor que siento en el abdomen. Ay, que no puedo parar. Cada vez que lo miro a la cara, una nueva oleada de risas me sobreviene, y las lágrimas me resbalan por las mejillas. Joder, qué puta gracia tiene.

—Taylor. —Conor se pasa ambas manos por el pelo—. Taylor, deja de reírte de mí.

—¡No puedo!

—Estás infligiéndole un daño irreparable a mi ego, que lo sepas.

Jadeando, trato de respirar hondo. Al final, las carcajadas remiten y ya solo queda una risita nerviosa.

—Gracias —logro pronunciar—. Lo necesitaba.

—¿Sabes qué? —rezonga arrugando el ceño de forma malhumorada—. Lo retiro todo. Eres como la kriptonita para los penes.

—Ay… Ven aquí, anda. —Me vuelvo a acomodar sobre la cama y doy golpecitos al espacio junto a mí.

En vez de portarse como una persona normal, él solito decide tumbarse y apoyar la cabeza y hombros sobre mi regazo.

No se me escapa que ahora tengo a un tío guapísimo en calzoncillos tumbado sobre mí. Y me cuesta la misma vida concentrarme viéndolo a él, bueno, así. Esta no es la primera vez que veo a Conor medio desnudo, y aun así su efecto sobre mí no es menos sorprendente. Él es a quien los tíos visualizan en el espejo cuando están levantando pesas y sacándose selfis en el gimnasio. Cada imbécil en camiseta de tirantes se cree el maldito Conor Edwards.

—No me creo que no te hayas desnudado —gruñe con voz acusadora.

—Lo siento. Ha sido una invitación muy dulce, pero no me ha quedado más remedio que rechazarla con todos mis respetos.

—Bueno, pues eso te convierte en la primera.

Conor levanta esa preciosa mirada gris y, por un breve instante, una imagen cruza mi mente. Yo, inclinándome. Él, acunándome la mejilla. Nuestros labios encontrándose en el espacio entre los dos…

¡No lo beses, Taylor!

Mi sistema de alarmas empieza a resonar y mi estúpida fantasía de colegiala desaparece tan rápido como ha aparecido.

—¿En la primera qué? —le pregunto, tratando de recordar de qué estábamos hablando. Conor Edwards está tumbado en mi regazo y no deja de distraerme.

—La primera chica en rechazar a mi polla.

—Y no por primera vez —le recuerdo.

—Sí, gracias, Taylor. Te parezco un adefesio. Lo pillo. —Conor enarca una ceja—. Aunque es una pena.

Su pelo está gritando que hunda los dedos en él. Que le acaricie esos suaves mechones. Me hormiguean los dedos con la necesidad de ceder a la tentación.

—¿Qué es una pena?

—No pares. —No es hasta que habla que me percato de que mis dedos han ido completamente a su bola—. Me gusta.

Así que prosigo peinándole el pelo con los dedos y rozándole el cuero cabelludo con las uñas.

—¿Qué es una pena?

—Bueno, ya hemos establecido cierta base entre nosotros. Hemos pasado una noche de sexo alucinante. Todos se creen que me tienes comiendo de la palma de tu mano. Me da pena que desaprovechemos todo eso.

Lo miro con recelo.

—¿Y qué propones?

—Que sigamos con la farsa.

—Ya. —Pondero la idea en mi cabeza. Es, cómo no, una sugerencia terriblemente deshonesta e inmadura. Así que, como es natural, siento curiosidad—. ¿Hasta cuándo?

—Hasta que nos casemos, muramos o la graduación —dice—. Lo que llegue primero.

—Vale, pero ¿por qué? ¿Qué ganas tú con todo esto?

—Una cura para el aburrimiento. —Me sonríe—. Me gustan los juegos, T. Y este me parece bastante divertido.

—Ajá. Pero ¿y si mi hombre perfecto aparece de repente, pero se asusta de que el maldito Conor Edwards esté husmeando bajo mis faldas?

—Lo primero: sí, sigue llamándome así. Lo segundo: si ese tío no es capaz de soportar algo de competición, entonces no es tu hombre perfecto. Créeme, nena.

Cada vez que me llama «nena» una corriente de electricidad recorre mi pecho. Me pregunto si nota cómo se me acelera el pulso. O quizá sepa perfectamente que tiene ese efecto en todas las chicas y yo no soy más que una muñequita en la línea de ensamblaje. El lote 251 de entre mil millones. Móntame, y adiós.

—Vale. ¿Y qué pasa con tus admiradoras? —replico—. ¿Y si Natalie de Tri Delta quiere una segunda ronda y ve que, de repente, tienes una novia falsa?

Se encoge de hombros.

—No tengo ningún interés en repetir con ella.

—Ja, no te lo crees ni tú. ¿Has visto el pelo que tiene? Tiene un brillo espectacular.

Eso consigue que se ría por lo bajo.

—Pelo espectacular aparte, lo digo en serio. Publicó una foto de mí desnudo en su cama mientras dormía. No me mola eso. ¿Y mi consentimiento?

—Ja —vuelvo a decir—. Mírate. —Con ambas manos, hago un ademán hacia su cuerpo de *Playgirl* medio desnudo—. Probablemente te encante alardear frente a la cámara.

—No sin mi consentimiento —repite, y la dureza de su expresión me revela que no le hicieron ninguna gracia las acciones de Natalie.

Supongo que no lo culpo. Yo aún sigo teniendo pesadillas con la semana de iniciación de las Kappa y todas las cosas humillantes que las de último año nos grabaron haciendo.

—En fin —prosigue—, tal vez necesite un descanso de tirarme a tías día sí y día también. Ya sabes, centrarme un poco más en mí.

Le doy un puñetazo en el hombro.

—¿Tirarte a tías día sí y día también? Por Dios, ¿puedes ser más asqueroso?

Él me vuelve a lanzar una sonrisa engreída.

—No crees que sea asqueroso. Si no, no dejarías que me acurrucara sobre tu regazo.

Se me seca la garganta de pronto.

—Esto no puede considerarse acurrucarse —asevero.

—Sí que lo es, T.

—Que no, C —lo imito—. Y, ¿qué? ¿dices que vas a volverte abstemio así por la cara? No me lo trago.

Conor parece horrorizado.

—¿Abstemio? Ni de coña. Voy a intentar seducirte con cada oportunidad que tenga.

No puedo evitar soltar una risotada.

—No tienes remedio.

—¿Por qué has dejado de tocarme el pelo? Me gustaba. —Saca la lengua para humedecerse el labio inferior, un gesto adorable que me acelera el pulso—. Entonces, ¿qué dices? ¿Seguimos fingiendo un poco más?

—El hecho de estar considerando la idea siquiera es indicativo de lo mucho que me he pasado hoy con la bebida —respondo.

—Eso ha sido hace horas. No estás borracha. Además, no me digas que la cara de Abigail cada vez que nos ha visto juntos no te ha empapado ahí abajo.

—Lo primero, no digas esas guarradas. Y segundo... —Quiero decirle que se equivoca. Que estoy muy por encima de esas bajezas. Sin embargo... no va tan desencaminado—. Puede que lo disfrutara un poquito —confieso.

—¡Ja! Lo sabía. Te gustan los juegos tanto como a mí.

—Pero solo un poquito —enfatizo.

—Mentirosa.

Cuando de repente se incorpora, experimento una sensación de vacío que no me permito sentir, pero que siento igual. Echo en falta el peso de su cuerpo cálido y la suavidad de su pelo rubio entre mis dedos.

—¿Qué haces? —inquiero cuando se baja de la cama y recoge sus pantalones del suelo.

Regresa con su móvil antes de desplomarse a mi lado. Desliza el pulgar por la pantalla para... bueno, no tengo ni idea de para qué. Como soy muy cotilla, me inclino hacia él y echo un vistazo. Entonces descubro que ha abierto MyBri, la red social de la universidad.

Abro mucho los ojos cuando lo veo cambiar su estado de soltero a «en una relación».

—Eh —lo amonesto—. Que no he dicho que sí.

—Prácticamente sí.

—Estaba decidida en un setenta por ciento, como mucho.

—Joder, pues le van a dar a ese último treinta por ciento, porque lo estamos petando, nena.

Madre del amor hermoso. La pequeña burbuja sobre el icono de notificaciones empieza a parpadear. Diez, veinte, cuarenta.

—Venga —me intenta convencer—. Me aburro. Con esto por lo menos nos echaremos unas risas. Y en el mejor de los casos hasta cederás ante mi despampanante atractivo y acabarás en la cama conmigo.

—Sigue soñando.

—Lo hago. Pero bueno, en el segundo mejor de los casos puede que Abigail te deje en paz durante un tiempo. Solo por eso merece la pena, ¿verdad?

Eso sí que estaría bien. Sobre todo, porque mañana hay reunión en la hermandad y sé que Abigail no va a dejar de meterse conmigo.

—Sabes que quieres hacerlo... —Bambolea el teléfono en el aire de forma provocadora.

Me llama la atención el grueso anillo de plata que lleva en el dedo corazón.

—Qué bonito. ¿Dónde lo has comprado?

—En Los Ángeles. Y te estás desviando del tema. —Me tiende el móvil—. No hay huevos.

—Eres muy insistente.

—Algunos dirían que es una de mis mejores cualidades.

—Y también odioso.

Conor me deslumbra con una de sus sonrisas jactanciosas que prácticamente dice que «odioso» es tan solo otra palabra que usamos las mujeres como sinónimo de «encantador» cuando estamos a punto de dar nuestro brazo a torcer.

—Taylor Marsh, ¿me concedes el enorme honor de actualizar el apartado de relaciones de tu perfil y de convertirte en mi novia falsa?

Y eso es precisamente lo que ocurre. Le quito el teléfono de la mano como poseída por un ser sobrenatural. Cierro su perfil de MyBri y luego inicio sesión en el mío. Y mientras cambio el estado para que concuerde con el suyo, caigo vagamente en la cuenta de dos cosas:

Una: que podría haber usado mi propio teléfono, aunque me hubiera cargado el momento.

Y dos: que esto, sea lo que sea, tiene bastante pinta de acabar muy mal.

CAPÍTULO 8
TAYLOR

Menos de veinticuatro horas después de que Conor y yo lo hayamos hecho «oficial», todas las miembros de Kappa se reúnen en la casa mientras nuestra presidenta dirige la reunión. El primer tema que se trata es la votación de primavera para elegir a la presidenta y vicepresidenta del año que viene. Desde luego, dado que Charlotte está en último curso, es evidente que Abigail, como vicepresidenta que es, tiene todas las papeletas de heredar el título. Yo me bajo de la vida.

—Para asegurarnos de que no se ejerza influencia alguna ni por mi parte ni por la de la vicepresidenta —explica Charlotte—, Fiona dirigirá el comité de votación junto a Willow y Madison. Ellas serán las anfitrionas de la cena del comité y coordinarán la votación. Las que estéis interesadas en echar una mano podréis hablar con ellas una vez concluya la reunión.

La verdad es que lo de la votación es meramente una formalidad. Todos los años el presidente de último curso nombra a una de tercero como vicepresidenta y esta sale elegida el año siguiente. Me parece insultante que finjan que no vivimos en un sistema dinástico. Dani, que se ha presentado contra Abigail como única contrincante, no tiene nada que hacer. Pero yo pienso votarla.

—¿Fi? —Le da pie Charlotte.

La chica, pelirroja y alta, se levanta.

—Sí, vale. Abigail y Dani darán su discurso final durante la cena del comité. El formato será...

Me vibra el móvil contra el muslo, con lo cual pierdo el hilo de lo que dice Fiona. Bajo la cabeza y sonrío al leer el mensaje de Conor.

ÉL: ¿Qué está haciendo la *sexy* de mi chica esta tarde?

Le respondo disimuladamente, aunque siento que Sasha me está mirando. Está sentada a mi lado y seguro que está intentando leer lo que escribo.

YO: Estoy en una reunión de la hermandad. Mátame.
ÉL: ¿Matarte? Entonces, ¿cómo vamos a acostarnos?

Contengo la risa y le contesto con un emoticono poniendo los ojos en blanco.

Él me manda una foto de sus abdominales y yo intento no babear sobre la mesa del comedor.

—¿Vas a compartirlo con todas, Tay-Tay? —escucho la voz brusca de Abigail.

Levanto la cabeza de golpe.

—Lo siento —me disculpo y dejo el móvil en la mesa. Le lanzo una mirada arrepentida tanto a Fiona como a Charlotte—. Me ha escrito una persona y le estaba contestando que estoy en una reunión.

—¿Una persona? — Sasha se parte—. ¿Y el nombre de esa persona empieza por C y termina por Onor?

Me giro para fulminarla con la mirada.

Pero el comentario ya ha captado la atención de nuestra presidenta.

—¿Conor? —repite—. ¿Conor Edwards?

Logro asentir levemente.

—Esta chica ha conseguido pescar a un dios del *hockey* —se pavonea mi mejor amiga por mí, y yo me debato entre darle una colleja por volverme el centro de atención o las gracias por darle bombo al asunto. Sasha Lennox es la mejor para esa tarea. Sabe que lo de la relación de MyBri es puro teatro, así que cruzo dedos para que no se le escape y desvele la verdad.

—Y que lo digas —responde Charlotte, impresionada—. Bien hecho, Marsh.

—Follaron en mi cuarto —alardea Rachel, como si eso significase ser la cuasi novia de Conor Edwards.

—Menuda hazaña —interviene Abigail, aunque sus ojos verde claro están tan fríos como el hielo—. ¿Quién no se ha acostado con ese tío? Ahora en serio. Levantad la mano las que os lo hayáis tirado.

Tras varios segundos de incertidumbre tres personas levantan la mano. Willow y Taryn, al otro lado de la mesa, y Laura, sonrojada y apoyada contra la pared.

Vaya. El tío no pierde el tiempo.

Me trago el nudo de celos que me sube por la garganta y me recuerdo que ya era consciente de que es un casanova. Además, es adulto y tiene derecho a acostarse con quien le dé la gana, incluidas las chicas de mi hermandad.

Al notar que estoy incómoda, Sasha se vuelve hacia Abigail y le lanza una mirada igual de fría.

—¿Qué pretendes, Abs? ¿Insinúas que Taylor no vale nada porque su chico era un promiscuo? Eso no significa nada. De hecho, mira. Levantad la mano las que os hayáis acostado con uno de los exnovios capullos de Abigail.

Me divierto al ver que se alzan el doble de manos. Pues sí, seis chicas Kappa, y esta vez ninguna se muestra tímida. Tengo la sensación de que les gusta recrearse porque Abigail es una zorra.

Jules, la lacaya de confianza de Abigail, frunce el ceño.

—¿Es que no habéis oído hablar del respeto entre tías o qué?

Sasha suelta una risilla.

—Dímelo tú, Julianne. ¿No fuiste tú la que le quitó el tío a la chica de Zeta Beta Ni?

Eso le cierra la boca.

Charlotte carraspea.

—Venga, que ya nos hemos desviado del tema. Fiona, estabas mencionando lo de los discursos de las candidatas, ¿no?

Justo cuando Fiona abre la boca para responder, me vuelve a vibrar el móvil, por lo que Rachel, que está prácticamente inclinada sobre la mesa, chilla emocionada.

—¡Te está haciendo una videollamada!

El corazón me da un vuelco debido a los nervios.

—Lo siento mucho —me disculpo ante Charlotte—. Voy a darle a ignorar...

—¿Ignorar? —repite Charlotte con incredulidad—. Por el amor de Dios, Marsh, contesta.

Ay, madre. Esto es una pesadilla. ¿Por qué narices ha tenido mi novio falso que hacerme una videollamada justo cuando le he dicho que estaba en la reunión de la hermandad? ¿Por qué me hace esto?

—¡Contesta! —insiste Lisa Donaldson a voz en grito.

Juraría que es la primera vez que se ha dirigido a mí.

Con el corazón a mil por hora, le doy a aceptar. Un segundo después la llamada se conecta y la cara preciosa de Conor aparece en la pantalla.

—Hola, nena.

Su voz profunda resuena en el comedor de Kappa Ji, y me percato de que algunas de mis hermanas se estremecen.

—Lo siento, sé que estás en una reunión, pero quería decirte... —Se interrumpe en mitad de la frase y entrecierra los ojos como de placer—. Mmm, joder, T, estás para comerte.

No sé si es posible estar más roja de lo que ya lo estoy. Me aparto un mechón de pelo detrás de la oreja y le gruño a la pantalla:

—¿En serio? ¿Has interrumpido mi reunión solo para soltarme eso?

—No, no era por eso.

Me lanza una sonrisita inocente y todas las que son capaces de ver la pantalla suspiran y se derriten cual damas victorianas.

—Entonces, ¿qué quieres?

Conor me guiña el ojo.

—Simplemente quería decirte que te echo de menos.

—Ay, Dios —murmura Rachel.

Madre mía, me sé de alguien que lo está dando todo. Antes de poder responderle, le quitan el teléfono de la mano y veo otra cara.

—¡Taylor! —me saluda Matt Anderson, feliz—. Oye, ¿cuándo vas a venir? Foster ha encontrado otra peli que tenemos que ver.

—¡Tiene agujeros negros y calamares gigantes! —se escucha la voz de Foster.

—Pronto, Matty —le prometo, y cruzo dedos para que no se cabree porque lo llame así. Pero oye, que si Conor lo está dando todo, yo también—. En fin, tengo que colgar, que estoy ocupada.

Cuelgo, dejo el móvil sobre la mesa y reparo en que hay un aluvión de tías con los ojos como platos mirándome con envidia. Incluso Sasha parece impresionada, y mira que ella está al tanto de la verdad.

—Lo siento mucho —digo, incómoda—. Prometo que no volverá a interrumpir una reunión.

—No te preocupes —me tranquiliza Charlotte—. Sabemos de buena tinta que cuesta decir que no a esos jugadores de *hockey*.

La reunión prosigue sin sobresaltos, aunque me cuesta ignorar que Abigail y Jules me están atravesando con la mirada continuamente. Charlotte, con su manicura perfecta, zanja la reunión dando una palmada y las sillas se arrastran hacia atrás cuando todo el mundo se dispersa. Me choco con alguien durante la avalancha de gente marchándose y me aparto enseguida al ver que es Rebecca Locke.

—Lo siento —me disculpo con la chica, que es menuda—. No te he visto.

—No pasa nada —responde en un hilo de voz antes de alejarse sin añadir nada más.

Al verla subir deprisa, suspiro y me pregunto si alguna vez dejará de estar incómoda conmigo. Durante la semana de iniciación me obligaron a besarla y huelga decir que para ambas fue una situación de lo más vergonzosa. Apenas hemos hablado un puñado de veces desde entonces y jamás nos hemos quedado solas en la misma sala.

—¿Comemos juntas? —Sasha entrelaza el brazo con el mío al tiempo que nos dirigimos a la puerta de entrada.

—Claro —contesto.

—Taylor, espera —me llama alguien antes de que podamos salir.

Miro por encima del hombro. Lisa Donaldson y Olivia Lang se acercan a nosotras.

—¿Qué tal? —las saludo por educación.

—Vives en Hastings, ¿verdad? —Lisa se pasa una mano por su melena brillante.

—Sí, ¿por? —pregunto, y trato de ocultar el asombro cuando dos tías que jamás me han hecho ni caso me comentan que van a Hastings un par de veces a la semana a la peluquería y que les encantaría que cenásemos juntas el martes por la noche si no tengo nada que hacer.

—Vente tú también, Sasha —le sugiere Olivia, y parece una invitación sincera—. Normalmente, Beth, Robin y sus respectivos novios también cenan con nosotras. A veces viene bien salir del campus e ir a un sitio distinto, ya sabes.

—No vivir en el campus es hasta mejor —les digo con una sonrisa.

—Seguro que sí —conviene Lisa. Mira hacia Abigail, que se encuentra cuchicheando con Jules en la esquina más alejada del salón. Qué interesante. Tal vez no sea la única que esté pensando votar a Dani.

Una vez accedemos a quedar con ellas, Sasha y yo nos vamos. Tomo una bocanada de aire de primavera y lo expulso despacio.

—Maldito Conor Edwards —mascullo.

Sasha suelta una carcajada.

—Hay que admitir que el tipo es bueno.

—Demasiado. Hasta me ha convencido a mí de que me echaba de menos, y sé que no es verdad. —¡Si tenía a todas las tías en el salón de Kappa babeando por él! Una mera videollamada y ya me han invitado a cenar.

Conor me dijo que le encantaban los juegos y ha demostrado que se le dan fenomenal. El problema es que a mí se me dan fatal. Y cuanto más se alargue esta pantomima con Conor, más peligro hay de que se vuelva contra mí.

CAPÍTULO 9

CONOR

Hay una calma inquietante en el hielo el martes por la mañana durante el entrenamiento. Casi nadie dice nada en dos horas; solo resuenan los sonidos de los patines y el silbato del entrenador por la pista vacía.

El sorteo de enfrentamientos fue ayer. Este fin de semanas nos enfrentamos a Minesota Duluth en Búfalo (Nueva York). Nadie quiere decirlo, pero creo que el emparejamiento nos tiene a todos un pelín acojonados. Los nervios aumentan y todos estamos inquietos e hipercentrados en nuestra parte individual de la máquina.

Hunter se ha estado quedando hasta tarde todos los días desde que nos clasificamos para las eliminatorias. Se muere por ganar. Creo que lo ve como un reflejo de su éxito como capitán, como si fuese solo cosa suya el ganar por nosotros, y que, si no lo hace, será un fracaso para el equipo. Pero, joder, yo no podría hacer su trabajo. Normalmente, solía mantener al mínimo las expectativas y no me responsabilizaba de nadie más que de mí mismo.

Después del entrenamiento, nos vamos a las duchas. Me coloco debajo del chorro y dejo que el agua hirviendo me caiga sobre los hombros doloridos. Este torneo me va a costar la vida, tú.

Mi antiguo equipo en Los Ángeles era muy malo, así que nunca nos tuvimos que preocupar por la postemporada. Trabajar tanto tiempo a este rendimiento tan alto de competición me está pasando factura físicamente. Moratones, costillas doloridas, músculos cansados. Sinceramente, no sé cómo lo hacen los profesionales. Si la temporada que viene soy capaz de ponerme de pie sobre los patines será todo un milagro. Hay muchos que quieren llegar a profesionales. Menos de la mitad tiene una mínima oportunidad. Yo nunca he soñado con jugar en la NHL. Ni tampoco quiero hacerlo. Siempre he considerado el *hockey* como una afición, algo para evitar que me meta en líos. Por hacer algo, vaya. Y pronto esa parte de mi vida se acabará.

El problema es que no tengo ni idea de qué vendrá después.

—Eh, capitán, me gustaría convocar una sesión de la Inquisición de Relaciones Amorosas —grita Bucky por encima del ruido de las duchas.

—Secundo la moción —responde Jesse a voz en grito.

—Moción aceptada. —Hunter se coloca a mi lado. Lo siento mirarme de perfil—. Se abre la sesión de la Inquisición de Relaciones Amorosas. Bucky, llama a tu primer testigo.

—Llamo a Joe Foster al estrado.

—¡Presente! —balbucea Foster bajo el chorro de agua de su ducha al otro lado del vestuario.

—Qué cabrones sois —digo mientras agarro una toalla y me la envuelvo alrededor de la cintura.

—¿Es cierto, señor Foster, que Conor Edwards se arrodilló de forma humillante y pública para profesar su amor a la chica de la fiesta Kappa después de haberse acostado con Natalie, según fuentes de Instagram?

—Espera, ¿qué? —pregunta Foster con cara de tonto—. Ah, en aquel almuerzo. Sí, fue asqueroso.

—¿Y trajo a dicha Kappa a vuestra casa esa misma tarde?

—Vaya, Bucky, no sabía que hablaras tan bien —interrumpe Gavin, dándole un codazo en las costillas al salir de las duchas.

Me dirijo a las taquillas para vestirme, aunque los demás vienen pisándome los talones.

—Sí, estuvieron un buen rato en su cuarto. Solos. —Un día de estos, Foster se va a encontrar el coche lleno de consoladores.

—Y una videollamada el otro día —añade Matt con una estúpida sonrisa en la cara—. Él la llamó a ella.

Una ronda de gritos ahogados se hace notar en el vestuario.

Pues, ya que estamos, a Matt tampoco le vendrían mal unos cuantos consoladores.

—Podéis iros todos a la mierda —digo arrastrando las palabras.

—Creo recordar —pronuncia Hunter— que conspiraste para interferir en los asuntos íntimos de mi polla. Donde las dan las toman, al parecer.

—Al menos yo no necesito que te enrolles con mi novia para poder follármela.

—Eso duele —se ríe Bucky—. Ahí te ha ganado, capi.

—Entonces, ¿va en serio? —pregunta Hunter, impávido ante la pulla sobre su estúpido voto de castidad—. Lo tuyo con...

—Taylor. Y sí, algo así.

—¿Algo así?

No, técnicamente no es real. Y me jode un poco tener que mentirles a los chicos.

Pero, bueno, ¿y qué no lo hace real? Vaya, yo no voy a acostarme con otras mujeres ni tampoco a salir con ellas, porque eso sería irrespetuoso tanto para Taylor como para esas posibles mujeres. Ella no lo ha especificado, pero sospecho que opina lo mismo sobre el tema. Así que eso tacha la casilla de la monogamia.

Y, vale, sí, no estamos acostándonos ni besándonos, ni tocándonos, ya puestos, pero eso no significa que yo esté en contra de hacerlo. Creo que si consiguiera hacer que Taylor se viera como yo la veo a ella, conseguir que valore su cuerpo como yo lo hago —jodeeer, es que menudo cuerpazo—, entonces quizás se soltaría un poco y estaría abierta a follar, a besar y a tocarnos. Así que eso también tacha la casilla de la atracción.

Lo cierto es que me lo paso bien con Taylor y me gusta hablar con ella. Es humilde y un tanto graciosa. Lo mejor de todo es que no espera nada de mí. No tengo que ser ninguna versión de mí que se haya hecho en la cabeza ni estar a la altura de ciertas expectativas que solo terminarían decepcionándonos a los dos. Y tampoco me juzga. No me ha hecho sentir mal o me ha mirado por encima del hombro ni una sola vez, ni se ha avergonzado de mis decisiones o mi reputación. No necesito su aprobación, solo su aceptación, y tengo la sensación de que a ella le gusto por el mero hecho de ser yo.

En el peor de los casos terminaré con una amiga. En el mejor, follándomela de todas las formas posibles. Se mire como se mire, siempre salgo ganando.

—Es lo que es —digo a la vez que me echo la capucha sobre la cabeza—. Estamos pasándolo bien.

Por suerte, los chicos dejan el temita, mayormente porque tienen la atención de un bebé. Hunter ya está escribiéndole a Demi de camino afuera, mientras que Matt y Foster empiezan a hablar de la película del calamar que vimos todos el otro día.

Mientras salimos de las instalaciones me suena el móvil. El nombre «Mamá» aparece en la pantalla.

—Vete adelantando —le digo a Matt—. Ahora voy. —Conforme mi compañero de equipo se aleja en dirección al aparcamiento, yo ralentizo el paso y respondo la llamada—. Hola, mamá.

—Hola, señorito —me saluda mi madre. Por mucho que crezca, a sus ojos es como si siguiera teniendo cinco años—. Llevo un montón sin saber de ti. ¿Va todo bien en la tundra?

Me río entre dientes.

—Pues hoy, de hecho, hace sol, aunque no te lo creas. —No menciono que solo hace diez grados fuera y apenas estamos en marzo. La primavera se está tomando su tiempo en llegar a Nueva Inglaterra.

—Eso es bueno. Me preocupaba que terminaras tu primer invierno en el este con deficiencia de vitamina D.

—No, no. Todo va bien. ¿Y tú qué? ¿Qué está pasando con los incendios? —Ha habido un buen puñado de incendios descontrolados en la costa oeste estas últimas semanas. Me pone de los nervios saber que mi madre está allí respirando ese humo nocivo.

—Ah, bueno, ya sabes. Estas últimas semanas he estado tapiando las puertas y las ventanas con plástico para evitar que entre el humo. He comprado cuatro purificadores de aire nuevos que se chupan todo lo que sea más grande que un átomo. Aunque creo que me están secando la piel. Quizá solo sea la falta de humedad. Pero, bueno, sea como sea, dicen que los incendios en esta zona ya están controlados, así que ya no queda mucho humo. Lo cual es bueno, porque he empezado una nueva clase de yoga en la playa al amanecer.

—¿Yoga, mamá?

—Ay, lo sé. —Se ríe de sí misma. Es un sonido tan contagioso que no me había dado cuenta de que lo había echado muchísimo de menos—. Pero la pareja de Christian, Richie... ¿Te acuerdas de Christian, del otro lado de la calle? Bueno, pues acaba de empezar a dar esa clase. Me ha invitado y no sabía cómo decirle que no, así que...

—Entonces ahora haces yoga.

—Lo sé, lo sé. ¿Quién lo habría dicho, eh?

Yo no, desde luego. Mi madre antes se pasaba sesenta o setenta horas de pie en una peluquería y luego volvía a casa y empezaba a perseguirme por todo el barrio. Si alguien la hubiese invitado entonces a hacer yoga en la playa al amanecer, probablemente les habría asestado un buen puñetazo en la garganta. La transición de madre soltera y trabajadora de Los Ángeles a ama de casa de Huntington Beach, California fue muy dura para ella. Dedicaba mucha energía a intentar encajar en cierta idea que tenía de ella misma y luego se flagelaba al ver la deficiencia en el resultado, al menos hasta que se las apañó para que todo le importase un comino.

La gente que dice que el dinero no da la felicidad no le está dando el mejor uso. Pero, eh, que si mi madre ha llegado al punto de disfrutar levantándose al alba para hacer posturitas raras en la playa, pues yo me alegro por ella.

—Le he dicho a Max que si empieza a ver cargos de Goop en la tarjeta, que los devuelva.

—¿Cómo está Max? —No es que me importe, pero si finjo que me intereso por él, ayudo a que se sienta mejor.

En mi defensa diré que estoy seguro de que mi padrastro solo le pregunta por mí por la misma razón: para ganar puntos. Max me tolera porque quiere a mi madre, pero nunca se ha molestado en intentar llegar a conocerme. El tipo ha mantenido las distancias desde el primer día. Sospecho que fue un alivio para él que les dijera que quería el traslado a una universidad del este. Estaba tan loco por deshacerse de mí que movió cielo y tierra para que me aceptaran en Briar.

Y yo estaba igual de aliviado. La culpa tiene esa forma tan implacable de presionarte que llega un punto en que harías cualquier cosa por escapar de ella.

—Está genial. Ahora mismo se encuentra fuera de la ciudad, pero vuelve el viernes por la mañana. Así que ambos te animaremos en espíritu el viernes por la noche. ¿Sabes si televisarán el partido?

—Probablemente no —respondo conforme me acerco al aparcamiento—. Si llegamos a la final, entonces seguro. Bueno, mamá, tengo que colgar. Acaba de terminar el entrenamiento y tenemos que volver a casa.

—Vale, cielo. Escríbeme o llámame antes de salir para Búfalo este fin de semana.

—Lo haré.

Nos despedimos y cuelgo antes de encaminarme al destartalado Jeep negro que comparto con Matt. Técnicamente es mío, pero él aporta pasta para gasolina y paga los cambios de aceite, así que no tengo que recurrir a la cuenta que Max me sigue llenando todos los meses. Odio depender de mi padrastro, pero en este momento no me queda más remedio.

—¿Va todo bien? —me pregunta Matt cuando me subo al asiento del copiloto.

—Sí, lo siento. Estaba hablando con mi madre.

Parece decepcionado.

—¿Qué? —Entrecierro los ojos.

—Esperaba que dijeras que era tu nueva chica para así poder burlarme un poco más de ti. Pero las madres son intocables.

Suelto una risilla.

—¿Desde cuándo? A Bucky le sueltas alguna chorrada sobre zumbarte a su madre todos los días.

Aunque, hablando de mi «nueva chica», no sé nada de ella desde anoche, cuando me respondió con un «xD» a un vídeo gracioso que le había enviado. Solo con un «xD». ¡A un vídeo de un Chihuahua surfeando! ¿Qué cojones?

Mientras Matt sale del aparcamiento, le mando un mensaje rápido a Taylor.

YO: ¿Qué andas haciendo, tía buena?

Tarda casi media hora en responderme. Estoy en casa y en la cocina haciéndome un batido cuando por fin me contesta.

TAYLOR: Trabajar. Tengo prácticas en la Escuela Primaria de Hastings.

Ah, cierto. Mencionó estar haciendo prácticas como profesora ayudante como parte de sus créditos obligatorios.

YO: ¿Cenamos luego?
ELLA: No puedo ☹
ELLA: Tengo planes con amigas para cenar. ¿Hablamos luego?

Joder. Ha pasado tiempo desde la última vez que rechazaron salir conmigo, y hasta aquello fue para que la chica consiguiera que me metiera antes en su cama. El rechazo de Taylor me duele más de lo que quiero aceptar, pero se me da muy bien fingir que todo me da igual. Al final la práctica hace al maestro, ¿verdad?

YO: Claro.

CAPÍTULO 10

TAYLOR

Suena el timbre del final de las clases justo cuando estoy haciendo mariposas de papel y orugas limpiapipas. Los niños sueltan las tijeras y barras de pegamento y vuelven corriendo a sus cubos, donde guardan los abrigos y mochilas.

—No corráis tanto —les recuerdo—. Primero guardad el material y colgad vuestros trabajos para que se sequen.

Una de las niñas viene y me da un toquecito en el brazo.

—Señorita Marsh, no encuentro mi zapato.

De pie, muestra una bota de agua morada y un calcetín con dibujitos.

—¿Cuándo lo llevaste puesto por última vez?

Ella se encoge de hombros.

—¿Tamara y tú os habéis vuelto a intercambiar los zapatos?

Repite el gesto y esta vez lo acompaña sacando el labio inferior y bajando la mirada hacia sus pies desparejados.

Reprimo un suspiro.

—Encuentra a Tamara para ver dónde ha dejado tu zapato.

Katy se escabulle enseguida. La observo al tiempo que recojo trozos de papel y vuelvo a colocar los escritorios en su sitio. Gracias a Tamara, que no lleva zapatos, encuentran el que le faltaba a Katy en la zona de lectura, con los disfraces que la señorita Gardner usa para que los niños imiten a los personajes mientras leen en voz alta.

Los de primero son capaces de mentir con una facilidad pasmosa. Sin embargo, eso no quiere decir que se les dé bien. Eso sin contar con que es prácticamente imposible que acaben con toda la ropa puesta. Creo que un cincuenta por ciento de mi trabajo es asegurarme de que vuelvan a casa llevando solo lo que traían puesto. Es una pelea interminable y desagradecida contra la cajita de objetos perdidos.

—Si hubiese algo tipo piojos de pies, el Centro para el Control y la Prevención de Enfermedades pondría esta clase en cuarentena —dice la señorita Gardner mientras vemos cómo se marchan los últimos.

Sonrío.

—Al menos, al hacer frío, llevan calcetines. No me imagino cómo será todo cuando haga más calor.

Ella suspira, derrotada.

—Por eso tengo un espray antifúngico en el escritorio.

Qué fantasía.

El colegio de primaria Hastings apenas está a diez minutos andando de mi bloque. No hay rascacielos aquí, solo edificios bajos y tiendas además de zonas residenciales flanqueadas por pisos o casas victorianas laberínticas. Es una ciudad bonita y todo está a una distancia que se puede recorrer a pie, lo cual agradezco, porque no tengo coche.

Llego a mi pequeño estudio y cojo una barrita de muesli del armario. Mientras la mastico, escribo a Sasha con la otra mano.

YO: No tendré que ponerme algo elegante para la cena, ¿no?

No he salido nunca con Lisa y esas chicas, así que no sé qué pensar. Pero bueno, que hemos quedado en la cafetería, así que tan elegante no puede ser.

SASHA: ¿¡Ponerte algo elegante!? Pues yo no. Vaqueros + camiseta de tirantes + botas = yo
YO: Perfecto. Yo también iré informal.
ELLA: ¿Vienes con C? :P
YO: ¿Por qué iba a ir con C?
ELLA: Lisa ha dicho que los novios podían ir…
YO: Ja, ja

Sasha sabe de sobra que Conor no es mi novio de verdad, pero le encanta picarme con eso. O puede que piense que, si lo menciona lo suficiente, se hará realidad. Pobre e inocente Sasha. No me cabe duda de que Conor se aburrirá enseguida, lo que significa que esta pantomima no durará mucho más. Es una pena, la verdad, porque nuestra supuesta relación cabrea a Abigail sobremanera.

Anoche, durante la cena obligatoria de la hermandad, su novio estaba venga a mencionar que me estaba tragando una «polla deportista» sin dejar de mirarme las tetas. Mientras nos comíamos el postre hizo hincapié en que me parecía a Marilyn Monroe, solo que «con algunas curvas de más», momento en el cual Sasha le preguntó cómo era vivir con un micropene. Y entretanto, Abigail se rascaba el lateral del cuello cada vez que se mencionaba a Conor hasta que acabó con la zona irritada, roja y despellejándose. ¿Se podía sufrir urticaria por celos?

Aunque yo no me rebajaría a ser tan mezquina.

Para nada.

YO: Lisa no habrá invitado a Abigail, ¿no?
SASHA: Joder, espero que no. No tengo la paciencia suficiente para aguantar a esa bruja durante dos cenas seguidas. Si la vemos allí, nos damos la vuelta y nos vamos, ¿vale?
YO: Vale.

Por suerte, cuando Sasha y yo entramos en la cafetería más tarde, no vemos ni a Abigail ni al capullo de su novio, Kevin. Eso sí, Lisa ha venido con el suyo, Cory, y Robin con un tío que se presenta como «Shep». Olivia ha venido sola y yo acabo con ella sentada a un lado y Sasha al otro.

Apenas le doy un bocado a mi bocadillo de beicon, lechuga y tomate antes de que las tías empiecen el interrogatorio.

—Oye, ¿es bueno en la cama? —pregunta Lisa, ignorando la incomodidad de su novio. Es obvio que preferiría estar en cualquier otro sitio antes que escuchando las habilidades de Conor.

Tío, ya somos dos.

—¿La tiene muy grande? —inquiere Olivia.

—¿Está circuncidado?

—¿Con matojo o sin matojo?

—¿Podemos dejar de hablar de eso? —sugiere Sasha agitando un palito de pollo—. No quiero escuchar hablar de penes mientras como.

—Gracias —murmura Cory.

—Bueno, pero ¿besa bien? —Olivia ha sacado el móvil y está salivando mientras admira el Instagram de Conor. Llegados a este punto, los novios se limitan a comerse sus hamburguesas en silencio, abatidos—. Tiene pinta de besar bien. Sin ser demasiado insistente.

—¿A qué te refieres con lo de muy insistente? —inquiero, riéndome.

—Ya sabes, cuando intentan tragarse los labios. No quiero que me besen en la barbilla precisamente. —Olivia apoya los codos en la mesa con el tenedor en la mano—. Desembucha, Taylor, quiero todo tipo de detalles.

—Besa... —Con misterio. De una forma sin catalogar. Y no es asunto mío—... de manera apropiada.

—De manera apropiada — repite Sasha mientras niega con la cabeza y esboza una sonrisa burlona—. Eres la única que denominaría besar como apropiado.

—No sé, es besar. —Incómoda, me encojo de hombros.

¿Qué más se puede decir sobre ese tema? Pues nada, porque es todo inventado. Aunque no es que el concepto no tenga su atractivo. Conor está muy bueno y tiene unos labios muy muy bonitos. Carnosos, masculinos. Parece un tío para quien besar es una afición y no un medio para conseguir un fin.

Para ser justa, tampoco es que yo haya besado a mucha gente; solo a cuatro personas, para ser exactos, y tres de esas cuatro experiencias fueron horribles. En el penúltimo año de instituto me dieron mi primer beso, y ambos lo hicimos fatal. Demasiada lengua. Nos liamos varias veces después, pero la cosa no mejoró.

Después pasamos a primero de universidad, cuando me obligaron a besar a Rebecca durante la semana de iniciación, y en segundo, cuando besé por error al novio de Abigail por culpa de un atrevimiento.

El cuarto intento de beso no resultó tan malo. Tampoco es que fuera para tirar cohetes, pero al menos no incluyó demasiada saliva o contacto obligatorio. Salí con un chico llamado Andrew durante cuatro meses y besaba de forma decente. No hicimos más que frotarnos con la ropa puesta, lo cual seguramente fuera la razón de la ruptura. Él me explicó que lo hizo porque no me «abría» a él, y supongo que en parte fue eso, aunque ambos teníamos claro que lo que no le gustaba era la falta de sexo. Es que... no me sentí lo suficientemente cómoda como para acostarme con él.

A veces me pregunto si conoceré a un tío con el que sí me sienta tan segura como para desnudarme.

—Ay, madre. —Olivia se encoge en el sitio hasta casi meterse debajo de la mesa. A su lado, Lisa se atraganta con el refresco y empieza a toser.

Me vuelvo para ver qué las ha vuelto locas.

Maldito Conor Edwards.

¿Por qué no me sorprende? Es como si tuviera un sentido arácnido que le avisa de que hay tías hablando de su pene.

La torre de metro ochenta y ocho atraviesa la cafetería dando zancadas en dirección a nuestra mesa. Lleva puesta una chaqueta de color negro y plateado de Briar Hockey y unos vaqueros azul oscuro que se adhieren a sus piernas. Los ojos de color acero brillan traviesos mientras se pasa una mano por su melena rubia. En cuanto me mira, la felicidad que destila su amplia sonrisa se me sube a la cabeza. Y a mis pulsaciones.

Dios santo. Los tíos no deberían ser tan guapos.

—Te he echado de menos, nena. —Conor me levanta de la silla y me envuelve entre sus brazos.

Huele tan bien. No sé qué se echa, pero siempre desprende un aroma que me recuerda vagamente al océano. Y a coco. Adoro el coco.

—¿Qué haces aquí? —susurro.

—Cenar con mi novia —responde con una sonrisa pícara que sugiere travesuras—. Me tiene encerrado en su cuarto todo el día —le suelta a los que están sentados a la mesa—, pero he pensado que estaría guay conocer a sus amigos.

Por un momento he pensado que se inclinaría para besarme, así que me he pasado la lengua por los labios y he inspirado despacio, con el cuerpo tenso, preparado.

Pero, en lugar de eso, me ha dado un besito en la punta de la nariz. No sé si me siento decepcionada o aliviada.

—Menuda rapidez. —Olivia deja sitio a Conor para que se siente entre ella y yo. No se me escapa que lo observa con una mirada cargada de deseo.

—¿Os conocéis de antes de la fiesta? —inquiere Lisa. Sus ojos no destilan tanto deseo, tal vez para no humillar a su novio aún más, pero está tan concentrada en Conor como Olivia.

—No —respondo por él—. Nos conocimos esa noche.

—Ha puesto mi mundo patas arriba. —Conor me pasa un brazo por los hombros y empieza a trazar formitas con los dedos—. El tiempo es relativo.

Para fastidiarlo, apoyo una mano en su muslo y le digo al grupo:

—Ya está intentando que me mude con él.

Pero la broma me estalla en la cara. Primero, porque su muslo es duro como una piedra. Segundo... bueno, no se me ocurre lo segundo porque tengo la mano en el muslo de Conor Edwards.

Antes de poder quitarla, Conor me cubre los nudillos con su palma enorme y la deja atrapada en el sitio. El calor de su contacto hace que me contenga para no estremecerme.

—Mi chica piensa que es demasiado pronto, obviamente —responde, serio—. Pero yo no estoy de acuerdo. Nunca es demasiado pronto para demostrar que las cosas van en serio, ¿verdad? —Se dirige a los novios, que responden con las típicas respuestas cliché para no acabar durmiendo en el sofá.

—Claro, si tiene que ser así, pues adelante —responde Cory.

—Si estás seguro, por supuesto —conviene Shep.

Sasha resopla en voz alta y le da un sorbo a su refresco.

—A Conor le encantan las relaciones serias —explico—. Lleva planeando su boda desde pequeño. ¿A que sí, cariño?

—Sí. —Me da un pellizco en el pulgar, pero luce una expresión totalmente inocente.

—Incluso tiene uno de esos... ¿Cómo lo llamas, Con? ¿Un tablero romántico?

—Es una cuenta de Pinterest, nena. —Mira a los integrantes de la mesa—. ¿Cómo voy a saber qué tipo de centros le gusta a la gente para el banquete si no tengo dónde elegir?

Olivia, Lisa y Robin prácticamente se arrancan las bragas y se las tiran. Sasha parece estar reprimiendo la risa.

—¿Te vas a casar, Con? —dice una voz arrastrando las palabras—. No me digas que mi invitación se ha perdido en la oficina de correos.

Me giro y veo a una chica preciosa vestida de negro acercándose a la mesa. Le da un ligero empujón a Conor en el hombro con la cadera y esboza una sonrisilla con sus labios carnosos pintados de rojo.

Es despampanante, con esos ojos y pelo oscuros y esos labios tentadores. Tiene el cuerpo perfecto con el que yo sueño: la cintura delgada, las extremidades largas y el pecho bien proporcionado.

Me entra complejo enseguida al ir vestida con unos *leggings* y un jersey holgado blanco. Suelo llevar camisetas grandes que me cuelguen del hombro porque me ocultan las curvas de debajo, pero muestran algo de piel. Llevar los hombros al descubierto es ir a lo seguro. El resto, tapadito.

—Lo siento, Bren, no estás invitada —contesta Conor en el mismo tono—. Demasiado problemática.

—Ya, claro. La problemática soy yo. —Su mirada se desvía hacia nuestras manos unidas antes de pasar a mi cara—. ¿Quién eres tú?

—Taylor —contesta Conor como si nada, y me alegro de que lo haya hecho, porque yo me he quedado muda.

«¿Y quién demonios eres tú?», quiero preguntarle. Hombre, supongo que es una ex, o por lo menos una antigua conquista, y siento tal envidia que me cuesta mostrarme indiferente. Normal que esta tía sea el tipo que le atrae a Conor. Es perfecta.

—Nena, esta es Brenna —nos presenta—. Es la hija del entrenador.

Peor me lo pones. Ahora tengo fantasías de amor prohibido reproduciéndose deprisa en mi cabeza. La hija del entrenador y el jugador estrella buenorro. Ella se la chupa en el vestuario y lo hacen sobre la mesa de papá.

—¡Oye! Te conozco. Brenna Jensen. ¡Sales con Jake Connelly! —espeta Lisa de repente.

La diosa de pelo oscuro entrecierra los ojos.

—Sí, ¿y qué?

—Es que… es… qué suerte tienes —murmura Lisa—. Jake Connelly es…

—¿Es qué? —inquiere su novio Cory, dejando claro con el tono que está hasta las narices del comportamiento de su nova esta noche—. Acaba la frase, Lisa… ¿Es qué?

Creo que Lisa se ha dado cuenta de que se ha pasado, porque se retracta de forma brutal.

—Es uno de los mejores jugadores de la NHL —contesta.

—¿Uno de? —se burla Brenna—. No, cielo, es el mejor.

Conor suelta una carcajada.

—¿Qué haces aquí, B?

—He venido a por la cena para papá y para mí. No tiene ni puta idea de cocinar y yo estoy hasta las narices de comer quemado cada vez que lo visito. Y hablando de comida… —Aparta la mirada hacia una de las camareras, que está en la barra haciéndole un gesto a Brenna—. Que pases una buena noche, Con. Trata de no fugarte para casarte antes de comentárselo al entrenador.

Todos la vemos irse y esta vez son los ojos de Cory y Shep los que se nublan. Brenna es sexo hecho persona. Camina con tanta confianza meneando las caderas que vuelvo a sentir una oleada de envidia a pesar de saber que tiene novio y, por lo tanto, no amenaza mi relación de mentira.

—Oye —amonesta Lisa a su novio, dándole en el brazo.

—Ojo por ojo y diente por diente, ¿eh? —murmura él, aún sin despegar los ojos del culo de Brenna Jensen.

Sasha le sonríe a nuestra hermana de la sororidad.

—Ahí te ha pillado, Lisa.

—Volvamos al tablero de Pinterest de Conor —interviene Olivia.

—Nah —rechaza Conor—. Esas fotos son solo para Taylor. Aunque… Puede que necesitemos añadir algún vestido como inspiración, ¿eh, nena?

Contengo la risa.

—Claro, nene.

Olivia nos mira a los dos.

—¿Vais… en serio?

Conor me mira. Espero ver el típico brillo travieso y alegre en sus ojos, y sí que lo encuentro; pero, esta vez, también hay algo más. Una intensidad distinta mientras frunce la frente y los labios.

—En eso estamos —le responde a Olivia. Pero no aparta los ojos de mí.

CAPÍTULO II
TAYLOR

La cena en la cafetería se alarga hasta tomarnos unas copas en el Malone's, el bar de la ciudad. Conor invita a algunos de sus compañeros de equipo a venir y, como no podía ser de otra manera, algunas otras hermanas Kappa también aparecen por allí. Al fondo, cerca de las mesas de billar y los dardos, juntamos unas cuantas mesas para que pueda caber la creciente comitiva. Mientras que los compañeros de Conor tienen las eliminatorias en mente y mantienen el consumo de alcohol al mínimo, las chicas no se cortan en absoluto.

Mis hermanas Kappa se han desinhibido y ya van más que un poco perjudicadas. Menos Rebecca, que ha pedido una Coca-Cola *Light*. Está sentada a unas cuantas sillas de mí y no me ha mirado ni una vez. Me sorprende que haya venido siquiera, pero sospecho que no sabía que yo estaba aquí cuando Lisa la ha invitado. Desde la semana de iniciación, sale corriendo en la dirección contraria cada vez que me ve.

—No estarás enfadada, ¿verdad? —Conor se sienta a mi lado con las bebidas que acaba de pedir para los dos. Noto inquietud en su mirada. Como si acabara de darse cuenta de que venir a cenar e invitarse a unas copas es más invasivo que encantador.

—No, enfadada no —lo miro por encima de la copa—. Pero sí siento curiosidad.

—Anda. —Deja entrever otra vez esa sonrisilla juguetona típica de él—. ¿Sobre qué?

—No sé qué te instó a buscarme y a someterte a las miradas lujuriosas de mis hermanas de sororidad. Seguro que tienes mejores cosas que hacer.

—Tenemos que seguir dejándonos ver en público, ¿no?
—Está intentando venderme su lado más adorable y coqueto con esa sonrisilla descarada, pero esta vez no me lo trago. Está tramando algo. Se comporta con una tensión extraña que no le pega en absoluto.

—Lo digo en serio —insisto—. Quiero saber la verdad.

Nos interrumpe un golpe estridente en la mesa. Cortesía de mi hermana de sororidad Beth Bradley, que ha aparecido hace media hora y ya está más pedo que todas las demás.

—Deberíamos jugar a Atrevimiento o Atrevimiento —anuncia, golpeando la mesa hasta que ha captado la atención de todo el mundo. Enarca una ceja en mi dirección y se muerde el labio con malicia.

Aunque Lisa y Olivia no parecen ser fanáticas de Abigail, sé que Beth se lleva medio bien con ella, lo cual hace que me ponga en guardia al instante.

—Deberíamos inventarnos un juego nuevo —respondo con sequedad.

—¿Qué es Atrevimiento o Atrevimiento? —Al otro lado de la mesa, Foster se acaba de convertir en el blanco del juego. Pobre chaval.

—Bueno —dice Beth—, yo te reto a algo y tú debes hacerlo si no quieres morir.

Los otros chicos se ríen por lo bajo.

—Suena intenso —comenta Matt.

—Si yo te contara… —le digo.

No puedo evitar mirar en dirección a Rebecca con un creciente nudo en la garganta. La posible amistad que pudiéramos haber tenido no ha sido más que otro daño colateral de este estúpido juego.

—Toma. —Sasha deja un chupito delante de mí. Acaba de regresar de la barra y se ha estrujado hasta acomodarse entre Matt y yo. Los dos han estado muy juntitos toda la noche.

Miro el chupito con tiento. Bebérmelo sería una idea horrible. Primero, porque yo no tolero muy bien el licor; y dos, porque en lo concerniente a Conor, debo mantenerme completamente sobria. Hay trampas y obstáculos por todos lados; agujeros llenos de lanzas de bambú afiladas esperando para empalarme.

—Venga —me urge Sasha—. Te relajará.

Así que lo apuro de un trago. Sabe a canela y a regaliz, y no en el buen sentido.

—Yo solo quería verte —me murmura Conor al oído, prosiguiendo con nuestra conversación como si jamás nos hubiesen interrumpido.

La combinación del licor calentándome la sangre y su cálido aliento en el cuello hacen que la cabeza me empiece a dar vueltas. Me inclino más hacia él y apoyo el brazo en su muslo para sujetarme.

—¿Por qué? —le devuelvo.

Esta vez, la conversación sí se detiene. Ha desviado la atención al imbécil de su compañero de equipo, que está provocando a Beth como si esta se estuviese marcando un farol.

—Pues, venga —declara Foster—. Dame lo mejor que tengas.

—Cuidado —le advierte Conor—. He visto de lo que son capaces.

—Ay, no, no me retes a acostarme con una preciosa rubita. —Foster se muestra inexpresivo—. Eso sería lo peor del mundo mundial.

—Muy bien. —Beth se incorpora y entrecierra los ojos—. Te reto a que consigas que cualquier mujer en este bar se beba un chupito de tu cinturilla.

Conor y los demás rompen a reír a carcajadas.

—Joder, tío. Deja que llame a Gavin en videollamada para que también lo vea. —Matt saca su móvil y quita su brazo musculoso de los hombros de Sasha.

—Vale, guay. —Foster se pone de pie mientras Lisa se acerca a la barra para pedir el chupito necesario para el reto—. ¿Qué, Beth? ¿Tienes sed?

—Nanai. No va a ser tan fácil. Será mejor que empieces a buscar, grandullón. Tienes cinco minutos, consíguelo o atente a las consecuencias.

En cuanto Lisa regresa con el chupito, Foster se pone al acecho. Empieza a inspeccionar la estancia en busca de grupos de chicas que no parezcan tener novios idiotas y celosos de los que preocuparse. Matt y Bucky se levantan y lo siguen para darle apoyo moral y grabar su conquista.

—¡Tic, tac! —exclama Olivia a modo de burla mientras todos observamos su progreso—. Mejor que te des prisa.

Justo después, Foster tiene a una pelirroja de rodillas. Mirándolo con los ojos como platos, veo a la chica beberse el chupito y ponerse de pie con una cereza entre los labios. La tía tiene agallas.

Unos cuantos segundos después, Foster regresa pavoneándose a la mesa con una sonrisa boba en la cara y sacando pecho.

—Demasiado fácil —dice, y luego le da unos tragos a su cerveza—. Me toca. Beth.

Ella le sonríe con suficiencia.

—No te contengas.

Foster y sus compañeros de equipo mantienen una conversación antes de retar a Beth a liarse con una chica de su elección mientras las dos se intercambian los sujetadores. Sin la más mínima vacilación, Beth recluta a Olivia, que, como estoy descubriendo esta noche, no tiene miedo a desmelenarse y posee un sentido del humor bastante decente. No sé por qué no habíamos quedado antes.

Sin perder tiempo, las dos Kappa se ponen de pie y juntan los labios mientras cada una mete los brazos por debajo de ropa para desabrocharse los sujetadores y sacárselos por las mangas antes de colocarse el de la otra. Ocurre tan rápido que los hombres se quedan mudos y boquiabiertos.

—¿Qué acaba de pasar? —pregunta Cory de forma estúpida.

—Menuda brujería acaban de hacer —comenta Conor a mi lado.

Cometo el error de volver a mirar a Rebecca, y esta vez ella me devuelve la mirada. Lo que sigue es el momento más incómodo en toda la historia de la humanidad. Rompo el contacto visual cuando alguien pronuncia mi nombre.

—Taylor.

—¿Eh? —Me giro hacia la voz.

Olivia está moviendo los dedos como si fuese la villana de unos dibujos animados.

—Te toca. Te reto a…

Ah, sí. Por eso no quedamos. Porque cualquiera que me conozca bien y a quien considere una amiga no me pondría en una situación así.

Sasha debe de percibir el miedo en mi cara.

—Joder, venga ya. ¿No ha hecho Taylor suficiente ya? Creo que se ha ganado la jubilación.

—...darle a Conor un baile privado —termina Olivia con voz alegre.

Me bajo de la vida.

Conor se queda de piedra. Nuestros ojos se encuentran y, aunque su expresión no revela nada, sí soy capaz de percibir su preocupación. No nos conocemos de hace tanto, pero es lo bastante perspicaz para saber que preferiría morir a aceptar este atrevimiento tan bochornoso.

—Y una mierda —declara él, poniéndose de pie—. Me niego a que puñado de borrachos pervertidos se coman con los ojos a mi novia.

Para mi sorpresa, se quita la sudadera. Ahora solo tiene puesta una camiseta de tirantes blanca y ajustada que resalta sus brazos musculosos y la tableta de chocolate que tiene por abdominales. Olivia jadea de forma audible.

De repente, ladea la cabeza y, despacio, dibuja una sonrisilla en los labios.

—Estupendo. Hasta tengo la música de mi parte —comenta arrastrando las palabras. Luego echa mi silla un poco hacia atrás y se coloca entre la mesa y yo.

—¿Qué haces? — inquiero.

—Volarte la cabeza. —Me guiña el ojo.

El miedo me atenaza el estómago cuando reconozco la canción que resuena en los altavoces del bar. *Pour Some Sugar on Me* de Def Leppard. Joder, joder, joder.

—No —le suplico, con el miedo patente en mi voz—. Por favor, no.

En vez de acatar mis deseos, se relame los labios, balancea las caderas y empieza a moverse de manera obscena.

Madre mía.

Mi novio falso me está dando un baile privado demasiado real.

—¡Menéate, nene! —grita Beth, mientras Olivia y las demás chicas parecen transformarse en emoticonos, y sus ojos, en corazones.

Cuando intento taparme los ojos, él me aparta las manos y las desliza sobre sus abdominales. Luego las aprieta contra su trasero mientras se bambolea y retuerce delante de mí; los demás silban y chiflan y el bar entero se detiene para observarnos.

Por humillante que sea la atención, a Conor se le da extrañamente bien. Y en cuanto el miedo inicial remite, más que sensual en sí, la forma tan bobalicona y torpe con la que está bailando me resulta bastante graciosa. Me encuentro riéndome a la par que los demás, mientras Foster y Bucky empiezan a gritar el estribillo de la canción.

Todo son risas y bromas hasta que, de repente, ya no lo son. Porque entonces parpadeo y el humor que había en el rostro atractivo de Conor se vuelve algo más estimulante. Con sus ojos grises entrecerrados y fijos en mí, se inclina un poco, hunde una mano en mi pelo y sus larguísimos dedos se enredan con mis mechones gruesos.

El tiempo se detiene.

Ya no está bailando. Ni se está moviendo. Aunque, en realidad sí. Se está acercando a mí y sé lo que está a punto de hacer. Va a besarme. ¿Va a besarme aquí, delante de todo el mundo en el Malone's? Ni de coña. Me dijo que le gustaban los juegos, pero este ya se ha ido de madre.

Antes de que pueda pegar sus labios a los míos, me levanto tan rápido de la silla que esta casi se cae al suelo. Veo su expresión desconcertada un segundo antes de marcharme pitando hacia el pasillo de atrás. La puerta de allí da al callejón junto al aparcamiento, y cuando salgo tambaleante, me alivia encontrármelo vacío.

Con el corazón latiéndome como loco, me apoyo contra la pared de ladrillo detrás del Malone's y me quito el jersey para dejar que el aire frío me acaricie la piel. Se me forma vaho al respirar, pero aún sigo sudando por el pecho. Hace un frío de cojones, pero, aun así, ataviada con una camisetita de nada, sigo sintiéndome arder.

—¡Taylor! —La puerta se abre de golpe—. Taylor, ¿estás aquí?

Escondida en la sombra del edificio, no digo ni una palabra. Solo quiero que se vaya.

—Joder, ahí estás. —Conor aparece delante de mí con la preocupación grabada en el rostro—. ¿Estás bien? ¿Qué ha pasado?

—¿Por qué has hecho eso? —murmuro, mirando al suelo.

—¿Qué? No te entiendo. —Hace amago de tocarme, pero yo me aparto de él—. ¿Qué he hecho? Dímelo, para poder arreglarlo.

—Ya no puedo más. Ya no quiero seguir siendo un juego para ti.

—Tú no eres ningún juego —protesta.

—Y una mierda. Me dijiste que estabas aburrido y que te encantan los juegos. Esa es la razón por la que cambiaste tu estúpido estado en MyBri y has aparecido esta noche en la cafetería. Esto no es más que una extraña forma de pasártelo bien. —Niego con la cabeza—. Bueno, pues yo ya no me estoy divirtiendo.

—Taylor...

—Lo siento. Sé que es culpa mía y que fui yo la que te metió en esto en la fiesta Kappa, pero se acabó. El juego se ha terminado. —Trato de rodearlo, pero él me bloquea el paso—. Conor, muévete.

—No.

— Apártate, por favor. Ya no tienes que fingir que te gusto.

—No —repite—. Escúchame. Tú no eres ningún juego. Es decir, sí que pensé que sería divertido meternos con tus hermanas de sororidad y hablar sobre tableros de Pinterest y toda esa mierda, pero no estoy fingiendo que me gustas. Ya te dije la noche en la que nos conocimos lo atractiva que me pareces.

No digo nada y evito mirarlo a los ojos.

—No he venido esta noche por quien me estuviera viendo. He venido porque estaba en casa pensando en ti y ya no aguantaba ni un minuto más.

Despacio, levanto la cabeza.

—Mentira —lo vuelvo a acusar.

—Te lo estoy diciendo completamente en serio. Me gusta estar contigo. Me gusta hablar contigo.

—Entonces, ¿por qué joderlo todo intentando algo tan idiota como besarme?

—Porque quería saber cómo era y tenía miedo de que nunca fuésemos a hacerlo. —Curva la comisura de la boca—. Me supuse que, si lo intentaba en público, tendría más posibilidades, porque entonces tú tendrías que devolverme el beso para guardar las apariencias.

—Menuda lógica más estúpida.

—Lo sé. —Da un paso vacilante hacia mí.

Esta vez, cuando alarga el brazo para agarrarme la mano, se lo permito.

—Creía que te estaba ayudando —me explica con timidez—. Creía que te estaba protegiendo al evitarte hacer ese ridículo reto y que nos los estábamos pasando bien. Lo malinterpreté y lo siento mucho. —Se le agrava la voz—. Pero sé que esto no lo estoy malinterpretando. —Me roza la palma de la mano con el pulgar y yo trago saliva—. Te gusto.

Uf. Hace unos días esto era mucho más simple, ¿verdad? Una sencilla broma entre amigos. Ahora hemos cruzado el límite y ya no hay vuelta atrás. Ya no podemos seguir fingiendo que la tensión sexual es de coña, que el coqueteo casual no significa nada, que alguien no va a salir mal parado.

Y, en este caso, ese «alguien» soy yo.

—Ya no sé qué hacer a partir de ahora —empiezo a decir con desgarbo—, aparte de, a lo mejor, no seguir quedando contigo.

—No.

—¿No?

—Sí, veto esa sugerencia.

—No puedes vetar nada. Si digo que no quiero seguir quedando contigo, entonces, te jodes. Es lo que hay.

—Creo que deberías dejar que te bese.

—Porque seguramente te diste un golpe muy fuerte en la cabeza de pequeño —le devuelvo.

Al oír eso, Conor sonríe. Suelta un suspiro y me da un apretón en la mano antes de colocarla sobre su pecho. Siento su corazón latir con fuerza bajo la palma.

—Creo que tenemos algo. —Percibo un ápice de desafío en su voz—. Y que tienes miedo de descubrir lo que es. Aunque no sé muy bien por qué, la verdad. Tal vez no creas que te lo mereces, no sé. Pero es una pena, joder, porque tú, más que cualquier otra persona, te mereces ser feliz. Así que, aquí va: voy a besarte a menos que me digas que no. ¿Vale?

Voy a terminar arrepintiéndome de esto. Hasta cuando me relamo los labios y ladeo la cabeza, sé que voy a terminar arrepintiéndome. Pero la palabra «no» se niega a salir de mis labios.

—Vale —susurro al final.

Él se aprovecha de mi conformidad y se inclina para rozar mis labios con los suyos.

Al principio no es más que una ligera caricia, pero no tarda mucho en profundizar el beso y volverse más urgente. Cuando subo los brazos por sus hombros y entierro los dedos en su pelo, él profiere un ruidito de lo más *sexy* contra mi boca. Medio gemido, medio suspiro.

Siento todo su cuerpo tensarse contra el mío. Mueve las manos hasta mis caderas, donde clava los dedos en mi piel desnuda y me pega contra la pared hasta que ya no hay luz que nos ilumine.

Su boca, tan gentil y hambrienta a la vez; el calor de su cuerpo; la sensación de sus músculos al abrazarme… Es surrealista, electrizante. Con el deseo fluyendo por mis venas, le devuelvo el beso de forma desesperada. Me olvido de quién soy. De dónde estamos y de todas las razones por las que no deberíamos estar haciendo esto.

—Sabes a canela —murmura, y entonces su lengua vuelve a lanzarse a explorar otra vez, deslizándose sobre la mía y arrancándome un gemido.

Me aferro a él, completa y totalmente adicta al contacto de su boca sobre la mía. Arrastro los dientes por su labio inferior y siento, más que oigo, vibrar el gemido en su pecho. Él mueve las manos por mis costillas, por debajo de la camiseta, hasta que justo están debajo de mis pechos. De repente deseo no haberme quitado el jersey, porque así habría habido otra capa entre mi piel y las seductoras caricias de Conor.

—Me pones muy cachondo, Taylor.

Sus labios encuentran mi cuello y luego empieza a succionarlo, provocándome unos cuantos escalofríos. Mueve las caderas contra las mías con tanta sensualidad que me arranca otro gemido.

Me vuelve a besar, y su lengua juguetea con la unión de mis labios. Luego se aparta y veo la misma lujuria y necesidad que yo siento reflejada en sus ojos.

—Quédate conmigo esta noche —susurra el maldito Conor Edwards.

Y eso es lo que rompe el hechizo.

Respirando con dificultad, aparto las manos de sus hombros anchos y las dejo caer a mis costados.

Mierda. Mierda. ¿Qué coño me pasa? No soy ninguna vidente, pero tampoco me hace falta serlo para saber cómo va a acabar esto.

Vuelvo a su casa.

Pierdo la virginidad con él.

Él pone mi mundo patas arriba en una única y maravillosa noche.

Y entonces a la semana siguiente no seré más que otra triste gilipollas que levantará la mano cuando pregunten quién más se ha acostado con él.

—¿Taylor? —Él sigue mirándome. Aguardando.

Me muerdo el labio. Apartándome del calor de su cuerpo, sacudo la cabeza despacio y le digo:

—¿Puedes llevarme a casa?

CAPÍTULO 12

CONOR

No entiendo a Taylor. Pensaba que habíamos tenido un momento de conexión fuera del bar. Puedo ser idiota a veces, pero noto cuándo una tía responde a un beso. Y sí que había sentido algo. La cosa es que, en cuanto paramos, volvió a cerrarse en banda, me dio con la puerta en las narices y ahora la estoy llevando a casa con la sensación de que vuelve a estar cabreada conmigo.

No entiendo qué quiere de mí. Si Taylor quiere que la deje en paz y salga de su vida, lo haré, pero no creo que ese sea el caso.

—¿He cometido un error al besarte? —le pregunto, mirándola.

Ella se ha vuelto a poner el jersey, lo cual es una pena. El top suave que llevaba le sentaba fenomenal. Todavía la tengo dura.

Ella permanece callada bastante tiempo mientras mira por la ventana como si quisiese alejarse de mí lo máximo posible. Al final me lanza una miradita rápida y responde:

—Ha sido un beso aceptable.

¿Aceptable?

¿Qué cojones? Nunca me habían dado una respuesta tan indiferente acerca de un beso. Y ni siquiera me ha contestado del todo a la pregunta.

—Entonces, ¿qué te pasa? —insisto.

—Es que... —Suspira—. Acuérdate de toda esa gente que nos ha estado mirando en el bar.

La verdad es que no he prestado atención a nadie más. Cuando estoy con ella, solo la veo a ella. Hay algo en Taylor que me atrae, y no es solo que mi cuerpo reaccione al suyo. Sí, me gustaría acostarme con ella, pero no me he presentado en la cafetería por la cara por eso.

Taylor Marsh no tiene ni idea de lo increíble que es, y es una puta pena.

—Siento si te he avergonzado —me disculpo con la voz ronca—. No pretendía hacerlo.

—Ya lo sé. Pero, a ver, ya sabes lo que dice la gente cuando un tío como tú está con una tía como yo.

—No te entiendo.

—Joder, Conor, no te hagas el inocente. Que lo pillo, intentas hacerme sentir mejor y es un gesto muy dulce por tu parte, pero seamos francos. Cuando la gente nos ve, piensa: «¿qué hace él con alguien como ella?». Es como una broma.

—Anda ya. No me lo creo.

—Por el amor de Dios, ¡si tú mismo lo oíste decir en el banquete! Oíste lo que Abigail y su ejército de idiotas soltaban sobre nosotros.

—¿Y qué más da? No me importa nada lo que piense la gente.

No vivo en función de lo que piense o no la gente, ni quiero complacer a nadie más que a mí mismo. Pero si Taylor me lo permitiera, también me gustaría complacerla a ella.

—Pues debería. Porque, te lo aseguro, no son cosas bonitas precisamente.

Hay un deje de frialdad que jamás le he escuchado usar. Parecido al odio, incluso. No hacia mí, pero sí que me ayuda a hacerme a la idea de hasta dónde llega su inseguridad.

Resuello, frustrado.

—Te pienso repetir esto hasta que se te meta en la cabeza: no te pasa nada malo, Taylor. No hay jerarquía alguna que nos diferencie. Me pones. Me pones desde el momento en que te vi cruzar el salón en esa estúpida fiesta.

Abre sus ojos turquesa levemente.

—Lo digo en serio —insisto—. Pienso en mil guarradas sobre ti al día. La noche que estuvimos en mi cuarto y me peinabas con los dedos, estaba medio empalmado.

Reduzco al llegar frente al bloque de Taylor y aparco el Jeep. Me giro para quedar de cara a ella, pero sus ojos miran al frente.

Vuelvo a sentir frustración.

—Lo pillo. Estás acomplejada con tu cuerpo. Odias tu aspecto y lo ocultas con *leggings* y jerséis holgados.

Por fin me mira.

—No tienes ni idea de cómo soy —espeta con rotundidad.

—Pues no. Pero creo que, si intentases aceptarte, aunque sea un poquito, tal vez descubrieses que los demás también tenemos complejos. Hasta puede que me creyeras cuando te digo que me atraes muchísimo. —Me encojo de hombros—. Lleva la ropa que te dé la gana, Taylor. Pero tienes un cuerpo de infarto y deberías mostrarlo en lugar de siempre esconderlo.

Se desabrocha el cinturón de repente y coge la manilla.

—Taylor...

—Buenas noches, Conor. Gracias por traerme.

Y se va tras cerrar de un portazo.

Pero ¿qué narices he hecho ahora?

Quiero bajarme y correr tras ella, pero sé qué parte de mí insiste en que lo haga. La voz que siempre me mete ideas de mierda en la cabeza. La voz del capullo autocrítico y autodestructivo que jode todo lo bueno, sencillo y puro que tengo.

Lo cierto es que Taylor no me conoce en absoluto. No sabe lo cabrón que era en Los Ángeles ni las chorradas que hice para intentar encajar en ese sitio. No tiene ni idea de que la mayor parte del tiempo sigo sin encajar aquí o en cualquier otro lugar. Que, durante años, me he puesto una máscara tras otra hasta casi olvidar cómo soy en realidad. Jamás me siento satisfecho con el resultado.

Trato de convencer a Taylor de que sea paciente consigo misma, que valore su cuerpo y cómo es, pero si siquiera soy capaz de aplicarme el cuento conmigo mismo. Así que, ¿qué narices hago colgándome de una tía como ella —una chica buena que lo que menos necesita son mis tonterías— cuando ni siquiera me entiendo yo mismo?

Suspiro y cojo la palanca de cambios. En lugar de seguir a Taylor, vuelvo a casa. Y me digo que es lo mejor.

CAPÍTULO 13

TAYLOR

Doy gracias cuando mi madre viene el jueves desde Cambridge para almorzar conmigo. Después de pasarme dos días ignorando las llamadas de Conor y las preguntas de Sasha sobre lo que ocurrió la otra noche, necesito una distracción.

Vamos a un restaurante vegano nuevo que han abierto en Hastings. En parte porque a mi madre no le hace mucha gracia tener que tragarse otra comida grasienta en la cafetería y, mayormente, porque comer carbohidratos delante de ella siempre me provoca ansiedad. Yo me parezco más a la imagen del «antes» de mi madre en uno de esos anuncios europeos en los que te enseñan el cambio drástico de una persona. Iris Marsh es alta, delgada y absolutamente despampanante. Durante la pubertad, me había dado esperanzas de poder despertarme un día y parecer su clon más joven. Fue con dieciséis cuando verdaderamente caí en que eso nunca iba a suceder. Supongo que solo me he quedado con los genes de mi padre.

—¿Cómo te van las clases? —me pregunta mientras cuelga su abrigo del respaldo de la silla y nos sentamos con nuestra comida—. ¿Estás disfrutando las prácticas?

—Sí, me encantan. Ahora sé que ser profesora de primaria es lo que realmente quiero hacer. Los niños son maravillosos. —Sacudo la cabeza del asombro—. Y aprenden rapidísimo. Es increíble verlos avanzar tanto en tan poco tiempo.

Siempre supe que quería ser profesora. Mi madre trató de convencerme un tiempo de que lo fuera en la universidad, como ella, pero eso es imposible. La sola idea de tener que aguantar a un aula llena de universitarios cada día, donde me diseccionarían con la mirada... qué va, qué va, me daría urticaria. No obstante, los niños pequeños están diseñados para ver a la profesora primero como una figura de autoridad. Si los tratas de forma justa y con amabilidad y compasión, te querrán muchísimo. Sí, siempre hay niños repelentes y abusones, pero a esa edad los críos no son tan críticos ni de lejos.

—¿Y tú qué? —me intereso—. ¿Cómo te va el trabajo?

Mi madre me ofrece una sonrisa irónica.

—Ya casi hemos pasado lo peor del efecto *Chernóbil*. Por desgracia, eso también significa que el dinero caído del cielo prácticamente ya ha volado. Pero bueno, fue bonito mientras duró.

Me río a modo de respuesta. La serie de HBO fue lo mejor y lo peor que le podría haber pasado al departamento de ciencia e ingeniería nuclear de mi madre en el MIT desde Fukushima. La repentina popularidad renovó el empeño de los manifestantes antinucleares, que empezaron a congregarse cerca del campus o en los congresos. También significó que empezaran a darle al departamento un montón de becas de investigación, con sus respectivos fanáticos con complejo de héroe y ganas de salvar el mundo. Luego, claro, se dan cuenta que hay mucho más dinero en la ingeniería robótica, en la aeroespacial o en la automatización y se cambian de carrera antes de que sus padres se enteren de que el dinero de su matrícula solo estaba alimentando las fantasías creadas por el tío que escribió *Scary Movie 4*. Buena peli, por cierto.

—Por fin hemos cubierto el antiguo puesto del Dr. Matsoukas. Hemos contratado a una muchacha de Surinam, que estudió con Alexis en Michigan State.

La doctora Alexis Branchaud, o tía Alexis, como la conocía yo cuando se quedaba con nosotras cuando venía a dar charlas al MIT, es casi como la gemela malvada y francesa de mi madre. Las dos con una botella de Bacardi 151 son como un desastre natural. Durante un tiempo me pregunté si, tal vez, la tía Alexis fuera la razón por la que apenas veía a mi madre salir con nadie.

—Será la primera vez que en el departamento seamos casi todo mujeres.

—Muy bien. Destrozando átomos y el patriarcado. ¿Y qué tal los amoríos? —pregunto.

Sonríe.

—¿Sabes?, por norma general, los hijos no quieren saber nada de la vida sexual de sus madres.

—¿Y quién tiene la culpa de eso?

—También es verdad.

—Vaya, que me des la razón es todo un acontecimiento.

—Sinceramente —dice—, el trabajo me ha tenido absorbida. El departamento está reformando el plan de estudios para los trabajos de fin de máster del año que viene y el Dr. Rapp y yo nos hemos estado ocupando de los alumnos que tutorizaba el Dr. Matsoukas. Elaine me concertó una cita con el compañero de ráquetbol de su marido el mes pasado, pero ya he puesto el límite con los hombres de mediana edad que se siguen mordiendo las uñas.

—Yo tengo un novio falso.

No sé por qué lo he soltado de sopetón. Probablemente por la poca cantidad de azúcar que tengo en la sangre. No he desayunado esta mañana y anoche solo me comí un cuenquito de uvas mientras estudiaba para un examen de estrategias para la mejora de la lectura y diagnóstico.

—Vale. —Mi madre parece estar desconcertada—. Define «novio falso».

—Bueno, todo empezó con un atrevimiento, y luego se volvió una especie de broma. Ahora puede que ya no podamos ser amigos porque es posible que me haya enfadado con él por intentar que le gustase de verdad y sigo ignorando sus mensajes.

—Ajá. —Es su respuesta. Entrecierra sus ojos azules como el océano como cuando está muy concentrada en un rompecabezas. Mi madre siempre ha sido brillante. Puede ser, fácilmente, la persona más inteligente que conozco. Pero en lo que a mí respecta, nunca he tenido la sensación de que supiese entenderme bien—. ¿Y has intentado tú corresponder ese sentimiento?

—Por supuesto que no.

Vale, tal vez eso no sea verdad. Sé que, si yo misma me lo permitiera, sentiría cosas por Conor. Llevo reproduciendo nuestro beso una y otra vez desde que me dejó en casa aquella noche. Apenas pude concentrarme para estudiar anoche porque no puedo dejar de pensar en la firmeza de sus labios, el calor de su cuerpo, la sensación de tener su erección pegada a mi vientre.

Es innegable que me deseara esa noche. Me pidió pasar la noche con él porque quería acostarse conmigo, de eso no cabe duda.

Pero ese es el problema. Sé que, en el momento en que ceda, Conor despertará de este sueño raro y se dará cuenta de que debería estar con alguien mucho más atractiva que yo. He visto a las chicas con las que salen sus compañeros de equipo; me sentiría como un pez fuera del agua entre ellas.

No me interesa ser un daño colateral una vez que Conor entre en razón.

—Bueno y, ¿por qué os habéis peleado? —me pregunta mi madre con curiosidad.

—No es importante. No sé siquiera por qué he sacado el tema. —Remuevo lo que me queda en el bol de arroz de coliflor con el tenedor y trato de convencerme de acabármelo—. Si apenas nos conocimos hace unas semanas. Culpo al ponche que sirvieron en la fiesta Kappa. Tendría que haber sido más lista antes de beber de un cubo de pintura lleno de garrafón.

—Sí —responde sonriendo—. Creía que te había educado mejor.

Aunque, mientras regresamos caminando al coche, hay algo a lo que no dejo de darle vueltas.

—¿Mamá?

—¿Sí?

—¿Crees que...? —*¿Me visto como una vagabunda? ¿Tengo el sentido de la moda de una antigualla? ¿Estoy sentenciada a vivir como una solterona?*—. ¿Crees que la gente se piensa que me avergüenzo de mi aspecto por mi forma de vestir?

Ella se detiene junto al coche y me mira con compasión. Hasta con un estilo más minimalista, que normalmente consiste en combinar ropa negra, blanca y gris, tiene un aspecto fantástico y moderno. Fácil, supongo, cuando la ropa está diseñada exactamente para ese tipo de cuerpo.

Siempre me resultó difícil crecer con una madre como ella. No es que ella no lo intentara; siempre era mi mayor animadora y la que más me subía la moral. No dejaba de repetirme lo preciosa que era, lo orgullosa que se sentía de mí, cómo deseaba tener el pelo tan grueso y brillante como el mío. Pero pese a sus esfuerzos, no podía evitar compararme con ella en un contraproducente círculo vicioso.

—Yo creo que la ropa no dice nada sobre tu inteligencia, tu amabilidad, tu ingenio o humor —responde mi madre con tacto—. Creo que deberías vestirte como más cómoda te sientas. Dicho esto… si no te sientes cómoda con el modo en que te vistes, quizás el problema esté aquí dentro —se toca el corazón— y no en el armario.

Bueno, pues ahí va el voto de mi madre para la columna de «vagabunda».

De camino de vuelta a mi apartamento tras despedirme de mi madre, decido hacer de tripas corazón y le mando un mensaje a Conor.

YO: ¿Estás en casa?

Un nudo de ansiedad se retuerce en mi estómago en cuanto pulso «enviar». Después de haberlo estado ignorando durante dos días, tendría todo el derecho del mundo de mandarme a la mierda. Me comporté como una auténtica imbécil la otra noche, lo sé muy bien. Pese a sus limitadas dotes sociales, Conor no había pretendido ofenderme, y no había razón ninguna para marcharme como lo hice. Simplemente me sentía insegura, vulnerable y asqueada conmigo misma, así que lo pagué con él en vez de explicarle cómo me sentía.

La pantalla se ilumina.

CONOR: Sí.
YO: Voy para allá, ¿vale?
CONOR: Vale.

Que me responda de forma tan sucinta no es precisamente prometedor, pero al menos no me ha dejado en visto.

Cuando abre la puerta diez minutos después, colocándose a toda prisa una camiseta para así ocultar su torso desnudo, me sobreviene el mismo deseo que sentí durante nuestro beso, como pequeñas descargas eléctricas que me van subiendo por la espalda. Mis labios se acuerdan de los suyos. La piel me hormiguea con el recuerdo de sus manos subiendo por mis costillas. Ay, Dios. Esto va a ser mucho más difícil de lo que esperaba.

—Hola —lo saludo sin más, porque la mitad de mi cerebro sigue aún en el aparcamiento del Malone's.

—Hola. —Conor mantiene la puerta abierta y asiente con la cabeza para indicarme que pase. Mientras me dirige al piso de arriba veo que sus compañeros no están en el salón, por lo que intuyo que o están fuera o en sus respectivos cuartos.

Joder. He echado de menos incluso cómo huele su habitación. A ese champú que huele a océano y la colonia que llevó el martes por la noche.

—Taylor, quiero...

—No —lo interrumpo, levantando la mano para mantener distancia entre nuestros cuerpos. Si está en mi zona de confort, no seré capaz de pensar con coherencia—. Yo primero.

—Vale. —Se encoge de hombros y se sienta en el sofá pequeño mientras yo me preparo.

—La otra noche me porté fatal contigo —explico, arrepentida—. Lo siento mucho. Tenías razón, me daba vergüenza. No me gusta ser el centro de atención, ya sea para bien o para mal. Que un local entero se me quede mirando, para mí, es lo peor. Pero tú accediste a lo del baile estúpido ese porque pensabas que me estabas haciendo un favor y yo ni siquiera te lo agradecí ni valoré que intentaras echarme una mano. No fue justo. Y luego lo del... —Creo que no puedo decir la palabra «beso» en voz alta sin gemir—... lo otro, pues me asusté. No fue culpa tuya.

—Menos cuando te di los consejos de moda —interviene él con una sonrisa irónica.

—No, eso sí que fue cosa tuya, capullo. Deberías haberlo pensado antes.

—Lo sé, créeme. Demi y Summer ya me han dado una buena charla. Son las novias de mis colegas —aclara al ver que lo miro sin comprender.

—¿Les has contado a las novias de tus amigos lo de nuestra pelea? —Extrañamente, me siento conmovida.

—Sí —responde, y se encoge de hombros a lo superadorable—. Necesitaba que alguien me dijera en qué la había cagado. Por lo visto criticar tu forma de vestir fue un ataque contra tu feminidad.

Resoplo.

Conor alza las manos en gesto de rendición.

—Y encima ni siquiera quería decir eso. Mi cerebro sufrió un cortocircuito después de... —Me copia un poco, guiña un ojo y añade— lo otro, y perdí el juicio, o al menos la parte que evita que sea un gilipollas. —Me lanza esa sonrisa que siempre consigue que el corazón se me acelere—. ¿Me perdonas?

—Perdonado. —Hago una pausa—. ¿Me perdonas por hablarte mal?

—Perdonada. —Se levanta con tiento y se acerca un poco a mí, por lo que me saca bastante altura—. Entonces, ¿volvemos a ser amigos?

—Sí, amigos.

Conor me abraza y siento como si jamás me hubiese apartado de sus brazos. No sé si quiero frenarlo. No sé cómo lo hace, pero consigue que con un abrazo o una sonrisa me sienta de lo más cómoda.

—¿Vamos al campus en coche? Tengo clase dentro de una hora. Podemos pillar un café, ¿qué te parece?

—Suena bien. —Me siento en su cama mientras él se viste y entra y sale del baño para recoger sus cosas—. Oye, estaba pensando una cosa.

—Dime. —Se queda parado en el umbral con el cepillo de dientes en la boca.

—¿Te apetece que quedemos este fin de semana? ¿Me acompañas a ir de compras en Boston?

Conor alza un dedo y entra en el baño. Unos segundos más tarde, vuelve y se limpia la boca con una toalla.

—No puedo, nena. Tengo el partido de la semifinal en Búfalo.

—Mierda, es cierto. No me acordaba. No pasa nada. Otra vez...

—Usa mi Jeep. —Conor lanza la toalla al cubo de la ropa sucia.

—¿Qué?

—Sí, ven al partido —dice, y se le iluminan los ojos—. Ven a Búfalo en mi Jeep y le pediré al entrenador permiso para no volver con ellos en el autobús. Nos podemos quedar una noche más e ir a comprar, pasar tiempo juntos o algo así.

—¿Seguro? Me parece mucho pedir.

Me lanza una sonrisa torcida. Veo que está sacando la artillería pesada.

—Si ganamos, quiero que estés allí para que lo celebres con nosotros. Si perdemos, me emborracharé y me ayudarás a que me sienta mejor.

—¿No me digas? No sé si estoy lista para todo lo que implica dorarte la píldora.

Se ríe. Me alegra que podamos volver a bromear. Lo único que tengo que hacer es fingir que ese estúpido beso no pasó y todo volverá a ser como antes.

Eso, si también ignoramos lo que implicaría pasar un fin de semana juntos fuera de la ciudad.

—Entonces, ¿es un sí? —pregunta.

—No me lo perdería por nada del mundo —contesto.

—Genial. —Coge la mochila y bajamos al recibidor. Conor abre la puerta y me hace un ademán para que salga primero—. Oye, no es que no agradezca que me propongas el plan, pero ¿a qué viene eso de ir de compras?

Le guiño el ojo por encima del hombro.

—Voy a hacerme un cambio de imagen.

CAPÍTULO 14

CONOR

La semifinal contra Minesota es agresiva desde que pitan el comienzo. Como nos habían estado buscando las cosquillas por redes, todo el equipo sale a darle una buena tunda a nuestros rivales el viernes por la noche. Nos ceñimos al plan de los entrenamientos: presionar y estar encima. El equipo de Minesota es técnico, no serán capaces de soportar la presión durante una hora entera. No les dejaremos tocar el disco sin que nos sientan en el cogote. Vamos a dejarles claro que les vamos a dar hasta en el carné de identidad.

Llegamos al final del primer tiempo sin haber conseguido puntos. Y justo al empezar el segundo, Hunter se hace con el disco, consigue deshacerse de la defensa y lo lanza directo a la red de la portería, consiguiendo que nos coloquemos en cabeza.

—¡Bien hecho, muchacho! —exclama el entrenador desde el banquillo, estampando su portapapeles contra el plexiglás.

Pide un cambio de línea y Hunter y yo pasamos por encima de la barrera y bebemos un trago de agua de las botellas con el logo de Gatorade. El resto de los integrantes de la línea nos sentamos con los ojos clavados en la pista. A la defensa de nuestro equipo le está costando mantener a los de Minestota fuera de nuestra área y el entrenador les ordena a gritos que se centren.

—Tío, tienes que hacer eso mismo de antes —le dice Bucky a Hunter—. Esquiva a ese capullo pelirrojo y métela. No es tan rápido como tú.

Bucky tiene razón. Hunter es el jugador más rápido del partido. Nadie puede pararlo.

Cambiamos sobre la marcha y el capitán y yo sustituimos a Alec y a Gavin. Salimos con ganas de aumentar la distancia del resultado y meter otro tanto más. Sin embargo, el equipo de Minesota debe de haber visto pasar la vida ante sus ojos porque en cuanto Hunter recibe un pase, el número diecinueve de los de Minesota lo estampa contra la barrera. Al ver que mi capitán cae pierdo la cabeza, y antes incluso de que suene el silbato tengo a ese tío acorralado contra el cristal.

—Suéltame, guapito de cara —gruñe.

—Suéltate tú.

Nos damos puñetazos y codazos. En cierto momento siento como que me están golpeando las costillas, ya que ambos equipos salen del banquillo para enzarzarse. Al final, tanto al número diecinueve como a mí nos penalizan sentándonos en el banquillo por la pelea. Ha merecido la pena.

Minesota anota con un tiro hecho con un golpe de muñeca de uno de los delanteros justo cuando se está acabando el segundo tiempo. Volvemos a los vestuarios con el peso del marcador sobre los hombros. 1-1.

—¡Esto es inaceptable! —En cuanto se cierran las puertas, el entrenador Jensen le da un buen repaso a la línea defensiva—. Hemos permitido que nos dominen durante los últimos tres minutos. Dónde estaba la defensa, ¿eh? ¿En un rinconcito meneándosela?

Matt, que es el defensa que ha anotado más puntos esta temporada, agacha la cabeza, avergonzado.

—Lo siento, entrenador. Ha sido culpa mía. No he sido capaz de interceptar ese pase.

—Nosotros nos ocupamos, entrenador —promete Hunter con mirada seria—. Vamos a acabar con ellos en el tercer tiempo.

Sin embargo, en ese tercer tiempo todo sale mal.

De la nada, Gavin se desploma en el hielo por un desgarre del tendón y tiene que abandonar. A Matt lo mandan al banquillo por una falta grave. Logramos mantenernos, pero a medida que se nos acaba el tiempo parece que los de Minesota nos están dando una paliza. Es como si, a medida que nosotros nos venimos abajo, ellos recuperasen las fuerzas. Cada vez resulta más complicado ejercer presión y al final la defensa se quiebra.

Nuestra línea ofensiva no logra encontrar huecos para robar el disco o desmarcarse.

El partido se vuelve una contienda brutal para nosotros. Nuestros oponentes se han vuelto más rápidos y agresivos, y entonces pasa lo que pasa. Los de Minesota logran cuatro pases seguidos y nos pillan demasiado lentos. Su alero izquierdo lanza el disco, que nuestro portero Boris no para con el guante, y se ponen en cabeza por un punto.

Pero ese punto ya es demasiado.

No somos capaces de volver a como estábamos antes. La campana señala el final del tercer tiempo. El final del partido.

Nos han eliminado.

El ambiente en el vestuario es parecido al de un funeral. Nos miramos sin mediar palabra. Gavin, que tiene una bolsa de hielo pegada al muslo, lanza una papelera al otro lado de la habitación, y el ruido consigue que todos nos encojamos en el sitio. Está en último curso y esta era la única oportunidad que tenía de conseguir el campeonato, pero ni siquiera ha podido terminar el partido. Digan lo que digan, pasará el resto de su vida convencido de que podría haber marcado la diferencia. Matt está igual; se torturará a sí mismo con la culpa de que, debido a la falta, perdimos la fuerza que teníamos para empatar.

Cuando el entrenador Jensen entra, la sala se sume en silencio a excepción del ruido del ventilador en la esquina.

—Esta duele —dice con rotundidad mientras se frota la barbilla. Está sudando casi tanto como nosotros.

Respiramos negatividad. Rabia, frustración, decepción. Y el cansancio de jugar a tan alto rendimiento durante tanto tiempo empieza a colarse bajo nuestra piel, logrando que hundamos los hombros y agachemos la cabeza.

—No quería que terminásemos así —prosigue el entrenador—. Quería que los de cuarto llegaseis hasta lo más alto, pero esta noche no hemos podido. Y el resto… lo intentaremos el año que viene.

El año que viene.

Hunter y yo nos miramos, decididos. Somos de tercero y nos queda una última oportunidad para dejar un legado en Briar. El oro, la gloria y todo eso.

No da un discurso corto y brusco como siempre, sino que dice que se siente motivado por cómo hemos jugado esta noche y cómo hemos progresado desde el comienzo de la temporada.

Quiero pensar que vamos a hacerlo mejor, porque ahora mismo todo el mundo se siente fatal. Esta noche el sueño se ha roto. Y creo que es ahora cuando nos damos cuenta de que pensábamos que estaba chupado. Jamás nos ha dado por imaginar que no jugaríamos la final. Ahora toca volver a casa y fingir que no nos reconcome por dentro.

Odio perder, joder.

CAPÍTULO 15

TAYLOR

El viernes por la noche fue duro. Tras la épica derrota de Briar, los chicos ahogaron sus penas en el minibar del hotel y se quedaron durmiendo hasta el mediodía del día siguiente.

No sé realmente por qué quiso Conor que viniera hasta Búfalo, puesto que pasé las horas posteriores al partido tomándome unas copas con Brenna Jensen y Summer Di Laurentis, dos de las compañeras de piso de Hunter Davenport, y Demi Davis, la novia de Hunter. Las cuatro tuvimos una noche de chicas en condiciones. Nos lo pasamos genial en el bar del hotel, y tampoco negaré lo útil que fue sentarme con ellas durante el partido, porque podían ir explicándome las reglas cuando sucedía algo que no terminaba de entender.

Aunque, a decir verdad, sigo sin tener mucha idea de qué es un fuera de juego o qué constituye un *icing*. Que a Conor lo expulsaran por placar a un tío lo imaginé yo sola. Pero toda esa jerga que soltaba Brenna como si fuera toda una entendida del *hockey* me sonaba absolutamente a chino. Por lo que pude entender, el *hockey* es básicamente un puñado de chiquillos de primaria peleándose por un disco pequeño y negro mientras el árbitro trata de evitar que se maten los unos a los otros. Adorable.

El entrenador Jensen le dio permiso a quien quisiera a quedarse en Búfalo como premio de consolación, así que varios compañeros de equipo de Conor pagaron una noche más de hotel. Yo tengo la habitación hasta el domingo, en otra planta distinta a la de los jugadores de Briar, gracias a Dios. Esta mañana me he topado con Demi en el pequeño gimnasio del hotel y, según ella, toda la quinta planta resonaba del enorme atracón de beber que se pegaron anoche. Me dijo que ni Hunter ni ella pudieron pegar ojo.

Pese a que Conor me dijo el otro día que iba a necesitar consuelo, apenas hemos intercambiado diez palabras después del partido. Ha estado compadeciéndose con sus compañeros de equipo, lo cual es comprensible. Pero menos mal que las chicas estaban aquí para hacerme compañía.

Todos parecen estar de mejor humor esta mañana. Quedo en el restaurante del hotel para hacer un *brunch* con Conor y otros cuantos que han decidido quedarse en Búfalo.

—¿Dónde están Brenna y Summer? —me siento en la silla contigua a la de Conor y dejo el plato de comida que acabo de llenar del bufé. Y por comida me refiero a tostadas integrales y un huevo duro. Ñam—. Y Demi —añado cuando reparo en que Hunter está sentado solo.

—Brenna está haciendo Skype con su novio —me informa Bucky—. Su habitación es la contigua a la mía y los he oído a través de la pared.

—Qué pervertido —dice Conor mientras mastica un trozo de beicon.

—Eh, no tengo la culpa de que las paredes del hotel sean casi de papel.

—Summer ha arrastrado a Demi a hacer unos recados con ella —me cuenta Hunter—. No sé adónde.

—¿Qué pasa? —Foster me sonríe de oreja a oreja—. ¿No te gusta ser la única chica entre tanta salchicha? —Para enfatizar sus palabras, levanta una de las grasientas salchichas de su plato y le da un bocado de forma cómica.

Suelto una carcajada.

—Eso que acabas de hacer implica tantísimas cosas que ni siquiera sé qué pensar.

Al otro lado de la mesa, Hunter levanta su taza de café y le da un sorbito.

—¿Y qué vamos a hacer hoy?

—T y yo vamos al centro comercial —responde Conor arrastrando las palabras, como siempre hace.

—Guay. ¿Puedo ir? —añade Bucky—. Me hacen falta calcetines. Ya he perdido todos los que mi madre me regaló para Navidad.

—Yo también me apunto —dice Hunter—. Mi novia me ha abandonado y estoy aburrido.

Despacio, mastico y me trago un trocito de tostada.

—Eh… —Incómoda, miro a Conor y luego a sus compañeros—. No era ninguna actividad grupal ni nada por el estilo.

Hunter enarca una ceja.

—¿No se puede ir en grupo al centro comercial?

—Van a comprar juguetes sexuales —anuncia Foster—. Os lo garantizo.

—¡No vamos a comprar juguetes sexuales! —espeto, y luego me pongo más roja que un tomate cuando veo que todas las cabezas cercanas a nuestra mesa se han girado en nuestra dirección. Frunzo el ceño a Foster—. Eres lo peor.

—¿Y no el mejor? —replica.

—No, eres lo peor —confirma Hunter, sonriendo.

—Por si sentís curiosidad, necesito ropa nueva —revelo con un suspiro—. Conor me va a ayudar a elegirla.

—¿Qué? ¿Y nosotros no podemos ir y ayudarte también? —exige saber Bucky. No sé si esa mirada dolida es de verdad o no—. ¿Nos estás diciendo que no tenemos estilo?

—Eh, eh, yo sí que tengo estilo —declara Hunter, cruzando los brazos sobre el pecho.

Foster imita esa misma postura de machote.

—Yo tengo tanto estilo que ni siquiera sabrías cómo catalogarme.

—Es cierto, no sé —respondo secamente, lanzándole una miradita a la camiseta que lleva en la que aparece una caricatura de un lobo sobre un dragón sobrevolando un mar de fuego. No sabría decir si es fuego de dragón o no.

Foster se acaba lo que le quedaba de salchicha.

—Venga, tíos. En marcha.

Y así es cómo termino en el centro comercial a tres kilómetros del hotel con cuatro tiarrones enormes e imponentes aguardándome fuera del probador en Bloomingdale's, y lanzándome ropa como si fuese un concurso donde premiaran la rapidez.

Apenas me he quitado un par de vaqueros ajustados, desgastados y de diseño, cuando una avalancha de camisas y vestidos aparece de repente sobre la puerta.

—Creo que estamos llegando al tope de prendas, chicos —les digo con consternación.

—Cámbiate más rápido —grita Conor al otro lado de la puerta.

—Foster acaba de encontrar una pared entera con cosas de lentejuelas —añade Hunter como amenaza.

—No creo que vaya a necesitar muchas... —Otra riada de vestidos cae sobre la puerta—. Ya está. Se acabó. Tenemos que establecer ciertas reglas.

Salgo del probador vestida con una camisa de cuadros de manga larga que se ciñe bajo mis pechos y se ensancha en la cintura y unos vaqueros negros ajustados a juego. El conjunto no me queda mal; consigue ocultar las partes de mi cuerpo que preferiría no enseñar sin dar esa impresión de haber salido a la calle envuelta en la colcha de cama.

Conor enarca una ceja. Hunter y Bucky aplauden por educación. Los tres van de esmoquin, aunque no sé muy bien por qué.

Me los quedo mirando, demasiado atónita como para reírme siquiera.

—¿Qué...? Eh... ¿Por qué...? ¿Por qué narices os habéis puesto un esmoquin?

—¿Y por qué no? —repone Bucky, y esta vez soy incapaz de aguantarme las carcajadas. Joder. ¿Cuándo han tenido tiempo estos payasos de cambiarse mientras me enterraban en ropa?

—Eso te lo compras —me dice Conor, y atisbo toda clase de intenciones tras sus ojos. Me está repasando con la mirada de un modo, cuanto menos, indecente. Y con público, encima.

Y, aun así, bajo su escrutinio no me siento tan cohibida como con los demás. Cuando Conor está conmigo, me aplaca los nervios.

—Sí, la verdad es que me gusta —admito. Luego frunzo el ceño—. Y, dicho eso, ya ni quepo aquí dentro, maníacos. Pongamos la restricción de dos conjuntos cada uno, ¿vale?

—Jo, venga ya, si ni siquiera hemos empezado con la ropa de noche —se queja Bucky con un puchero.

—Ni con los pañuelos. ¿Cuántos pañuelos crees que necesitarás? —pregunta Hunter.

—¿Deberíamos mirar también pendientes y collares? —Foster se abre camino a través del grupo con los brazos llenos de vestidos de noche.

—¿Qué copa tienes?

Conor le asesta una colleja a Bucky.

—No le preguntes a mi novia qué copa de sujetador tiene, imbécil.

Mi corazón da una pequeña voltereta en el aire. Esa es la primera vez que ha pronunciado la palabra que empieza por ene desde nuestra pelea. No sabía si seguiríamos con la farsa o no, pero oírla de sus labios me confunde un poco.

—Tomad. —Reúno la pila de ropa a mis pies y se la devuelvo a los chicos a la fuerza—. La restricción está vigente.

Cierro la puerta y oigo a alguien murmurar «fascista» por lo bajo.

En cuanto ya hemos hecho todo el daño que Bloomingdale's puede soportar, nos movemos por el centro comercial y es Conor el que lleva las dos bolsas de ropa que he comprado.

Es interesante ver la diferencia de estilos en la ropa que elige cada uno. Conor parece conocerme mejor que todos los demás, o al menos nuestros gustos se parecen más, ya que tiende a elegir ropa más casual. Muy del estilo californiano. Hunter se inclina más a por la ropa provocativa y de tonos negros. Bucky tiene un estilo más pijo del que rápidamente me alejo, y no sé si Foster ha terminado de entender la tarea. En lo que sí me fijo, no obstante, es en que casi ninguno coincide con cuáles han sido sus conjuntos favoritos. Para nada lo que me esperaba tras haberles dado la oportunidad de vestirme como a su versión ideal de Taylor Barbie.

En cierto punto, los compañeros de Conor nos arrastran a la tienda de juguetes donde retan a un par de estudiantes de primaria a una lucha con espadas láser antes de que nos echen de allí por asustar a los clientes con caretas del payaso de *It*. Después de comer, los chicos pierden el entusiasmo por el centro comercial y se marchan en busca de líos, así que nos dejan a Conor y a mí a solas por primera vez en todo el día.

Nuestra primera parada es una tienda de surf y patinaje. No me parece justo que yo no pueda vestirlo también a él, así que, con una decena de bermudas en los brazos, lo meto a empujones en el probador.

—¿Qué planes tienes para el verano? —me pregunta a través de la puerta.

—Volveré a casa de mi madre en Cambridge. Solo tiene un seminario este verano, así que estábamos pensando en irnos de viaje a algún lado, tal vez a Europa. ¿Tú volverás a California?

—Sí, al menos durante un tiempo. —Oigo un profundo suspiro en el interior del probador—. Esto es lo más lejos que he vivido nunca del agua. Antes iba a surfear todos los días. He intentado ir a la costa unas cuantas veces desde que pedí el traslado a Briar, pero no es lo mismo.

Conor sale con las primeras bermudas puestas.

Tengo que hacer acopio de toda la fuerza de voluntad que poseo para no lanzarme sobre él. Ahí está, sin camiseta, apoyado contra la puerta del probador y con aspecto absolutamente comestible. El profundo desfiladero de músculo que desaparece por debajo de la cinturilla me está provocando algo por dentro. No es justo.

—No está mal —digo con frivolidad.

—El naranja no es mi color.

—Concuerdo. Siguiente.

Regresa al interior y me lanza las bermudas anteriores mientras se cambia.

—Deberías venir.

—¿Adónde? ¿A California?

—Sí. Vente un fin de semana largo o algo. Podemos hacer turismo e ir a la playa. Relajarnos.

—¿Me vas a enseñar a surfear? —bromeo.

Emerge con otras bermudas puestas. A mí ya han dejado de importarme los patrones y los colores de las prendas y he cedido del todo a admirar sus músculos torneados y cómo contrae los abdominales cuando habla.

¿Sería muy inapropiado lamerlo aquí en medio?

—Te encantaría —me dice—. Joder, ojalá poder volver atrás y pillar mi primera ola otra vez. Es la mejor sensación del mundo, cuando te preparas para coger la ola y luego la sientes ascender debajo de la tabla. Cuando te pones de pie y ambos estáis conectados, el poder del océano y tú. Es simbiosis. Libertad pura, nena. Una convergencia perfecta de energía.

—Estás enamorado.

Se ríe de sí mismo y esboza una sonrisilla juvenil.

—Mi primer amor. —Vuelve a meterse en el probador—. El verano pasado pasé un mes de voluntario peinando la costa desde San Diego hasta San Francisco.

Arrugo la frente.

—¿Haciendo qué?

—Limpiando las playas y buscando basura en el agua. Fue uno de los mejores meses de mi vida. Sacábamos cientos de kilos de basura del océano y de la arena todos los días, y luego surfeábamos toda la noche o pasábamos el rato alrededor de una hoguera. Sentía como si estuviera consiguiendo algo.

—Se nota que te apasiona —comento. Admiro este lado de él. Es la primera vez que ha hablado de sus intereses más allá del *hockey* y el surf—. ¿Es lo que quieres hacer después de la uni?

—¿A qué te refieres? —Sale con otro bañador.

—Bueno, podrías transformarlo en una carrera. Probablemente haya un montón de ONG en la costa oeste dedicadas al medioambiente y a limpiar los océanos. —Enarco una ceja—. Puede que aún puedas cambiarte de carrera de Finanzas a Administración sin ánimo de lucro y graduarte el mismo año.

—Seguro que a mi padrastro le encanta la idea.

—¿Y qué le importa a él?

El cansancio demuda el rostro de Conor. Y no solo su rostro, sino todo él. Encorva los hombros, como si el peso de la conversación fuese demasiado para él.

—Max es el que lo paga todo —admite—. Mi educación, el *hockey*, el alquiler... todo. Sin él, mi madre y yo apenas tendríamos para pagar nada. Así que cuando sugirió que me graduara en Finanzas igual que él, mi madre consideró el tema zanjado y ya está.

—Vale, entiendo que él tenga la sartén por el mango, pero es tu vida. A fin de cuentas, eres tú el que debes abogar por lo que te gusta. Nadie más.

—Sentí que, no sé, que sería un desagradecido si discutía con él. Como un cabrón que acepta su dinero y luego lo manda a la mierda.

—Bueno, mandarlo a la mierda me parece un poquito exagerado, pero mantener una conversación sincera sobre lo que quieres hacer con tu vida no estaría de más.

—Pero la cosa es que no hablamos. Sé que quiere a mi madre, y que se porta bien con ella, pero en lo que a mí respecta, creo que aún me ve como un gamberro de Los Ángeles que no se merece ni un ápice de su tiempo.

—¿Y por qué iba a verte así? —le pregunto con tiento.

—De joven estuve metido en cosas chungas. Era idiota y hacía lo mismo que mis amigos, que normalmente incluía colocarse, robar y entrar en edificios abandonados, entre otras cosas. —Conor me mira con culpa. Incluso con vergüenza—. Por aquel entonces era poco menos que un mierda.

Por su expresión, me queda claro que teme que ahora lo vea de forma diferente, pero nada de eso cambia quién es ahora.

—Bueno, a mí me parece que ya no eres ningún mierda. Así que espero que tu padrastro no piense que sigues siendo como antes. Si es así, lo siento mucho.

Conor se encoge de hombros y yo tengo la sensación de que hay mucho más en esa historia de lo que me ha contado. La relación con su padrastro es claramente una fuente de inseguridad y frustración para él.

—¿Sabes lo que me animaría? —me pregunta de pronto.

Un brillo pícaro ilumina sus ojos, el cual suscita mi desconfianza.

—¿Qué?

Pasa junto a mí y saca un bañador de mujer, negro y muy revelador del estante de devoluciones junto a su probador.

—Póntelo.

—Ni de coña. No me va a estar bien —le advierto.

—Si te hace sentir mejor, puedo desnudarme.

—¿Y, exactamente, cómo me va a hacer sentir mejor eso?

Se vuelve a encoger de hombros, y esta vez me ofrece una sonrisilla pícara.

—Siempre parece funcionar con las demás chicas.

Pongo los ojos en blanco, le arrebato el bañador de la mano extendida y me dirijo al probador contiguo. Jamás soñaría con hacer algo así para cualquier otro tío, pero sé que bromear y hacer un pase de modelos para Conor aligerará un poco su estado de ánimo. Así que, para salvaguardar el resto del día, me quito los *leggings* y el jersey y me pongo el maldito bañador.

Es de corte bajo en las caderas, y tiene un escote exageradamente pronunciado y tirantes cruzados por la espalda. Como ya había predicho, me está demasiado pequeño. El bañador apenas me cubre el culo, y las tetas no dejan de intentar liberarse. Aun así, respiro hondo y salgo del probador.

Conor me está esperando allí, aún vestido con un par de bermudas y su largo cabello rubio peinado hacia atrás.

Se le desencaja la mandíbula al verme.

—Ya está. No digas que no hago nada por ti —le reprocho.

A toda prisa, tanto que apenas soy capaz de contener un gritito, Conor se lanza hacia adelante y nos encierra a los dos en el probador.

—¿Qué crees que estás…?

Estampa su boca sobre la mía antes de que pueda acabar la frase. Ávido, hambriento. Coloca sus enormes manos en mis caderas a la vez que me aprieta contra el espejo. Su lengua me abre los labios y toda turbación se evapora en cuanto hundo los dedos en su pelo. Estoy aplastada contra él. Piel contra piel, con poquísimo espacio que nos separe. Siento su cuerpo cálido y firme contra el mío.

—Joder, Taylor —susurra sin aliento—. ¿Ahora entiendes lo buena que estás?

Lo siento duro contra mi abdomen. Cada centímetro de él, largo y erecto, me da ideas. Ideas perversas y peligrosas. Quiero deslizar la mano por debajo de la cinturilla y agarrarle la erección rígida y estuosa. Quiero sentir su lengua en mi boca mientras lo acaricio hasta que gima mi nombre, mueva las caderas y…

Un golpe en la puerta del probador nos sobresalta.

Nos apartamos y yo me apresuro a ponerme la ropa por encima del bañador antes de que Conor abra la puerta y vea a la vendedora con mala cara en pleno pasillo de los probadores.

Sin ningún ápice de vergüenza, mi falso novio se rasca el pecho y dice:

—Lo siento, señora. Mi novia necesitaba mi opinión.

Me trago la risa.

—Lo siento —logro decir.

—Hum —resopla ella, y luego permanece allí, esperando, mientras Conor desaparece para volver a ponerse su ropa.

Con su sonrisa característica, le tiende las bermudas mientras yo le arranco la etiqueta al bañador negro.

Evitando su mirada divertida, me dirijo a la dependienta.

—Me gustaría comprar este bañador, por favor —le indico con delicadeza.

Ambos nos estamos riendo prácticamente a carcajadas en la caja mientras pago por el bañador indecente que llevo bajo la ropa. Luego, salimos pitando de la tienda como si hubiésemos robado algo, riéndonos todo el camino hasta el Jeep. Después del calor y el hambre que he sentido en ese probador, necesitaba esta ligereza. Ligereza, buena. Atracción, mala.

Sí, sentir atracción por Conor Edwards es muy, pero que muy malo.

Porque justo es la clase de hombre que me romperá el corazón, pese a no tener esa intención.

CAPÍTULO 16

CONOR

Hunter sujeta un vaso de chupito y está dando un discurso motivador sobre perder en semifinales y deseando que a los de cuarto les vaya bien mientras el resto esperamos hacerlo mejor el año que viene. Por desgracia, no puedo oír nada por el volumen de la música en la discoteca. El bajo hace vibrar el hielo en el vaso que alguien ha dejado a mi lado. El suelo retumba bajo mis pies y me hace cosquillas hasta en las pelotas.

En cuanto Hunter deja de hablar, nos bebemos el chupito y lo acompañamos de cerveza. Joder, voy a echar de menos a estos capullos.

Foster me da un golpe en el brazo y me dice algo, pero sigo sin ser capaz de oír nada, así que me señalo la oreja y sacudo la cabeza. Se inclina y me grita:

—¿Dónde está tu chica?

Buena pregunta. Cuando Taylor y yo hemos vuelto al hotel, Summer me ha escrito en mayúsculas inquiriendo por qué no la hemos invitado a ir de compras. Le he respondido que ella y Demi no habían venido al desayuno porque tenían que hacer no sé qué recados y ella me ha soltado que «mi conspiración para mantenerla alejada de los centros comerciales se ha acabado».

¿He dicho ya que Summer está como una cabra?

Me ha escrito de nuevo diciéndome que deje a Taylor en sus manos para prepararla para la discoteca. Taylor se sentía mal pensando que tal vez las chicas se habían sentido apartadas, así que ha accedido a arreglarse con ellas y quedar conmigo aquí más tarde.

Mentiría si dijese que no me preocupa haberla dejado con las tías. Taylor se ha adaptado superbién a los chicos. Las compañeras de Hunter, sin embargo, son un tanto difíciles. Receloso, cuando la he dejado con Summer, Brenna y Demi, le he advertido que me llame si la instan a cortarse el pelo.

Llevamos una hora en la discoteca y ya me da por pensar si deberíamos organizar una partida de búsqueda.

Este sitio está hasta arriba. Han venido incluso algunos jugadores del equipo de Minesota junto con otro de Nueva York. Al ver al número diecinueve en la barra, me ha querido invitar a un chupito, y yo he aceptado; que no se diga que mi orgullo se interpone entre el alcohol gratis y yo. A pesar de tenernos que comunicar con gestos y asentimientos de cabeza, creo que hemos logrado acabar bien. Eso sí, hasta la temporada que viene.

Al final nuestros equipos se juntan al final de la barra y contamos anécdotas y nos picamos sobre la música que ha elegido el DJ. Por mucho que queramos odiarlos, esos tíos parecen guays. Sin embargo, espero que los que los invitemos a beber por compasión seamos nosotros el año que viene.

Justo cuando estoy mirando por encima del hombro hacia la entrada en busca de Taylor, una cara me llama la atención. Solo es un segundo, pero después no la vuelvo a ver. Joder, ni siquiera estoy seguro de haberla visto debido a todas las luces estroboscópicas y los cuerpos moviéndose. A pesar de sentir un nudo en el estómago y un subidón de adrenalina, me convenzo de que ha debido de ser una ilusión óptica.

—Jo-der —exclama el número diecinueve, cuyo nombre no he podido oír por culpa de la música.

Foster sigue la dirección de su mirada y suelta un silbido.

—Hostia, Con. ¿Has visto eso?

Frunzo el ceño. Me vuelvo, pero no sé a qué están mirando. Hasta que dos rubias captan mi atención en un haz de luz que las sigue.

Summer y Taylor están abriéndose paso entre la multitud.

Brenna y Demi van detrás de ellas, pero todas excepto Taylor dejan de existir para mí.

Creo que se me cae el vaso. ¿Tenía uno en la mano? Lo demás pasa a un segundo plano hasta que solo queda Taylor, que viene hacia mí bajo las luces ultravioleta ataviada con un vestido blanco diminuto. Lleva el pelo rizado y maquillaje. El lunar tan *sexy* sobre su boca la hace parecer una Marilyn Monroe moderna. Esa es mi novia.

Debo de parecer un gilipollas yendo hacia ella y tratando de esconder que la tengo dura, pero es que joder, está preciosa.

—Baila conmigo —le dijo al oído, envolviendo un brazo en torno a su cintura.

Ella se muerde el labio y asiento en señal de respuesta. Simplemente con ese gesto la polla se me sacude; no sé cómo vamos a salir de aquí sin que le arranque el vestido.

—De nada. —Oigo que dice Summer, pero la ignoro y dirijo a Taylor a la masa de gente bailando.

—Bailar se me da fatal —confiesa Taylor al tiempo que la envuelvo entre mis brazos.

—No me importa —murmuro. Simplemente quiero tocarla, abrazarla. Sé que siente que estoy empalmado cuando su cuerpo se relaja contra el mío. Quiero preguntarle qué quiere hacer, pero todavía no estoy lo suficientemente borracho, así que me muerdo la lengua.

—No me hagas parecer estúpida —me pide. Ahora que lleva tacones le resulta más fácil hablarme al oído.

—No lo haré.

Le doy un beso en el cuello y siento que se estremece como respuesta. A continuación, gira la cabeza para apartarla de mí y pega el trasero contra mí mientras baila. Me muerdo el interior de la mejilla con tanta fuerza que saboreo sangre.

Taylor me mira por encima del hombro y me guiña un ojo.

—Has empezado tú.

De repente, alguien me da un toquecito en la espalda, un tío de pelo oscuro que veo por el rabillo del ojo. Supongo que querrá preguntar si puede bailar con ella y estoy listo para decirle que se vaya a la mierda, pero el nudo en el estómago reaparece.

—Hola, Con —saluda una voz de mi pasado arrastrando las palabras—. Qué casualidad encontrarte aquí.

El estómago me da un vuelco y empiezo a sentir náuseas. Cierro los ojos y me escondo bajo una máscara de indiferencia.

—Kai —respondo con frialdad—. ¿Qué haces aquí?

Él hace lo mismo que llevo haciendo yo toda la noche: señalar que no me oye.

—Vamos a hablar allí —espeta, y señala a un sitio detrás de mi hombro.

—Lo siento —le murmuro a Taylor al oído.

—¿Que sientes qué? —Parece incómoda y se aferra a mi mano con fuerza mientras seguimos a Kai hacia la pequeña barra al final de la discoteca. Sigo sin creerme que esté aquí. Puto Kai Turner, escuálido y apestando a hierba. Llevo sin verlo desde que me mudé a la otra punta del país para dejar atrás lo que hice.

El hecho de que me haya buscado hasta un garito aquí en Búfalo no augura nada bueno.

Sujeto la mano de Taylor como si me fuera la vida en ello. En parte porque tengo miedo de que me deje solo. Y la otra parte porque no sé qué le haría a este tío si nos quedásemos a solas.

—¿Qué cojones haces aquí, Kai? —inquiero.

Él esboza una sonrisa burlona. Conozco esa expresión demasiado bien. Funcionaba mejor de pequeños. Ahora parece como si proviniera de un tipo que te intenta vender los relojes chapados en oro que lleva en una mochila.

—Me alegro de verte, hermano. —Me da una palmada en el hombro—. Qué coincidencia.

Le aparto la mano.

—Y una mierda. —En lo que a Kai se refiere no hay coincidencia alguna. Desde primaria siempre ha tenido algún objetivo en mira. Y por aquel entonces, yo también—. ¿Cómo me has encontrado?

Su mirada lasciva se posa en Taylor, y ella se encoge a mi lado. Por su forma de observarla me entran ganas de dejarlo K.O.

—Vale, me has pillado. Ahora vivo en la Gran Manzana. Algunos colegas participan en el campeonato y he pensado que tal vez te encontraría aquí, así que he venido. He intentado llamarte. Es raro, porque sale que el número no existe —acaba mirándome.

—Tengo otro. —Para perder de vista a gente como él.

Taylor se aferra a mi brazo y me lanza una mirada inquisitiva con esos ojos turquesa.

Dios, quiero mantenerla lejos de él. Me iría de no ser porque creo que nos seguiría. Y, sinceramente, no me fío de lo que haya fuera de la discoteca. Sé que Hunter y los chicos me echarían una mano sin pensar, pero no hay forma de llamar su atención, lo que significa que estoy solo.

—¿Es tu chica? —Kai nota mi incomodidad y se enfoca en Taylor para sacarme de mis casillas. No sé si quiere pelear o que me deshaga de ella para que no haya testigos—. Pues sí que te has asentado en la costa este.

—¿A qué hostias te refieres? —pregunto con los puños apretados. Llegados a este punto me importa una mierda que me saquen del bar. Empujo a Taylor para que se quede detrás de mí y protegerla.

—No es nada, tío. Yo me la tiraría. Y seguro que también tiene una buena personalidad. —Sonríe enseñando todos los dientes—. Antes solías tener estándares.

Taylor me suelta la mano. Mierda.

—Que te den, cabrón. Vete. —Empujo a Kai por el pecho y trato de tomar de nuevo la mano de Taylor.

—Me voy —se despide Taylor con prisa.

—Espérame, por favor, T. Voy con...

—Venga, nena. Simplemente le estoy cabreando —le grita Kai a Taylor, pero ella ya se ha ido.

Mi visión se tiñe de rojo.

—Escúchame —gruño. Poso una mano en el hombro de Kai y lo atrapo entre la barra y la pared—. No somos amigos. No somos nada. Aléjate de mí.

—O sea que ahora que tienes dinerito y vas a una universidad pija te olvidas de tus amigos de verdad, ¿eh? Sigues con el postureo, Con. Yo sé de dónde vienes y quién eres de verdad.

—No bromeo, Kai. Como vuelvas a acercarte a mí, ya verás lo que pasa.

—Anda, tío. —Me aparta la mano y se endereza. Su metro setenta y cinco ni siquiera me llega a los hombros—. Tú y yo tenemos un pasado en común. Sé muchas cosas, ¿no te acuerdas? Como, por ejemplo, quién ayudó a alguien a colarse en la mansión de tu padrastro y destrozar ese sitio. No vas a desentenderte tan fácilmente.

Qué ganas de darle una paliza. Por encontrarme. Por volver a involucrarme en sus problemas. Por recordarme que sigo siendo un mierda que finge formar parte de la gente guay de los que solíamos reírnos.

En lugar de eso, voy en busca de Taylor.

CAPÍTULO 17
TAYLOR

Me siento como una idiota.

Refugiándome de la música atronadora y de las luces estroboscópicas al fondo de un pasillo fuera de los baños, me pego a un rincón y trato de respirar hondo. Hace demasiado calor y también hay demasiada gente. Este sitio me está quitando el aire de los pulmones.

¿En qué narices estaba pensando para dejar que Summer me convenciera de ponerme este estúpido vestido suyo?

Y de peinarme así.

Y de maquillarme.

Y de llevar estos taconazos plateados.

Esta persona no es real. No soy yo. Sí, me parecía que merecía la pena solo por ver la cara de Conor cuando me divisara a lo lejos. Pero, aunque la mona se vista de seda, mona se queda. Y eso es lo que soy: un chiste. Conor solo siente pena de mí.

Lo que pasa es que es demasiado amable como para darse cuenta.

—Mierda, Taylor. Lo siento.

Y hablando del rey de Roma. Levanto la cabeza mientras Conor adelanta a los hombres que se dirigen tambaleantes al baño y se detiene delante de mí.

Veo auténtico miedo en sus ojos. Ya, si es por mí o por quien sea que fuera aquel tío, no tengo ni idea. Y estoy demasiado cansada como para que me importe. No tengo ganas de pelear. Nada de esto es culpa suya, pero ya no puedo seguir fingiendo sin más.

—Quiero irme —le digo con sinceridad.

Él agacha la cabeza.

—Vale, sí. Pediré que nos lleven al hotel.

El trayecto discurre en silencio. Con cada minuto que pasa siento el abismo entre nosotros agrandarse a pasos agigantados.

Mi error ha sido querer creer que no me importaba: ni él, ni el hecho de que nuestro estúpido acuerdo siempre iba a ser temporal. No sé cómo ha derivado de restregárselo a Abigail a seguirlo hasta Búfalo, a seis horas en coche, pero que todo esto pasara es culpa mía. Mi madre no me ha educado creyendo en los cuentos de hadas, y he sido una estúpida por caer en mi propia mentira.

—Lo siento —se disculpa Conor otra vez cuando llegamos a mi habitación de hotel. Su expresión refleja mi incapacidad de hallar las palabras. No tiene que decirlo: los dos sabemos que la situación nos ha estallado en la cara justo como sabíamos que terminaría ocurriendo—. ¿Puedo entrar?

Debería decir que no y ahorrarme el tormento de escuchar un «Me alegro de haberte conocido», pero soy débil. Me resisto a perder la amistad que acabábamos de recuperar, y me decepciona no haber sido lo tan valiente como para plantarle cara a Abigail esa primera noche. De haberlo sido, me habría ahorrado el dolor y la humillación de ahora.

—Sí —murmuro, abriendo la puerta—. Claro.

Dentro, me quito los tacones nuevos, agarro una botella de agua de seis pavos del minibar y empiezo a bebérmela. Cuando me giro, Conor está en la cama de matrimonio, construyendo una barrera con las almohadas en el centro.

Una sonrisa casi se me escapa al recordar que yo hice eso mismo con los animales de peluche de Rachel la noche en que nos conocimos.

—¿Te sientas conmigo? —El tono de su voz es áspero. El desenfado que le caracterizaba, olvidado.

Asiento. Solo porque me duelen los pies y me siento demasiado cohibida como para quedarme allí plantada y de pie delante de él.

—Estás molesta —empieza—, y sé por qué.

Me estiro al otro lado del muro de almohadas y el vestido se me remanga y deja a la vista demasiado muslo. Me siento sudada y cansada, y seguro que tengo el pelo hecho una maraña de rizos desordenados. Así que, ¿cómo es posible que Conor siga pareciendo estar más fresco que una lechuga, vestido con esa camisa negra sobre otra camiseta del mismo color y unos vaqueros oscuros?

—El tío de antes es un completo imbécil, y no deberías perder ni un solo segundo preocupándote por lo que salga de ese bocazas —dice Conor—. No habría importado quién estuviera conmigo entonces, créeme. Kai habría encontrado la forma de insultarlos. Se metió contigo porque sabía que a mí me reventaría. —Lo oigo suspirar—. No ha sido justo. Ha estado fuera de lugar y siento que haya pasado, pero, por favor, no dejes que eso arruine tu finde.

—Justo me ha tocado la fibra sensible —susurro.

—Lo sé, nena. Y si lo conocieras como yo, le habrías trinchado los huevos con uno de esos tacones y habrías seguido con tu vida como si nada.

—Joder. —Profiero una risita cargada de tristeza—. ¿Por qué no se me ha ocurrido?

—Porque tienes tacto.

Lo miro por el rabillo del ojo.

—La mayor parte del tiempo —me dice con una sonrisilla de suficiencia—. Olvídate de lo que ha dicho ese cabrón. Esta noche estás increíble.

—Siempre me dices lo mismo.

—Y siempre lo digo en serio.

Un rubor colorea mis mejillas. Odio lo fácil que le resulta obtener una respuesta física por mi parte.

Cojo una de las almohadas de la barrera y la abrazo contra mi pecho.

—¿Y quién es, a todo esto? Un amigo de California, intuyo.

Conor echa la cabeza hacia atrás y la apoya sobre el cabecero mientras suelta otro suspiro prolongado. Aguardo y veo la historia reproducirse en su rostro, como si estuviese ponderando cuánto compartir conmigo.

—Kai fue mi mejor amigo de la infancia —revela por fin—. Cuando aún estaba en el antiguo barrio. Salíamos juntos con el monopatín, surfeábamos, fumábamos marihuana... lo que fuera. Cuando mi madre se casó y nos mudamos a Huntington Beach, aún seguía viéndolo de vez en cuando. Quedábamos para hacer surf y tal, pero era difícil cuando ya no íbamos al mismo instituto, ¿sabes? Así que nos distanciamos. Para cuando entré en la universidad, ya había dejado de responderle los mensajes y básicamente eso es todo.

No conozco a Conor muy bien, y menos para intuir nada de su relación con Kai. Pero, gracias al tiempo que he pasado últimamente con él, creo que está guardándose algo. Ahí hay una herida, una muy profunda. Sea la que sea, está demasiado oculta.

—Sigue sin convencerte que te haya seguido hasta aquí solo para saludarte, ¿verdad?

—Ni de lejos. —Hay un tono de crispación en su voz—. Conozco a Kai de toda la vida. Nunca ha hecho nada sin motivo alguno.

—¿Y qué crees que está tramando ahora?

Conor cavila sobre ello y aprieta la mandíbula. Los músculos de su cuello palpitan.

—¿Sabes qué? No es problema mío, y tampoco quiero saberlo. —Se coloca de costado para mirarme. Hay algo en sus vívidos ojos grises, en el modo en que abre los labios cuando me mira, que me acelera el corazón cada vez—. Me lo estaba pasando fenomenal antes de que nos interrumpieran.

Me siento enrojecer otra vez. Me muerdo el labio con un pelín de demasiada fuerza, solo para recordarme el dolor que siempre está latente cuando me permito fingir con él. Y aun así no puedo evitar responder:

—Yo también.

—Me habría gustado ver hasta dónde llegaban las cosas.

—¿Y hasta dónde crees que iban a llegar? —Ay, Dios. ¿Esta voz ronca es mía?

El fuego derrite su mirada cual lava.

—Se me ocurren un montón de ideas, si estás interesada.

¿Lo estoy?

Por supuesto que sí. Estoy demasiado interesada, y ese es el problema. Porque ahora mismo es cuando debo tomar una decisión: ¿voy con todo hacia mi destrucción emocional y total o corto las cosas con él de raíz?

¿Y por qué tiene que oler tan bien?

—Debo decirte algo —digo, apretando la almohada contra mi pecho y mirándome los pies—. Soy... —Una cobarde. Respiro hondo y lo vuelvo a intentar—. Nunca he estado con nadie. En plan, nunca. Bueno, he hecho algunas cosillas, pero no mucho.

—Ah —es su respuesta.

Ahí permanece esa irritante sílaba entre nosotros. Como una voluta de humo que va llenando la habitación.

Luego pronuncia con ese acento marcado suyo:

—Yo también fui virgen una vez.

Le doy un codazo.

—Aunque de eso ha pasado ya mucho tiempo.

Otro codazo.

—No le contaré a nadie que te has corrido demasiado rápido.

Le arrojo la almohada a la cara.

—No tiene gracia, imbécil —le digo, aunque no puedo evitar reírme—. Ahora mismo me siento vulnerable.

—Nena. —Lanza las almohadas a los pies de la cama y se coloca sobre mí, de rodillas entre mis piernas. Ni siquiera nos estamos tocando, pero la imagen de él sobre mí, el calor que emana de su cuerpo musculoso... Nunca he experimentado nada tan erótico en mi vida—. Sé que he sido un pichabrava, pero no quiero ser así contigo.

—¿Y eso cómo lo sé yo? —le pregunto con total franqueza.

—Porque nunca te he mentido. Ni lo haría. Aunque no nos conozcamos de hace tanto, tú me conoces mejor que nadie. —Me sorprende oír flaquear su profunda voz—. Me conoces, Taylor. Créeme.

Se inclina y junta sus labios con los míos. El beso es muy dulce y tranquilo, como si estuviera saboreando la perfección de este momento, igual que yo. Cuando se separa, atisbo lujuria y pura necesidad en sus ojos, igual que las siento yo.

—Iré despacio —me promete—. Si me lo permites.

Mi cuerpo gana al buen juicio. Estiro los brazos hacia él y lo atraigo para besarlo otra vez. Lo siento duro contra mi muslo, y mi sexo se contrae en respuesta.

Sé que él está tan cachondo como yo, y eso aviva la anticipación durante más tiempo del que puedo soportar. Me besa intensamente, atrapándome debajo de él al colocar las manos a cada lado de mi cabeza. Yo envuelvo una pierna en torno a sus caderas para intentar atraerlo más a mí, para urgirlo a hacer... No sé exactamente qué. Algo que calme este dolor que siento en mi interior.

—Tócame —susurro contra su boca.

—¿Dónde quieres que te toque? —me pregunta antes de arrastrar los labios por mi cuello.

No sé cómo ser, no sé, *sexy*. Así que uso mi cuerpo para pedirle lo que necesito. Envuelvo la otra pierna a su alrededor y arqueo las caderas para pegarme contra su erección.

El movimiento consigue sonsacarle un gemido a Conor, que entierra la cabeza en el hueco de mi cuello y mece las caderas entre mis muslos.

—Cuando dices que has hecho algunas cosillas, ¿a qué te refieres? —Su cálido aliento me hace cosquillas en la clavícula mientras deja un reguero de besos hasta mi escote.

—Pues justo a eso. —Me restriego contra su entrepierna, distraída por la mezcla de sensaciones que me está asaltando el cuerpo.

—¿Alguien te ha hecho esto alguna vez? —pregunta, y luego tira del pronunciado escote de mi vestido hacia abajo para exponer mis pechos un tanto más. Los acuna y los acaricia con los pulgares.

—Sí, pero esto no. —Me quito uno de los finos tirantes del hombro para ofrecerle mejor acceso, ya que ahora se me ven los pezones.

—Joder, Taylor. —Conor se relame—. Necesito saborearte.

Vuelvo a elevar las caderas.

—Por favor.

Me lame uno de los duros pezones y luego se lo mete en la boca. La onda sísmica resultante me llega hasta la entrepierna. «Me cago en la puta», qué gusto. Su cálida boca me explora los pechos, besándolos, succionándolos y mordisqueándolos hasta que no dejo de retorcerme por la necesidad de sentir más de él y que dé rienda suelta a esta tensión atrapada en mi interior.

Se ríe entre dientes al percibir mi desesperación y mueve la mano por mi pierna hasta donde se unen mis muslos. Luego se detiene.

—¿Y esto? —pregunta con voz ronca—. ¿Puedo?

Gimo como respuesta y las puntas de sus dedos rozan la carne de mi sexo y se recrean sobre mi clítoris. Solo otra persona me ha tocado ahí, sin contar mi propia mano, pero Conor es el primer hombre al que he dejado que me baje el elástico de las bragas y me las quite.

Ahora estoy prácticamente desnuda. Tengo al aire la parte superior e inferior de mi cuerpo, con el vestido arrugado alrededor de la cintura.

Conor me contempla con absoluto deseo en los ojos.

—Estás buenísima, nena. No te haces una idea.

Me remuevo con incomodidad y logro soltar una risotada acelerada.

—Deja de mirarme así.

—Así ¿cómo?

—Así. Me da vergüenza. —Trato de bajarme un poco el vestido, pero él me inmoviliza la mano y cubre mis nudillos con la suya.

—Taylor. —Atisbo una intensidad en sus ojos que nunca había percibido antes—. ¿Qué crees que veo cuando te miro?

A una chica rechoncha embutida en un vestido que le está demasiado ajustado.

—No sé —miento—. Pero lo que sí sé es que no ves a una de esas tías delgadas a las que probablemente estés acostumbrado, con esos cuerpos perfectos y tonificados. —Incómoda, coloco una mano sobre mi abdomen medio descubierto—. ¿Ves? No tengo abdominales.

—¿Y quién los necesita? Yo tengo bastantes por los dos.

Suelto una risilla, pero el sonido muere en cuanto vuelve a cubrirme la mano, solo que esta vez la aparta para que sea la suya la que esté en contacto con mi vientre.

—Eres justo lo que quiero en una mujer —dice, serio, explorándome ahora el cuerpo con ambas manos—. Cálida y suave... y esos muslos, ese culo... joder, y tus caderas...

Envuelve dichas caderas con sus dedos, que mi médico de cabecera, tan obtuso y neandertal, describió una vez como «perfectas para tener hijos».

142

—Tus curvas me vuelven loco, T.

Antes de poder responder, me agarra la mano y la coloca directamente sobre su entrepierna. Es imposible no notar su erección.

—¿Ves lo cachondo que me pones? —gime con suavidad—. Estoy así por ti. Tú eres la protagonista de mis fantasías.

O bien es el mejor actor sobre la faz de la tierra o piensa de verdad cada palabra que está diciendo. Sea como sea, mi cuerpo está respondiendo a su acalorada mirada y a sus cumplidos roncos. Me arden las mejillas, las tetas y la entrepierna. Si no empieza a tocarme otra vez, es bastante probable que muera por combustión espontánea.

—Así que... ahora... puedo seguir convenciéndote de lo *sexy* que eres —comenta Conor de forma juguetona—, o puedo provocarte un orgasmo. Tú eliges.

La anticipación me estremece.

—Orgasmo —espeto—. Elijo el orgasmo.

Él se ríe.

—Buena elección.

Me muerdo el labio cuando desliza un dedo en mi interior. No muy adentro, tan solo un nudillo o dos. Lo suficiente para conseguir que todo mi cuerpo se contraiga a su alrededor.

Una sonrisa obscena curva sus labios. Juega conmigo hasta que ya no puedo soportarlo más y me balanceo contra sus dedos y le suplico en silencio que me dé más.

Respirando con dificultad, se desliza por mi cuerpo hasta mirarme desde la profundidad de mis muslos. Desliza las manos por mis pantorrillas y, seguidamente, mis rodillas, y roza el interior de mis muslos con los labios. Crea un caminito de besos hasta llegar a mi sexo, luego me da un lametón en el clítoris y grito de la ola repentina de placer que se genera en mi interior. Me aferro con fuerza a la manta y pego el culo a la cama para evitar retorcerme.

—¿Te gusta? —pregunta, y entonces retoma sus perversas actividades sin esperar a que le responda.

Que su cálida y húmeda boca explore esa parte tan sensible y adolorida de mi cuerpo es la mejor sensación del mundo. Los jadeos y resuellos graves llenan la habitación del hotel, y me lleva un rato comprender que provienen de mí. Estoy perdida en una especie de neblina, abotargada gracias a todo el placer que me está provocando. Me balanceo contra su ávida boca y luego grito de frustración cuando se aparta de repente.

—Joder, tú. Espera —me dice casi sin aliento.

Siento que el colchón se mueve y oigo lo que parece una cremallera. Abro los ojos a tiempo para ver a Conor introducirse una mano en los calzoncillos. Justo cuando proceso que está masturbándose, su boca regresa a mi sexo y me vuelve a dar otro cortocircuito mental.

Ayudándose de la lengua y los dedos, me vuelve a llevar al límite mientras que con la mano libre se acaricia a sí mismo. Quiero ser la que le ayude a hacerlo. Quiero chuparle la polla. Quiero saborearlo. Quiero hacerle perder el control igual que él está haciendo conmigo.

De repente, Conor gime contra mi sexo y mueve las caderas a más velocidad. Me succiona el clítoris, jadea y me dice sin aliento:

—Me corro.

Y eso es lo único que necesito para que el tenso hilo en mi interior se rompa. Un orgasmo de tal intensidad que no había experimentado nunca me estremece todos los músculos. Hasta pierdo la sensibilidad en los dedos de los pies mientras el calor vibrante me sacude todas las terminaciones nerviosas.

Maldito Conor Edwards.

CAPÍTULO 18

CONOR

El miércoles después de perder en Búfalo, el equipo se reúne en el estadio de Briar. La temporada ya ha acabado, y para algunos de cuarto eso significa centrarse en los equipos de la NHL que los han seleccionado y ponerse de la mejor forma posible para los campos de entrenamiento en verano. Para otros, el fin de semana pasado fue la última vez que se pondrían la equipación. Sin embargo, hoy hemos venido por el entrenador Jensen.

Hunter está en el centro de la pista, donde nos hemos reunido para una pequeña ceremonia. El entrenador se huele algo y se queda fuera del círculo, receloso. Es una expresión igual que la que ha puesto Brenna más de una vez. El entrenador y su hija son tan parecidos que casi acojona.

—Bueno —empieza Hunter—. Te hemos traído aquí básicamente porque te queríamos dar las gracias, entrenador. Esta panda de degenerados y gamberros no habría llegado tan lejos sin ti, y aunque no hemos podido traernos el trofeo a casa, nos has hecho mejores. No solo mejores jugando, sino mejores personas. Te debemos mucho.

—Como la pasta de la fianza, ¿verdad, capitán? —interviene Bucky, provocando que los chicos se rían.

—Gracias, Buck. —Hunter le hace una peineta—. En fin, muchas gracias de parte de todos. Te hemos comprado algo para mostrar lo agradecidos que estamos.

Gavin y Matt casi tienen que traer al entrenador a rastras al centro del círculo para que Hunter le muestre el Rolex grabado que le hemos comprado entre todos. Más bien que le han comprado nuestros padres. Mamá me mandó un cheque en blanco con el nombre de mi padrastro y yo le dije a Hunter que escribiese él la cantidad que viese necesaria. He preferido no saber el precio.

—Vaya, yo, eh... —El entrenador se queda mirando el reloj sin saber qué decir—. Es muy bueno, chicos, yo, eh... —Resuella y se frota la cara. Si no lo conociera, diría que está a punto de llorar—. Sois un equipo especial. Cuando os digo que jamás he tenido un grupo mejor, va en serio.

—¿Mejor que los años en los que entrenó a Garrett Graham y a John Logan? —inquiere Foster, nombrando a dos de los alumnos de Briar más célebres. Graham y Logan están jugando para los Bruins.

—Tampoco nos pasemos —responde el entrenador, pero le brillan los ojos—. Habéis trabajado duro y eso es lo único que pido. Así que gracias. Es fabuloso.

Foster saca la nevera con cervezas del banquillo y nos pasa los botellines mientras aprovechamos la última oportunidad para estar en esta pista juntos. No me cabe duda de que el año que viene formaremos un equipo fuerte. Pero no será el mismo.

Hace ocho meses llegué al campus con un ramalazo de arrepentimiento, preguntándome si habría tomado una decisión precipitada a la hora de mudarme a casi cinco mil kilómetros de distancia para empezar de cero. Me daba miedo no encajar con la descendencia de los mejores en este sitio, que me ahogasen los polos de Ralph Lauren y todas las demás pijotadas. Entonces, conocí a estos idiotas.

No podría haber imaginado unos amigos mejores.

Y Taylor. La conozco desde hace menos de un mes, pero ya forma parte de la reducida lista de personas en quienes confío. Hace que quiera ser mejor persona. Con ella siento como si por fin hiciera las cosas bien, y como si pudiera tener una relación basada en la confianza en lugar de en la atracción, aunque algunos de mis amigos no se lo crean.

—Yo lo que digo es que Con no volvió a la habitación el sábado por la noche —balbucea Foster en el Jeep de camino a casa—. Así que, a menos que se haya metido en la cama contigo y con Demi, capitán, creo saber qué estuvo haciendo.

—Tío, los celos te sientan fatal —respondo, arrastrando las palabras.

—Ahora en serio —interviene Hunter desde el asiento de atrás, con Matt a su lado—. ¿Qué hay entre vosotros dos?

No tengo ni idea.

A ver, me gusta Taylor. Mucho. Pero también sé que si saco el tema de cambiar el tipo de relación que tenemos, se va a asustar. Creo que aún no la he convencido del todo de que he cambiado y, para ser sincero, no hay nadie que se sorprenda más que yo sobre mi recién descubierta monogamia. Por ahora me lo estoy pasando bien.

—Un caballero no habla de esas cosas —respondo.

Foster resopla.

—¿Qué excusa vas a poner, entonces?

—Con, deberías hacer que Foster te pague el alquiler si va a estar tan pendiente de ti —comenta Hunter con una sonrisa.

Ahora empiezo a ver lo mal que lo tuvo que pasar Hunter cuando nos portamos como unos capullos con él cuando le gustaba Demi y se autoimpuso aquella promesa ridícula de celibato a principios de semestre. Menudo rollo. Estos tíos son insaciables, y me imagino que ahora que la temporada ha acabado todo irá a peor, porque no tendrán otra cosa que hacer que tocarme los cojones.

—¿Vas en serio? —me pregunta mientras esperamos en el coche a que Matt y Foster recojan la comida en el local.

—No sé si se le podría llamar así. Pero sí que vamos de camino a dejar lo casual. —Me encojo de hombros—. Todavía no lo hemos hecho —admito, porque sé que Hunter no irá contándolo por ahí—. Nos enrollamos en Búfalo por primera vez.

—Esa parte es la mejor, ¿verdad? Los preliminares. Cuando lo único en lo que piensas es en esa primera vez. La anticipación. Volverse locos de la tensión.

No sabría decirlo por experiencia; es la primera vez que no voy a saco de primera hora. Normalmente siempre empiezo, y termino, por el sexo.

—Lo cierto es que te recuerdo más gruñón.

—Hombre, sí. —Se ríe—. Eso también.

—Taylor es buena tía. Nos llevamos genial. —Vacilo un momento—. La verdad es que intento ver cuánto consigo aguantar antes de que se dé cuenta de lo gilipollas que soy y de que es demasiado lista como para estar conmigo.

Hunter sacude la cabeza.

—¿Sabes? Si tú mismo no te creyeses tan gilipollas, tal vez la gente tampoco lo creería.

—Gracias, papá.

—Anda ya, capullo.

Reprimo una sonrisa. Hunter y yo tenemos un vínculo distinto al que tengo con el resto de los chicos. Tal vez porque últimamente ambos estamos tratando de ser mejores. Es el único con quien hablo más en serio, así que cuando se pone en plan señor Rogers, consigue que sus palabras me calen hondo.

Sigo dándoles vueltas a lo que me ha dicho cuando llego a casa y llamo a mi madre después de que ella me haya llamado a mí esta mañana.

—¿Dónde has estado, señorito? —me amonesta—. No he sabido nada de ti desde antes del partido.

—Ya, lo siento. Ha sido un fin de semana de locos y he vuelto agotado. Y estos días he tenido que ponerme al día con los deberes de clase.

—Siento que no hayáis podido llegar a la final. Pero siempre os queda el año que viene, ¿verdad?

—Sí, ya lo he aceptado. —Los tíos que no dejan de darle vueltas a lo mismo durante todo el año me ponen de los nervios. A otra cosa, mariposa—. ¿Qué tal va todo allí? ¿Cómo está Max?

El suspiro que lanza me hace cosquillas en la oreja.

—Quiere comprar un velero. Ha ido a Monterrey a mirar uno.

—¿Sabe navegar?

—Claro que no, pero eso no tiene por qué frenarlo, ¿verdad? —Y se vuelve a reír. Supongo que es bonito que le gusten esas ideas locas que tiene—. Le he dicho: «Apenas vienes a cenar a casa, ¿cuándo vas a tener tiempo de aprender a navegar?». Pero, si tiene que pasar una crisis de la mediana edad, prefiero que sea con un barco en vez de con una muchacha más joven.

—No puedes ir a la cárcel por prenderle fuego a tu propio barco. Lo he leído en algún lado —la informo.

—Pues si llegamos a eso... —conviene, bromeando—. En fin, no quiero molestarte. Te echo de menos. Te quiero mucho. No te metas en líos.

—¿Quién, yo?

—Ya decía yo.

—Te quiero, mamá. Hasta luego.

Me alegro de que esté feliz. De que Max la haga feliz y tenga el dinero necesario para discutir sobre cosas como si comprarse un velero o no. Sin embargo, se me queda un regusto amargo en la boca al colgar.

Hablar de Max me recuerda el encontronazo con Kai. Verlo otra vez fue como una patada en los huevos, y desde entonces no he vuelto a sentirme tranquilo. Tengo un dolor en el cuello que no se me quita.

Me marché de California para alejarme de Kai. Antes creía que le debía algo. Fue mi mejor amigo durante un tiempo, y cuando conseguí salir del barrio y él no, parecía como si le hubiera traicionado o algo. Pero ahora me doy cuenta de que no se trataba de lealtad o amistad; para Kai la gente somos meras herramientas. Valemos solo cuando le somos útiles.

Al echar la vista atrás, comprendo que Kai Turner está podrido por dentro e infecta todo lo que toca. Espero no tener que volver a verlo nunca más.

Siento que me estoy poniendo de mala hostia, así que escribo a Taylor para distraerme.

YO: ¿Puedo ir a tu casa y bajar al pilón?

Estoy de coña, aunque solo un poco.

TAYLOR: Estoy en una reunión de las Kappa. ¿Nos vemos luego?

No sé si debería sentirme rechazado por que no me haya respondido a la propuesta ni con un triste emoticono. Al final decido darle algo de cancha porque está en mitad de una reunión y no tendría que haberme respondido siquiera.

YO: Vale. Avísame.

Dejo el móvil en la cama y voy al armario a por unos pantalones deportivos cortos. Supongo que, ya que ni siquiera he conseguido que mi novia de mentira me deje comérselo, tendré que salir a correr. Nunca es tarde para empezar a hacer cardio.

CAPÍTULO 19
TAYLOR

Me muerdo la lengua cuando leo el mensaje de Conor. Este hombre tiene la mala costumbre de pillarme siempre con la guardia baja durante las reuniones de las Kappa.

—¿Qué te hace tanta gracia? —Sasha me quita el móvil de las manos después de enviarle la respuesta a Conor. Me lanzo hacia ella, pero mi mejor amiga es demasiado rápida. Ventajas de haber sido gimnasta. Perra.

—«¿Puedo ir a tu casa y bajar al pilón?» —lee en voz alta, poniéndose de pie de un salto para alejarse. La persigo alrededor de la antigua mesilla auxiliar del enorme salón. Todo lo que hay en esta habitación es algún artefacto inestimable donado por alguna antigua alumna a saber por qué estúpida razón—. Emoticono de la berenjena, de salpicadura, del melocotón…

—Cállate ya. —Salto sobre la mesilla para arrebatarle el teléfono—. No me ha mandado ningún emoticono guarro.

—Se llama subtexto, Taylor. —Sasha me guiña el ojo con una sonrisa de oreja a oreja—. Estoy tan orgullosa de ti.

—Yo dejaría a Conor Edwards correrse sobre mi tortuga de peluche si quisiera —espeta Rachel.

—Lo sabemos, Rach. —Olivia hace ademán de vomitar—. Menuda zumbada.

—Le habrás dicho que sí, ¿no? —Beth está sacando y metiendo una pajita de su batido—. Por favor, dime que le has dicho que sí.

—¿Veis? —Lisa asiente para dar su aprobación—. Los hombres de verdad bajan al pilón.

—¿Y lo hace bien? —Fiona se cubre el regazo con un cojín como si tuviese que ocultar lo excitada que está—. Tengo la impresión de que sí. Se me da bien intuir esas cosas en la gente.

Sasha y yo nos volvemos a sentar a la mesa del comedor, aunque movemos las sillas para quedar de cara al salón. Siento los ojos de alguien fijos en mí, así que inspecciono la estancia y encuentro a Rebecca sentada a varias sillas de mí. Cuando nuestras miradas se cruzan, ella frunce el ceño y me rehúye.

—¿Podemos relajar un poco esas hormonas revolucionadas? —resopla Abigail con la cara roja—. Me la suda entre un poco y bastante el rollo de Taylor. Tenemos cosas más importantes de las que hablar.

—Como la investidura de Abigail —susurra Sasha.

—¿Por qué nos molestamos en votar siquiera? —le contesto, también en susurros.

Sasha se lleva los dedos a la cabeza y hace como que se pega un tiro.

Pero nuestra presidenta no comienza con la votación, sino con un evento mucho más urgente.

—Rayna, ¿nos cuentas rápidamente los detalles de la Gala de Primavera? —Charlotte desvía la atención hacia Rayla, otra alumna de último curso.

—El lunes estarán las entradas listas para su recogida. Este año os pedimos que vendáis veinte cada una. Tenéis toda la información sobre la recaudación para el Hospital Infantil en vuestros correos, junto con el código de vestimenta. Recordadle a la gente cuando les vendáis las entradas que es obligatorio ir con ropa formal. Y lo digo en serio, chicas: solo pajaritas negras. Como los chicos no vistan pajarita o algún precioso esmoquin de lentejuelas, no podrán entrar. Y sí, Stephanie, lo digo por ti.

Rayna fulmina con la mirada a la chica, que apenas hace por ocultar una sonrisa culpable. El año pasado, la pareja de Steph vino vestida como una especie de Jesús gótico, roquero y zombi a la vez. Aquello no sentó muy bien a los exalumnos donantes.

—¿La podemos celebrar en Boston este año? —se queja Jules—. El salón olía raro y tampoco había dónde aparcar. Seguro que mi padre...

—No —la corta Rayna de raíz—. Cuanto más nos gastemos en el sitio, menos dinero irá destinado a la organización benéfica. Volverá a ser en el salón de celebraciones de Hastings, pero este año hablaremos con la iglesia de enfrente para que nos deje usar su aparcamiento y así evitar que haya problemas de estacionamiento, y también ofreceremos servicio de aparcacoches.

—Todas —interviene Charlotte— debéis ayudar con algún aspecto de la Gala de Primavera. Con la planificación de los VIP, la decoración o lo que sea. Rayna tiene las listas. Si vuestro nombre no aparece en ninguna, yo escogeré por vosotras.

Sasha me da un codazo en las costillas. En la última reunión se apuntó a ayudar al comité musical y así enseñarles lo que era música de verdad, y al final terminó por convencerme a mí también. Básicamente lo que debemos hacer es revisar sus listas de Spotify y hallar el equilibrio perfecto entre una música más moderna y bailable y otra más inofensiva para nuestros distinguidos invitados de cierta edad. El año pasado Sasha despidió al DJ a los veinte minutos de empezar y se ocupó ella misma de la música desde su móvil.

Sobra decir que es más fácil dejar que Sasha se salga con la suya.

En cuanto Charlotte da por terminada la reunión, Abigail me arrincona de camino al baño en el pasillo. Parece habérsele ido un poco la mano con la decoloración, porque ahora tiene el pelo de un tono rubio casi blanco que absorbe toda la luz natural del lugar y le da una imagen de zorra total.

—Estás muy subidita últimamente —dice, interponiéndose entre la puerta y yo para evitar que entre a hacer pis. Debería mear encima de esos zapatos Louboutin solo para enseñarle qué repercusiones tiene evitar que la gente entre al baño.

—Te aseguro que no. Y, ahora, si me perdonas…

—Sabes que pronto se aburrirá y te dará calabazas. Conor nunca sale con nadie durante más de unas cuantas semanas.

—¿Y a ti qué más te da?

—Somos hermanas, Tay-Tay —murmura con falsedad, ladeando la cabeza como lo haría una marioneta rota. Qué mal rollo. O a lo mejor es porque la sangre solo le está regando la parte del cerebro con la capacidad de formar palabras—. No quisiera que te rompiesen el corazón.

—No te preocupes. —Estiro el brazo y la aparto a la fuerza para poder entrar al cuarto de baño—. Nuestra relación solo se basa en el sexo, mucho sexo, así que…

Paso por su lado y hago mis necesidades, luego me lavo las manos y vuelvo a salir al pasillo. Donde Abigail sigue de pie plantada. ¿No tiene mejores cosas que hacer que obsesionarse con mi vida amorosa?

Me persigue hasta el recibidor. Cuando estoy abriendo la puerta para picar billete, no entra otro que Kevin, el novio de Abigail, que apesta demasiado a desodorante y a Cheetos. Fabuloso.

Cada vez que Kevin me ve, se queda en blanco un momento y entonces agacha la mirada hasta mi pecho y es como si reconociera a alguien en el aeropuerto.

—Ah, hola, Taylor.

—Taylor —me llama Sasha a voz en grito desde las escaleras—. Ven aquí.

—Míralo de este modo —canturreo pasando junto a Abigail y la asquerosa mirada lasciva de su novio—, cuando termine con Conor, puedes probar suerte tú.

Una sensación de euforia me recorre las venas. Plantarle cara a Abigail, aunque sea un poquito, es la caña. Satisfactorio, incluso. Ninguna tía es rival para Taylor Marsh.

—Deberíamos hablar con Charlotte para que haya técnicos de emergencias en la gala —comenta Sasha mientras subimos las escaleras en dirección a su dormitorio—. Abigail podría morirse de celos en cualquier momento.

—De celos no lo sé. —Ya en el cuarto de Sasha, me dejo caer sobre un puf y me aparto el pelo sobre un hombro—. Creo que lo que le revienta es que le haya salido el tiro por la culata y ahora yo esté más feliz que una perdiz.

Sasha se acomoda en el otro puf y me mira con gesto adusto.

—Entonces, ¿Conor y tú vais en serio?

—A ver, hay algo —repongo a falta de una palabra mejor—. No sé qué.

—Pero es en serio.

Trago saliva.

—Eso creo. Vaya, nos hemos besado y tal. Tonteamos un poco en Búfalo.

—Condujiste siete horas en coche por un ligue —comenta Sasha, riéndose—. Espero que fuera por algo más que un poco de tonteo.

—Seis horas y media. Y, sí, vale, sí que hicimos algo más.

—¿Sigues siendo virgen? —inquiere de sopetón.

—Aún no he tenido el placer de conocer a su pene.

Esto último hace que Sasha resople.

—Vale. Entonces... ¿Por dónde van los tiros? ¿Es algo más puntual y esporádico o quieres que sea algo más a largo plazo?

—No sé. A ver, me gusta mucho. Tenemos mucha química. Y es muy dulce y respetuoso y me hace sentir cómoda.

—Pero... —prosigue Sasha por mí.

—Pero sigo sin estar decidida. Él se ha portado siempre maravillosamente bien conmigo, y aun así no me quito de la cabeza la idea de que, si me acuesto con él, no voy a ser más que otra chica en su larga lista de conquistas. Es como si... —Me callo, incapaz de hallar las palabras.

—Eso es cosa del patriarcado. ¿A quién narices le importa con cuántas tías haya estado? ¿Las ha engañado? ¿Les prometió amor eterno solo para llevárselas a la cama y luego «si te he visto, no me acuerdo»? ¿Ha publicado fotos en Insta o se las ha mandado a sus colegas para presumir de sus trofeos?

—No que yo sepa.

—Pues, joder, tía, qué más dará. Aunque ya puestos a joder, jódelo a él. —Bambolea las cejas de forma traviesa—. Si quieres. Cuando te apetezca. O si surge.

—Vale —digo poniendo los ojos en blanco—. Lo pillo.

—La sociedad parece animar a los tíos a que experimenten y vayan de flor en flor, mientras que a las tías nos dicen que nos debemos reservar para una futura versión más joven de nuestro padre. Lo he estado pensando y... sí, he llegado a la conclusión de que todo eso no es más que basura propagandística. No entiendo cómo se puede ser tan hipócrita. Tu valor como mujer no está ligado a tu vagina ni a cuántas chicas se haya zumbado antes que a ti.

—Ya.

—Pues eso.

CAPÍTULO 20

CONOR

No he masturbado tanto a una tía desde el instituto.

Taylor se encuentra tumbada de costado en mi cama con las mejillas sonrojadas y los labios entreabiertos. Su sujetador está desparramado sobre el escritorio, en un rincón. Tiene la camiseta subida y sus perfectas tetas al descubierto; se ha bajado los pantalones lo justo como para poderle meter la mano bajo esas braguitas blancas que lleva. Aunque aún no la he visto completamente desnuda, es la tía más *sexy* que haya visto nunca. Su pelo rubio está extendido por mi almohada y nuestros cuerpos, pegados mientras se revuelve contra mi mano. Cada vez que le acaricio el clítoris con el pulgar cierra los ojos con más ahínco. Podría tirarme todo el día haciendo esto.

—Para. —Taylor separa nuestras bocas y yo me quedo quieto. Joder. ¿He sido muy brusco? Ya hace tiempo desde la última vez que me enrollé con una virgen.

—¿Te he hecho daño? —le pregunto enseguida.

—No, me gusta mucho.

—Entonces, ¿qué pasa?

—No pasa nada. Es que… Creo que me apetece chupártela.

—¿Que lo crees? —Me muerdo el labio para contener la risa. Normalmente este tipo de conversaciones no empiezan así. O, directamente, ni empiezan.

Ella asiente y parece mostrarse más segura de sí misma mientras le da vueltas al asunto. Se relame y la polla casi me abre un maldito agujero en los pantalones.

—Sí. Me apetece.

—Ya sabes que no hace falta. —Enarco una ceja—. No creo en eso de la reciprocidad.

—Ya lo sé. —Taylor me sonríe y en su mirada atisbo un brillo cómplice. Como si estuviese a punto de embarcarse en una nueva aventura. La situación es un tanto extraña, pero tiene su gracia. La primera polla de mi chica.

—Pues vale. —Ruedo hasta colocarme boca arriba y flexiono los brazos detrás de la cabeza—. Hazme un hombre, Taylor Marsh.

Ella se ríe por lo bajo, desciende por mi cuerpo y me desabrocha los vaqueros antes de quitármelos junto con los calzoncillos. Mi polla da una sacudida para saludarla; llevo empalmado desde que ha entrado en mi cuarto hace una hora.

Taylor se muerde el labio al tiempo que me la agarra con la mano y la acaricia despacio. Dice algo, pero no le estoy prestando atención porque trato por todos los medios de no correrme. Me he masturbado tantas veces pensando en este momento, cuando me la chupara sin apartar esos preciosos ojos aguamarina de mí.

—¿Te hago daño? —me copia, y me vuelve a acariciar con suavidad para provocarme—. Porque parece que te duela.

—Estoy sufriendo —murmuro—. Creo que no voy a poder salir vivo de esta.

—Bien. Pero no te me corras en el pelo —me ordena, y la risa que suelto como respuesta se me queda atascada en la garganta una vez lame la longitud de mi miembro.

Cuando se interna el glande en la boca y empieza a estimularme con la lengua, me doy por muerto. Hundo los dedos en su pelo para indicarle que vaya más despacio. Ella me hace caso y ralentiza la succión. Para cuando consigue metérsela entera en la boca, estoy sudando.

La hostia.

Me limpio el sudor de la frente con la mano libre. Mi respiración se torna agitada cuando Taylor va sacándose mi polla de la boca igual de despacio. Pasa la lengua por la punta con un movimiento tan seductor que casi pierdo el control.

¿Por qué cojones habré pensado que ir más despacio sería buena idea? No importa que vaya más o menos rápido. De una forma u otra, no voy a aguantar mucho. No sé cómo habrá aprendido, pero, joder, Taylor me está haciendo la mejor mamada de la historia.

—Joder, nena, estoy a punto de correrme —la aviso entre dientes.

Con los labios brillantes por la saliva, Taylor se la saca con un ruidito succionador y me sigue acariciando. Gimo, cojo la camiseta que cuelga del cabecero de la cama y me agarro la polla justo cuando me tenso y me estremezco. Me corro en la camiseta al tiempo que Taylor me besa en el pecho y el cuello; giro la cabeza en busca de sus labios. Nuestras lenguas entran en contacto y la beso con avidez mientras mi cuerpo se sigue estremeciendo.

—¿Ha estado bien? —Se aparta y sonríe con timidez. La transformación que sufre esta chica consigue que me explote la cabeza. De virgen e inocente a encantadora de pollas y viceversa.

Suspiro, feliz.

—Mejor que bien. —Y entonces caigo en una cosa—. Pero tú no te has corrido. Puedo...

—Yo estoy bien. —Taylor se acurruca a mi lado y apoya la cabeza contra mi pecho. Sus dedos recorren mi estómago lentamente—. Me lo he pasado bien.

—La próxima vez haré que te corras dos veces —le prometo, y le doy un beso en la frente a la vez que lanzo la camiseta al cesto de la ropa al otro lado del cuarto.

Enrollarme con Taylor ha conseguido que me vuelvan a gustar los preliminares. Antes, bien la tía estaba tan ansiosa por follarme que apenas me daba su nombre, o era yo el que se moría de ganas y no nos dábamos ni besos. No quiero apresurar nada con Taylor. Quiero familiarizarme con cada centímetro de su piel y que viva todas las experiencias conmigo. Soy el primer tío con el que está y me pienso cerciorar de hacerlo bien.

Me vibra el móvil en la mesilla de noche junto a Taylor.

—¿Te importa pillarlo? —pregunto.

Me lo da. La pantalla se ilumina y veo un número desconocido, así que frunzo el ceño.

—¿Sí? —respondo sin dejar de acariciar el pelo de Taylor con los dedos.

—Qué pasa, hermano.

Se me tensa todo el cuerpo. Kai. Qué hijo de puta.

—¿Cómo has conseguido este número? —le pregunto fríamente.

Taylor alza la vista, perpleja.

—No te cabrees, tío. Se lo saqué a uno de tus colegas en la discoteca, en Búfalo. —Apuesto a que fue Bucky. Si se lo pidieran por favor, ese tío daría hasta el pin de su cuenta bancaria—. Esos atletas son una panda de pringados.

—Deshazte de él. Ya te dije que…

—Tranquilo, hermano. Vengo en son de paz. Escucha, voy a Boston este fin de semana. Quedamos y hablamos. Nos vendrá bien a los dos.

—Paso. —Cuelgo y lanzo el móvil al suelo. Joder.

—¿Era ese tipo otra vez? —Taylor, preocupada, se separa de mí y se sienta, colocándose la camiseta y abrochándose los vaqueros—. ¿Kai?

—No pasa nada. Olvídalo —le digo, pero más bien me lo ordeno a mí mismo. Llevo con un nudo en el estómago desde que volví a ver a Kai aquella noche.

—Conor, sé que hay algo que no me has contado. —Taylor me lanza una mirada franca y vulnerable y yo me siento un cabrón—. No pasa nada si no estás listo para contármelo o no confías en mí, pero no finjas que no es nada.

Mierda.

—Lo siento. —Me relamo y siento los labios secos. Si Taylor va a darse cuenta de que es demasiado buena para alguien tan capullo como yo, prefiero que sea más temprano que tarde—. No quería decirte nada porque me gusta la persona que crees que soy.

Arruga el ceño.

—¿A qué te refieres?

Me refiero a que, si Taylor supiera lo que le conviene, bloquearía mi número.

—Me refiero a que, si me hubieses conocido por aquel entonces, habrías sido inteligente y te habrías alejado de mí.

—Lo dudo —replica, y me hace un daño de la hostia. Esta tía tiene demasiada fe en mí—. Cuéntamelo. Seguro que lo que estoy pensando ahora mismo es peor.

A la mierda todo.

—Llevo estos dos años tratando de alejarme de Kai porque yo era como él —le confieso—. Ya desde pequeño me metía en muy malos rollos. Me dejé convencer para hacer muchas tonterías: como allanar edificios abandonados, hacer grafitis, robar en tiendas... —*Pelear, romper las ventanillas de los coches*—. Para cuando llegamos al instituto, Kai empezó a traficar. Sobre todo maría. Era lo que hacía la gente, ya sabes. En segundo curso, encerraron a su hermano por venta de piezas de coches robados, y en cuanto arrestaron a Tommy, Kai parecía ir por el mismo camino. Quedaba con los amigos de su hermano y faltaba al instituto.

No logro sacar nada de la expresión de Taylor mientras le cuento todo. Sigo sin ser capaz de admitir lo peor, porque me avergüenzo de cómo era. Sé que esa parte de mí sigue oculta bajo la superficie. Una mancha de la que siempre quedará constancia.

—Entonces, mi madre se casó con Max y nos mudamos de barrio. Me mandaron a un instituto privado. —Me encojo de hombros—. Me alejé de Kai gracias a eso, aunque no del todo. Si no nos hubiéramos ido, tal vez habría acabado entre rejas. Me habría involucrado en las mismas mierdas que Kai.

Taylor se me queda mirando durante un buen rato. Callada, pensativa. Hasta que ella no suelta el aire, no me fijo en que yo también estaba aguantándolo.

—¿Y ya está?

No.

—Sí —respondo en voz alta—. Básicamente, sí.

Joder, soy gilipollas. Y un cobarde.

—Todos tenemos un pasado, Conor. Todos la hemos cagado y hemos cometido errores. —Lo dice con suavidad, con determinación—. No me importa cómo eras antes, solo cómo quieres ser ahora.

Profiero una risa amarga.

—Parece muy fácil desde fuera. Tú eres de Cambridge.

—¿Y eso qué tiene que ver?

—No entiendes lo que significa ser pobre un día y que al siguiente te metan en un instituto privado con mocasines y corbata. Odiaba a esos capullos que conducían BMW y llevaban mochilas de Louis Vuitton. Me miraban mal todos los días, se metían conmigo en los pasillos y pensaba: «Joder, tío, no me costaría nada birlarles el coche, o robarles lo que se habían dejado en los vestuarios. Por eso elegí una universidad pública de California, porque estaba cansado de no encajar. —Sacudo la cabeza—. Y he acabado aquí, con esta peña de ricachones de la costa este, y estoy igual. Es como si olieran que soy pobre cuando llego a un sitio.

—Eso no es verdad —insiste ella con más ímpetu—. Que nacieras con pasta o no, no le importa a nadie. A nadie que no sea tu grupo de amigos, vaya, así que que les den. Encajas aquí igual que los demás.

Ojalá pudiera creerla. En parte ya lo había hecho durante un tiempo. Pero el regreso de Kai me ha recordado que, me guste o no, soy quien soy.

CAPÍTULO 21
TAYLOR

Aunque ya estemos a mediados de abril, el tiempo no ha terminado de decidir en qué estación quedarse. Cuando salgo de clase, parece más bien invierno; todo el mundo lleva abrigos y guantes de lana, portan vasos de café humeante y crean grandes nubes de vaho al respirar. Pero, gracias al cielo despejado y al sol radiante que se filtra a través de las ramas desnudas de los robles para calentar los trozos de césped marrón de Briar, también da la impresión de que estamos en primavera, lo cual implica que solo nos queda un mes para acabar el semestre.

Hasta ahora, ese día me había resultado muy lejano. Pero con la Gala de Primavera a la vuelta de la esquina, al igual que la evaluación de mis prácticas y los exámenes finales, el fin de curso se aproxima a toda pastilla y sin frenos. Supongo que ahora me parece un mundo porque la mayor parte del tiempo he estado más pendiente de otras cosas. Y por «otras cosas» me refiero a Conor Edwards.

Todavía no le hemos puesto etiqueta a lo nuestro. Y, sinceramente, casi mejor, la verdad. De esta manera no hay tanta presión para cumplir con sus expectativas, ni para terminar decepcionada por que la otra persona no haya cumplido las tuyas.

Dicho esto, empiezo a preguntarme qué planes tiene Conor con respecto a nosotros. Me invitó a ir a California en verano, pero ¿lo decía en serio? ¿Se refería a como amigos, amigos con derechos, o algo más? Tampoco le echaría en cara que decidiera dar por terminado nuestro retorcido acuerdo una vez acabe el semestre. Ojalá hubiera una forma indolora y natural de preguntarle si espera que sigamos con este *statu quo* también durante el verano.

Pero, bueno, a lo mejor no quiero oír la respuesta.

De camino a la biblioteca, recibo una llamada de mi madre. Ha pasado tiempo desde la última vez que hablamos, así que me alegra saber de ella.

—Hola —respondo.

—Hola, cariño. ¿Tienes un momento?

—Sí, acabo de salir de clase. ¿Qué pasa? —Me siento en uno de los bancos de metal que bordean el camino adoquinado.

—Iré a la ciudad el viernes por la noche. ¿Estás libre?

—Para ti, por supuesto. El restaurante tailandés acaba de reabrir si...

—De hecho —me interrumpe, y no se me escapa el tono cauteloso de su voz—, ya tengo planes para cenar. Tenía la esperanza de que tú también vinieras.

—¿Cómo? —Mi madre se está andando extrañamente con demasiados remilgos para tratarse de algo tan normal como una cena; lo cual hace que empiece a imaginarme todo tipo de cosas—. Define ese «también».

—Bueno, para serte sincera, tengo una cita.

—Una cita. ¿Con alguien de Hastings? —¿Qué ha pasado con eso de estar demasiado ocupada como para salir con nadie?

—Me gustaría que lo conocieras.

¿Conocerlo?

¿Lo dice en serio? ¿Van en serio? Mi madre siempre ha dado más importancia a su carrera profesional y a sus investigaciones científicas que a sus relaciones amorosas. Su interés por los hombres apenas duraba lo suficiente como para convertirse en una parte importante de su vida.

—¿Cómo lo conociste? —inquiero.

Un instante de silencio.

—Pareces enfadada.

—Confusa, más bien —le aclaro—. ¿Cuándo has tenido tiempo de conocer a alguien en Hastings? ¿Y por qué esta es la primera vez que oigo hablar de él?

Han pasado años desde la última vez que mi madre trajo a un hombre a casa para presentármelo; normalmente ni se molesta hasta que siente que la relación va en serio. La última vez que vino a visitarme, no estaba viéndose con nadie, lo cual significa que es algo muy reciente, y también que va muy rápido.

—Después de comer juntas el mes pasado, me pasé por Briar para visitar a un colega y él nos presentó.

—Entonces, ¿este tío ahora es tu… novio o algo así?

Profiere una carcajada estrangulada.

—Esa palabra es demasiado juvenil para usarla con alguien de mi edad, pero sí, supongo que sí.

Madre mía. La pierdo de vista durante cinco minutos y ya está saliendo con alguien de aquí. Peor, incluso: con un profesor. ¿Y si me da clase a mí? Puaj. Por alguna extraña razón, lo siento como si estuviese cometiendo incesto.

—¿Cómo se llama?

—Chad.

Supongo que era una estupidez esperar que lo llamara profesor Menganito. O doctor Fulanito. Pero juro por Snoopy que jamás me habría imaginado a Iris Marsh perdiendo la cabeza por un Chad. No sé por qué, pero dudo que llegue a tener el mismo nivel intelectual que mi madre.

—Sigo percibiendo cierta hostilidad —comenta, todavía con recelo en la voz.

Sí, supongo que la idea de que haya hecho viajes clandestinos a Hastings y no me haya avisado ni haya dicho de verme no termina de hacerme mucha gracia.

Una punzada de dolor me atenaza el pecho. ¿Cuándo me ha relegado a un segundo plano? Durante toda mi vida siempre hemos sido ella y yo contra el mundo. Y ahora también hay un Chad.

—No, solo me has sorprendido —le miento.

—Quiero que os llevéis bien. —Se queda callada un rato, aunque percibo perfectamente la decepción por el hecho de que la conversación no esté yendo mejor.

Mi madre quiere que me alegre por ella, que me emocione. Probablemente lleva pensando en esta conversación todo el día, toda la semana, preocupada por si ahora sería el mejor momento para converger estas dos partes de su vida.

Sus siguientes palabras confirman mis sospechas.

—Esto significa mucho para mí, Taylor.

Me trago el nudo de resentimiento que tengo atascado en la garganta.

—Sí, la cena me parece bien. —Eso es lo que quiere oír, y supongo que es lo mínimo que se merece—. Siempre que yo también pueda llevar a alguien.

CAPÍTULO 22

CONOR

Si hay algo que he aprendido de Taylor es que no lleva bien los cambios bruscos. Con lo del nuevo novio de su madre ha empezado a mostrar una parte de sí misma oculta y divertida en la que se la llevan los nervios. Está tensa, sentada a mi lado en el Jeep y tamborileando el reposabrazos con los dedos. Me la imagino pisando el acelerador imaginario del coche.

—No vamos a llegar tarde —la tranquilizo mientras nos alejamos de Della's, en la calle principal. Hemos parado para comprar una tarta de nuez pacana de postre—. Ese tío vive en Hastings, ¿no?

La luz de la pantalla le ilumina la cara y se refleja en la ventanilla. Está revisando el mapa del trayecto.

—Sí. Cuando llegues al semáforo, gira a la izquierda. Vamos a Hampshire Lane y después a la derecha… no, ¡a la izquierda! —grita al tiempo que yo atravieso el cruce.

La miro.

—Tardaremos menos yendo por aquí. —Sé a ciencia cierta que el semáforo que acabamos de pasar solo se pone en verde unos cuatro segundos y después hay que esperar otros seis minutos hasta que vuelva a cambiar.

—Son las siete y nueve —gruñe Taylor—. Hay que estar allí a y cuarto. ¡Y teníamos que girar en el semáforo!

—Has dicho Hampshire. Llegaremos antes si evitamos los semáforos y atajamos por las calles residenciales.

Su expresión dubitativa deja claro que no me cree.

—Llevo viviendo aquí más tiempo que tú —me recuerda.

—Pero tú no tienes coche, nena —respondo. Le lanzo una sonrisa que seguro que agradecería si no estuviese tan nerviosa—. Conozco estas carreteras. El entrenador vive cerca de aquí. Hunter y yo nos pasamos una noche conduciendo por estas calles cuando Foster se marchó de una cena del equipo para fumarse un porro. No lo localizamos durante tres horas. Lo encontramos en la piscina vacía de una abuela.

—Las siete y diez —replica.

No hay forma de tener razón con Taylor. Aunque no la culpo por estar hecha un manojo de nervios, yo me sentí igual.

Mi madre y yo llevábamos solos mucho tiempo y, de repente, un idiota, Max, se presentó en casa vistiendo unos caquis y una camiseta de los Brooks Brothers y empezó a llamarme campeón o algo así. Casi me volví loco. Tuve que convencer a Kai de no quitarle las llantas al Land Rover de Max, aunque estoy bastante seguro de que fue él quien le rajó las ruedas esa primera noche que se quedó en casa.

—Si al final ves que no te cae bien el tío, hazme una señal —le digo.

—¿Y qué vas a hacer?

—Pues no sé. Le cambiaré el azúcar por sal o algo. También podría cambiarle toda la cerveza que tenga por pis, pero entonces la que tendría que conducir de vuelta a casa serías tú.

—Trato hecho. Pero solo si es muy capullo, en plan, si tiene un cuadro de sí mismo en el comedor.

—O la cabeza disecada de animales en peligro de extinción.

—O si no recicla —añade con una carcajada—. Ay, tal vez podrías escribir a los chicos para que se asomasen por la ventana llevando máscaras de Halloween.

—Qué ideas tienes, madre mía.

Pero por fin se está riendo y deja de estar tan tensa. La cena es importante para ella. Por su madre y la relación que mantienen. Me da la sensación de que Taylor lleva temiendo que llegue este momento mucho tiempo; ese momento en el que otra persona ocupe un lugar importante en la vida de su madre y tenga que empezar a acostumbrarse a no ser su única prioridad. O tal vez así fuera como me sentí yo.

—¿Cómo se llama la calle?

—Manchester.

Giro hacia la derecha, hacia Manchester. La calle está flanqueada por árboles caducos cuyas ramas se doblan sobre el césped y rozan el suelo donde la última nevada por fin se ha derretido. Las antiguas casas victorianas no son tan grandes como las de la calle a varias manzanas de allí, pero son bonitas. Conozco esta calle.

—En el número cuarenta y dos —me informa Taylor.

Mierda.

—¿Qué pasa? —Se me queda mirando y la expresión que pongo la asusta.

—Esa es la casa del entrenador.

Parpadea.

—No te entiendo.

—Que es la casa del entrenador Jensen. Manchester Road número 42.

—Pero esta es la casa de Chad.

Suelto una carcajada irónica.

—Nena, vamos a jugar a un juego...

—¿A qué te refieres?

—Se llama «Adivina el nombre del entrenador Jensen».

Pasan unos segundos. Taylor palidece.

—Ay, Dios, ¿¡es Chad!?

—Es Chad —respondo, partiéndome de risa. Soy incapaz de parar. Lo sé, es de capullos, pero a ver, ¿qué probabilidad había?

Taylor me fulmina con la mirada como si fuera culpa mía o algo; me imagino lo que se le estará pasando por la cabeza. Sé que el entrenador Jensen es un hombre de los pies a la cabeza, pero Taylor no lo conoce. Se estará preguntando si le caerá bien un tipo que sea como yo, Hunter o Foster; alguien al que le mole el *hockey*.

La verdad es que no la culpo. Los aficionados al *hockey* tenemos telita. Somos unos animales.

La hora en el salpicadero cambia de 19:13 a 19:14. Miró hacia la casa del entrenador. La cortina del salón se mueve.

—¿T? —la llamo.

Se aprieta los dedos contra las sienes y lanza un gran suspiro.

—Acabemos con esto de una vez —murmura.

Antes de llegar a la entrada siquiera, la puerta se abre y Brenna aparece por ella.

—¡Fantástico! —Sacude la cabeza y se muestra entre divertida y compasiva—. Capullo.

—Me lo dice a mí —tranquilizo a Taylor.

—Era obvio —responde mi novia.

Las chicas se dan un abrazo y se lanzan cumplidos sobre la ropa que llevan. Ya se me había olvidado lo que llevaba Taylor porque estoy ocupado pensando que, si su madre se casa con el entrenador, eso nos convertiría en hermanos, pero entonces caigo en la cuenta de que no soy familia del entrenador. Tengo el cerebro frito.

—Todavía puedes echar a correr, Con —me aconseja Brenna—. Vete. Corre libre, vikingo buenorro conquistador.

Taylor se vuelve para echarme un vistazo.

—¿Qué pasa? —inquiero.

—Pues sí que pareces un vikingo buenorro conquistador. —A continuación, me toma de la mano y la aprieta con fuerza—. Y no vas a irte a ningún lado, Thor. Eres mi compinche, ¿recuerdas?

—Acepté antes de saber que tu madre se está tirando a mi Chad.

—Se está tirando a mi padre —me corrige Brenna riéndose.

—¿Podemos dejar de hablar de la vida sexual de nuestros padres, por favor? —nos ruega Taylor.

—Tienes razón. —Brenna abre la puerta algo más y le damos nuestros abrigos para que los cuelgue en el recibidor—. ¿De verdad no lo sabías? —me pregunta.

—¿Y tú? Porque me habría venido bien un aviso. —Oigo voces provenientes de la parte de atrás y me supongo que los demás estarán en la cocina.

—Sabía que iba a conocer a la hija de la nueva novia de mi padre, pero no tenía ni idea de que fuera Taylor, o de que tú vendrías con ella. Va a ser la mejor noche de mi vida. —Brenna se adelanta y se escabulle hacia la cocina cual chivata—. ¡Oye, papá! Ha venido uno de tus garrulos.

Para cuando doblamos la esquina, el entrenador ya ha torcido el gesto. Lo veo de pie al fondo junto a una mujer rubia y esbelta picando de un plato con queso.

Trago saliva.

—Eh… Hola, entrenador.

—¿Qué haces aquí, Edwards? —gruñe—. Si Davenport vuelve a estar en el calabozo, dile que le va a tocar pasar la noche allí. No pienso volver a pagarle la fia… —Se queda callado al ver a Taylor.

La rubia enarca una ceja en dirección a su hija.

—Hola, mamá. Este es Conor. Conor, mi madre, la doctora Iris Marsh.

—Encantado de conocerla, doctora mamá… digo doctora Marsh. Mierda.

—¡Esa boca! —me reprende Brenna, y uso toda la fuerza de voluntad que tengo para no enseñarle el dedo corazón.

Tras las presentaciones incómodas, las chicas se marchan al comedor, mientras yo ayudo al entrenador en la cocina. No sé si voy a ser capaz de olvidar que he llamado a Iris «doctora mamá» a la cara. Llevo sin conocer a la familia de nadie desde el instituto. Y mira que fue solo el padre de Daphne Cane, que me persiguió por el jardín de su casa porque había usado sus cubos de basura como rampas de *skate*.

—¿Una cerveza? —le ofrezco.

Él me la quita de la mano y cierra la puerta.

—No seas capullo, Edwards.

Joder, Brenna y él son tan parecidos que hasta acojona.

—Soy mayor de edad, ya lo sabe —contestó arrastrando las palabras.

—Me da igual. —El entrenador se pasa una mano por la cabeza rapada. Lleva traje y corbata y huele a colonia y a loción para después del afeitado. Es el conjunto que lleva siempre que hay un evento universitario de los de sonreír y aguantar el tirón. Nunca me lo había imaginado en una cita, pero jamás pensé que fuera a vestirse así.

—Lo único que vas a tragar va a ser agua, zumo o mi puño —me advierte.

—Maravilloso.

Me atraviesa con la mirada.

—Edwards, no sé por qué me ha tocado tener que cenar con un garrulo como tú; supongo que en otra vida atropellé a un unicornio o prendí fuego a un orfanato. Como te portes como un gilipollas esta noche, te vas a pasar lo que queda hasta la graduación dando vueltas a la pista.

Y ahí se va la esperanza que tenía de que el entrenador me echara un cable para sobrevivir a esta noche.

Me quedo callado. Joder, ni siquiera respondo a lo de sus extrañas fantasías de asesinar unicornios porque soy capaz de hacer cualquier cosa con tal de que no me castigue dando vueltas a la pista. No he vomitado tanto en mi vida como aquella vez que llegamos tarde y con resaca al entrenamiento después de volver de Rhode Island. Fuimos hasta allí para gastar una broma a los de la Universidad de Providence en la que lo subimos al tejado su carrito de equipamiento. El entrenador Jensen nos tuvo dando vueltas hasta medianoche. El pobre Bucky se tropezó y se cayó dentro del cubo del vomito. Como vuelva a ir al entrenamiento y vea un cubo de basura enorme en medio del hielo, me las piro del país.

El entrenador parece nervioso mientras va de un lado al otro de la cocina en busca de pinzas y cuencos para servir. Ha puesto fuentes con forma de hoja que parecen sacadas de un libro de cocina de los ochenta. Eso sí, la cocina huele que alimenta. A barbacoa. Me pregunto si habrá hecho costillas.

—¿En qué puedo ayudar? —le pregunto, porque parece un poco disperso.

—Coge cucharones para servir. Están ahí, en el segundo cajón.

Intento entablar conversación mientras me dirijo adonde me ha dicho.

—Entonces, ¿lo suyo con la doctora Marsh va en serio?

—No es asunto tuyo —me responde.

Y con eso dejo de intentar entablar conversación.

El temporizador del horno pita.

—Ponte con eso —me ordena, y me lanza un trapo.

Abro el horno y una ráfaga de aire caliente me da un sopapo en la cara. Ni siquiera me da tiempo a pensar que tal vez se me hayan carbonizado las cejas cuando la alarma contra incendios empieza a sonar.

CAPÍTULO 23

CONOR

—¡Joder! —brama el entrenador, abalanzándose hacia el horno.

No sé muy bien qué me detiene para no cerrar el horno al instante. Quizá sea la enorme masa de humo que ha salido de dentro y me ha nublado la visión.

—¡Madre mía! ¡Papá! ¡Por eso nunca te dejo cocinar!

Brenna irrumpe en la cocina gritando por encima de la estridente sirena con las manos tapándose los oídos justo cuando el entrenador toma una manopla, levanta el plato achicharrante y se quema la otra mano. Pega un bote y ladea la bandeja, lo que causa que el líquido hirviendo caiga sobre la base del horno y se prenda sobre las barras candentes.

Las llamas salen despedidas de la feroz boca negra.

Mientras Brenna le pone la mano a su padre bajo el chorro de agua fría, me bato heroicamente contra las llamas con una bayeta, tratando de acercarme lo suficiente como para cerrar el maldito horno. Pero el calor es asfixiante y el fuego no hace más que crecer.

—Nene, muévete —me ordena alguien, y de repente Taylor se coloca delante de mí y lanza un montón de puré de patatas sobre la fuente de la llamarada.

El horno exhala una cortina de humo y todos nos precipitamos al exterior cuando oímos llegar a los bomberos y vemos unas luces rojas a través de los árboles.

—Bueno, pues tailandés se ha dicho, ¿no?

—No empieces, Brenna —rezonga el entrenador. Acunándose la mano herida, contempla a los bomberos entrar en la casa para analizar la situación.

Las luces intermitentes se reflejan en el rostro preocupado de Iris Marsh. Esta aparta la mano del entrenador de su pecho para inspeccionar la herida.

—Ay, Chad. Deberían mirarte esto.

Antes de que pueda protestar, ella levanta una mano y una mujer con una enorme bolsa de lona se acerca corriendo para ocuparse de sus quemaduras.

A mi lado, Taylor entrelaza sus dedos con los míos y se aferra a mi brazo en busca de calor. Somos patéticos. Aquí estamos, pasando frío y una vergüenza tremenda en el jardín delantero del número 42 de Manchester Road. Los vecinos se asoman por las ventanas y salen de sus casas preguntándose qué pasa.

—Lo siento, entrenador —le digo, encogiéndome de dolor al verle la palma de la mano achicharrada—. Tendría que haber intentado cerrar la puerta del horno.

Él apenas reacciona cuando la enfermera le toquetea la quemadura.

—No es culpa tuya, Edwards. Resulta que soy un cenutrio.

—¿Sabéis? —interviene Iris—. El tailandés me parece una gran idea.

Un par de horas después, somos los últimos en el restaurante tailandés que hace unos meses reabrió tras haber sufrido —ironías aparte— un incendio.

El entrenador se ha quitado la chaqueta, Taylor me ha dado el visto bueno para que dejara la corbata en el Jeep, y Brenna sigue teniendo los labios pintados de ese color rojo sangre que siempre lleva.

—Te agradezco que reaccionaras tan rápido —le dice el entrenador a Taylor cogiendo otro rollito de primavera con la mano buena. La otra la tiene vendada como si fuera un guante de boxeo.

—No sé qué me entró para ir a por el puré de patatas —responde con timidez—. Entré pensando en mirar bajo el fregadero por si había un extintor. Ahí es donde suelen ponerlos en los pisos. Pero entonces vi el puré y pensé: «Bueno, a ver qué pasa».

—Podría habernos matados a todos —dice, riéndose de sí mismo—. Menos mal que estabas allí.

Los daños a la cocina de los Jensen al final no han sido para tanto, gracias a Dios. Lo peor han sido las manchas oscuras de la pared. Va a ser un auténtico rollo limpiarlo todo después de que entraran los bomberos para asegurarse de que no volvía a incendiarse, pero le dije al entrenador que vendría con los chicos a ayudar una vez los del seguro vieran el estropicio.

—Taylor tiene experiencia en todo tipo de desastres pirotécnicos —informa Iris al grupo.

—Mamá, por favor.

—¿De verdad? —Desvío la mirada hacia Taylor, que se está deslizando hacia abajo en el asiento—. ¿Ha incendiado muchas cosas?

—Hubo una época de, no sé —Iris cavila sobre ello unos segundos—, tal vez dos o tres años, estando todavía en primaria, en la que yo solía estar en mi despacho corrigiendo exámenes o en el salón, leyendo, mientras Taylor se quedaba en su cuarto con la puerta cerrada. La casa siempre estaba demasiado tranquila antes de que la alarma de incendios saltara, y cuando subía corriendo las escaleras, extintor en mano, me encontraba un nuevo agujero en la moqueta con un puñado de Barbies derretidas y chamuscadas.

—Está exagerando. —Taylor no puede evitar sonreír con suficiencia—. Mamá, eres muy dramática. Anda, cambia de tema, por favor.

—No, no —me opongo—. Quiero saber más sobre esa tal piroanarquista de Cambridge.

Taylor me da un golpetazo en el brazo, pero Iris acepta la invitación y empieza a explicarnos aquella vez en la que tuvo que recoger temprano a su niñita rubia de una fiesta de pijamas por haber prendido fuego al pijama de otra niña.

—Apenas se había quemado —insiste Taylor.

—Con él puesto —finaliza Iris.

El entrenador sigue con un «eso me recuerda a cuando...» sobre Brenna, que ella desvía, no sé cómo, hacia mí y el equipo. Pero yo ya he dejado de prestar atención. Estoy demasiado ocupado metiendo mano a Taylor en el muslo, porque pensar en ella como en el pequeño terror de las calles de los ricachones me la pone dura.

—Yo lo que quiero saber es… —Brenna da un sorbo a su vaso de agua con bastante teatralidad, porque imagino que ya han pasado más de cinco minutos desde que ha sido el centro de atención y, cuando se aburre, se autodestruye—. Qué intenciones tienes tú, jovencito, para con nuestra querida hija. —Los ojos oscuros de Brenna relucen con un brillo maligno mientras me mira.

—Excelente pregunta —conviene la madre de Taylor. Iris y Brenna ya casi se han trincado la segunda botella de vino de la noche y a estas alturas han formado una nefasta alianza que no me termina de hacer mucha gracia.

—Ah, pues nos hemos conocido hoy —digo, guiñándole el ojo a Taylor.

—Sí, era quien conducía mi Uber.

—Se puso en plan: «Oye, mira, sé que va a sonar raro, pero mi tío abuelo, superrico y excéntrico, ha muerto y para poder acceder a mi parte de la herencia tengo que llevar novio a la cena familiar».

—Y al principio me dijo que no —añade Taylor—, porque es un hombre con honor e integridad.

El entrenador resopla.

—Pero entonces, ella empezó a llorar y la situación se volvió incómoda.

—Así que al final accedió, pero solo si le dejaba una reseña de cinco estrellas.

—Y vosotros dos, ¿qué? —pregunto al entrenador—. ¿Estáis usando condón?

—No me provoques, Edwards.

—No, tiene razón, papá. —Ahora la Brenna malvada está de mi parte. Lo prefiero—. Sé que ha pasado tiempo desde que tuvimos esa conversación, así que…

—No empieces —le gruñe a Brenna, aunque Taylor se ríe y a Iris no parece molestarle en absoluto.

Taylor no me había contado gran cosa sobre su madre más allá de a qué se dedicaba y que tenían una relación estrecha. Así que no esperaba ver a una mujer bastante normal, vestida con una chaqueta de cuero y una camiseta de *Sid y Nancy* y un cigarro colgándole de la boca. Una doctora *punk* roquera. Es muy atractiva; sus ojos y pelo son del mismo color que los de Taylor. Pero sus rasgos son más pronunciados: tiene los pómulos altos y una barbilla delicada. Eso sin mencionar que es alta y delgada como una modelo de pasarela. Ya veo de dónde proceden algunas de las inseguridades de Taylor.

—Hubo una vez que... —Brenna empieza otra vez, y yo la silencio en mi mente antes de desviar la atención hacia Taylor.

No hay razón para tanta inseguridad. Es guapísima. No sé, a veces la miro sin más y me reafirmo. Me pone cachondísimo.

Tengo la mano inmóvil en su regazo y, de golpe, caigo en la cuenta de que no hemos tenido tiempo de tontear antes de haberla recogido para cenar porque ambos teníamos deberes que acabar y se ha retrasado un poco mientras se arreglaba.

Subo un poco la mano. Un poquitín, nada más. Taylor ni me mira ni se inmuta. Aprieta los muslos. Al principio creo que me he sobrepasado, pero entonces... los vuelve a abrir. Invitándome a seguir.

Brenna está contando no sé qué historia sobre sus prácticas en el canal ESPN y que se desató una pelea entre un par de comentaristas de fútbol, manteniendo a nuestros padres entretenidos, mientras mis dedos se internan bajo el dobladillo de la falda de Taylor. Soy minucioso, metódico. Evito llamar la atención.

Al tiempo que Brenna hace grandes aspavientos con las manos y menea la mesa con su relato, yo rozo la tela de las bragas de Taylor. Son de encaje de seda. Joder, qué morbo. Ella se estremece, muy ligeramente, bajo mi contacto.

Trago la saliva que de repente se me ha acumulado en la boca, muevo la mano hasta su sexo cubierto y, joder, siento lo mojada que está a través de la ropa interior. Quiero deslizar los dedos dentro y...

Aparto la mano cuando el camarero aparece de pronto y nos deja la cuenta en la mesa.

Mientras todos empiezan a pelearse por hacerse con ella, yo miro de reojo a Taylor y veo que tiene un brillo pícaro en los ojos. No sé cómo lo hace, pero esta chica no deja de sorprenderme. Dejar que le meta mano bajo la mesa no es algo que creyera propio de ella, pero me encanta que también exista este lado suyo.

—Gracias —me dice después de despedirnos de todos y de dirigirnos cada uno a nuestros respectivos vehículos.

—¿Por qué? —Mi voz suena un tanto ronca.

—Por estar aquí conmigo. —De camino al Jeep, me agarra del brazo y se pone de puntillas para darme un beso—. Y, ahora, volvamos a mi apartamento y terminemos lo que has empezado antes en el restaurante.

CAPÍTULO 24
TAYLOR

El domingo por la mañana, mientras Conor y los chicos echan una mano al entrenador Jensen para arreglar el estropicio de la cocina, hago la colada y limpio el piso. Cuanto más avanzado está el semestre, más se parece el apartamento al caos que tengo en la cabeza.

Me suena el móvil y suelto la sábana bajera que estoy intentando doblar sonriendo para mis adentros. No me hace ni falta mirar la pantalla para saber quién me llama. Sabía que lo haría, y que probablemente lo hiciera esta mañana, porque mi madre es la persona más predecible del planeta. Básicamente, lo que pasó fue lo siguiente: después de volver a Cambridge el domingo por la tarde, seguro que se quedó despierta corrigiendo y leyendo junto con una copa de vino. Hoy, se habrá levantado para hacer la colada y pasar el aspirador y, mientras, se habrá imaginado cómo transcurriría esta conversación.

—Hola, mamá —la saludo a la vez que me dejo caer en el sofá.

Ella va directa al grano.

—Menuda cena.

Me río por lo bajo y le digo que, a ver, aburrida no fue.

Se muestra de acuerdo, y añade que los rollitos estaban ricos y que tendremos que volver a ese sitio.

Pasamos un par de minutos como en una partida de pimpón, mencionando el *pad thai* y el vino de ciruela, hasta que mamá se arma de valor y pregunta:

—¿Qué te pareció Chad?

¿Cómo hemos llegado a esto?

178

—Es majo —respondo. Es la verdad, y la ayudará a tranquilizarse—. Parece guay. Conor habla bien de él, así que algo es algo. ¿Cómo tiene la mano?

—No es muy grave. Estará bien en unas semanas.

Odio estas cosas. Ninguna decimos la verdad; yo, que no sé cómo hacer que el novio de mi madre me caiga bien, y ella, que, si Chad y yo no llegamos a ser amigos, se sentirá fatal. Si no amigos, al menos lo más parecido, para que cuando nos reunamos no haya una sensación rara de incomodidad.

Nunca he necesitado tener padre. Con mi madre bastaba, y, si le preguntasen a ella, respondería lo mismo: que ella ya tenía suficiente conmigo. Sin embargo, siento como si ella tuviese una voz patriarcal metida en la cabeza —que tal vez se deba al remanente de la sociedad en la que se crio—, que le dice que, sin un hombre, es una mala madre y mujer por no poder ofrecer a su hija una figura paterna que seguir.

—¿A ti te gusta? —le pregunto, incómoda—. Porque eso es lo más importante. Yo no le vi defectos más que, tal vez, que no debería acercarse mucho a un horno.

—Sí —me confiesa—. Creo que anoche estaba nervioso. Es reservado. Le gustan las cosas sencillas, sin mucha pompa. Creo que el hecho de teneros a las dos chicas juntas por primera vez y el hecho de reunirnos todos fue muy agobiante. Tenía miedo de no caerte bien.

—No me cae mal. Seguro que encontraremos la forma de llevarnos bien si al final esto va para largo.

Aunque supongo que sí que va para largo. Por eso organizaron la cena de anoche, ¿no? Y por eso acabamos todos casi chamuscados por culpa de un asado, o a saber qué era eso quemado.

Mi madre se ha pillado por Chad. Un Chad al que le gusta el *hockey*. ¿Qué narices nos pasa a las dos con el *hockey*?

¿Mi padre también jugaba? ¿No era un deporte importante en Rusia también?

¿No será que he tenido el ADN infectado con eso todo este tiempo, cual virus latente?

¿Voy a ser una de esas típicas mujeres que terminan casadas con alguien igualito a su padre?

¿Acabo de insinuar que me voy a casar con Conor?

Joder.

—¿Cómo vais a hacerlo? —inquiero—. Es decir, si queréis seguir saliendo. ¿Vais a estar yendo de un sitio a otro o...?

—No lo hemos hablado —me interrumpe—. Todavía no...

Y ahora quien la interrumpe soy yo.

—Porque sabes que no puedes dejar el MIT, ¿verdad? Por un hombre, me refiero. No es mi intención ser cruel ni nada. Pero no irás a dejar el MIT por él, ¿no?

—Taylor.

—Mamá.

Siento una punzada de miedo y me doy cuenta de que tal vez estos cambios me estén afectando más de lo que estoy dispuesta a admitir. El MIT y Briar no están tan lejos. Pero, por un momento, me he imaginado a mamá vendiendo nuestra casa, la casa donde crecí, y me ha vuelto a dar otra punzada de miedo. Sí, aún no lo he asimilado del todo.

—Taylor, quiero que te quede algo muy claro —me dice con firmeza—. Siempre serás lo más importante para mí.

—Ya.

—Siempre. Eres mi hija. La única que tengo. Llevamos juntas toda la vida, y eso no va a cambiar. Aquí me tienes para todo. Por encima de todo el mundo. Si crees...

—No voy a pedirte que dejes de salir con él —digo deprisa, porque sé a qué se refiere.

—No, lo sé...

—Quiero que seas feliz.

—Ya. Simplemente me refería a que, si se da el caso, siempre serás mi prioridad. Sin dudar. Quiero que lo sepas.

Pero ha habido veces en las que no lo he sido, y eso lo sabemos tanto ella como yo. Como cuando competía por un puesto fijo, por algún ascenso, cuando escribía libros y se iba de gira por las universidades para dar seminarios. Cuando se pasaba los días en el campus y las noches en su despacho o viajando de un lado para otro. Se olvidaba del huso horario y hasta me llamaba de madrugada.

Hubo veces en las que me pregunté si ya la habría perdido y si así sería a partir de ahora. Que tus padres te ayuden a caminar sola, a calentarte las tortitas y, después, vuelvan a su vida mientras se supone que tú has de empezar con la tuya. Creía que ya no debía necesitar más a mi madre y por eso empecé a cuidar de mí misma.

Pero luego las cosas cambiaron. Mejoraron. Se dio cuenta de que llevábamos meses sin cenar juntas, y yo de que había dejado de preguntarle cuándo volvería o de pedirle prestado el coche. Se dio cuenta de que volvía a casa con la compra mientras ella cenaba *pizza* en el sofá o de que a ninguna se nos había pasado por la cabeza preguntar a la otra por la cena. Fue entonces cuando nos percatamos de que nos habíamos convertido en compañeras de piso, y las cosas fueron a mejor. Nos esforzamos. Volvió a convertirse en mi madre y yo en su hija.

Pero eso de decir que siempre he sido y seré su prioridad...

—Lo sé —miento.

—Sé que lo sabes —miente ella también. La oigo sorber mientras yo me froto los ojos, que se me han nublado por culpa de las lágrimas—. Conor me cae bien —añade, y me provoca una sonrisa.

—A mí también.

—¿Vas a ir a la Gala de Primavera con él?

—No se lo he pedido, pero seguramente sí.

—¿Vais en serio o... puntos suspensivos?

Eso es precisamente lo que todo el mundo quiere saber, Conor y yo incluidos. Es un tema que no hemos querido tocar todavía. ¿Qué quiere decir exactamente ir en serio y cómo sería? ¿Lo sabemos alguno de los dos, o lo sabríamos si lo notásemos?

No tengo respuesta y creo que Conor tampoco.

—No llevamos mucho —le digo lo único que se me ocurre.

—Recuerda que no pasa nada por intentarlo, y que cometer errores es normal.

—Me gusta cómo estamos ahora. Y, en fin, seguramente lo mejor sea no crearse expectativas antes de los exámenes finales, porque luego llegan las vacaciones de verano, así que... puntos suspensivos.

—Eso suena a maniobra de escape. —Hace una pausa—. A ver, no es malo si es lo que necesitas.

—Trato de ser realista.

La realidad es capaz de darte un sopapo en la cara cuando menos te lo esperas. Así que sí. Puede que Conor y yo tengamos algo guay, pero no se me olvida cómo empezó está relación accidental. Un reto que llevó a un plan de venganza que luego se convirtió en «algo».

Me da la sensación de que, dentro de muchos años, Conor y yo nos volveremos a encontrar en alguna reunión de antiguos alumnos y, tras entrecerrar los ojos, nos acordaremos del semestre que pasamos enrollándonos. Nos reiremos y le contaremos la anécdota a su mujer supermodelo y con quien sea que haya acabado yo, si es que estoy con alguien.

—Me cae bien —repite ella.

Casi le cuento que me ha invitado a ir a California en verano, pero no lo hago. Creo que le daría demasiada importancia.

Aunque bien es cierto que me lo he buscado al habérselo presentado.

Ni siquiera se me pasó por la cabeza que el hecho de que Conor me acompañase a la cena sería dar un gran paso porque iba a conocer a mi madre. La cosa es que sentía que no sería capaz de aguantar esa noche sin alguien que me apoyara.

Hay que reconocérselo a Conor, no se amedrentó ni se volvió un manojo de nervios. Se limitó a encogerse de hombros y a responder: «Claro, siempre y cuando no te importe elegir la ropa que lleve». Lo que más le preocupaba era si tendría que afeitarse, y le dije que, si yo tengo que hacerlo, él también. Después de pasar una semana con su barbita incipiente dejándome la piel en carne viva, me puse firme. Ahora que lo pienso, esa fue otra situación típica de una relación.

Mi madre y yo charlamos un rato más mientras yo holgazaneo por el piso. Hablamos de la Gala de Primavera, de los exámenes finales y de si quiero quedarme con el apartamento de Hastings en verano o llevar las cosas a un almacén. Me doy cuenta de que es una decisión que voy a posponer hasta que otros planes se vuelvan definitivos o no.

Más tarde, Conor me manda un mensaje para decirme que viene con comida. Me debato si preparar algo para pedirle que me acompañe a la gala. Me lo podría escribir en el pecho con pintalabios rojo o con ropa interior en el suelo. No obstante, después me digo que le estoy dando más importancia de la que tiene y que tal vez lo entienda mal, así que saco el tema mientras cenamos mi sopa de tomate favorita y un sándwich de queso gratinado del restaurante.

—Oye, las de Kappa van a montar una fiesta y le iba a preguntar a mi otro novio de mentira si quería venir conmigo...

Conor enarca una ceja, divertido.

—Va a otra universidad, no lo conoces. En fin, que he pensado que, ya que has conocido a mi madre y hemos logrado escapar juntos de una casa en llamas, tal vez te apetecería venir conmigo.

—¿Es una de esas fiestas en las que me arrastras de un lado para otro para poner celosas a las tías y me tratas como si fuera un pene con patas?

—Sí.

—En ese caso, acepto.

Me dan ganas de sonreír como una loca. Conor hace que todo sea tan simple; normal que me sienta tan cómoda con él. Me lo pone fácil.

Lo veo acabarse su hamburguesa y masticar feliz, y el buen humor se me esfuma un poquito.

Por muy cómoda que me sienta, siempre hay cierta duda, cierto miedo. Es como un ruido blanco, como un zumbido en la cabeza que se manifiesta cuando me estoy quedando dormida; un aviso persistente de que tal vez no nos conozcamos en absoluto. Y de que, en cualquier momento, la fantasía que hemos creado se pueda hacer añicos.

CAPÍTULO 25
TAYLOR

Conor tiene la aptitud artística de un oso.

Me doy cuenta de este problemático hecho cuando viene el miércoles tras su clase de Economía y me ve, ya con el pijama puesto e inmersa en un montón de cartulinas. Esta semana, los niños están construyendo bosques de papel en clase de la señora Gardner y tengo como unas doscientas flores, pájaros y otros seres vivos de cartulina que recortar esta noche. Cuando Conor se ofrece a ayudar, presupongo que al menos le enseñaron a dibujar lo básico y a usar unas tijeras. Craso error.

—¿Eso qué se supone que es? —pregunto, conteniendo la risa. En la tele tengo dibujos animados puestos mientras estamos sentados sobre la alfombra del salón. Una de las cosas que me encantan de trabajar en los colegios de primaria es que no te lo puedes tomar todo demasiado en serio.

—Una rana. —Admira su abominación genética. Está tan orgulloso de su criatura grotesca que, de estar viva, resollaría de agonía antes de saltar delante de un coche en movimiento.

—Parece un mojón con patas.

—Qué cruel eres, Marsh. —Con una mirada de absoluto agravio, cubre la zona donde se supone que están las orejas de la rana—. Vas a acomplejarla.

—Le haría un favor matándola, Edwards. —No puedo contener más la risa y casi me sabe mal por Conor y esa devoción que siente por su creación deforme.

—¿En tu tiempo libre también envenenas a todos esos conejitos bebés que no nacen tan bonitos como deberían?

—Ten. —Le tiendo unas cuantas cartulinas de colores donde yo ya he dibujado varias flores—. Recórtalas.

Pone un puchero.

—Vas a ser una profesora muy mala.

—Trata de no salirte de la línea, por favor.

Conor gruñe una especie de «lo que tú digas» y se dispone a emprender la triste tarea de recortar flores.

No puedo evitar lanzarle alguna que otra miradita furtiva para admirar la adorable cara de concentración que tiene puesta.

¿Cómo es posible? Hay un tío de casi metro noventa de puro músculo despatarrado por el suelo de mi apartamento. A menudo sopla para apartarse el pelo de la frente mientras lleva a cabo su tarea.

A veces me olvido de lo guapo que es. Supongo que me he acostumbrado a tenerlo cerca. A la suave forma de sus labios y la curva masculina de sus hombros. El modo en que su piel roza la mía cuando ni siquiera pretendemos tocarnos me pone los vellos de punta. Al igual que tenerlo encima de mí.

Y cuando me lo imagino dentro de mí.

Unos cuantos minutos después, compruebo cómo va con las flores y descubro que ha estado recortando penes en protesta y los ha estado alineando perfectamente por todo el suelo del salón. Cuando se percata de que me he dado cuenta, se cruza de brazos y sonríe con orgullo.

—¿Te importaría explicarme lo de los penes?

—Son flores —dice con tono desafiante, y casi me puedo imaginar a una versión más joven de Conor poniendo los ojos en blanco a los profesores en el instituto y hasta haciéndoles peinetas a sus espaldas.

—¡Tienen testículos! —balbuceo.

—¿Y? Las flores tienen testículos. Se llaman anteras. Búscalo. —Sonríe con suficiencia, todo travieso y respondón. No es justo que sea tan mono cuando está siendo un auténtico tocapelotas. Si nos hubiésemos conocido en el instituto, ni me imagino los problemas en los que me habría metido. Probablemente ya seríamos fugitivos.

—¿Y si uno cayera en el montón de flores y mañana tuviera que explicarle a su profesora por qué tiene a veinticuatro niños de seis años pegando penes por toda la clase? —Suspirando con irritación, recojo todos los penes y los tiro a la papelera.

—Cuando dijiste «bosque», pensaba que era un eufemismo —responde Conor, muy satisfecho de sí mismo—. Ya sabes, como lo de la cigüeña y los bebés.

—Están en primero de primaria.

—Estando en primero, Kai y yo nos escondimos una vez en el mueble bajo el fregadero de su cocina para espiar a los amigos de su hermano mientras veían vídeos porno.

—Eso explica muchas cosas. —Cuando voy a la nevera a por un refresco, él se me acerca por la espalda y me abraza por la cintura para pegarme contra él. Está duro, y eso provoca que una corriente eléctrica me recorra toda la piel.

—En realidad —murmura contra mi cuello—, esperaba que nos pudiéramos tomar un descanso para desnudarte.

Sus manos viajan hacia arriba por mis costillas y, mientras, sus labios me besan bajo la oreja y por el hombro, donde mi camiseta *oversize* no cubre. Cuando esas manos firmes acunan y amasan mis pechos, no puedo evitar arquear la espalda.

Gimiendo, Conor me da la vuelta y me pega contra la nevera. Sus labios ahogan mi grito de sorpresa y su lengua penetra mi boca.

Esta noche noto algo distinto en él. Pasión. Alargo las manos hacia su camiseta, pero Conor me las atrapa y me las coloca por encima de la cabeza. Me sostiene las muñecas con una mano, y con la otra deshace el nudo de mis pantaloncitos de pijama y los deja caer al suelo. Aún besándome, desliza los dedos entre mis muslos, bajo las braguitas. Siento el frío acero inoxidable del frigorífico contra la espalda mientras él toquetea y explora mi sexo.

Contengo la respiración, separándome de sus labios, cuando él introduce uno y, luego, dos dedos en mi interior. Se me doblan las rodillas al sentir aquella maravillosa sensación de plenitud y el pulgar de Conor frotándome el clítoris.

—Me encanta hacer que te corras —dice con la voz ronca—. ¿Me dejas?

Me estremezco de pura excitación. Se me afloja el cuerpo a la vez que me rindo a Conor. Cierro los ojos.

—Sí —le suplico.

Él se separa de pronto.

Abro los párpados y me lo quedo mirando aturdida.

—¿Qué pasa?

—Déjame mirarte.

No sé muy bien a qué se refiere hasta que lo veo agarrarse el pene erecto a través de los pantalones. Ese bulto largo y grueso bajo los vaqueros me ha acelerado el corazón. Se aprieta el miembro a la espera de que yo acceda a su petición.

Nunca hemos cruzado ese umbral, al menos no con las luces encendidas. Pero no quiero decirle que no. Ya no quiero sentir timidez o vergüenza con él. Conor me hace sentir segura, guapa y deseada. Y ahora mismo, justo en este momento, no quiero ser lo que se interponga entre nosotros.

Despacio, me quito la camiseta por arriba y la dejo caer sobre la fría losa del suelo. Luego me bajo las braguitas y las aparto con el pie.

Su mirada ardiente vaga libre por mi cuerpo desnudo como si le perteneciera.

—Eres preciosa, Taylor.

Una vez más, me levanta las manos por encima de la cabeza y expone mis pechos ante sus ojos cargados de lujuria. Ladea su cabeza rubia y envuelve los labios alrededor de un pezón. Lo lame y succiona hasta que me retuerzo contra él porque quiero que se centre en otro lugar.

—Con. Vámonos a la cama. O al menos al sofá.

—Para qué.

Dios, ese acento suyo californiano me mata cada vez que lo oigo. Me estremezco a medida que desciende por mi abdomen dejando un reguero de besos y se arrodilla frente a mí. Se coloca una de mis piernas sobre el hombro para abrirme más.

Gimo cuando su lengua me lame la hendidura. Roza el clítoris y me lo succiona a conciencia. Me devora con experta precisión, y yo no puedo más que aferrarme a sus hombros mientras muevo las caderas contra su boca.

Aprieto los muslos cuando siento el orgasmo arremolinarse en la zona baja del vientre.

—No pares —le suplico—. Como lo hagas, te mato.

Su risa ronca vibra contra mi sexo. Pero no se detiene. Sabiendo que estoy cerca, me humedece el clítoris con la lengua y desliza uno de sus largos dedos en mi interior, que mueve despacio mientras me obliga a llegar al clímax. Me deshago en pedazos. Jadeo cuando el placer explota dentro de mí y se expande por todo mi cuerpo.

Antes de recuperarme del todo, Conor se pone de pie y entierra el rostro en el hueco de mi cuello antes de besarme y chuparme la piel mientras yo sigo temblando debido al orgasmo.

—Soy un puto adicto a ti, Taylor. —Su voz suena áspera. Levanta la cabeza y veo la necesidad relucir en sus ojos.

Entonces me aúpa en sus brazos, lo que suscita un ruidito de protesta por mi parte.

—Bájame —aúllo a la vez que, por instinto, engancho los brazos alrededor de su cuello para no caerme de culo—. Peso mucho.

Su risa me hace cosquillas en lo alto de la cabeza.

—Nena, levanto dos veces tu peso en un día flojo.

Me relajo un ápice mientras me lleva hasta el dormitorio. No me siento ligera como una pluma en sus brazos, pero llevarme no parece costarle, lo cual es un avance. Nota mental: sal siempre con alguien que levante dos veces tu peso en el gimnasio.

Me deja en el centro del colchón y se cuida de que apoye bien la cabeza sobre la almohada. Luego se queda de pie a los pies de la cama y se lleva las manos al cuello de la camiseta.

—¿Permiso para desnudarme? —Sonríe de forma adorable.

—Concedido. —Joder, ahora es mi voz la que suena grave.

Lo observo deshacerse de la camiseta, de los vaqueros y los calzoncillos con ojos entrecerrados. Nunca me cansaré de mirarlo. Su pecho, las sombras que acentúan sus brazos musculosos. Ese físico suyo de atleta, ancho y precioso, me roba el aliento. Es pura perfección.

Bajo la mirada hasta su miembro largo y grueso y una sensación de calor se instala entre mis piernas.

Esta también es la primera vez para él. La primera vez que está completamente desnudo frente a mí. Y se lo agradezco; no porque fuese un paso difícil para él, sino porque quiere yo que me sienta cómoda.

Conor se sube a la cama y me cubre con su cuerpo. Sus labios hallan los míos y empezamos a besarnos con ansia y desesperación hasta que a ambos nos cuesta respirar. Nunca me he enrollado con nadie estando ambos desnudos. El pene de Conor yace pesado entre mis piernas, rozando ligeramente mi abertura. Sería tan fácil decir que sí sin más, abrir los muslos un poco más, agarrarlo y guiarlo dentro de mí.

Su lengua acaricia la mía otra vez y, por un instante, eso es lo único que quiero.

Decir que sí.

Pero...

—No creo estar... ya sabes... preparada —susurro contra su boca.

Él levanta la cabeza. El deseo ha nublado su mirada.

—Es decir, quiero estarlo.

—Vale. —Conor se coloca de costado a mi lado. Está erecto, y tiene una gotita de líquido blanco en la punta que me hace la boca agua.

Trago saliva y me incorporo.

—Por un lado, quiero hacerlo ya y quitármelo de encima, pero...

—No tienes que precipitarte por mí —dice como si nada—. No tengo prisa.

—¿No? —Busco en su expresión cualquier señal de enfado.

—No —me promete, incorporándose también—. Cuando te sientas preparada, espero que sea conmigo. Pero, si no, me contento con cómo son las cosas entre nosotros. De verdad.

Lo beso. Porque, pese a todas las protestas, Conor es muy buen tío. Es dulce y divertido, y, no sé cómo, creo que hasta se ha convertido en mi mejor amigo. Mi mejor amigo con derecho a roce.

Separándome de sus labios, agarro su pene con la mano. Sigue duro, palpitante. Se le tensa todo el cuerpo cuando envuelvo los dedos en torno a la base y deslizo el puño arriba y abajo.

—Nena —jadea, y no sé realmente qué quiere decirme: «¿Nena, para?», «¿Nena, sigue?».

Si es lo primero, rápidamente se transforma en lo segundo cuando me coloco de rodillas frente a él en el suelo. Apoya los brazos en la cama y echa la cabeza hacia delante con el primer lametón de mi lengua sobre su miembro.

A Conor le tiemblan las piernas mientras se la chupo. Respira despacio y profundamente, como si aquello requiriera de toda su concentración.

—No pares —murmura mientras me la meto entera en la boca. Empieza a mover las caderas poco a poco hacia adelante—. Por favor, no pares nunca.

Es difícil sonreír cuando tengo los labios firmemente cerrados en torno a su carne, pero lo hago en espíritu. Me encanta hacerle esto, llevarlo hasta el maravilloso límite de la desesperación. Sé cuándo está casi a punto porque gime mientras estira los brazos para tocarme los pechos y levanta las caderas de la cama un poquito.

No sé qué me insta a hacerlo, pero en vez de dejarlo correrse en su abdomen, lo agarro con la mano y lo acaricio hasta que se derrama sobre mis tetas. Eso me hace sentir un poco alborozada; un alarde de picardía que no esperaba tener en mí. En cuanto deja de temblar, levanto la mirada hasta su precioso rostro y atisbo pura lujuria en sus ojos.

—Joder —exclama, falto de aire y apartándose el pelo sudado de los ojos.

Me río con timidez.

—Voy a limpiarme.

Conforme me levanto para ir al baño, su teléfono vibra en el suelo. Él descuelga mientras espero a que el agua empiece a salir caliente en la ducha. No distingo muy bien lo que dice, pero suena molesto cuando oye quién está al otro lado de la línea.

—No puedo —creo que dice—. Olvídalo… La respuesta sigue siendo no.

Otra vez Kai, no me cabe duda. El viejo amigo de Conor no va a dejar correr sea lo que sea que busque de él.

Y Conor tampoco me ha dado ningún detalle. Tras salir de la ducha, percibo un cambio drástico en su estado de ánimo, hasta que finalmente rechaza mi invitación de quedarse a dormir y se marcha temprano a casa.

Maldito Kai. Ojalá desapareciera sin más. Es evidente que sigue habiendo algo entre esos dos, algún terrible secreto que está carcomiendo a Conor por dentro. No obstante, por mucho que quiera que hable conmigo, no pienso presionarlo.

Solo espero que encuentre el modo de solucionarlo antes de que termine consumiéndolo por completo.

CAPÍTULO 26

CONOR

El agua está helada. Si me quedo quieto, siento las punzadas en los dedos de los pies incluso con el traje de neopreno. Remo en círculos para mantener la temperatura corporal, pero tampoco es que me moleste. Cuando estoy sobre la tabla y tengo las olas debajo no hay nada que me afecte. Nada atraviesa el rugir de las olas al romper contra la orilla, los chillidos de las gaviotas y el sabor a agua del mar en la boca. Es como estar dentro de una bola de nieve. Una esfera perfecta y tranquila separada del resto. Calmada.

Entonces, siento la presión del océano; la succión se prolonga. Soy consciente de que mi ola está al llegar y me preparo. Me tumbo recto. Clavo las uñas en la cera. Listo. Ahora solo queda sentirla.

Remo para mantenerme lo bastante adelantado hasta que por fin me levanto de un salto y la vibración sube por mis piernas.

Encuentra el equilibrio. Recibe a la ola.

Aquí no duran mucho. Apenas unos segundos hasta que rompen, caen y se mezclan suavemente con el oleaje.

Paso una hora en el agua antes de que el sol se alce en lo alto del cielo. Justo cuando me estoy quitando el traje de neopreno en el Jeep veo que Hunter llega en el Land Rover con Bucky, Foster, Matt y Gavin. Menos de un minuto después también lo hacen Jesse, Brodowski, Alec y Trenton en otro coche. Para cuando dan las nueve, todo el equipo está en la playa para unirse a la limpieza con la fundación SurfRider.

—Bastante gente —me dice Melanie, la coordinadora de los voluntarios, cuando le presento a los chicos. Ellos se desviven por saludarla como si jamás hubiesen visto a una mujer—. ¿Sois de aquí?

—De un poco más lejos de Hastings —respondo—. De Briar.

—Me alegro de contar con vosotros. Agradecemos vuestra ayuda.

Cada uno pilla un cubo, guantes y los palos de la carpa que han montado en la playa para recoger la basura. Foster se queda comiéndose con los ojos a un grupo de chicas de una sororidad de BU y levanta la mano.

—Ah, esto, soy nuevo y nadar no se me da muy bien. ¿Me podéis emparejar con alguien? Prefiero una rubia.

—Cierra el pico, capullo. —Hunter le da un codazo en las costillas—. No te preocupes, yo lo acompaño —le asegura a Melanie.

Ella sonríe.

—Gracias. Y ahora, caballeros, a trabajar.

—Sí, mi capitán —responde Matt. Esboza una sonrisa y, a pesar de que le saca cinco años, Melanie demuestra que ninguna mujer, de la edad que sea, es inmune a los hoyuelos de Anderson.

Ya formaba parte de la fundación en Huntington Beach, y en cuanto supe que había una sede aquí me apunté sin pensármelo siquiera. Sin embargo, no todos se muestran tan dispuestos. Cuando apenas llevamos una hora, Bucky ya está quejándose.

—No recuerdo que haya habido ningún tribunal —gruñe mientras camina sobre la arena con un cubo—. Tengo la sensación de que recordaría algo así.

—Deja de quejarte —lo amonesta Hunter.

—Y, ahora que lo pienso, tampoco me acuerdo de que me arrestaran.

—Cierra el pico —suelta Foster.

—A ver, que alguien me explique por qué estoy aquí como un prisionero en mi día libre. —Bucky se agacha y empieza a forcejear con algo que está hundido en la arena. Mientras tira, al resto nos llega un olor asqueroso de algo. Como si hubiese un animal muerto hundido en las aguas residuales.

—Joder, ¿a qué huele? —Matt pone una mueca y se tapa la cara con la camiseta.

—Déjalo, Buck —lo aconseja Hunter—. Seguramente sea el perro de alguien.

—¿Y si es un cadáver? —Jesse saca el móvil y se prepara para el descubrimiento cruento.

—Se ha quedado enganchado en mi palo —contesta Bucky, cabreado. Escarba arena, tira y se pelea con esa cosa hedionda que se resiste, hasta que acaba cayendo hacia atrás.

La arena nos salpica a todos. Justo cuando Bucky cae de culo, un pañal enredado en una red de voleibol cae sobre él. En el agujero aparecen lo que aparentan ser bastantes huesos de pollo asado.

—Joder, tío. ¡Estás lleno de mierda de bebé! —exclama Foster al tiempo que el resto nos alejamos de semejante espectáculo.

—Mierda, voy a vomitar.

—Qué asco.

—¡Estás marrón!

—¡Quitádmelo! ¡Quitádmelo! —Bucky se revuelve en la arena mientras Hunter trata de quitarle el pañal de encima con el palo, pero, a saber por qué, Foster le echa más y más arena encima.

Matt se está descojonando.

—Lávate, idiota —le grita a Bucky.

Creo que Matt se refiere a que use las duchas del aparcamiento.

Y, en lugar de hacer eso, Bucky se despelota hasta quedarse en calzoncillos y se lanza corriendo al agua congelada.

Ay, madre. Hace unos doce grados y hay bastante viento, pero supongo que es cuestión de voluntad, porque Bucky se mete de cabeza, nada y se pone a frotarse y a lavarse.

Nos lo quedamos mirando. Lo admiro, en serio. Antes yo me estaba quedando pajarito incluso con el traje de neopreno puesto y ahora me entran escalofríos al imaginarme el agua fría entrando en contacto con mis pelotas.

Cuando por fin sale del agua tiene la piel azulada y tiembla como un perro en un anuncio de una protectora. Me quito la camiseta térmica y se la doy. Gavin lo está esperando con una toalla. Pantalones no hay de sobra, eso sí.

—Vete al Jeep a entrar en calor —le digo a Bucky mientras le doy las llaves.

—Odio el medio ambiente —responde cuando las recibe.

En cuanto está fuera de alcance para escucharnos, los chicos estallan en carcajadas hasta incluso caer de rodillas en la arena.

—Se le va a quedar el trauma toda la vida —dice Foster, aún riendo.

—No va a volver a la playa —añade Gavin.

—No lo culpo. —Hunter sonríe antes de llevar la basura y la mierda al contenedor.

A ninguno le ha importado pasar el sábado por la mañana ayudando excepto a Bucky. La verdad es que significa mucho para mí que se interesen por algo que me importa. Desde que he venido a la costa este apenas he tenido tiempo para hacer lo que me gusta. El *hockey* y las clases no me han dejado mucho tiempo para surfear o venir a la playa. Ha sido Taylor la que hizo que le diera vueltas a cómo podría volver al voluntariado. Se ofreció a venir, pero pensé que sería una buena oportunidad de reunir a los chicos. Como la temporada ya ha acabado, ya no solemos estar todos juntos en ningún sitio. O en la playa, como ahora.

Mentiría si dijese que no los echo de menos. A ver, vivo con casi la mitad de estos capullos, pero no es lo mismo que dejarte la piel en la pista de hielo. Entrenando. Pasando horas en el autobús. Durante los noventa minutos que te dejan al borde del asiento. Supongo que hasta que he jugado con ellos no me había dado cuenta de lo mucho que el *hockey* significa para mí. Este equipo ha conseguido que me apasione. Estos tíos se han convertido en mis hermanos.

Me vibra el móvil en el bolsillo. Espero que sea Taylor preguntándome a qué hora volveré, pero en la pantalla aparece un número desconocido. A estas alturas ya sé quién es.

Kai.

No debería contestar. Darle esa satisfacción no supone nada bueno. Sin embargo, tengo una sensación que me dice que es mejor no rechazar la llamada y le salga el buzón de voz, porque en lo que respecta a Kai Turner, prefiero encontrármelo de frente. Dejar que volviera a sorprenderme sería peor.

—¿Qué? —gruño.

—Tranqui, tío. Cálmate.

—Estoy ocupado.

—Ya lo veo.

Me quedo helado. Intento no llamar la atención mientras miro en derredor, por la playa y el aparcamiento. A lo lejos veo a un tipo delgado cerca de los baños. Parece un crío con la ropa de su hermano mayor, y no me hace falta verle la cara para saber que es él.

—¿Cómo narices me has encontrado? —Me alejo unos cuantos pasos de Hunter y los demás.

—Tío, tengo ojos hasta en la nuca. Como si no lo supieras.

—Así que me has seguido. —Joder. Está cada vez más desesperado.

Buscarme en Búfalo es una cosa, pero ahora ha venido hasta Massachusetts. Hasta esta playa cerca de Boston. A saber cuánto lleva vigilándome o qué quiere esta vez. No tengo claro si Kai es peligroso. Aparte de meterse en algunas peleas jamás se ha mostrado violento. Son niñerías. Ojos morados y el orgullo herido.

Pero bien es cierto que ya no lo conozco.

—No tendría que hacerlo si hablases conmigo de hombre a hombre —responde.

Reprimo un taco.

—No tengo nada de qué hablar contigo.

—Ya, pero yo sí. Puedes venir y estar como colegas o voy yo y te avergüenzo delante de los pijos de tus nuevos colegas.

Cabrón.

También se puso así cuando me mudé a Huntington Beach. Me hizo sentir culpable por irme del barrio, como si yo tuviera voz o voto. Me picó diciendo que lo había dejado por esos cabrones con fondo fiduciario; aunque entonces no tenía ningún amigo. Se cabreaba conmigo porque mi madre me compraba ropa nueva. Me costó bastante tiempo entender que trataba de manipularme. Demasiado.

—Vale, joder.

Le digo a Hunter que voy a mear y me encamino al aparcamiento al lado de los servicios. Me meto en el de hombres durante un minuto antes de acercarme a los bancos al lado de mi Jeep. No tengo ni idea de si ha venido acompañado, así que prefiero quedarme donde haya gente. Que haya llegado a este punto significa que está desesperado, y no puedo confiar en un Kai desesperado.

—No lo estás poniendo fácil —me dice sentándose a mi lado.

—Eso es cosa tuya. Yo quiero que me dejes en paz.

—No te entiendo, Con. Éramos uña y carne. Antes...

—Joder, para. —Me giro para mirarlo; es un fantasma de la infancia que, a medida que va pasando el tiempo, se vuelve más una pesadilla que un recuerdo—. El pasado pasado está, Kai. Ya no somos unos críos. No somos nada.

Me obligo a no desviar la mirada, pero en él veo reflejado todo lo que odio de mí mismo. Y me odio aún más por pensar así. Al menos Kai sabe quién es. Está jodido, sí, pero no vive imaginándose ser otro y tratando de encajar en un molde para apartar a personas como él, como nosotros.

—Me da igual lo que quieras, olvídate —espeto en tono cansado—. Ya no soy así, tío. Se acabaron los problemas. Deja que pase página y siga con mi vida.

—No puedo, hermano. Todavía no. —Inclina la cabeza—. Pero si me echas una mano, desapareceré. No me volverás a ver. Te olvidarás de mí.

Joder. Mierda.

—Te has metido en problemas —adivino. Pues claro. Su tono lo dice todo. Él no es de los que dicen esas chorradas de «Tío, estoy en un aprieto, échame un cable». Está acojonado.

—La he cagado, ¿vale? Se supone que iba a hacer una cosa para unos tíos...

—Una cosa.

Kai pone los ojos en blanco y mueve la cabeza, exasperado.

—Transportaba un producto.

—Traficabas, Kai. —Puto idiota—. Se llama traficar. ¿Qué cojones haces?

—No va por ahí, tío. Le debía un favor a unos pavos y me dijeron que si recogía un paquete de un sitio y lo llevaba a otro, estaríamos en paz. Era fácil.

—Pero ¿qué paso? —La vida de Kai está llena de situaciones aparentemente fáciles, aunque llenas de «peros». *Pero no sabía que había gente en casa. Pero alguien se chivó. Pero la cogí y perdí la pasta.*

—Hice exactamente lo que me pidieron —protesta—. Recogí el paquete, lo llevé al sitio y se lo dejé a un tío...

—Y ahora dicen que el tío no lo ha recibido.

Kai hunde los hombros ante lo obvio que es. Cualquier idiota lo habría visto venir; Kai nunca lo hace.

—Es eso —murmura—. No sé quién la tiene tomada conmigo. Alguien está intentando joderme y no entiendo a qué viene.

—¿Y qué esperas que haga yo? Si buscas un sitio donde quedarte, pírate. No pienso tener ese tipo de problemas cerca. Tengo compañeros de piso.

—No, no va por ahí. —Hace una pausa y su postura lo dice todo—. Simplemente les tengo que pagar, o recuperarán el dinero de otra forma, ¿vale? Ya hemos pasado por algo así, Con. Lo pillo. Pero esta gente cree que les he robado.

Se pasa una mano por la cara. Sus ojos rojos, desesperados, me miran fijamente, suplicantes. Volvemos a ser dos niños haciendo un pacto en una sala a oscuras. Como cuando nos rajamos la palma con una navaja.

—Me matarán. O algo peor, estoy seguro.

Gilipollas. Este cabrón siempre consigue meterse en problemas por temas de droga o pastillas. Ha dejado que unos capullos le controlen la vida. Es como si se apuntara con una pistola y me dijera que, si me importa de verdad, le dé más balas.

Pregunto, aunque ni siquiera quiero saber la respuesta.

—¿Cuánta pasta?

—Diez mil pavos.

—Joder, Kai.

Soy incapaz de quedarme quieto. Me levanto del banco y empiezo a pasearme de un lado a otro. Me hierve la sangre. Si ayudase en algo, le partiría la cara.

—Ya, lo sé.

—Me cago en la puta. —Le doy una patada a un cubo de basura, enfadado, desesperado.

Ni siquiera sé por qué permito que me afecte tanto. Es Kai. Es como el ácido. Potente, corrosivo, destruye todo lo que toca. En cuanto se lo permites, se te mete hasta los huesos. Te destruye.

—No —digo al final.

—Hermano. —Me agarra el brazo y yo me suelto del agarre y lo miro advirtiéndole de que no pienso dejar que vuelva a hacerlo—. Tienes que ayudarme. Va en serio. Van a venir a por mí.

—Pues huye, tío. Súbete a un bus hacia Idaho o Dakota del Norte y escóndete. Me importa una mierda.

—¿Me lo dices en serio? ¿Dejarías a tu mejor amigo tirado...?

—No somos mejores amigos. Creo que nunca lo fuimos. —Sacudo la cabeza varias veces—. Todo esto es problema tuyo y no quiero tener nada que ver.

—Lo siento, tío. —Cambia su actitud al instante. Ahora veo dureza a través de sus ojos. Ya recuerdo por qué me daba miedo—. No puedo permitir que te vayas así como así.

—No me provoques —le advierto, colocándome frente a él.

Hubo un tiempo en el que no fui más que un pringado sobre un monopatín que lo seguía por todo el barrio. Pues ya no. Ahora podría hacer pesas con él y cargármelo de un rodillazo. Será mejor que lo entienda antes de que se le meta alguna idea estúpida en la cabeza.

—Voy a dejar que te vayas, pero como te vuelva a ver, las cosas van a cambiar.

—Para nada, hermano. —Sonríe mostrándome los dientes con una sonrisa falsa—. Se te olvida que te tengo agarrado por los huevos. Quiero los diez mil. Hoy.

—Se te ha ido la pinza. No tengo tanto dinero. Y si lo tuviera, no te lo daría.

—Podrás conseguirlo —responde, decidido—. Pídele a tu padrastro el dinero.

—Vete a la mierda.

Kai pone una mueca.

—No me provoques, Con. Si no me consigues la pasta, el querido Max se va a enterar de que fuiste tú el que sopló el código de la alarma de su mansión y dejaste que entraran y la destrozaran. —Enarca una ceja—. Tal vez pueda decirle también que fuiste tú el que le robó el dinero del despacho, ¿qué te parece?

—Eres un cabrón.

—Ya te lo he dicho, hermano. Lo vamos a hacer por las buenas; le dices a Max que necesitas la pasta para alguna chorrada. Invéntate algo. Consígueme el dinero y estaremos en paz. Yo me piro y todos felices.

De pequeño, tu mejor amigo se convierte en el centro de tu mundo. Cada día es como si fuera el último y todo parece peligroso, urgente, y cada emoción es como una fuerza de la naturaleza. Lo que no sabes es que el peor error que cometas te perseguirá toda la vida. Un momento breve de rabia se convierte en toda una vida de arrepentimiento y culpa.

Lo que más odio de Kai es lo mucho que me parezco a él. La diferencia es que él lo acepta.

Me paso una mano temblorosa por el pelo, fijo la mirada en el horizonte y me obligo a responder.

—Te conseguiré el dinero.

CAPÍTULO 27
TAYLOR

Me he vuelto una de esas chicas que miran obsesionadas el móvil cada cinco segundos o salta al creer oír su vibración.

Lo he apagado y encendido varias veces porque a lo mejor se había quedado pillado y por eso no había recibido respuesta a los últimos tres mensajes.

Hasta me he enviado mensajes a mí misma para asegurarme de que llegaban, y luego se lo he pedido a Sasha porque claramente no tengo ni idea de cómo funcionan los teléfonos.

Cuanto más caigo en esta espiral de desesperación y autodesprecio, más a merced de las inseguridades me siento.

Sí, una de esas chicas. Cada minuto que pasa es otro minuto que me imagino que puede estar engañándome, o pasando de mí, o riéndose. Me odio. O, mejor dicho, odio en lo que me he convertido al creer que un chico podría hacerme feliz.

—Dame el móvil. —Sasha, que está sentada a mi lado en el suelo del dormitorio con los libros desparramados entre ambas, me tiende una mano y me insta a que se lo dé con los dedos. En sus ojos oscuros y fríos veo que ya está hasta el moño de mí.

—No.

—Taylor, ya. —Ah, sí, ya ha pasado el límite de estar hasta las narices de mí y se está acercando peligrosamente al siguiente nivel de «como sigas así, ya puedes buscarte a otra amiga».

—Lo guardo, ¿vale? —Me meto el móvil en el bolsillo trasero del pantalón deprisa y cojo la libreta.

—Ya lo has guardado seis veces hoy. Pero, no sé cómo, siempre vuelve a aparecer. —Enarca una ceja—. Sácalo una vez más y te lo confisco, ¿me oyes?

—Alto y claro. —Y durante los siguientes diez minutos, me esfuerzo lo que no está escrito por fingir que estudio.

He venido esta tarde a la casa Kappa cuando se me han agotado los recursos con los que distraerme. Conor no me escribió cuando ayer regresó de la playa. Habíamos hablado de quedar con unos amigos en el Malone's para tomarnos unas copas el sábado por la noche, pero la tarde dio paso a la noche, y luego a la mañana, y sigo sin saber nada de él.

He probado a hablar con él otra vez. Le he mandado dos mensajes y solo me ha respondido con un «Lo siento, me ha surgido algo», y me ha vuelto a ignorar cuando le he preguntado que qué pasaba.

Tal vez en otras circunstancias no le daría más importancia, pero el miércoles por la noche ya se fue con una actitud extraña. Por aquel entonces pensé que estaría molesto por la llamada de Kai. Pero también se me pasó otra cosa por la cabeza: esa noche fue lo más cerca que habíamos estado de acostarnos, y lo había rechazado. Cada vez que nos hemos enrollado desde Búfalo, he sobrepasado un poco más mis límites, pero él nunca había intentado iniciar el acto sexual en sí.

Hasta el miércoles por la noche.

Por aquel entonces me había hecho creer que no pasaba nada. Me dijo justo lo que necesitaba para tranquilizarme. Pero, ahora que lo pienso, me pregunto si fue solo para conseguir que le hiciera una mamada. Porque en cuanto se la hice, se dio el piro.

Lanzo un suspiro trémulo.

—¿Qué? —Sasha aparta la libreta y me interroga, preocupada—. Tengas lo que tengas en la cabeza, suéltalo ya. Venga.

—Tal vez sea… —Me muerdo el labio inferior—. Tal vez sea lo que todo el mundo se veía venir.

Ella vacila antes de responder.

—La noche en la que nos conocimos me dijo que no era mucho de novias. Que no salía con nadie durante más de unas pocas semanas. —Hago caso omiso del nudo que se me forma en el corazón—. Nosotros ya hemos sobrepasado ese límite.

Su mirada se suaviza.

—¿Eso crees?

202

—Creo que se ha cansado de las mamadas y, a estas alturas, me dejaría si con ello consiguiera mojar el churro otra vez.

Sasha pone una mueca.

—Vaya, gracias por la imagen mental.

Me trago la amargura.

—No será ni el primero ni el último que deja a una tía porque no se abre de piernas.

—Nunca he oído que un tío deje a una chica por que se haya cansado de que se la chupe —señala.

Lo cual saca a relucir la cuestión de la monogamia.

—A lo mejor no es tanto que se la chupe, sino quién se la chupa...

—Taylor. Creo que te vas a volver loca tratando de imaginarte lo que se le pasa por la cabeza —dice.

—Bueno, no tendría que imaginármelo si él me respondiera a los mensajes.

—Escucha. —Sasha trata de ocultar su tono de frustración con otro reconfortante, pero sigo percibiendo su impaciencia. Lo está intentando, pero consolar a los demás no es su fuerte—. Yo no lo conozco, así que no puedo ser tu encantadora de penes, pero una cosa sí te digo: si de verdad creyeras que es así, no habrías perdido el tiempo con él. Así que eso me lleva a pensar que, quizás, haya pasado algo.

—¿Como qué?

—Yo qué sé, a lo mejor le ha bajado la regla. Lo que quiero decir es que, sea lo que sea, no es por ti. Así que no te obsesiones con eso.

—¿No?

—No, tía. A mí me da la impresión de que lleva coladito por ti desde el momento en que empezasteis a «salir». Así que, o bien está pasando por alguna cosa rara, o es gilipollas. Y en el caso de esto último, lo mejor que te puede pasar es quitártelo de en medio. Así que deja de rayarte. Los dos hablaréis en algún momento y luego podrás decidir. Hasta entonces, relájate. Tienes que empezar a valorarte más, Taylor. Nadie puede hacerlo por ti.

Por un lado, tiene razón. Presuponer que he hecho algo más, que no soy lo bastante buena, es lo primero que siempre pienso. Es lo que pasa cuando te han acosado e insultado por estar gorda en el instituto.

Por otra parte, no sé cómo estar tan tranquila como Sasha. No sé cómo hacer para que toda esa mierda no me afecte. Cómo apagar esa parte de mi cerebro que se aferra con uñas y dientes a las inseguridades.

Ella no tiene ni idea de lo mucho que ha empezado a gustarme Conor, pese a habérmelo advertido. No sabe la huella que ha dejado en todas las capas de mi vida. Joder, la tela no se puede desteñir así sin más. Las rupturas son destructivas y es imposible hacer desaparecer del todo a alguien a base de lejía. Siempre queda un rastro de tinta, una mancha que siempre te acompañará.

Esperaba de corazón que Conor no llegase a convertirse en una de esas manchas.

—Dicho eso —anuncia, poniéndose de pie para coger las llaves de su coche de la mesita de noche—. Si te hace algo y quieres prenderle fuego a su coche o sabotearle los patines para que se tuerza un tobillo, cuenta conmigo, nena.

Esbozo una sonrisa. La adoro. Sasha es la persona a quien querría tener a mi lado de tener que esconder un cadáver a pico y pala en plena lluvia.

—Venga, idiota. —Me saca la lengua—. Podemos pasar por su casa de camino al bar.

El Malone's está petado para ser domingo por la noche. Hay un torneo de dardos, y hace unos cuantos minutos toda la casa Sigma Fi ha entrado por la puerta tras haber empezado la fiesta en algún otro lugar. Por ahora. Sasha ha tenido que ahuyentar a tres borrachos salidos soltándonos patéticas frases de ligar como Wonder Woman con sus brazaletes de oro y las balas.

—Recuérdame por qué estamos aquí —grito por encima del grupo de tíos coreando «¡Traga, traga, traga!» en un reservado cercano.

Sasha me pasa otro Malibú con piña y hace chinchín con los vasos.

—Necesitas rodearte de tíos.

—No creo que ese sea el problema. —Con aire sombrío, apuro casi el cóctel entero de un solo trago y luego me apoyo contra la barra y me quedo observando a la gente.

—Sí, bueno, pues te equivocas. —Se bebe su vodka con Red Bull—. Estudios científicos han demostrado que, cuando un hombre te tiene la cabeza mareada, solo una gran cantidad de hombres y el alcohol pueden curar tu corazón.

—Voy a tener que ver de dónde has sacado esa información.

Me enseña el dedo corazón.

—Llego justo a tiempo.

Un chico alto con la camiseta del equipo de baloncesto de Briar aparece delante de nosotras. Tiene hoyuelos y una sonrisa Profident.

A Sasha no debe de disgustarle mucho, porque muerde el anzuelo.

—¿Para qué?

—Las dos necesitáis otra copa. —Asiente en dirección a nuestros vasos casi vacíos y llama al barman con la mano—. Lo que quieran y un ron Cola, por favor. Gracias.

No se me escapa que Sasha entrecierra los ojos al oírle pronunciar «por favor» y «gracias». Verás, algo importante a tener en cuenta sobre Sasha Lennox es que su mejor amiga de la infancia fue su bisabuela por parte de padre, que en varias etapas de su vida fue cartera del ejército en la Segunda Guerra Mundial, profesora de secundaria para presidiarios y hasta monja católica. Lo cual quiere decir que un chico con modales ya tiene la mitad de la jugada hecha meramente con ser educado.

—Me llamo Eric — dice, y le enseña esos dientes perfectos y bien cuidados a Sasha.

—Sasha —responde ella con coquetería—. Y ella es Taylor. Le encantaría conocer a alguno de esos amigos altos y guapos que tienes.

La fulmino con la mirada para intentar que aborte la misión, pero ella me ignora. Está demasiado ocupada ahogándose en los modales de Eric. Este le hace un gesto a sus colegas, que están al otro lado del bar, y dos tipos se acercan a nosotras con sendas cervezas en la mano. Sus nombres son Joel y Danny, y los cinco nos ponemos cómodos y hablamos un poco sobre nosotros. Sasha y yo casi tenemos que partirnos el cuello para poder mirar a los tiarrones que Briar está reclutando últimamente para su equipo de baloncesto.

Cuando Danny se acerca un poquito más a mí, Sasha me hinca las uñas en el brazo como para decirme que no va a dejarme huir. Me la llevo aparte para poder hablar con ella en privado.

—Tengo novio —le recuerdo, a lo cual Sasha enarca una ceja—. Creo.

—No tienes que tirártelos —replica—. Solo sonríe, asiente y bebe un poquito. Un poco de tonteo inofensivo no le hace daño a nadie.

—Si yo viera a Conor tonteando con otra…

—Pero no lo vas a ver porque no te responde a los mensajes. Así que finge que estás viva por unas horas y disfruta —me dice, pasándome un chupito después de que Danny insistiera en pedir tequila para todos.

—Por el baloncesto —Sasha levanta el suyo.

—Por Kappa Ji —responde Eric.

—Por el *hockey* —musito por lo bajo.

Tras bebernos el chupito, Sasha saca su móvil y lo sostiene para sacarnos un selfi grupal a los cinco.

—Hala —exclama.

—Hala, ¿qué?

Ajusta la imagen y añade un filtro antes de publicar la foto con varios *hashtags* distintos.

#nochedechicas #KappaJi #BriarUni #tíosbuenos #baloncesto

—A ver si Conor ignora esto también —me dice con una sonrisa.

La cosa es que no quiero vengarme. No quiero ponerlo celoso ni recordarle lo que se está perdiendo. Yo solo quiero entender qué ha cambiado.

Más tarde, cuando estoy de vuelta en mi apartamento metiéndome en la cama e intentando convencerme de no volverle a escribir, me doy cuenta de que no he visto su mensaje de antes.

ÉL: Lo siento. Hablamos mañana. Buenas noches.

Por algún motivo, eso es peor que no haber recibido nada.

CAPÍTULO 28

CONOR

Un psicólogo diría que esta semana mi comportamiento ha sido autodestructivo. O al menos eso es de lo que me ha acusado la novia de Hunter hoy, y mira que Demi está estudiando para convertirse en una. Por lo visto se ha cruzado con Taylor en el campus, y por eso me ha escrito un mensaje que reza algo así como: «¿Qué cojones le has hecho?».

Por lo que entiendo, también he jodido a Taylor. Me lo esperaba. Y es lo que me merezco. Por mucho que le intente echar colonia a un montón de mierda, no puedo pretender que no huela como tal.

He querido llamarla. El fin de semana pasado, después de lo de la playa, fui hasta su bloque, pero no me vi capaz de entrar. No sería capaz de volver a mentirle y decirle que todo iba bien. Prefiero que piense que soy otro deportista capullo que lo que soy en realidad.

Desde entonces nos hemos visto un par de veces; hemos tomado café en el campus, pero he tratado de no ir a su casa y tampoco la he invitado a la mía. Ya me resulta incómodo lo del café de por sí; es una hora entera en la que no se me ocurre qué decir y a ella le da miedo espantarme. Cada mensaje que me manda preguntando qué me pasa es como un cuchillo que se me clava más y más.

Si fuese bueno, le contaría la verdad. Se lo aclararía y dejaría que esos preciosos ojos turquesa me mirasen con asco, con traición. Dejaría que me llamase perdedor y patético y vería lo que yo soy demasiado cobarde como para decirle: que se merece a alguien mejor.

TAYLOR: ¿Quieres venir esta noche?

Pero soy un cobarde. Me repito que, en cuanto zanje las cosas con Kai, lo que tengo con Taylor volverá a la normalidad. Pondré alguna excusa, ella me perdonará a regañadientes y después me pasaré el mes siguiente tratando de reconquistarla.

Sin embargo, cuanto más veo el signo de interrogación en sus mensajes, más me cuesta imaginarme volver a hacerle frente.

Otro mensaje aparece en la pantalla. Este es de Kai.

KAI: Estás perdiendo el tiempo...

Pongo el móvil boca abajo para no tener que volver a mirar la pantalla. Es lunes por la mañana y no debería estar tumbado en la cama. Tengo clase de Filosofía en menos de una hora. Aunque, bueno, estoy dándole al coco, así que tal vez debería pasar. Tanta introspección no es buena.

Me quedo mirando el techo del cuarto e inspiro. Muevo el culo para levantarme de la cama y me obligo a vestirme.

Me vuelve a vibrar el móvil, pero finjo no darme cuenta. O es Taylor o Kai. O puede que sea mi madre.

Ahora mismo, la persona a la que más me duele decepcionar, más que a Taylor, es a mi madre. No la puedo llamar para pedirle ese dinero. Creía que tendría los cojones de llamar a Max directamente y soltarle alguna trola sobre que uno de mis compañeros se ha metido en un lío y que no quería preocupar a mamá. O podría contarle que le he jodido el coche a alguien. Pero entonces me imagino su cara.

Llamarle para pedirle pasta solo confirmaría lo que siempre ha creído de mí: que soy basura, y que por mucho dinero, distancia o educación que reciba, eso no va a cambiar.

Así que no me queda de otra. Después de clase, voy a la casa de Hunter y le digo que tenemos que hablar.

Demi está sentada en el sofá, a su lado, y me fulmina con la mirada. Los he interrumpido; estaban viendo un documental de un crimen en la tele, pero sé que esa no es la razón por la que me mira así.

—No le digas a Taylor que he venido —le pido con voz ronca—. Por favor.

Ella inspira y pone los ojos en blanco.

—No pienso decirte lo que tienes que hacer...

—Bien —respondo, me vuelvo y me meto en la cocina para coger una cerveza de la nevera.

—Pero no deberías engañarla —acaba la frase en cuanto vuelvo al salón.

Me trago el nudo en la garganta.

—No lo hago.

—¿Crees que eso ella lo sabe?

Supongo que es una pregunta retórica, y si no, pues paso. No he venido a hablar con Demi sobre Taylor.

Le doy un trago largo a la cerveza y le hago un gesto con la cabeza a Hunter, que se muestra incómodo.

—¿Podemos hablar en tu cuarto?

—Claro.

—¡Taylor me cae bien! —grita Demi mientras yo sigo a Hunter a su habitación—. Ten cojones de hacer las cosas bien con ella, Conor Edwards.

—Lo siento —se disculpa Hunter mientras su chica me sigue reprendiendo aunque ya no esté en la sala.

Toma asiento en la silla del escritorio mientras yo me apoyo contra la puerta y jugueteo con la pegatina de la botella. Me conoce lo suficiente como para saber que algo me pasa. Es el mejor amigo que tengo en el equipo. Joder, mi mejor amigo en general. Hace una semana Taylor estaría a la par.

—¿Qué ocurre? —me pregunta, observándome en busca de alguna pista—. ¿Es por algo entre Taylor y tú?

—No va por ahí.

—¿Qué pasa? Demi me está venga a preguntar si habéis roto y no sé qué decirle aparte de que no se meta, pero ya sabes cómo es. Es capaz de cortarme los huevos si le digo lo que tiene que hacer.

—No, no hemos cortado. —Aunque lo parece—. No tiene nada que ver con Taylor. Es... eh... —Me siento estúpido de repente.

Es más duro de lo que pensaba. Hunter es la única opción que tengo. Su familia está forrada; tienen tanta pasta que la mansión de Max en comparación sería como la habitación del servicio. Y él puede conseguirme el dinero.

Mientras venía hacia aquí pensé que podría decirlo en plan normal. «Oye, tío, préstame algo de pasta». Pero me jode. Jamás me he sentido tan humillado ni tan desmoralizado. Pero no me queda de otra. O lo hago o Kai le contará a Max lo que hice.

Y no le puedo hacer eso a mi madre.

—Con, me estás preocupando. ¿Qué pasa?

Me aparto de la puerta. Necesito mover los pies, como si eso ayudara a que me funcionase el cerebro.

—Mira, te voy a ser sincero. Necesito diez mil pavos y no te puedo decir por qué. Te prometo que no es para prestamistas, ni para el tráfico de drogas ni nada de eso. Tengo que encargarme de un asunto y no se lo puedo pedir a mi familia. No te lo pediría si no me quedase de otra. —Me siento en el borde de la cama y me paso las manos por el pelo—. Te prometo que te lo devolveré. La verdad es que tardaré, pero te devolveré cada centavo, aunque tarde toda la vida.

—Vale. —Hunter baja la mirada hacia el suelo. Es como si estuviera asintiendo, como si hubiese alguna especie de retraso entre lo que he dicho y lo que ha oído—. Y no has matado a nadie, ¿no?

Se lo ha tomado mejor de lo que esperaba.

—Te juro que no.

—No irás a huir del país, ¿verdad? —inquiere.

Mentiría si dijese que no se me ha pasado por la cabeza, pero no.

—Me quedo aquí.

Él se encoge de hombros.

—Vale.

Antes de poder pestañear siquiera, rebusca en uno de los cajones de su escritorio un talonario. Flipando, me quedo sentado mientras él garabatea algo en un cheque.

—Toma.

Y así sin más, me lo da. Diez mil pavos. Cuatro ceros.

Soy un cabrón.

—No te imaginas cómo me has salvado el culo. —Siento una sensación de alivio al instante, pero el remordimiento tarda menos. Me odio por haber hecho algo así, pero no lo suficiente. Doblo el cheque y me lo guardo en la cartera.

—Lo siento. Tú...

—Ya está, Con. Somos compañeros. Cuenta conmigo.

Me embarga la emoción. Joder, no me lo merezco. Que esté aquí siquiera es un mero accidente. En Briar, en este equipo. Se me metió en la cabeza que tenía que pirarme de Los Ángeles y después de un par de llamadas Max me matriculó en su *alma mater*.

No me he ganado el puesto en un equipo de la División 1 ni la amistad de tíos como Hunter Davenport. Alguien le debía el favor a alguien y me metieron en el equipo en tercero. Se me da bien jugar, a veces tal vez mejor que bien, y otras pocas, mejor que mejor. Sin embargo, ¿cuántos tíos son mejores pero no tuvieron enchufe? No me cabe duda de que había alguien que se lo merecía más que yo, alguien que no le pide pasta a sus amigos para comprar el silencio del tipo que lo chantajea porque le robó a su propia familia.

El problema de huir de uno mismo es que cada vez te metes en más problemas.

Después de marcharme de casa de Hunter, me dedico a conducir. No tengo pensado un sitio en particular, así que acabo en la costa, sentado en la arena y observando el oleaje. Cerro los ojos, siento el sol en la espalda y escucho los sonidos que ya me salvaron en el pasado. Son sonidos que normalmente me centran, me conectan a lo que se conoce como el alma, a la consciencia. Sin embargo, esta noche el mar no me está ayudando en absoluto.

Vuelvo a Hastings y espero que una voz en mi cabeza me sugiera algo mejor, que haga lo correcto, pero nada.

Me descubro frente al apartamento de Taylor. Aparco el Jeep y me quedo sentado casi una hora mientras observo cómo la pantalla se llena de mensajes.

TAYLOR: Estoy pillando la cena.
TAYLOR: Me voy a la cama temprano.
TAYLOR: ¿Comemos juntos mañana?

Estiro la mano hacia la guantera, la abro y rebusco hasta encontrar la cajita de metal que Foster metió la otra noche. Saco el porro liado y encuentro un mechero en la zona entre los asientos. Lo enciendo y exhalo una nube de humo por la ventana abierta. Con la suerte que tengo, un poli seguro que pasa por delante junto en este momento, pero me importa una mierda. Necesito templar los nervios.

KAI: ¿Lo tienes ya?
KAI: Responde.

Le doy otra larga calada y vuelvo a exhalar el humo. Se me empiezan a dispersar los pensamientos, como si empezaran a tener vida propia. Estoy tan descentrado que no sé cómo espabilarme. La gente dice que cuando estás al borde de la muerte te vienen destellos de tu vida, y aquí estoy yo, vivito y coleando, pero viviendo la misma experiencia surrealista.

Aunque tal vez solo estés colocado. Sí, puede que sea eso.
Me llega otro mensaje.

KAI: No me cabrees, tío.

Casi me hace gracia. Ves a un chaval al otro lado de la calle. Te sientas con él en el colegio. Cabreas a los vecinos haciendo saltos con el monopatín en mitad de la calle. Te jodes la nariz y te raspas los codos. Aprendes a coger un porro bien, a tragarte el humo. Os retáis el uno al otro a hablarle a la chica guapa con un *piercing* de mentira en el labio. Os hacéis *piercings* con imperdibles en unas escaleras detrás del auditorio del colegio. Os metéis cervezas bajo los pantalones de un 7-Eleven. Cortáis una valla metálica y os metéis por ventanas tapiadas con tablones. Exploráis las catacumbas de una ciudad en ruinas, los centros comerciales de hace treinta años con fuentes secas y goteras en el techo. Pasáis por delante de los Radio Shack y Wet Seals con el monopatín. Aprendéis a hacer grafitis. A mejorar los grafitis. Os asaltan detrás de la licorería. Conducís un coche robado. Escapáis de la poli y saltáis vallas.

Le doy otra calada al porro, y otra, y veo mi infancia pasar como una exhalación frente a mis ojos. No hay nada que nos cambie tanto como los amigos. La familia lo hace, sí. Las familias nos joden de menos a más. Sin embargo, nos rodeamos de amigos como si fuésemos un edificio hecho de ladrillos, clavos y pladur. Son las partes que conforman un plano, aunque ese plano esté siempre modificándose. Tratamos de decidir continuamente quiénes queremos ser; tomamos decisiones, cambiamos, maduramos. Los amigos son esos rasgos que queremos para nosotros. Quienes queremos ser.

Exhalo una nube de humo. La cosa es que nos olvidamos de que nuestros amigos tienen sus propios planos. Que nosotros somos las partes de sus planos. Nuestros propósitos se entrecruzan continuamente. Ellos tienen a sus familias. Su propia escala de daños. Hermanos que les pasan el primer porro, o el primer trago de cerveza.

Echo la vista atrás y me parece tan evidente que Kai y yo íbamos a acabar así. Porque una parte de mí lo necesitaba y quería ser como él. Pero entonces llegamos al momento de la verdad; ese momento en el que unos deciden que les dan miedo las alturas y otros saltan del avión. Ahí abrí los ojos, fue el instinto de supervivencia. Un instinto primitivo que me decía que Kai sería mi ruina si se lo permitía.

Así que hui y cambié de vida, aunque fuera durante un tiempo. Tal vez la gente no sea capaz de cambiar una vez se han sentado las bases. Tal vez Kai y yo estemos destinados a destruirnos el uno al otro. Ahora mismo me dan miedo las alturas y él ya no lleva paracaídas. Se está asomando por el avión, yo lo estoy sujetando por la camiseta y, en cuanto lo suelte, saldrá volando. Pero tira de mí y ambos caemos.

Lanzo el porro por la ventana y cojo el móvil.

YO: Quedamos el viernes por la noche.
KAI: Hasta entonces.

No sé qué pasará después de esto o si podré volver atrás. Si las cosas entre Hunter y yo cambiarán. Qué pasará cuando vaya a California, duerma en esa casa y tenga que mirar a mi madre a la cara.

Aunque, al fin y al cabo, ya pude la otra vez, así que puede que lo mejor sea que deje de engañarme y acepte que mentir me sale solo y que la culpa no va a desaparecer sin más. Quizá debería dejar de fingir que si me siento mal es porque en el fondo no soy malo. Joder, tal vez incluso debería dejar de sentirme mal y empezar a mostrar indiferencia. Aceptar que no soy, y nunca he sido, una buena persona.

Cuando llego a casa, subo a mi cuarto y le respondo a Taylor con una excusa para no comer con ella mañana.

O al día siguiente.

Porque evitarla siempre resulta más fácil.

CAPÍTULO 29

TAYLOR

Me había olvidado de lo engorrosa que es la Gala de Primavera todos los años. El viernes por la mañana me despierto tarde y tengo que salir pitando del apartamento. Desde entonces es como si el día hubiese pasado a cámara rápida.

Me derramo el café encima yendo a clase a toda prisa. Me he equivocado de libreta. Nos han hecho un examen sorpresa. Luego he tenido que irme corriendo a otra clase. La máquina expendedora se ha tragado el dinero. Me muero de hambre. He ido a la casa Kappa porque había quedado con Sasha. Hemos ido a la peluquería corriendo, aunque iban con una hora de retraso. Hemos almorzado mientras esperábamos. Luego nos han peinado. Hemos vuelto a la casa Kappa. Ella me ha maquillado mientras yo le pintaba las uñas. Ella se ha pintado mientras yo he planchado nuestros vestidos. Y, por fin, nos hemos quedado derrotadas en el suelo hasta que Abigail ha empezado a recorrer la casa gritando que necesitaban ayuda para terminar de montar el evento en el sitio.

Ahora Sasha y yo estamos en el salón de fiestas conectando el equipo de sonido alquilado a su portátil. Se nos caen las horquillas del pelo mientras tenemos que agacharnos y gatear por el suelo vestidas con nuestras sudaderas, antes de volver corriendo a la casa Kappa para lavarnos con toallitas y vestirnos.

—¿No tenemos voluntarias o qué? —se queja Sasha mientras cargamos otro altavoz enorme dentro desde el muelle de carga porque la minilocomotora tiene una rueda pinchada.

—Creo que las de primer año están en la cocina doblando servilletas.

—¿En serio? —dice. Dejamos el altavoz en su sitio y nos tomamos un momento para recuperar el aliento—. Joder, pues eso voy a hacer yo. Sentarme y hacer papiroflexia. Trae aquí a esa tía de *lacrosse* y échale un par de estos a la espalda, a ver qué le parece.

—Creo recordar que le dijiste a Charlotte que no querías que nadie le pusiera las manos encima a tu equipo.

—Sí, bueno, pero no me refería a lo que pesaba.

Sonrío.

—Venga. Uno más. Luego conecto yo todos los cables mientras tú haces la prueba de sonido.

Sasha respira hondo y se seca el sudor de la frente con la manga de la sudadera.

—Eres muy buena amiga, Marsh.

Mientras llevamos el altavoz dentro, una cara familiar aparece en nuestro camino. Eric, el jugador de baloncesto que conocimos en el Malone's, cargando con seis cajas grandes de dónuts. Colocamos el altavoz y nos acercamos a él en la cabina del DJ de Sasha con ojos hambrientos.

—Servíos —nos dice.

—Ay, eres el mejor. —Sasha se lleva un dónut a la boca y coge dos más—. Gracias —murmura con la boca llena.

Cual plaga de langostas, las demás hermanas se echan encima de los dónuts. Todas han estado sobreviviendo a base de zumos y zanahorias durante una semana o más para poder caber esta noche en sus vestidos minúsculos.

—Tengo que ir a la ciudad a recoger el esmoquin —le dice Eric a Sasha mientras esta se lame el glaseado de los dedos—. Pensé que a lo mejor os vendría bien un poco de azúcar.

—Gracias. Te lo agradecemos.

—Totalmente —convengo.

Tan rápido como han aparecido, las chicas dejan las cajas temblando, sin una viruta ni pizca de mermelada en el cartón antes de volver cada una a su tarea.

Miro alrededor con aprobación. Vaya. El salón está empezando a estar medianamente presentable. Ya se han colocado las mesas y colgado las pancartas y la decoración. Puede que todo salga bien.

—¿Te veo aquí a las ocho? —le pregunta Sasha a Eric.

—Sí, señora. Hasta luego. —Le da un beso en la mejilla y se despide con la mano de mí antes de marcharse.

217

Giro la cabeza hacia ella.

—Eh… No me habías dicho que ibas a venir con él —la acuso.

Se encoge de hombros.

—Y no iba a hacerlo, pero así al menos tengo a alguien que me traiga las copas mientras pongo la música.

Tiramos las cajas de dónuts vacías a la papelera y luego vamos en busca de la supuesta nevera donde supuestamente hay agua embotellada para todos. Probamos primero en la cocina, donde vemos a ocho chicas de primer año sentadas a oscuras entre montones y montones de servilletas de tela, encorvadas y agotadas. Joder, esto parece una fábrica clandestina, así que Sasha y yo nos vamos sin decir ni mu. Las de primer año dan miedo.

—¿Y Conor? —me pregunta conforme recorremos otro pasillo.

¿Y Conor…? Parece que desde que lo conozco, esa pregunta consumiera un poquito más de mi vida a cada día que pasa. Los dos nos hemos visto atrapados en un estado constante de inseguridad e incertidumbre.

—Ni idea —respondo con sinceridad—. Lleva dos días cancelándome planes.

Tuerce sus labios perfectos en una mueca.

—¿Habéis hablado siquiera?

—Un poco. Sobre todo mensajes, pero no me ha dicho gran cosa. Solo que está liado con algo, bla, bla, bla… Y, por supuesto, siempre se disculpa.

—No se atreverá a… no venir esta noche, ¿no? —Sasha me escudriña, como buscando algún signo de que vaya a perder los nervios o a desmoronarme.

—No —respondo con firmeza—. Él nunca me haría eso.

—Oye, Taylor. —Olivia aparece por la esquina del muelle de carga—. Te has dejado esto fuera. Estaba vibrando.

Cojo el teléfono y el alivio me embarga cuando veo que tengo una llamada perdida de Conor. Por fin. Necesito saber si va a venir a recogerme o si nos vemos aquí directamente.

—Hablando del rey de Roma… —dice Sasha.

Estoy a punto de llamarlo cuando me llega un mensaje suyo.

CONOR: No voy a poder ir esta noche.

Me quedo mirando la pantalla, pasmada. Le respondo con dedos temblorosos.

YO: No tiene gracia.
ÉL: Lo siento.

—¿Qué pasa?
Pruebo a llamarlo.
Directa al buzón de voz.
—Dime que no —exclama Sasha con voz seria al verme la cara.
Hago caso omiso de ella. Lo vuelvo a llamar.
Otra vez el buzón de voz.

YO: Háblame.
YO: ¿Qué cojones te pasa?
YO: Que te jodan. Conor.

Echo el brazo hacia atrás para arrojar mi móvil al otro lado de la estancia, pero Sasha me atrapa la muñeca antes de poder soltarlo. Me coge el teléfono y me dedica una mirada seria.

—No hagas nada precipitado —me aconseja antes de arrastrarme hasta el baño al otro lado del pasillo—. Cuéntame. ¿Qué te ha dicho?

—No va a venir. No me ha dado ninguna explicación. Solo un «lo siento, no puedo» otra vez —digo, furiosa, aferrándome al borde del lavabo para evitar estrellar el puño contra el espejo—. Es que ¿qué coño, tía? Es imposible que lo haya decidido hoy. Me ha estado dando largas toda la maldita semana. Lo que significa que sabía que no iba a venir. ¡Me lo podría haber dicho! Pero no, ha esperado al último momento para darme la puñalada por la espalda.

Chillo y le asesto un puñetazo a la puerta del retrete en vez de al espejo. No me produce tanta satisfacción cuando la puerta simplemente se abre debido a la fuerza del impulso. Me siguen doliendo los nudillos, pero al menos no me los he destrozado.

—Muy bien, Hulka, tranquilízate. —Sasha me acorrala en un rincón con las manos en alto, como si estuviese tratando de calmar a un rinoceronte cabreado—. ¿De verdad crees que lo está haciendo para hacerte daño?

Me aparto de ella. No puedo quedarme quieta.

—¿Qué otra explicación hay? Probablemente todo haya formado parte de alguna especie de broma que me haya gastado. A lo mejor el reto he sido yo, y no al revés. Una apuesta que haya hecho con sus compañeros de equipo. Y ahora el juego se ha acabado y se están riendo de mí. De la pobre y patética niña gorda.

—Eh. —Sasha chasca los dedos delante de mi cara para detenerme en seco—. Cierra la boca. Tú no eres patética, y tu cuerpo tampoco tiene nada de malo. Eres guapa, divertida, amable e inteligente. Si Conor Edwards no es capaz de ver eso, no es culpa tuya. Él se lo pierde.

Soy incapaz de tragármelo. De verdad. Siento una rabia horrible en el estómago y, a cada segundo que pasa sin obtener una respuesta, esta crece por momentos.

—Necesito que me prestes el coche —digo de repente, extendiendo la mano.

—No creo que estés en condiciones de conducir ahora mismo...

—Las llaves. Por favor.

Sasha suspira y me las pasa.

—Gracias. —Salgo pitando del cuarto de baño como si este estuviera en llamas y con Sasha pisándome los talones.

—Taylor, espera —me llama, exasperada.

En vez de hacerle caso, recorro el pasillo en dirección al vestíbulo. Voy tan rápido que cuando derrapo en la esquina, me choco contra una de mis hermanas de la hermandad. Hay unas doce chicas Kappa o así en el vestíbulo, junto con un par de chicos Sigma arrastrando sillas.

La morena a la que acabo de atropellar se tambalea hacia delante. Al tener el pelo hacia adelante y cubriéndole los ojos, me lleva un segundo caer en que se trata de Rebecca.

—Joder, perdona —le digo—. No te he visto.

En cuanto recupera el equilibrio, baja la mirada al suelo al oír el sonido de mi voz. Ya estoy que salto por culpa de Conor, y la expresión sombría de Rebecca no es más que la gota que colma el vaso.

—Por el amor de Dios —espeto—. Nos liamos en primer año y me tocaste las tetas, Rebecca. Supéralo ya.

—Miau —se ríe Jules, que está a unos cuantos pasos de nosotras y me ha oído.

Y a ella le suelto:

—Cállate, Jules —y luego paso junto a ella y al idiota del novio de Abigail, ambos con los ojos abiertos como platos.

Sasha me alcanza justo cuando estoy abriendo una de las puertas dobles de la entrada.

—Taylor —me ordena—. Para.

Me detengo a regañadientes.

—¿Qué? —pregunto.

Está visiblemente preocupada. Me toca el brazo y me da un pequeño apretón.

—Ningún tío se merece que te pierdas el respeto, ¿vale? Recuérdalo. Y ponte el cinturón.

CAPÍTULO 30
TAYLOR

Cuando llego a casa de Conor veo que su Jeep está en la entrada. Foster abre la puerta y esboza una sonrisa bobalicona al verme. Me deja pasar sin más y me dice que Con está en su cuarto. Por un momento me dan ganas de interrogar a Foster. Si tuviese que elegir qué compañero desembucharía antes, ese sería Foster. Pero ahora lo único que me apetece es estamparle una buena bofetada a Conor.

Entro en su cuarto y lo veo solo. Creo que en parte me esperaba pillarlo con una tía delgada y desnuda en la cama, pero solo está él, y parece estar a punto de irse a algún lado.

Ni siquiera se sorprende cuando me ve. Puede que decepcionado, eso sí.

—Ahora no tengo tiempo para hablar, T —me dice con un suspiro.

—Pues vas a hacerlo de todas formas.

Trata de abrir la puerta detrás de mí, pero me interpongo en su camino.

—Taylor, por favor. No puedo ahora. Tengo que irme.

Me lo suelta en tono frío, indiferente. Y no me mira a la cara. Creo que lo prefiero cabreado o molesto; esto es peor.

—Me debes una explicación. Que me des largas para comer es una cosa, pero la Gala de Primavera me importa. —Me pican los ojos. Trago saliva con fuerza—. Te escaqueas apenas unas horas antes. Te has pasado, más que últimamente.

—Ya te he dicho que lo siento.

—Estoy hasta las narices de tus disculpas. Es como si hubiésemos cortado, pero se te hubiera olvidado decírmelo. Joder, Con, si esto —nos señalo a ambos— se ha acabado, dímelo. Creo que al menos me lo merezco.

Me da la espalda, se pasa las manos por el pelo y murmura algo en voz baja.

—¿Qué has dicho? Repítelo. Esta vez aquí —le ordeno.

—Que no tiene que ver contigo, ¿vale?

—Entonces, ¿qué te pasa? Explícamelo. —Estoy hasta el moño. No entiendo qué gana poniéndose así, aparte de volverme loca—. ¿Qué es eso tan importante como para que me dejes tirada?

—Tengo que hacer algo. —Su voz se tiñe de frustración. Su expresión se vuelve más marcada y noto sus hombros más tensos que nunca—. Ojalá no tuviera que hacerlo, pero es lo que hay.

—¡No me has respondido! —exclamo, frustrada.

—Pues es lo único que puedo decirte. —Pasa por mi lado y hace amago de coger la chaqueta colgada sobre el respaldo de la silla de su escritorio—. Tengo que irme, y tú también.

Al ir a separarla de la silla, se le engancha en el reposabrazos y un sobre lleno del tamaño de un ladrillo se le cae de uno de los bolsillos. Varios fajos de billetes de veinte se le desparraman por el suelo.

Ambos nos quedamos mirando el dinero hasta que Conor lo recoge y vuelve a meterlo en el sobre.

—¿Qué vas a hacer con todo ese dinero? —inquiero, recelosa.

—Nada importante —contesta, guardándose el sobre en el bolsillo de la chaqueta—. Tengo que irme.

—No. —Cierro la puerta y me pego a ella—. Nadie lleva tanta pasta encima a menos que sea para algo malo. No pienso dejar que salgas por esa puerta hasta que me cuentes qué es lo que pasa. Si tienes problemas, deja que te ayude.

—No lo pillas —dice—. Apártate, por favor.

—No puedo. Hasta que me digas la verdad, no puedo.

—Joder. —Se pasa una mano por el pelo—. Deja que me vaya. No quiero involucrarte, T. ¿Por qué me lo pones tan difícil?

Por fin se le ha caído la máscara. Adiós a la expresión indiferente que ha puesto toda la semana. Ahora lo que atisbo es dolor, desesperación. Es algo que le ha estado carcomiendo, y parece exhausto.

—¿No lo entiendes o qué? —le digo—. Me importas. ¿Por qué si no?

Conor se rompe. Se deja caer en el borde de la cama y apoya la cabeza en las manos. Permanece callado durante tanto tiempo que creo que por fin se ha rendido.

Pero empieza a hablar.

—En mayo del año pasado, en California, Kai vino un día. Llevaba semanas sin verlo y me contó que necesitaba pasta. Mucha. Se había metido en líos con un camello y tenía que pagarle, porque si no lo iba a reventar. Le dije que yo no tenía tanto dinero y él me soltó que se lo pidiera a Max. —Conor levanta la cabeza para ver si me acuerdo de lo que me contó de la relación con su padrastro.

Asiento despacio.

—Vale, pues le dije que no, que no pensaba ayudarlo. Kai se cabreó y me mandó a la mierda, diciéndome que pensaba que éramos colegas y esas cosas, pero la cosa quedó ahí. Me dijo que ya encontraría una solución y se piró. En ese momento yo creía que estaba exagerando sobre lo jodido que estaba, que tal vez quisiese un móvil nuevo o alguna mierda, y que creía que yo podría conseguirle pasta por la cara.

Conor toma aire y se frota la cara, como si estuviera haciendo acopio de fuerzas.

—Más o menos un par de semanas después, Max y yo discutimos por una tontería. Yo no había decidido qué carrera quería estudiar y él estaba encima de mí para ver qué quería hacer con mi vida, así que me puse a la defensiva porque me daba la sensación de que lo que quería decirme es que soy un perdedor que no valgo para nada si no me convierto en alguien como él. Acabamos gritando, yo me cabreé y me piré. Me fui a casa de Kai, le conté lo que había pasado y él me dijo que podíamos devolvérsela, que solo hacía falta que se lo dijese.

Me acerco a la cama con timidez y me siento manteniendo las distancias.

—¿Y qué le dijiste?

—Que a la mierda, que sí.

Sacude la cabeza y suelta un gran suspiro. Noto lo inquieto que está y lo mucho que le debe de estar costando contármelo. El valor que está teniendo para confesarlo.

—Le revelé a Kai el código de la alarma y le conté que Max siempre guarda tres mil pavos en billetes en el cajón de su escritorio en caso de emergencias. También le dije que no quería saber nada. Pasarían meses antes de que Max se diera cuenta de que faltaba el dinero y, además, apenas era dinero para él. Se gastaba eso o más en una semana o en cenas y vinos. Le hice prometer que nadie saldría mal parado.

—Pero ¿qué pasó?

Conor me mira. Por fin. Me mira por primera vez en una semana.

—Nos fuimos a Tahoe un fin de semana. Yo quería haberme quedado en casa, pero mamá me hizo chantaje emocional porque quería que pasáramos tiempo juntos. La casa se quedó vacía unos días y Kai dio el paso. Seguramente estuviese colocado o se habría metido algo; tiene pocas luces, ¿sabes? Se coló sin hacer ruido, pero destrozó la casa. Cogió uno de los palos de golf de Max del garaje y destrozó el despacho de Max y el salón. Volvimos un par de días después y vimos que era evidente que habían entrado a robar. Lo jodido es que Max se culpó a sí mismo. Supuso que se le habría olvidado conectar la alarma. Pero, en fin, dijo que tampoco fue para tanto, que el seguro cubriría los daños.

Frunzo el ceño.

—¿No les dio por preguntarse por qué no robaron otras cosas?

Conor profirió una risa irónica.

—Qué va. La policía supuso que fueron unos adolescentes que querían dejar todo patas arriba. Que habían visto cosas así un millón de veces, que habían aprovechado la oportunidad y que tal vez les entrase miedo o algo.

—Entonces te libraste.

—Es que es eso. En cuanto entramos en casa y vi lo que hizo Kai, me empecé a sentir culpable. Me había convencido a mí mismo de que quería ver la cara que ponía Max, pero me dolió. ¿Qué cabrón destroza su propia casa? Mi madre se pasó semanas acojonada por si volvían. No podía dormir. —Se le quiebra la voz—. Y la culpa la tuve yo.

Me siento fatal por él.

—¿Y Kai?

—Me encontró en la playa un par de semanas después y me preguntó que qué tal. Le dije que ya no podía seguir quedando con él, que había ido demasiado lejos y que todo había sido una mala idea. Y con eso cortamos lazos. Sin embargo, él creía que solo estaba siendo un buen amigo, como si me hubiera defendido o algo. Creo que ese es el mejor ejemplo que hay para que veas cómo funciona su cerebro.

—Supongo que no se lo tomó bien, ¿no?

—Qué va. Creo que le preocupaba que me chivase, pero le dije que, si lo hacía, caeríamos ambos. Y cada uno se fue por su lado.

—Hasta lo de Búfalo.

—Hasta lo de Búfalo, sí —admite—. Y después el sábado en la playa. Me siguió hasta allí y me contó la misma historia. Que le debe pasta a gente indeseable y que lo matarán si no les da el dinero. Pero esta vez necesita diez mil pavos.

—Joder —suelto en voz baja.

Conor se ríe sin gracia.

—Ya ves.

—No le puedes dar el dinero.

Ladea la cabeza.

—Lo digo en serio, Conor. No se lo puedes dar. Esta vez son diez mil, la siguiente quince, luego veinte, cincuenta… Te está chantajeando. Va de esto, ¿no? Que os jodéis los dos. Lo que hay en ese sobre… Apuesto a que no te lo ha dado tu familia.

—No me queda otra, Taylor. —Sus ojos se inundan de rabia.

—Mentira. Les puedes contar a Max y a tu madre la verdad. Si confiesas, Kai ya no tendrá nada con lo que chantajearte. Te dejará en paz y por fin podrás seguir con tu vida sin preocuparte por cuando vuelva a aparecer y joderte la vida.

—No lo entiendes. No sabes…

—Lo que sé es que por esa culpa y esa vergüenza que sientes, me has dejado de lado, has jodido las cosas con tu familia y a saber qué habrás hecho para conseguir la pasta. ¿Hasta cuándo vas a seguir así? ¿Cuándo llegarás al límite? —Sacudo la cabeza—. Lo único que puedes hacer es contraatacar, porque si no ese secreto te someterá para siempre.

—Lo sé... —Conor se levanta—. Pero esto no te incumbe. Ya te he contado la verdad, ahora tengo que irme.

Me pongo de pie de un salto y trato de interceptarlo, pero él pasa por mi lado sin apenas esforzarse. Le cojo de la mano cuando me da la espalda.

—Por favor. Yo te ayudaré. No lo hagas.

Él libera la mano. Habla con la misma frialdad e indiferencia de antes.

—No necesito tu ayuda, Taylor. Y tampoco la quiero. Al igual que tampoco quiero que una tía me diga lo que tengo que hacer. No deberíamos estar juntos.

Ni se gira para mirarme. Sale y se va por el pasillo. Sin vacilar.

Me deja allí tirada con los recuerdos podridos, el maquillaje corrido y el pelo despeinado.

Maldito Conor Edwards.

CAPÍTULO 31

CONOR

Durante mi infancia, había una chica. Daisy. Tenía más o menos mi edad, vivía a un par de casas del antiguo barrio y solía pasarse horas sentada frente a la suya dibujando en el suelo con piedrecitas o trozos partidos de cemento porque no tenía tiza. Cuando el sol calentaba las losas hasta el punto de quemar o la lluvia arrugaba su piel, nos lanzaba cosas cuando Kai y yo, preadolescentes, pasábamos por delante de ella con nuestros monopatines. Piedras, chapas de botellas, cualquier basura que pillara… lo que fuera. Su padre era un auténtico cabrón, así que supusimos que ella era igualita que él.

Un día me la quedé mirando desde el porche. La vi bajarse del autobús escolar y llamando a la puerta de su casa. La camioneta de su padre se encontraba aparcada y dentro la tele se oía tan alta que el barrio entero nos estábamos enterando de las mejores noticias deportivas. Siguió llamando a la puerta; ya ves, una chiquilla delgaducha con su mochila del colegio. Luego probó suerte en las ventanas, donde habían arrancado la reja una vez que les robaron y que nunca cambiaron. Cuando por fin se dio por vencida, resignada, recogió otra piedrecita de un lado de la calle que, dado que el barrio se estaba cayendo a pedazos, al final terminó cerca de ella.

Entonces vi a Kai acercarse por la acera sobre su monopatín. Se detuvo a hablar con ella, a mofarse de ella. Lo observé hacer acrobacias sobre sus dibujos, y luego verter un refresco sobre ellos y lanzarle el tapón de la botella al pelo. Y fue cuando lo entendí, por qué nos arrojaba cosas siempre que pasábamos frente a ella. Se las estaba lanzando a Kai.

La siguiente vez que la vi sentada sola delante de su casa, yo también cogí una piedra y le hice compañía. Al final nos alejamos de allí y salimos a explorar el mundo. Contemplamos la autovía desde lo alto de un árbol y contamos aviones desde los tejados. Y un día Daisy me dijo que se marchaba. Que cuando el autobús escolar nos dejara en la parada, iba a pirarse adonde sea. A cualquier otro lugar. «Tú también podrías venir», me instó.

Tenía una imagen de revista de Yosemite y se le había metido en la cabeza que viviría allí, en un camping o algo así. «Porque tienen de todo y no cuesta nada acampar, ¿verdad?» Hablamos sobre ello durante semanas. Hicimos planes. No es que yo quisiera marcharme realmente, pero Daisy necesitaba que me fuera con ella. Lo que más miedo le daba era quedarse sola.

Entonces, un día se subió al autobús y vi que tenía moratones en los brazos. Había estado llorando y, de pronto, ya no fue ningún juego. No era ninguna historia que estuviéramos escribiendo sobre una gran aventura para pasar el rato entre el colegio y las horas de sueño. Cuando el autobús se detuvo en la escuela, me miró, expectante, con la mochila más llena de lo habitual. Me dijo, «¿Nos vamos hoy a la hora del almuerzo?». No sabía qué decirle, ni cómo elegir bien las palabras. Así que hice algo mucho peor.

Me alejé.

Creo que fue en ese momento cuando supe que no sería bueno para nadie. Que sí, que apenas tenía once años, así que por supuesto que no iba a huir al norte con nada más que una mochila y un monopatín. Pero dejé que Daisy creyera en mí. Dejé que confiara en mí. Tal vez por entonces no entendía bien qué pasaba realmente en su casa, pero más o menos sí pillaba el concepto y aun así no hice nada por ayudarla. Simplemente me convertí en otra decepción más de su larga lista.

Nunca me olvidaré de sus ojos. Vi cómo se le rompía el corazón a través de ellos. Aún los sigo viendo. Ahora mismo lo hago.

Me tiemblan las manos. Agarro el volante, aunque apenas veo la carretera. Es como el efecto túnel, todo se estrecha y se aleja. Estoy conduciendo más de memoria que por lo que veo.

La tirantez que llevo sintiendo en el pecho durante días se acentúa y me sube por la garganta. De pronto, me cuesta respirar.

Cuando el móvil vibra en el posavasos, casi derrapo y me salgo al carril contrario del susto que me ha dado el sonido, que resuena más fuerte en mi cabeza.

Le doy al botón del altavoz.

—¿Sí? —respondo, obligándome a hablar. Soy incapaz de oírme. La estática de mi mente me hace sentir como si estuviera bajo el agua.

—Solo me aseguraba de que venías —dice Kai. Hay ruido de fondo. Voces y música amortiguada. Ya está allí, en el sofocante bar de Boston donde hemos quedado en vernos.

—Voy de camino.

—Tic, tac.

Cuelgo y lanzo el teléfono al asiento del copiloto. El dolor que siento en el pecho se vuelve insoportable; me aprieta tanto que me da la sensación de que se me vaya a partir una costilla. Giro el volante y viro a la vez que piso el freno sobre la cuneta. Se me cierra la garganta conforme, desesperado, me quito capas y capas de ropa hasta quedarme con una simple camiseta de tirantes, sudando de pies a cabeza. Bajo las ventanas para llenar el Jeep de aire fresco.

¿Qué cojones estoy haciendo?

Me llevo las manos a la cabeza. No puedo dejar de ver su cara. La mirada de decepción en sus ojos. No los de Daisy, la niñita de mi pasado. Sino los de Taylor, la mujer de mi presente.

Ella esperaba muchísimo más de mí. No lo que por entonces habría hecho, si no lo que elijo hacer ahora. Me habría perdonado por actuar como un auténtico gilipollas esta semana si hubiera sido lo bastante fuerte como para tomar la decisión correcta cuando me ha dado la oportunidad.

Joder, Edwards. Échale huevos.

Me prometí a mí mismo ser mejor persona por ella e intentar verme a través de sus ojos. Verme como algo más que un vulgar gamberro, un perdedor sin futuro, o un mero rollo de una noche. Aunque yo no puedo, ella vio algo valioso en mí. Entonces, ¿por qué narices debería dejar que Kai me lo arrebate? Porque no solo me ha jodido la vida a mí, sino que esto también le ha afectado a Taylor. Debería estar en ese estúpido baile con mi novia, no angustiado en el arcén de una carretera.

Sacudo la cabeza con asco, recojo la sudadera que me acabo de quitar y me la coloco. Entonces alargo la mano hacia la palanca de cambios y pongo el Jeep en movimiento.

Por primera vez en mi vida, encuentro el coraje para tenerme un poco de respeto.

Mi primera parada es la casa de Hunter. Demi abre la puerta y me saluda con una mirada inquisitiva y, de algún modo, hostil. No sé cuánto sabe desde que hablé con Taylor por última vez ni lo que Hunter le podría haber contado una vez me entregó el cheque.

Le doy un beso en la mejilla cuando me deja entrar.

Demi recula ligeramente a modo de respuesta.

—¿Y eso a qué viene, rarito?

—Tenías razón —le digo con un guiño.

—Y cuándo no. —Se calla un momento—. ¿Sobre qué?

—Hola, tío. —Hunter se acerca a nosotros con cautela—. ¿Todo bien?

—Lo estará. —Saco el sobre con el dinero y se lo devuelvo.

Demi entrecierra los ojos al verlo.

—¿Eso qué es? —exige saber.

Hunter, confundido, coge el dinero.

—Pero ¿por qué?

—Respóndeme —gruñe Demi, tirando de la manga de Hunter—. ¿Qué está pasando?

Me encojo de hombros y le respondo a Hunter.

—Ya no lo necesito.

Se le ve aliviado, lo cual es comprensible, aunque no envidio el interrogatorio al que lo va a someter su novia.

—No seas muy dura con él —le digo a Demi—. Es un buen tío.

—¿Quieres quedarte a cenar? Podemos pedir pizza —me ofrece Hunter—. Hoy íbamos a estar de tranquis.

—No puedo. Ya llego tarde a un baile.

Al salir de casa de Hunter, llamo a Kai. La tensión en el pecho ya casi ha desaparecido, y las manos no me tiemblan cuando el móvil da tonos de llamada.

—¿Estás aquí? —pregunta.

—No tengo tu dinero.

—No me vaciles, hermano. Que hago una llamada y...

—Voy a contarle a Max que fue culpa mía. —La resolución en mi voz me deja atónito. Entonces, con cada palabra, me siento más seguro de mi decisión—. No mencionaré tu nombre. Por ahora. Pero si me vuelves a llamar, si vuelvo a verte cerca de mí, o husmeando por aquí, no tengo problema en involucrarte, Kai. No me pongas a prueba. Esta es tu última oportunidad.

Le cuelgo. Luego, templo los nervios y hago otra llamada.

CAPÍTULO 32

TAYLOR

No quiero estar aquí.

O, mejor dicho, me debato si coger un cuchillo de carne de la mesa más cercana y hacerme con un rehén de camino a una ventana rota para escapar.

Sasha y yo nos hemos colocado cerca de los altavoces para impedir que la gente venga a hablar con nosotras. Se ha birlado champán del caro y nos lo estamos bebiendo a morro, aunque se nos derrama algo por los vestidos mientras observamos a Charlotte corretear por la pista de baile para tratar de evitar que nuestras hermanas perreen con sus citas delante de los adultos. Hemos tenido que irnos de la cabina de DJ porque los alumnos le estaban venga a pedir a Sasha que pusiese Neil Diamond y ABBA y ella ha amenazado con sacarle el ojo con un tenedor al siguiente que lo hiciese, así que la he obligado a tomarse un descanso.

—Deberías ir a bailar con Eric —le digo localizándolo en la pista de baile. Parece estar pasándoselo bien a pesar de que su cita lo ha dejado abandonado.

—¿Y perderme la oportunidad de criticar a la gente desde una esquina? Parece que no me conoces.

—Va en serio. Que yo esté aquí regodeándome en mi propia miseria no significa que tú tengas que sufrir conmigo.

—Significa eso mismo —me rebate—. O podrías terminarte la botella y pillarte un buen pedo en la pista de baile junto a un ricachón vestido de pingüino.

—No me apetece.

—Venga, anda. —Sasha bebe otro trago de champán y se limpia la boca con el brazo, manchándolo de pintalabios—.

233

Nos hemos arreglado y nos hemos depilado las piernas. Lo mínimo que podríamos hacer es arrepentirnos de algo por la mañana.

Ja. Yo ya me arrepiento de algo. Por ejemplo, ¿en qué demonios estaba pensando al elegir este vestido tan cutre? El tejido negro y ceñido hace que mis tetas parezcan dos jamones aplastados y se me marca cada lorza como si fuera un tubo de pasta de dientes. Me siento asquerosa y no recuerdo por qué tenía tantas ganas de mirarme al espejo e imaginar la cara de Conor cuando me viera.

Espera, sí que me acuerdo; porque he dejado que Conor me engañase y me hiciera creer que soy guapa. Que no me ve como una tía regordeta o un mero par de tetas, sino que me ve a mí. A mí de verdad. Me hizo creer que era deseable. Que estar conmigo valía la pena.

Y ahora lo que me queda es la decepción de lo que podríamos haber sido juntos.

Me jode notar que se me han resbalado lágrimas por las mejillas y le digo a Sasha que voy a evacuar el champán que me he bebido. El baño está lleno de chicas Kappa retocándose el maquillaje y hay un retrete ocupado por alguien vomitando ruidosamente mientras dos Kappa le sujetan el pelo. En otro se encuentra Lisa Anderson, que se ha encerrado con el móvil y está escribiéndole a Cory, ahora su ex, a pesar de las protestas de las chicas que no dejan de llamar a su puerta.

Después de usar el servicio, Jules y Abigail entran en el baño justo cuando me estoy lavando las manos. Siento un nudo en el estómago cuando sus insidiosas miradas se clavan en mí y en mi rímel corrido.

—Taylor. —Me llama en alto para asegurarse de que todas presten atención—. No he visto a Conor en lo que va de noche. No te habrá dejado plantada, ¿no?

—Déjame en paz, Abigail.

Ella va de punta en blanco, claro. Lleva un vestido de lentejuelas plateado y brillante y el pelo de color platino perfectamente rizado, sin un mechón fuera de su sitio. No suda por el nacimiento del pelo ni se le corre el maquillaje por el cuello. Esta tía no es humana.

—Oh, vaya. —Se acerca a mí y, con ánimo de burla, me observa haciendo un puchero con la boca—. ¿Qué pasa? Venga, que somos hermanas, Tay-Tay. Nos lo puedes contar.

—No te habrá dejado plantada, ¿no? —repite Jules en tonito condescendiente, como si estuviese hablando con un animal—. ¡No me digas! Y mira que tus ratoncitos han estado trabajando como esclavos para coserte un vestido para el baile.

—Te ha salido el tiro por la culata —respondo cortante—. Hemos roto.

Abigail se echa a reír y me lanza una sonrisa burlona.

—Claro que te ha dejado. A ver, después de un mes ya deja de hacer gracia, y luego da pena. Deberías haberme hecho caso, Tay-Tay. Te habría ahorrado la vergüenza.

—Joder, Abigail, vete a la mierda —exploto. El baño se queda en absoluto silencio y me doy cuenta de que todo el mundo me está mirando—. Ya lo pillamos, ¿vale? Eres una zorra miserable que confunde lo de ser una zorra con tener personalidad. Cómprate una vida y deja la mía en paz.

Me hormiguea la piel al irme. Siento una especie de subidón cuando vuelvo al salón. Las luces que parpadean con la música, los cuerpos vibrando en la pista de baile. Joder, mandarla a tomar por saco ha sido tan fabuloso que me dan ganas de volver y seguir haciéndolo. Si hubiese sabido antes que me quedaría tan a gusto, lo habría hecho seis veces al día.

Tras casi media botella de champán, tengo las papilas gustativas confusas, y la cabeza también, así que me dirijo a la barra y pido un refresco con lima.

—Taylor —me llama alguien por la espalda—. Hola. Casi no te he reconocido.

Un tío se coloca a mi lado. Echo la cabeza hacia atrás para mirarlo y tardo unos segundos en caer en que es Danny, uno de los tíos guapos de la otra noche en el Malone's. Está muy guapo de esmoquin.

—Pues hazme un favor —le pido al tiempo que recibo la bebida del camarero, que juraría que estaba en mi case de matemáticas básicas el semestre pasado—. No me fastidies la tapadera.

—¿En serio? —Danny pide una cerveza y se acerca un poco—. ¿De qué vas vestida?

—Todavía no lo sé.

Él se ríe, porque no sabe qué más decir. Lo cierto es que yo tampoco. Últimamente no sé quién soy yo de verdad y quién el papel que intento interpretar para gustarle a la gente. Es como si intentara superar las expectativas que ya me cuesta definir a cada día que pasa. No termino de lograrlo del todo y cada vez me cuesta más recordar por qué lo hago.

La gente siempre dice que venimos a la universidad para encontrarnos a nosotros mismos, pero yo me reconozco menos con cada día que pasa.

—Me refería a que estás guapa —aclara con timidez.

—¿Con quién has venido? —le pregunto.

—Ah, no, con nadie —contesta—. A mis padres los han invitado unos amigos, los padres de Rachel Cohen, así que me han dicho que venga. —Un pelín nervioso, le da un trago a su cerveza y casi puedo ver el momento en el que se arma de valor—. ¿Sabes? Quería haberte dicho algo la otra noche. Es decir, tendría que habértelo dicho, pero me dio la impresión de que estabas saliendo con alguien.

Ah.

—Ah, no, era... un rollo.

—Entonces, ¿te podría pedir una cita algún día?

Sasha y yo nos miramos desde los extremos del salón, y a ella le brillan los ojos en señal de aprobación. Asiente como si dijera «tíratelo». A continuación, agarra a Eric y se acercan a nosotros.

No sé cómo responderle sin que suene como un sí rotundo, así que trato de comprar algo de tiempo dándole un buen un trago a mi bebida mientras Sasha se aproxima.

—Os habéis encontrado —suelta con demasiado entusiasmo. Me lanza una sonrisa pícara y siento como si me estuviese castigando—. Y ninguno habéis venido con pareja, así que perfecto.

—La verdad es que pensaba ir...

—Todavía me debes un baile —le recuerda Eric a Sasha al tiempo que ella me envuelve con un brazo para evitar que me escabulla.

—A Taylor le encanta bailar.

La voy a matar en cuanto se duerma.

—¿Bailas conmigo?

Danny. El mono y tímido Danny. Estira el brazo hacia mí como en las películas y sé que lo hace con buena intención. O voy por las buenas o Sasha monta un numerito, así que acepto su invitación.

Los cuatro nos encaminamos hacia la pista de baile. Gracias a Dios, la canción es movida, así que a Danny no le entran ganas de pegarse a mí. Empezamos los cuatro algo alejados, pero en breve es evidente que Eric y Sasha llevan toda la noche queriendo encontrar una excusa para meterse mano, y entonces me quedo a solas con un tío que se mueve de forma rara y que no sabe bailar, sino dar pisotones. Siendo justa, tampoco es que le de mucha cancha.

—Baila con él —me susurra Sasha inclinándose hacia mí, medio alejándose del agarre de Eric.

—Eso intento —le respondo, cabreada.

Ella me da un empujón hacia él y lo obliga a agarrarme. La sonrisa de Danny me indica que cree que estoy tratando de que me estreche contra su cuerpo y está intentando complacerme. Yo me tenso, pero él parece no darse cuenta. Sasha vuelve a mirarme con cara de decir: «¡Inténtalo, joder!».

Pero no puedo. No puedo evitar preguntarme qué estará pasando con Conor y Kai. ¿Se lo habrá dado ya? ¿Estará a salvo? No es que crea que no puede cuidar de sí mismo, pero ¿y si ha ido algo mal? Diez mil pavos son mucha pasta para llevar encima. La policía le podría haber parado, o algo peor. Hay unas cien maneras de que las cosas se le hayan torcido esta noche y ni siquiera sabré si está bien. Ignorará mis llamadas y yo volveré al punto de partida: a preocuparme por él y a tener miedo.

Me da por pensar que podría haber hecho algo más. Tendría que habérselo contado a sus compañeros o a Hunter para que ellos lo detuviesen. O vigilarlo al menos. Joder, ¿por qué no lo he hecho?

Si le pasara algo a Conor, no me lo perdonaría.

Justo cuando tomo la decisión de llamarlo, escucho un grave gruñido de advertencia y a Danny y a mí nos separan de repente.

CAPÍTULO 33

TAYLOR

—¿Qué cojones, tío? —Danny se abalanza hacia adelante para enfrentarse al intruso mientras que yo me quedo allí parada, parpadeando con confusión.

Pues sí, nada podría definirlo mejor que «qué cojones». ¿Qué está haciendo Conor aquí?

—Tú ya has cumplido —responde Conor, vestido de esmoquin. Su voz es casual y eficiente.

—Perdona, ¿qué? —Danny frunce el ceño. Da otro paso. Aunque es unos cuantos centímetros más alto, su constitución es mucho más delgada en comparación con la complexión musculosa de Conor.

—Ya me has oído. —Emana tensión, y apenas hay furia contenida en sus ojos mientras me mira fijamente—. Muchas gracias, pero ya puedes irte.

—Eh. —Eric se coloca junto a su compañero de equipo—. No sé quién eres, pero no puedes…

—Soy su novio —espeta Conor, pero su mirada intensa permanece fija en mí.

—¿Taylor? —inquiere Danny—. ¿Es tu novio?

Desvío la mirada hacia Danny, luego a Conor y me quedo atónita por un momento. Ver a Conor ahí bajos los focos, vestido de esmoquin y con el pelo peinado hacia atrás… es como si volviera a conocerlo por primera vez.

Me siento atraída por el puro magnetismo sexual que irradia este hombre. Esta semana he estado tan ocupada enfadándome con él que había olvidado lo bueno que está. Lo suficiente como para volver las cabezas de casi todas las mujeres en este salón. Hasta unas cuantas antiguas alumnas lo están mirando por encima del hombro mientras sus maridos de mediana edad se sienten incómodos pese a haber estado comiéndose con la mirada a veinteañeras durante toda la noche.

—¿Qué haces aquí? —le pregunto por fin, haciendo caso omiso a la pregunta de Danny.

Sasha me agarra la mano y me da un apretón. No sé si es para darme apoyo moral o si está pensando en salir corriendo conmigo, pero se lo devuelvo, aunque soy incapaz de despegar los ojos de los de Conor.

—Tú me invitaste —responde con voz grave.

—Y tú me dejaste colgada. —La ira regresa sin previo aviso, y me aferro con más fuerza a la mano de mi mejor amiga—. Considera la invitación revocada. Y tampoco tienes derecho a decidir con quién bailo o dejo de bailar.

—Y una mierda —rezonga. Me coge la otra mano y tira de mí hacia adelante. Como la tonta que soy, dejo que la mano de Sasha se separe de la mía.

—¿Qué haces? —inquiero con acidez.

Él me estrecha contra sí y es como si mi cuerpo recordara lo que mi cabeza ha estado intentando olvidar.

—Bailar contigo.

—No quiero bailar.

Y, aun así, me derrito contra él. No porque él quiera que lo haga, sino porque a pesar de la ira y el dolor, mis nervios responden a su contacto. Con él todo resulta natural.

Echo un vistazo por encima del hombro y busco los ojos de Danny. Sé que ve la disculpa en mi rostro porque asiente con remordimiento. Qué dulce y tímido es. La vida sería muchísimo más fácil si estuviera pillada por Danny, pero no es así. La vida no es justa.

—Tenemos que hablar —dice Conor.

—Yo no tengo nada que decirte.

—Mejor —responde a la vez que nos balanceamos al ritmo de la música. Él se mueve, y yo con él. No oigo la música, sino que siento su intención. Es un intercambio apasionado, ardiente y cargado, como si nuestros cuerpos lucharan por volver juntos—. Lo siento, Taylor. Por todo. Por ignorarte y haberte dejado plantada esta noche. No era mi intención.

—Te marchaste —le digo con toda la ira reprimida que he ido conteniendo durante la semana pasada—. Te marchaste y me dejaste.

Asiente con tristeza.

—Sentía vergüenza. No sabía cómo hablar contigo de lo que estaba pasando.

—Rompiste conmigo.

La acusación se queda flotando en el aire. Aunque nuestros cuerpos se tocan y nuestras miradas se cruzan, sigue habiendo un mundo entre nosotros. Una valla eléctrica cargada de arrepentimientos y traiciones.

—Me acorralaste. No sabía qué más hacer.

—Eres un capullo —le digo, furiosa por el daño que me ha hecho durante toda esta semana. El dolor no se va sin más por que haya decidido aparecer vestido con esmoquin, igual de guapísimo que siempre.

—Estás preciosa.

—Cállate.

—Lo digo en serio. —Me da un beso en el cuello y mi mente regresa a la última vez que estuvimos juntos.

Tumbados en mi cama. Su boca. Su piel desnuda contra la mía.

—Para. —Lo aparto porque no soy capaz de pensar cuando me está tocando. No puedo respirar—. Me dejaste a un lado así sin más. No es solo que me hayas dejado tirada hoy ni que hayas roto conmigo. Es lo que decidiste hacer en vez de hablar conmigo. Hasta preferiste perderme a contarme la verdad. —Me empiezan a escocer los ojos—. Me has hecho sentir como una mierda, Conor.

—Lo sé, nena. Joder —espeta, pasándose las manos por el pelo varias veces.

De repente, me percato de que los demás se han detenido a observar el dramón que está teniendo lugar, y contengo las ganas de salir corriendo a esconderme bajo una mesa.

—No le he dado el dinero, Taylor.

—¿Qué?

—Iba de camino a Boston y no podía quitarme tu cara de la cabeza. Así que di la vuelta. No podía seguir adelante sabiendo lo que eso implicaría para nosotros. —Se le rompe la voz—.

Porque lo peor de todo, lo peor que podría haber hecho, es perder tu respeto. No me importa nada más.

—Si eso fuera verdad...

—Joder, T, trato de decirte que estoy enamorado de ti.

Y antes de poder parpadear siquiera, me besa y condensa todo su arrepentimiento y convicción en esa cálida y envolvente sensación de nuestros labios al tocarse. En sus brazos, vuelvo a sentirme firme y recta, como si hasta ahora hubiese ido por ahí doblada y torcida. Porque cuando no estamos juntos, el mundo parece ladeado. Conor me da equilibrio y estabilidad; vuelve a allanar el terreno.

Cuando separamos los labios, me acuna el rostro con una mano y me acaricia la mejilla con el pulgar.

—Lo digo en serio. Estoy hasta las trancas por ti. Tendría que habértelo dicho antes. Podría decirte que es porque me he golpeado la cabeza muchas veces, pero no, simplemente he sido un idiota. Lo siento.

—Sigo cabreada contigo —le digo con sinceridad, aunque un poquito menos enfadada.

—Lo sé. —Sonríe, un pelín triste. Aunque con dulzura igualmente—. Estoy preparado para denigrarme y suplicar por tu perdón las veces que sean necesarias.

Capto un movimiento por el rabillo del ojo, así que me giro y veo que Charlotte viene directa hacia nosotros con el ceño fruncido y los ojos propios de una beata.

—Bueno, ya has montado una escenita y todos nos están mirando —apunto—. Así que puedes empezar a ganarte mi perdón si nos sacas a los dos de aquí.

Conor inspecciona la pista de baile y sus ojos plateados no pierden detalle del público que tenemos: las Kappa con sendas parejas y los exalumnos aristocráticos que nos miran con desaprobación. Entonces, le dedica su ya conocida sonrisa traviesa a toda la multitud.

—El espectáculo se ha acabado, gente —anuncia—. Buenas noches.

Entrelaza los dedos con los míos y juntos ponemos pies en polvorosa.

A fin de cuentas, nunca me han gustado las fiestas.

CAPÍTULO 34
CONOR

Taylor me invita a su apartamento y a ambos nos cuesta elegir dónde sentarnos. Ella lo intenta en el sofá, pero tiene demasiado que decir y no lo suelta en el orden que quiere hasta que empieza a dar vueltas por el salón. Entonces pruebo yo a sentarme en el sofá, pero mis músculos todavía están quemando adrenalina y el ácido láctico se me está acumulando, así que me quedo en una esquina tratando de averiguar si será capaz de quererme o si ya la he perdido del todo.

—Llevo todo este tiempo tratando de entender por qué te has comportado así —me dice—, y como no sabía nada de ti, llegué a pensarme lo peor.

Agacho la cabeza.

—Lo entiendo.

—Que era una mera apuesta. O que cuando por fin me habías visto desnuda pensaste «pues va a ser que no». O que en parte te gustaba el hecho de poder hacerme daño.

—Jamás...

—Así que tienes que entender que a pesar de que hayamos aclarado las cosas, yo ya me he imaginado todas esas situaciones —prosigue Taylor en voz baja—. No ha pasado, pero a la vez sí, ¿me entiendes? Mi corazón cree que has roto conmigo esta semana porque no hemos follado, porque tus colegas te habían retado, o porque has conocido a otra persona. Al haber sido tan cobarde y no hablar conmigo, has conseguido que me sienta fatal.

—Lo sé —respondo con las manos en los bolsillos y mirando hacia el suelo.

Ahora me doy cuenta de que el daño está hecho, de que por muchos gestos que tenga o disculpas que le pida, a veces hacemos demasiado daño a una persona y las apartamos demasiado de nosotros. Hay un límite en cuanto a las chorradas que le puedes pedir a alguien que te aguante.

Y me acojona que Taylor haya llegado a ese límite conmigo.

—Tienes que hacer algo más, Con. Sé que lo sientes, pero que sepas que no pienso permitir que me vuelvas a dejar por los suelos.

Carraspeo para tratar de deshacerme del nudo que se me ha formado en la garganta.

—No quería que vieses esta parte de mí. Vine a Briar para ser mejor, y por un tiempo pensé que había logrado escapar de mi pasado. —Trago saliva—. Creía que había sido capaz de huir y dejé de cubrirme las espaldas. Incluso empecé a creer que había cambiado, joder. Pero supongo que, en el proceso, se me olvidó por qué mantenía las distancias con la gente. Y entonces te conocí. Lo digo en serio, Taylor, no me lo esperaba. El momento no fue el mejor, pero no me arrepiento de intentarlo.

—¿Qué ha pasado? —me pregunta.

—¿A qué te refieres?

—A esta noche —añade—. Cogiste el dinero y me dejaste tirada en tu casa. Y después ¿qué? —Se cruza de brazos y se me queda mirando.

Me cuesta ver qué cara pone porque su apartamento está algo a oscuras. Ha encendido la luz del recibidor al entrar, pero la lámpara del salón no. Es casi como si a ambos nos diese miedo mirarnos y por eso nos refugiamos en la oscuridad.

Unas líneas anaranjadas se reflejan en su ceñido vestido negro fruto de la luz de las farolas que se cuela entre las persianas. Clavo los ojos en ellas mientras le cuento el resto de la historia. Que me puse nervioso de cojones en la carretera; que se lo dije a Kai y le devolví la pasta a Hunter.

—Después de marcharme de casa de Hunter llamé a mi madre —le confieso—. Y le dije que quería que Max también oyera la conversación, lo cual no ha sido de las ideas más brillantes que he tenido, porque aquí hay tres horas más que allí, así que mi madre se pensaba que es que estaba en el hospital o algo.

Taylor se apoya en la pared frente adonde estoy yo.

—Y ¿qué tal ha ido?

—Se lo he contado todo. Me he disculpado, les he dicho que la había cagado y que debería haberlo dicho hace mucho tiempo, pero que me daba miedo y vergüenza. Y nada más. Mi madre se ha quedado sorprendida y decepcionada. Max apenas ha dicho nada. —Me muerdo el interior de la mejilla—. Seguro que esto traerá consecuencias, pero por ahora creo que lo están asimilando.

No le cuento que cabe la posibilidad de que Max deje de pagarme la matrícula o que mi madre me obligue a regresar a California. Si el decano de Briar se enterara de que fui yo el que planeó el allanamiento de mi propia casa, seguramente me expulsaría. Tanto dolor y sufrimiento...; y además es posible que pierda a Taylor, a mi familia, al equipo y todo por lo que me he esforzado tanto. Me lo merecería. Raro era que las consecuencias no me hubieran afectado hasta ahora. Ya tocaba.

—El hecho de que hayas mentido durante tanto tiempo sobre algo tan importante me genera dudas —explica Taylor, y siento que sigue habiendo un abismo entre nosotros.

—Lo entiendo.

—Y me duele que hayas estado dispuesto a hacerme tanto daño con tal de esconder tus errores.

—Tienes razón.

—Pero también creo que has hecho cosas buenas. —Se acerca a mí despacio, dubitativa.

Está preciosa enfundada en ese vestido que resalta sus curvas, el maquillaje que lleva es *sexy* y va peinada a la perfección. Es una mierda que lo haya pasado tan mal por mi culpa esta noche; la he privado de hacer otras cosas.

—Has tomado muchas decisiones equivocadas para llegar hasta donde estás. Pero ahora vas por el buen camino. Eso es lo que cuenta.

—Entonces, del uno al diez, ¿qué puntuación me das? —le pregunto, cada vez más nervioso por su respuesta.

—Diría que un 5 raspado.

—Bueno, pero... —Esbozo una sonrisa cargada de esperanza, pero la borro enseguida—. ¿He aprobado?

Taylor junta el pulgar y el índice y me enseña un pequeño rayito de luz entre ellos.

—Me vale.

Por fin se acerca a mí y desliza las manos por las solapas de satén de la chaqueta del esmoquin.

—En el baile parecías estar un poquitín celoso.

—Si ese tío te hubiera tocado, le habría roto la mano —le respondo sin vacilar.

—Habíamos roto —me recuerda. Cada vez que pronuncia esas palabras, el dolor se intensifica.

—Soy un capullo —admito—. Pero si ese de verdad creía tener alguna posibilidad contigo, es que tenía muchas ganas de morir.

Ella sonríe y con eso se esfuma de golpe la tensión que llevo días sintiendo en los hombros. Si sigo siendo capaz de hacerla reír, no todo está perdido.

Pensativa, ladea la cabeza levemente.

—Ha tenido su punto.

—¿En serio? —Esto suena cada vez menos a rechazo.

—Pues sí. No soy de esas que piensan que los celos son algo malo. A mí me flipan.

Sonrió.

—Lo tendré en cuenta.

—Pues sí. El novio de Abigail no hace otra cosa que babear mientras me mira las tetas, así que si quieres hacer trompos en el jardín de su casa de fraternidad, por mí perfecto.

—Joder, te quiero. —Nadie hace que me ría tanto como esta tía, incluso cuando la situación no es la ideal. Y más aún cuando es incómoda. Es capaz de sacar algo positivo de la situación más negativa.

—En cuanto a eso... —empieza a decir mientras juguetea con los botones de mi camisa. Frunce el ceño, vacilante, durante un momento.

—Lo digo en serio. De corazón. No bromearía con algo así.

—Me quieres.

No sé si lo repite como una afirmación o una pregunta, pero me decanto por lo primero.

—Te quiero, T. Ni siquiera sé cuándo me he dado cuenta. Tal vez cuando he parado el coche o mientras venía de vuelta. O cuando me temblaban tantísimo las manos que apenas he sido capaz de atarme esta estúpida pajarita. Lo único que se me pasaba por la cabeza era que tenía que encontrarte, y no dejaba de pensar que creías que me importabas una mierda. Lo sé, sin más.

Me mira fijamente.

—Demuéstramelo.

—Lo haré. Si me das una oportunidad para...

—No. —Posa una mano sobre mi pecho, me quita la chaqueta y deja que esta caiga al suelo—. Demuéstramelo.

Al verla morderse el labio inferior, no me hace falta que diga nada más.

La aúpo en brazos y cubro su boca con la mía. Puede que como pareja hayamos cojeado un poco, pero esta parte siempre ha funcionado bien entre nosotros. Cuando nos besamos, todo cobra sentido. Cuando la tengo entre mis brazos, imagino lo que podríamos llegar a ser.

Taylor abraza mi cintura con las piernas mientras yo la llevo a su habitación y me siento a los pies de la cama. Ella se acomoda en mi regazo y hunde los delicados dedos de las manos en mi pelo. Me araña la nuca con suavidad, lo que me sube la temperatura.

Se restriega contra mi erección y me la pone dura como el acero. Lo único que me apetece hacer es arrancarle el vestido, pero sé que tengo que ir despacio porque, si no, se apartará. En lugar de hacer eso, deslizo las manos por sus muslos y aparto la tela de mi camino. Ella se mueve para facilitarme el acceso, y entonces palpo la piel de su trasero y las bragas de encaje. Vaya, pues sí que tenía planes.

—Te he echado de menos —le digo. Ha pasado bastante tiempo desde la última vez que la he podido mirar bien. Creo que, en parte, me escudaba en Kai y en el miedo de confesar a Taylor lo que siento para no reconocer lo pillado que estoy por ella. Porque si no lo sintiera de verdad, no tendría nada que perder. Si me dejara, no tendría que esforzarme por convertirme en alguien lo bastante bueno para ella.

—He echado de menos lo que tenemos. —Taylor me saca la camisa de la cinturilla y empieza a desabotonarla así como a deshacer la pajarita. Dejo que me vaya quitando la ropa hasta que me acaricia el torso con los dedos—. Qué guapo eres.

Mis músculos se retuercen bajo sus caricias.

—Y tú eres preciosa —le respondo con sinceridad.

Siempre que le digo eso, se sonroja y pone los ojos en blanco. Lo entiendo; no se ve con los mismos ojos que yo la veo a ella, al igual que yo no creía poder llegar a ser buena persona. Para creérselo necesita que alguien la convenza.

—Pienso seguir intentando convencerte —la aviso.

—Eso es lo que quiero. —Me besa y, a continuación, se baja de mi regazo para ponerse de pie y darme la espalda—. Ayúdame.

Se me acelera el pulso mientras le bajo la cremallera del vestido y veo cómo se lo quita. Sé que enseñar mucha piel la pone nerviosa, así que no le doy tiempo a sentirse cohibida. La envuelvo entre mis brazos y la tumbo sobre los cojines mientras me acomodo entre sus piernas. Ella me envuelve las caderas con una al tiempo que yo le quito el sujetador, reparto besos por su pecho y le estrujo las tetas. Dejo un reguero de besos desde sus pezones hasta el abdomen mientras le bajo las bragas por las piernas y dejo su sexo expuesto para mi lengua.

Cuando siento que tira del edredón y clava las uñas en la tela, sé que está a punto de correrse. Está temblando y hasta ha arqueado la espalda. Hundo dos dedos en su cavidad estrecha y me pongo de rodillas para observarla alcanzar el éxtasis.

Es lo más erótico que he visto nunca. Como se está mordiendo el labio, reprime un gemido, se estremece y se contrae alrededor de mi mano.

—Eso es, nena —murmuro; me encanta el rubor de sus mejillas y que sus tetas hayan adquirido ese mismo tono rosado. Me encantan los jadeos que suelta.

Aún con mis dedos en su interior, Taylor tira de mí y me da un buen morreo mientras trata de encontrar la cremallera de mis pantalones.

—Me pones muchísimo —dice con la respiración agitada. Me desabrocha el pantalón, después baja la cremallera y me baja los pantalones por las piernas.

Sonrío al ver lo impaciente que está y me quito los pantalones y los calzoncillos hasta que van a parar a algún sitio del cuarto. En cuanto me quedo desnudo, Taylor, tan presurosa como está, pega mis caderas a las suyas y susurra las dos palabras más bonitas que he oído nunca:

—Estoy lista.

La miro detenidamente. Mi erección está pegada a su sexo.

—¿Seguro? —digo con voz grave—. No tenemos por qué hacerlo esta noche. Lo que te dije la otra vez iba en serio. No tengo prisa.

Ella estira la mano hacia la mesilla de noche y saca un condón.

—Estoy segura, sí.

Nuestras bocas vuelven a unirse y siento como si estuviésemos frente a algo nuevo, como si fuera la primera vez que empezamos a conocer nuestros cuerpos. Apoyo todo el peso en el antebrazo y uso la mano libre para enfundarme el condón.

—Ve despacio —me pide en cuanto me vuelvo a acomodar entre sus piernas.

—Te lo prometo. —Le doy un beso en el lunar tan mono que tiene sobre la comisura de la boca antes de besarla en los labios—. Relájate.

Está muy tensa. Tiene todos los músculos del cuerpo contraídos.

—Relájate, nena. Yo me ocupo.

Inspira hondo y se relaja. Su cuerpo deja de estar tan tenso. Me introduzco en ella tan despacio como puedo. Aprieto los dientes y dejo que su cuerpo se acostumbre antes de seguir moviéndome. Solo un poco. Lo suficiente como para que ambos jadeemos.

—¿Estás bien? —le susurro.

Taylor asiente y sus ojos turquesa brillan y me miran con confianza, deseo, pasión. Vuelve a inspirar y me aferra de las caderas para acercarme más a su cuerpo.

Es perfecta. Estrecha, cálida; me ciñe la polla cada vez que me echo hacia atrás y me vuelvo a hundir en ella con suavidad. Pero es mucho más que eso. Cuando desliza las uñas por mi espalda, siento como si me temblara hasta el alma. Me da un lametón en el cuello y mi mente se queda en blanco; solo soy consciente de su voz y de su sabor. Me olvido de dónde estoy, de quién soy. Solo existe este momento y el espacio entre nosotros. Su suavidad y su respiración contra mi piel.

No obstante, siento que me acerco al borde del orgasmo demasiado pronto. Quiero que dure por ella, pero es que estoy en el paraíso, joder. Cada vez que arquea la espalda siento un placer indescriptible.

—Nena —exclamo con voz ahogada.

—¿Mm? —El placer que vislumbro en su cara me acerca más aún al límite.

—Te prometo que pasaré el resto de nuestra relación follándote bien y dándote cientos y miles de orgasmos, pero ahora... —Gimo contra su cuello y flexiono las caderas hacia delante con rapidez, a un ritmo irregular—. Ahora... necesito...

Me corro con tanta fuerza que veo las estrellas. Me estremezco contra la perfección de su cuerpo. Una vez el placer se disuelve, me aparto para quitarme el condón y lanzarlo a papelera que tiene bajo su mesilla de noche.

Boca arriba, atraigo a Taylor contra mi pecho y hundo los dedos en su pelo. Varios minutos después, ella levanta la cabeza para darme un beso en la mandíbula.

—Yo también te quiero.

CAPÍTULO 35

TAYLOR

Sasha me manda un mensaje de camino a las prácticas en el colegio de primaria. Algo del estilo de: «Eh, perra, si puedes, sácate ese palo de *hockey* de la boca durante cinco segundos y llámame». Es su forma cariñosa de decirme que me echa de menos.

Sé que es culpa mía que hayamos pasado menos tiempo juntas últimamente; tras haber arreglado las cosas con Conor, hemos pasado toda la semana juntos. Ahora que ya es mayo, tenemos los finales dentro de un par de semanas y me avergüenza admitir que el tiempo que antes dedicaba a estudiar con Sasha en la casa Kappa ahora lo paso en mi casa con Conor «intentando» estudiar hasta que desistimos y nos desnudamos.

Resulta que el sexo es increíble. Me gusta mucho. Y sobre todo con Conor.

Aunque, al parecer, también resulta ser una distracción horrible. Por mucho que lo haya intentado, mi comprensión lectora desaparece cuando me está intentando quitar la ropa.

Al menos sí que fui a la casa Kappa para las elecciones. Abigail ganó; menuda novedad. Aunque mirándola pareciera que acabara de ser erigida líder suprema de por vida. Seguro que ya mismo cuelga retratos suyos montando en delfines o disparando rayos láser de los ojos en cada habitación. Sasha y yo fuimos dos de los cuatro votos en contra de ella. Hasta yo, con lo pesimista que soy, creía que la resistencia tenía más apoyos en la casa. Supongo que tendremos que acostumbrarnos a postrarnos ante nuestra nueva líder suprema.

Solo de pensar en pasar todo un año bajo el mandato de Abigail me revuelve el estómago. La votación puede haber sido anónima, pero sabe muy bien que yo he sido una de las cuatro que ha votado en contra. Y no me cabe duda de que me hará pagar con creces esa muestra de disconformidad. No sé todavía cómo, pero, conociendo a Abigail, no será bonito, no.

Si no fuera por todo el tiempo y esfuerzo que he puesto en Kappa Ji, valoraría la opción de dejar la hermandad. Pero al menos tengo a Sasha de aliada. Además, ser una Kappa implica tener contactos profesionales de por vida. No me he integrado en la sororidad para mandar mi futuro al traste tan cerca del final.

Así que un añito más. Si Abigail se pasa de lista, Sasha y yo podemos montar una rebelión.

Ahora en la clase de primero de la señora Gardner estoy ayudando a los niños con unos montajes que están haciendo sobre los libros que han leído en clase esta semana. El aula está más tranquila que en todo el día. Todos están concentrados en la tarea. Están recortando imágenes de revistas antiguas y pegando sus creaciones en una cartulina.

Gracias al cielo que existe el pegamento en barra. Solo he tenido que quitarle pegamento del pelo a una niña en lo que llevo de día. La señora Gardner prohibió el pegamento líquido después de una catástrofe que tuvo como consecuencia tres cortes de pelo de emergencia. Nunca entenderé cómo se las arreglan los niños para encontrar formas nuevas de pegarse cosas los unos a los otros.

—¿Señorita Marsh? —Ellen levanta la mano desde su pupitre.

—Qué bonito te está quedando —le digo cuando me acerco a su asiento.

—No encuentro ningún ratón. Ya he mirado en todas esas.

A sus pies hay una montaña de revistas destrozadas y con páginas sueltas. Durante todo el mes la señora Gardner y yo fuimos por Hastings en pos de revistas que ya no quisiera la gente. Miramos en las consultas de médicos, en bibliotecas, librerías de segunda mano... Menos mal que siempre hay alguien que empeña treinta años de revistas de *National Geographic* y *Highlights*. El problema es que, cuando tienes a más de veinte niños leyendo sobre un ratón, el suministro de roedores tiende a quedarse un pelín escaso.

—¿Y si dibujamos un ratón en una hoja de color? —sugiero.

—No se me da muy bien dibujar. —Pone un puchero y arroja otro fajo de páginas sueltas al suelo.

Conozco esa sensación. De niña era extremadamente perfeccionista y tendía a ser demasiado autocrítica. El diseño impecable que siempre tenía en la cabeza nunca se materializaba, así que perdía los nervios. De hecho, me han prohibido la entrada a varios sitios en Cambridge dedicados a pintar cerámica por eso.

No me siento muy orgullosa, la verdad.

—A todo el mundo se le da bien dibujar —miento—. Lo mejor del arte es que siempre es diferente. No hay reglas. —Saco algunos folios de colores y dibujo unas formas sencillas como ejemplo—. ¿Ves? Puedes dibujar una cabeza triangular, y un cuerpo ovalado con unos pies y unas orejas chiquititos, luego recórtalos y pégalos juntos para hacer la forma de un ratón. Se le llama arte abstracto; cuelgan muchas cosas así en museos.

—¿Puedo hacer un ratón morado? —pregunta Ellen. La niña lleva un coletero morado, un peto y zapatos morados a juego. Qué sorpresa.

—Puedes hacerlo del color que quieras.

Encantada, se pone manos a la obra con las ceras de colores. Estoy acercándome a otro pupitre cuando alguien llama a la puerta de la clase.

Giro la cabeza y veo a Conor asomándose por la ventanita. Hoy me recoge él, pero ha llegado unos minutos antes de la hora.

Mete la cabeza en el aula mientras me acerco a la puerta.

—Perdona —me dice, mirando en derredor—. Tenía curiosidad por ver cómo eras de profe.

Esta semana ha estado mucho más alegre. Vuelve a sonreír y a estar de buen humor y con infinita energía. Me gusta ese lado de Conor, aunque sé que no va a durar mucho. Nadie puede estar tan feliz tanto tiempo. Y no pasa nada. Tampoco me molesta que esté de mal humor. No puedo evitar sentir satisfacción al saber que parte de esa actitud positiva es debido a mí. Y al sexo. Quizá más al sexo.

—¿Y estoy distinta o qué? —le pregunto.

Conor me mira de pies a cabeza.

—Me gusta tu modelito de profesora.

No voy a mentir, sí que se me fue un poco la mano al comienzo del semestre con todo el estilo a lo Zooey Deschanel. Muchas faldas retro y colores primarios. Supongo que en mi cabeza era el papel que quería desempeñar, porque, al entrar en el aula, donde estás en una proporción de veinte niños a uno, es importante exudar confianza. Si no, te comen viva.

—¿Sí? —digo, dando una vuelta y haciendo una leve reverencia.

—Aja... —Se relame los labios y se mete las manos en los bolsillos, gesto que he llegado a entender que es su forma de ocultar una semierección cuando está pensando en guarradas—. Cuando vayamos a casa, te vas a dejar eso puesto.

Esa es otra cosa que ha entrado en nuestro vocabulario. Casa. Ya sea la suya o la mía, cuando vamos a cualquiera o pasamos la noche allí, es como si fuese nuestra. La distinción se ha vuelto borrosa.

—Señorita Marsh —me llama una de las niñas—. ¿Ese es tu nooovio?

El resto de la clase responde con varias exclamaciones y risas. Por suerte, la señora Gardner no está; si no, le habría dicho a Conor que se marchase cuanto antes. Estando tan cerca mi evaluación final, no puedo permitir que piense que no estoy centrada en los niños.

—Vale —le digo—. Anda, vete antes de que la señorita Caruthers, de la clase de al lado, llame a seguridad para sacarte de aquí.

—Te veo fuera. —Me da un beso en la mejilla y le guiña el ojo a los niños que nos observan.

—Vete. —Prácticamente le cierro la puerta en las narices y reprimo una sonrisa.

—La señorita Marsh tiene novio, la señorita Marsh tiene novio —canturrean los niños cada vez más y más alto debido a la emoción.

Mierda, si siguen así, la señorita Caruthers vendrá a quejarse del ruido. Me llevo el dedo índice a los labios y levanto la otra mano. Uno a uno, los alumnos imitan la pose hasta que todos están callados otra vez. Sí, me llaman la encantadora de niños.

—La señora Gardner volverá pronto y la campana está a punto de sonar —recuerdo a la clase—. Será mejor que terminéis los montajes o no habrá caritas sonrientes hoy en la tabla.

Al oír eso, vuelven a bajar las cabezas y retoman a toda pastilla lo que estaban recortando y pegando. Están a pocos días de conseguirse un día de pizza si siguen con este buen comportamiento. Y a mí también me quedan unos pocos días para aprobar las prácticas si consigo mantenerlos dóciles. Todos somos esclavos del sistema.

No sé qué le ha entrado a Conor hoy, pero, durante el trayecto a su casa, no es capaz de mantener las manos quietas. Conduce con una mano mientras que la otra se abre camino bajo mi falda, sube por mi muslo y luego me acaricia la zona entre las piernas, y yo no hago más que apretar la mandíbula e intentar no alertar al tío que se acaba de parar junto a nosotros en un semáforo en rojo en una moto.

—Presta atención a la carretera —le digo, aunque abro más las piernas y me recuesto en el asiento.

—Ya lo hago. —Presiona mi clítoris a través de las bragas.

—Pues yo diría que estás distraído. —Quiero sus dedos dentro de mí. Tanto que me duele el pecho con la tirantez que no deja de aumentar en mis músculos. Cierro los ojos y me imagino moviendo las caderas contra su mano mientras me mordisquea los pezones.

—Cuando estás ahí sentada siempre estoy distraído.

Cuando llegamos a su casa, no perdemos tiempo en ir hasta su habitación. Sus compañeros de piso no han llegado aún, así que, con suerte, tendremos tiempo para jugar antes de que aparezcan.

Conor apenas cierra la puerta antes de empotrarme contra la pared y abrirme la chaqueta. No la abre del todo, sino que deja los últimos botones intactos y se limita a bajarme el escote del jersey.

Puede que me haya puesto esto hoy porque sé que le gusta.

Conor lame y me besa la clavícula, y luego baja una de las copas del sujetador lentamente para exhibir mi pecho mientras aprieta y masajea el otro. Me chupa y succiona el pezón. Muevo los muslos con la necesidad de sentirlo en mi interior. Envuelvo sus caderas con una pierna y me restriego contra su prominente erección.

—Estás como un tren, nena —murmura, bajándome el sujetador aún más para chuparme el otro pezón.

Se pega a mí con deseo y necesidad. Luego lo siento desabrocharse los vaqueros. Los abre lo suficiente para liberar su miembro, que se sujeta con una mano mientras frota la punta contra mi sexo.

—Tengo un condón en el bolsillo —murmura.

Lo encuentro, lo abro y se lo coloco. Acerca su boca a la mía y me besa con intensidad mientras aparta mis bragas a un lado. Un gemido de felicidad y alivio abandona mi garganta cuando me penetra.

Conor me folla contra la pared. Primero con suavidad, para que ambos nos acostumbremos a la posición. Luego con más dureza y profundidad. Entierro los dedos en su pelo y le clavo las uñas en la nuca para aferrarme a él. Él pasa un brazo bajo mi pierna para subírmela más y abrirme aún más a él. Cada embestida me produce un estallido de placer que me recorre todo el cuerpo. Pierdo el control de la voz a causa de la intensidad.

De pronto se detiene. Me da la vuelta y me dobla sobre la cama. Estoy sin aliento, jadeante, cuando me levanta la falda para dejarme el culo al descubierto. Luego pasa ambas manos por mi piel desnuda y me aprieta las nalgas.

—¿Estás bien? —me pregunta con suavidad, acariciándome el trasero con la punta de la polla.

—Sí —digo, desesperada por que vuelva a estar en mi interior.

Me baja las bragas y se empala en mí hasta el fondo mientras me sujeta por las caderas. Suelto un gemido al sentirme llena y me muevo contra él. Quiero, necesito correrme.

Entonces se me ocurre que tengo el culo justo ahí, a la vista, imposible de ignorar bajo los rayos vespertinos del sol que se cuelan a través de las persianas abiertas. Y, aun así, ya no parece importarme. Lo que he aprendido durante mis encuentros con Conor es que no le importan ni mi barriga ni los hoyuelos de mi trasero.

Bueno, qué digo importarle. Es que ni siquiera los ve. La otra noche, cuando me estaba quejando de la celulitis que tenía en la parte trasera de los muslos, se quedó allí de pie, detrás de mí, mirándome durante cinco minutos, rebuscando y escrutándome, y aun así me dijo que no veía nada. Luego me comió entera y me olvidé de lo que me estaba quejando.

Supongo que el buen sexo es la mejor cura para el autoestima. O quizá es que estoy madurando un poco.

Con cada acometida, nuestras voces resuenan más alto. Agarro las sábanas con los puños y, con las piernas temblando, me balanceo hacia atrás para encontrarme con sus profundas embestidas.

—Joder, nena. Qué bien. —Conor me rodea el torso con la mano y me acaricia el clítoris para intentar provocarme el orgasmo.

Me muerdo el labio, pero soy incapaz de contener un grito cuando por fin me corro alrededor de su miembro.

—¡Eh! —Se oyen tres golpetazos fuertes en la puerta del dormitorio—. Algunos estamos intentando estudiar. ¡No hagáis ruido a menos que queráis invitarnos a la fiesta!

—Vete a la mierda, Foster —grita Conor.

Contengo la risa, lo cual hace que Conor jadee entre dientes mientras mi cuerpo se contrae y se sacude a su alrededor. Me levanta a los pies de la cama mientras me masajea las tetas desde atrás y balancea las caderas con movimientos rápidos y cortos para hallar su propio clímax. Enseguida se estremece y me abraza fuerte, corriéndose dentro de mí.

—¿Cómo es que cada vez que lo hacemos es mejor? —grazna, posando la barbilla sobre mi hombro.

Tras tirar el condón a la papelera, nos quedamos tumbados en la cama, recuperándonos.

—Tendríamos que empezar a hacerlo más en tu apartamento —gruñe—. Creo que vuelven a casa antes solo para pillarnos.

—Sí, vas a tener que decirles que se vayan para poder salir de aquí. Mmm... O quizás deba comprarme una cuerda para poder salir por la ventana.

Me gusta dibujar formitas en el abdomen de Conor mientras estoy tumbada sobre su pecho. Los músculos se le contraen cuando le hago cosquillitas. Él no lo aguanta, pero no me dice nada porque sabe que me hace gracia. Luego encuentro un sitio donde tiene muchas y él me pellizca el culo como advertencia para que no empiece algo que no voy a poder terminar.

—Qué va, ni te preocupes —dice como respuesta a mis ideas de escape—. No es ningún paseo de la vergüenza, sino más bien una pasarela sobre la alfombra roja. A partir de hoy, solo recibirás aplausos.

Me río.

—No sé qué es mejor.

—O, si no, puedo amenazarlos. —Conor me besa sobre la cabeza—. Lo que tú quieras.

Más o menos una hora después, Foster llama a la puerta para preguntarnos si queremos ir a comer algo con ellos a la cafetería. Me muero de hambre, así que nos turnamos para ducharnos en el baño privado de Conor y luego nos vestimos.

—Bueno —digo mientras me hago un moño—, ¿has vuelto a hablar con tu madre y con Max?

Conor suspira sentado al borde de la cama mientras se pone una camiseta limpia.

—No. Bueno, he hablado con mi madre. Y ella me ha mandado un par de mensajes diciéndome que llame a Max. Siempre le he puesto la excusa de que estoy en clase o estudiando, o lo que sea y que lo haría luego.

—Así que lo estás evitando, ¿no? —Sé que no es fácil para Conor. Confesar fue un paso enorme a la hora de hacer las cosas bien, pero no basta con eso. Ahora mismo, no obstante, la ansiedad por hablar con su padrastro está nublando su buen juicio.

—Sigo pensando que, si espero otro día más, de alguna manera sabré cómo hablar con él, ¿sabes? O que se me ocurrirá qué decirle. Pero estoy... —Se frota la cara y luego se pasa, desesperado, las manos por el pelo húmedo.

—Nervioso —termino por él—. Lo sé. Yo también tendría miedo. Pero al final pasará. Te recomiendo que cierres los ojos y vayas a por todas.

—Me da vergüenza —admite, inclinándose hacia adelante para ponerse los calcetines—. Siempre he sabido que Max no me tiene mucho aprecio, y ahora voy y le doy la razón. Tendría que haberlo sabido. Por aquel entonces, me refiero. Pero me cabreé y la lie parda.

—Eso es lo único que tienes que decirle. —Me coloco entre sus piernas y envuelvo los brazos alrededor de sus hombros anchos—. Cuéntale la verdad. Que cometiste un error estúpido del que te arrepientes, que se salió de madre y que lo sientes.

Conor me estrecha contra su pecho.

—Tienes razón.

—¿Te han dicho algo de lo que va a pasar con Kai?

—No he mencionado su nombre. Le dije a Kai que lo haría si no me dejaba en paz. Tal y como están las cosas, Max no quiere presentar cargos porque el seguro se hizo cargo de los desperfectos. No merece la pena; sería más jaleo que otra cosa. Así que supongo que es una pequeña victoria.

—Harás lo correcto. —Le doy un beso en la mejilla. Tengo en fe en él. Y sé tan bien como cualquiera la enorme diferencia que hay cuando la gente cree en ti—. Y, cambiando de tema, mi cumpleaños es el jueves. Estaba pensando en reunir a la gente en el Malone's. Nada demasiado pomposo. Solo quedar y tomarnos algo.

—Lo que tú quieras, nena.

—¡Eh! ¡Venga ya! —Foster vuelve a aporrear la puerta—. Como tenga que entrar, no me hago responsable de lo que pase.

CAPÍTULO 36

CONOR

Cuando salgo del campus después de clase el jueves, veo que tengo dos llamadas perdidas de Max. Sé que no voy a poder rehuirlo mucho más, pero lo intento con todas mis fuerzas. Cuando se lo conté todo a él y a mi madre, estaba como en shock debido a la culpa y el miedo. Ahora que tengo las cosas más claras, me doy cuenta de que no tengo ningunas ganas de la conversación que sé que voy a tener con él. Y sobre todo hoy.

Hice que Taylor se sintiera como una mierda con todo el asunto de Kai. Lo único que me preocupa ahora es que pase un cumpleaños perfecto. Sé que es la primera vez que tiene novio, así que supongo que los gestos clichés le resultarán novedosos. Y con eso me refiero a recibir flores.

Una cantidad ingente de flores.

Una masacre medioambiental, casi.

En la floristería de Hastings intento expresarle lo que quiero a la florista, pero me resulta más complicado de lo que me esperaba.

—¿Para qué son? —me pregunta la mujer de mediana edad. Tiene un aire hippie de Vermont y la tienda huele a maría. Una tienda de maría con flores.

—Para el cumpleaños de mi novia. —Me doy una vuelta por la floristería y observo los ramos que ya tiene confeccionados y los buqués en las neveras—. Quiero muchas flores. Un ramo muy grande. O tal vez varios.

—¿Cuál es su flor favorita?

—No tengo ni idea. —Creo que las rosas le gustarían, pero también me gustaría algo más original. Menos previsible.

¿Qué ramo expresaría «siento haber roto contigo por miedo a que dejases de respetarme cuando te enterases de que soy un mentiroso y un delincuente, pero te quiero y quiero que volvamos; además, el sexo contigo es increíble y quiero seguir practicándolo»?

—¿Y sus colores favoritos?

Joder, no lo sé. Lleva mucha ropa de color negro, gris y azul. Menos cuando da clase. Entonces lleva todo lo contrario. Me da la sensación de que después de llevar dos meses saliendo juntos debería saberlo ya. ¿Qué narices he estado haciendo todo este tiempo? Pues, sobre todo, bajar al pilón.

La mujer parece notar mi incomodidad y dice:

—Bueno, es Tauro, y normalmente el rosa y el verde suelen ser una buena opción. Le gustará algo sencillo, pero a la vez refinado y sofisticado. —La mujer hippie se mueve por la tienda entre arreglos de flores, tocándolas y acercando la oreja a ellas como si tratase de escuchar algo—. Boca de dragón —anuncia—. Dedalera y rosas rosas. Con suculentas. Sí, quedaría perfecto.

No tengo ni idea de a cuáles se refiere. Pero sí que ha dicho «rosas».

—Suena genial. Que sea grande —le recuerdo.

La campanita de la entrada tintinea justo cuando la mujer hippie se mete en la trastienda. Miro por encima del hombro y me encuentro nada más y nada menos que al entrenador Jensen.

—Hola, entrenador.

Parece nervioso, como la noche de la cena familiar. Me resulta raro verlo así, cuando en los vestuarios o en el hielo derrocha confianza en sí mismo. Supongo que las mujeres nos dejan así.

Deja escapar un profundo suspiro.

—Edwards.

Sí, el trato no ha mejorado desde lo del famoso incendio. Lo entiendo. Cuando no estamos en temporada, el entrenador preferiría no tener nada que ver con la panda de garrulos que tiene como jugadores. Encontrármelo por la ciudad es como ver a un profesor en el centro comercial durante las vacaciones de verano. En cuanto la temporada y el semestre acaban, no quieren hacer ver que nos conocen.

—¿Ha venido por Iris? —le pregunto—. Taylor me comentó que su madre y ella cumplen años el mismo día, lo cual respalda mi teoría de que Taylor es fruto de un experimento genético ruso para crear a una agente hiperdormilona. Ella ni lo confirma ni lo desmiente.

—No —se burla—. Simplemente me gusta venir varias veces a la semana para comprar pétalos y darme un baño.

Quiero creer que el sarcasmo del entrenador es un gesto que demuestra que le importa. Si no, es que el tipo no me traga.

—¿Habéis hecho planes?

Él se gira y echa un vistazo a los ramos que están expuestos en las vitrinas.

—Cenaremos en Boston.

—Pues tened cuidado y no salgáis hasta tarde. Y ya sabe, si bebe, no conduzca.

—No me seas, Edwards. Todavía guardo un cubo con tu nombre.

Se me ponen los huevos de corbata.

—Sí, señor.

Nos quedamos quietos en un silencio incómodo durante varios minutos, fingiendo que estamos echándole un vistazo a la tiendecita mientras esperamos a que la florista vuelva. Ni me imagino lo que tendrá que pasar el novio de Brenna, Jake. Tiene suerte de estar en una relación a distancia ahora que juega en la liga profesional para Edmonton, porque me da la sensación de que el entrenador es de ese tipo de hombre que se sienta a limpiar la pistola en la cocina cuando un tío va a recoger a su hija en casa. Y Brenna saldría de allí después de darle un beso en la mejilla con el bolsillo lleno de balas.

Lo de Iris fue pan comido en comparación con otras historias que he oído en las que se conocen a los padres. Que se prenda un pequeño fuego entre la familia no es nada, ¿verdad?

—¿Y tú qué planes tienes con Taylor? —gruñe tan de repente que dudo si lo he imaginado o no.

—Pues primero cenaremos solos y después hemos quedado con unos amigos en el Malone's.

—Ajá —responde antes de carraspear—. Bueno, pues ni se te ocurra aparecer al lado de nuestra mesa, ¿me has oído?

—Sin problema, entrenador.

La florista por fin vuelve con un montón de flores en un jarrón enorme. Perfecto. Es casi tan grande como yo. Voy a tener que ponerle el cinturón de seguridad.

El entrenador desvía la mirada del jarrón a mí y pone los ojos en blanco. El ramo es tan grande y voluminoso que al final me tiene que ayudar a sacarlo de la tienda y meterlo en el Jeep, que está aparcado en el bordillo. Justo cuando tengo las flores sujetas por el cinturón en el asiento del copiloto, veo a una cara que no debería estar ahí. Y él me ve.

Mierda.

Espera a que pasen un par de coches antes de acercarse a nosotros corriendo. Se me ha subido el corazón a la garganta y tengo unas ganas terribles de meterme en el asiento del conductor e irme pitando.

Pero ya es demasiado tarde.

—Conor —me dice—. Por fin doy contigo.

Me cago en la puta.

Mira al entrenador.

—Hola, encantado. —Le ofrece la mano al entrenador y ambos me miran para que responda.

—Entrenador Jensen, este es Max Saban, mi padrastro —los presento. Siento como si estuviese a punto de ahogarme.

—Encantado de conocerle entrenador. —Max es majo todo el tiempo, y por eso no me fío. Nadie sonríe tanto. Es rarísimo. Si alguien está de tan buen humor todo el tiempo eso es que oculta algo—. Conor le ha hablado mucho de usted a su madre. Le encanta su programa.

—Chad —se presenta el entrenador—. Encantado de conocerle. —Me mira de forma inquisitiva, lo que supongo que quiere decir que ha notado el ambiente raro y se pregunta por qué narices se ve involucrado en más problemas personales míos—. Conor ha sido una gran incorporación al equipo. Nos alegramos de que siga el año que viene.

Si supiera… No soy capaz de mirar a Max a los ojos para ver su reacción.

—Bueno, me tengo que ir —dice el entrenador; me va a dejar solo—. Encantado de conocerle, Max. Que lo paséis bien.

El entrenador vuelve a entrar a la tienda y yo ya no tengo dónde ni tras quién esconderme.

—¿Cuándo has venido?, —le pregunto a Max. Uso un tono normal, porque ya no voy a poder esquivarlo más. Lo último que me apetece es que me vea pasando vergüenza.

Contengo la sensación de ansiedad. Se me ha dado bien hacerlo desde que era pequeño, cuando seguía a Kai por los edificios abandonados y los callejones oscuros. Me involucraba en cosas que me daban miedo a sabiendas de que no podría mostrar ni un ápice de debilidad, porque si no me darían una paliza. Es la cara que pongo cada vez que entro a la pista de hielo y me coloco frente a un tío, listo para pelear. No es nada personal, pero vamos con intención de liarla. El dolor es parte del juego. Si quisiésemos tener cuidado, nos quedaríamos en casa tejiendo.

—Esta mañana —contesta—. He venido en un vuelo nocturno.

Joder, está cabreado. Es como esos tíos que, cuanto más bajito hablan, más peligro corre tu vida.

—He pasado por tu apartamento, pero ya te habías ido.

—Los jueves tengo clase temprano.

—Bueno —empieza a decir al tiempo que señala el restaurante a unas tiendas de distancia—, pensaba ir a por un café antes de volver a intentarlo. Ya que estamos los dos aquí, ¿te apetece ir ahora?

No puedo decir que no, ¿verdad?

—Sí, claro.

Nos sentamos en una mesa junto a la ventana y la camarera viene enseguida para llenarnos las tazas. Ni siquiera me gusta el café, pero no sé qué más hacer con las manos, así que lo bebo demasiado rápido y me quemo la lengua. Al menos ya no muevo la rodilla.

—Supongo que debería empezar yo —murmura.

Otra cosa que odio de Max es que siempre parece haber salido del set de una serie familiar de los años 2000. Es como uno de esos padres que siempre están contentos y que llevan el pelo cortado de forma elegante, la típica camisa azul y un chaleco de marca de ropa de deporte cara, aunque no le hayas visto hacer senderismo en su vida.

Puede que tal vez sea por eso; no soy capaz de hablar en serio con él porque parece un personaje de una serie que no vi de pequeño porque ni siquiera teníamos televisión por cable. Los niños como yo nos criábamos con las mentiras de los guionistas de la tele, que cumplían las fantasías de sus propias infancias de mierda.

—Está claro que he venido porque no hemos podido hablar por teléfono —prosigue Max—. Y también he creído que esta conversación sería mejor tenerla cara a cara.

Eso nunca augura nada bueno. Debería haber hablado con mi madre primero. Podría ser que, dada mi falta de cooperar, no le quedase de otra que dejarme a merced de Max. Sin pasta, universidad o casa. A la deriva por méritos propios.

—Sé que no hemos hablado mucho a lo largo de estos años, Conor. Tengo mi parte de culpa. —No pensaba que fuera a comenzar así—. Me gustaría empezar diciendo que, aunque no estoy de acuerdo con lo que hiciste, entiendo tus razones.

¿Qué?

—Sé que a esa edad las emociones nos pasan factura, y a veces cuando nos presionan en el sitio justo, tomamos decisiones que no hubiésemos tomado jamás. Cometiste un error, y uno bien gordo. Mentiste. Me mentiste a mí, sí, pero más importante aún es que mentiste a tu madre. Sé que, desde que llamaste por primera vez, el tema te ha estado carcomiendo. Lo que me alegra es que, a pesar de que has tardado más de lo que nos hubiera gustado, has admitido que cometiste ese error. Ahora viene lo duro —explica con una sonrisa vacilante—. Asumir la responsabilidad.

—Te lo estás tomando mejor de lo que me esperaba —le digo—. Tienes todo el derecho de cabrearte.

—Confieso que al principio me sorprendí. Y después puede que me enfadase un poquito. Pero me acordé de lo que hacía yo a los diecinueve años. —La camarera viene a llenarnos las tazas y él le da un buen sorbo al café mientras yo me quedo pensando en qué problemas se metió él en Briar de joven—. La cosa es que quería decirte que todos tenemos derecho a cagarla.

Sonrío al oírlo usar esa expresión tan coloquial. Es la primera vez que pienso que el típico padre de familia también podría llegar a ser un buen monologuista.

—Me alegro de que nos contases la verdad, Conor, y en lo que a mí respecta ya podemos pasar página.

—¿Y ya está?

¿En serio?

—Bueno, tampoco es que tu madre pueda castigar a un chaval de veintiún años que vive en la otra punta del país —responde con una sonrisa.

Parece una trampa.

—Pensaba que haríais que dejase la universidad, o que dejaríais de pagarme la matrícula.

—Eso sería contraproducente, ¿no te parece? ¿Cómo va a ser un castigo que dejes de estudiar?

—Suponía que haríais algo relacionado con el dinero.

Y sería lo justo, teniendo en cuenta lo que le hice. Max es quien me lo está pagando todo. Tanto a mí como a mi madre. No es de extrañar que se lo replantease.

—Conor, seguro que sería una buena lección decirte que te busques un trabajo y eches ochenta horas a la semana aunque con eso sigas sin ser capaz de pagar la matrícula y el alquiler; eso si fueras otra persona. Pero nadie tiene que decirte a estas alturas lo duro que es vivir y lo que cuesta conseguir el dinero. Y mucho menos yo. —Deja la taza en la mesa—. Tu madre y tú ya habéis pasado por demasiado. Empeorarlo no ayudaría, y la verdad es que costase lo que nos costase tu error, no es nada comparado con lo mucho que vale nuestra familia.

—No sé qué decir. —Max jamás me ha dicho algo así, ya sea sobre la familia o sobre la forma en que vivíamos mi madre y yo antes de que él entrara en escena. Creo que jamás hemos hablado tanto—. No sabía que pensaras así.

—Para mí, la familia es lo más importante que tengo. —Clava los ojos en su taza y su postura cambia. Su expresión se torna seria—. ¿Sabes? Mi padre murió cuando yo estudiaba en Briar. A mí me costó, pero más le costó a mi madre. Nos quedamos solos en los lugares en los que mi padre ya no volvería a estar. Cuando alguien muere, todos los momentos se vuelven un recordatorio de que no están allí, como las vacaciones y las ocasiones especiales. Después, mi madre falleció estando yo en el máster y me quedé con el doble de recuerdos vacíos.

Algo me atenaza el pecho. Puede que sea arrepentimiento. Una sensación de afinidad. Jamás había pensado que Max y yo pudiéramos tener cosas en común. A ver, no es lo mismo que te abandone tu padre a tenerlo y que se muera demasiado pronto, pero ambos sabemos lo que es que a tu madre le cueste seguir adelante sin que puedas hacer nada por ayudarla.

—Lo que intento decir es que, cuando conocí a tu madre, sentí un profundo respeto por lo mucho que había conseguido criándote sola. Y empaticé con lo difícil que tuvo que ser para ti. Cuando Naomi y yo nos casamos, me prometí que lo primordial sería cuidaros a los dos. Asegurarme de que nuestra familia fuese feliz. —Suaviza la voz un poco—. Sé que no siempre he cumplido esa promesa en lo que a ti y a mí respecta.

—Siendo justos, tampoco es que yo te haya dejado —respondo. Desde el principio, pensaba que Max era uno de esos tontos que siempre llevan traje. Alguien que jamás sería capaz de entenderme, así que para qué intentarlo—. Supuse que solo querías a mi madre y que yo no era más que un lastre desafortunado. Venías de un mundo tan diferente al nuestro que creía que me veías como un perdedor con quien ni merecía la pena intentarlo.

—Para nada, Conor. —Aparta la taza a un lado y apoya los codos en la mesa.

Es innegable que tiene cierto magnetismo. Me da la sensación de que cuando se sienta frente a alguien en un salón de juntas, es capaz de convencer a quien sea de que lo que les va a vender les va a hacer ricos.

—Mira, me casé sin saber cómo hacer las cosas bien contigo. No sabía si debía probar a ser tu padre o tu amigo, y he fracasado por ambos lados. Me daba miedo interponerme demasiado entre tu madre y tú, y tal vez por eso no me he esforzado lo suficiente a la hora de entablar una relación contigo.

—Yo no te lo he puesto fácil —admito—. Pensaba que, si no me soportabas, pues yo a ti tampoco. Tal vez... —Trago saliva y desvío la mirada—. No quería que otro padre me diera la espalda, así que lo hice yo primero.

—¿Por qué pensabas eso? —Se remueve en el asiento con verdadera sorpresa.

266

—A ver, míranos. No nos parecemos en nada. —Puede que ahora que sé que tenemos cosas en común la cosa haya cambiado, pero no me imagino siéndole de utilidad, igual que no fuera más que un desconocido por la calle—. Sé que crees que debería parecerme más a ti, interesarme por los negocios y las finanzas y trabajar en tu empresa; seguir tu camino, vaya. Pero la verdad es que me resulta un peñazo. Me parece soporífero pensar en ello siquiera. Así que tengo la sensación de que jamás voy a ser lo suficientemente bueno. Esta semana he ignorado tus llamadas porque me daba mucha vergüenza, y no quería que hicieses realidad lo que más miedo me daba.

Me hundo en el sitio con las manos en el regazo. Me dan ganas de volverme tan pequeñito que pudiera caber en el asiento acolchado y vivir entre polvo. Al menos ya lo he soltado. Pase lo que pase, nada será tan humillante como este momento. Es imposible.

Max se queda callado un buen rato. No soy capaz de interpretar su reacción. Con cada segundo que pasa siento que el que calla, otorga. Ni siquiera lo culpo. No es culpa suya que vea el éxito de forma distinta que yo. Somos personas diferentes y es inútil tratar de compararnos. Preferiría que no lo intentásemos siquiera.

—Conor —dice finalmente—. Debería haberte dicho esto mucho antes: eres más que suficiente. Siempre te he considerado un chico divertido, encantador e inteligente que se está convirtiendo en un hombre increíble. Tienes razón; hay un lado paternal en mí al que le gustaría ser tu mentor, un ejemplo a seguir. Que formes parte de la empresa y enseñarte a tomar las riendas cuando yo muera. Si eso no es lo que quieres, lo respeto. Debería haberlo sabido antes, ¿eh? Pero eso sí, elijas lo que elijas con tu vida y tu futuro, tu madre y yo te apoyaremos. Como un equipo. Como una familia. Porque sabemos que tomarás las decisiones correctas. Si puedo ayudarte, pues fenomenal. Si no —murmura con una risa sin gracia—, me apartaré de tu camino. Pase lo que pase, quiero que sepas que estoy increíblemente orgulloso de ti.

Suelto una risilla.

—Venga, anda, no nos volvamos locos.

—Lo estoy —reitera, y se mete la mano en el bolsillo para sacar el móvil.

Me lo quedo mirando receloso mientras él abre una página web en la que sale sentado a su escritorio. Una de esas típicas fotos corporativas y profesionales. Deja el teléfono en la mesa y la amplía. Tras él y junto a los premios y las placas hay una foto enmarcada de mi madre y yo.

Inspiro sorprendido, aunque espero que él no se haya dado cuenta. La foto es de su luna de miel, un par de días después de la boda. Nos fuimos los tres a Hawái y la última noche allí Max nos sacó una foto contemplando la puesta de sol. Nunca había viajado ni había subido a un avión. Pasé todo el viaje cabreado porque estaban haciendo cosas de pareja y yo no tenía con quién estar, pero ese anochecer en la playa con mi madre fue el mejor recuerdo que me llevé del viaje.

—Siempre he estado orgulloso de ti —repite Max con voz ronca, y a mí me empiezan a picar los ojos—. Y siempre lo estaré, Conor. Te quiero.

—Joder —respondo, tosiendo para aclararme la garganta—. Entonces el capullo soy yo.

Él se ríe y ambos nos limpiamos la cara discretamente. Por supuesto que no estamos haciendo ruiditos de llorar, sino de hombres.

—No sé qué decir —confieso—. Es una mierda que hayamos pasado tanto tiempo sintiéndonos incómodos el uno con el otro. —Ni que fuéramos a hacernos mejores amigos y a empezar a llamarlo papá; estos últimos años habrían ido mucho mejor si hubiésemos mantenido esta conversación antes.

—Por cursi que suene, me gustaría que volviésemos a empezar de cero —pide—. ¿Intentamos ser amigos?

Podría ser peor.

—Sí.

Estoy a punto de sugerir que pidamos algo de comida, pero me acuerdo de que tengo un ramo enorme y que cuesta un riñón secándose en el asiento del copiloto de mi coche, y además tengo que hacer varios recados antes de recoger a Taylor para nuestra cita.

—¿Cuánto te quedas? —le pregunto.

—Pues pensaba volver mañana por la mañana, ¿por?

—Hoy es el cumpleaños de mi novia y esta noche lo vamos a celebrar con sus amigos. Pero si no te viene mal quedarte un poco más, podríamos cenar mañana los tres. Le mencioné a mamá que mi novia vendría a California a visitarme en verano.

Max esboza una gran sonrisa que intenta ocultar mientras asiente.

—Sin problema, puedo cambiar el vuelo. Ya me dirás dónde y cuándo. Me encantaría conocerla.

Creo que Taylor se sentiría muy orgullosa de mí ahora mismo.

CAPÍTULO 37

TAYLOR

Conor se trae algo entre manos. Lo noto. No es que haya dicho nada en particular, sino que tiene un aire travieso a su alrededor. Esta mañana me ha mandado un mensaje para felicitarme el cumpleaños y para decirme que esta noche me arreglara. Es extraño, porque últimamente se ha pasado más tiempo desvistiéndome que admirando mi ropa. Luego me ha dejado caer que no podría verme después de clase porque tenía unos «asuntos importantes que atender».

Sea lo que sea que haya planeado para nuestra cita de esta noche, tengo la sensación de que habrá tirado la casa por la ventana. Y tampoco puedo decir que me moleste. Lo cierto es que nunca había tenido novio el día de mi cumpleaños, así que tengo muchas ganas de vivir mi propia película de Hallmark, tal y como la tele me prometió. Pero, más que nada, me hace ilusión que Conor y yo empecemos a crear recuerdos juntos.

Por supuesto, arreglarse requiere de asesoramiento por parte de mi consultora de belleza, así que le mando un mensaje a Sasha cuando salgo de clase.

YO: Tengo una cita esta noche. ¿Me maquillas?

Sasha sabe maquillar muy bien. Una de las muchas profesiones que ha considerado durante este último par de años ha sido la de maquilladora profesional. Al menos para financiarse sus intereses musicales, y solo si su plan para volverse una supervillana no termina de cuajar.

Me responde cuando llego a la calle de mi casa..

ELLA: ¿Y para qué? Si vas a arruinarlo chupándosela a Conor.

ELLA: Es broma. Acabo de llegar a casa. Corre, ven.

YO: xD. Me has dicho que corra.

ELLA: Mira que tienes la mente sucia, tía.

YO: Has empezado tú.

Añado una ristra de emoticonos sin sentido pero contextualmente explícitos, y luego cojo el vestido de mi apartamento y llamo a un Uber para que me lleve a la calle de las fraternidades.

Tengo que gestionar el tiempo mejor. Me ha gustado estar absolutamente absorbida por el amor, pero no quiero dejar de lado a mis amigas. A Sasha, en particular. Ella me ha apoyado más que nadie en los momentos duros que he vivido este último par de años. Probablemente habría petado o me habría prendido fuego al pelo más de una vez de no haber sido por ella. Pero últimamente siento que no tengo ni idea de lo que pasa en su vida, que es señal de que he estado recibiendo más que dando. Y eso no está bien en términos de amistad. Tengo que cambiar ya.

El tiempo por fin se está volviendo un poco más cálido, por lo que los jardines de las hermandades, que suelen estar vacíos en días de diario, ahora están más activos. Los porches están salpicados de gente estudiando. Hay unas cuantas chicas tumbadas en tumbonas en el césped para empezar a trabajar en su bronceado para las vacaciones de verano. En la casa Sigma, los chicos están jugando al *beer pong* en la entrada. No presto demasiada atención a sus gritos y silbidos cuando me bajo del Uber y planto un pie en la acera.

Los chicos de fraternidad me gritan diferentes y poco imaginativas variantes del «enséñanos las tetas» que siempre les piden a las tías. Entonces, algo me llama la atención.

—¡Eh, superestrella! ¿Puedo hacerme una foto contigo?

—¿Me das tu autógrafo?

—¿Dónde tengo que suscribirme para ver tu cámara en vivo?

Eso suena... muy específico. Qué raro.

Mantengo la vista fija hacia adelante y no aminoro el paso hasta que llego al camino de entrada de la casa Kappa. El mejor desprecio es no hacer aprecio. Reflexiono sobre ello y lo achaco a una estúpida broma. Al novio de Abigail le gusta llamarme «Marilyn Monroe gorda», así que supongo que a eso se referían con lo de darles el autógrafo.

Bueno, pues tanto él como sus hermanos imbéciles de Sigma pueden irse a la mierda. Resulta que sé que a algunos hombres les gustan las curvas, sobre todo a los hombres llamados Conor Edwards.

Apenas puedo dejar de sonreír cuando entro en la casa. Me muero por verlo esta noche. No sé exactamente cuándo ha pasado, pero me he pillado hasta las trancas por él. El mero hecho de pensar en él hace que quiera reír cual preadolescente frente a su primer amor.

Arriba, Sasha ya tiene todo el escritorio dispuesto cuando entro a su habitación. Suelto el bolso en su cama y cuelgo el vestido en la puerta del armario.

—Eres la mejor —la informo.

—Obviamente. Anda, ve a lavarte la cara —me indica mientras sigue ponderando las distintas paletas de sombras de ojos.

—Oye, solo por si acaso —le digo frente al lavabo del cuarto de baño compartido que conecta con el dormitorio contiguo—. No habrá ninguna fiesta sorpresa ni nada, ¿no?

—No que yo sepa.

Me enjuago y me seco la cara con una toalla. Cuando regreso, Sasha me manda sentarme y luego procede a echarme crema hidratante.

—Solo lo pregunto porque creo que Conor siente la necesidad de demostrar algo. Así que, como le dije de quedar con la gente en el Malone's en plan normal, no me extrañaría que lo convirtiera en alguna especie de evento especial o algo así.

—No creo. —Me tiende un ventilador eléctrico para secarme la cara.

Luego viene la prebase, que Sasha siempre me dice que añada a mi rutina de belleza y yo siempre le digo que lo haría si me maquillara más veces aparte de cuando ella lo hace, razón por la cual no necesito comprar más productos de maquillaje.

Es el plan perfecto. Cuando seamos viejas viviremos puerta con puerta y yo iré en silla de ruedas hasta su casa para que me arregle para mis citas en el bingo.

—¿Y tú qué? —le pregunto cuando empieza a aplicarme la base de maquillaje—. ¿Cómo te fue con Eric en la gala cuando me marché?

—Nada mal.

Espero a que añada algo más. Cuando es evidente que no tiene intención de hacerlo, sé que hay más tela que cortar.

—Vaya, que te lo tiraste en el congelador, ¿no?

—Eso es muy antihigiénico —dice.

—¿Dejaste que te lo comiera bajo la mesa de subastas?

—Esas donaciones son para los niños, degenerada.

Sasha es dura de roer. Para ella meterse en los asuntos de los demás es deporte nacional, pero es increíblemente celosa de su intimidad. Esa es una de las cualidades que más respeto de ella. Se le da muy bien establecer límites y defenderse sola, algo en lo que yo aspiro a mejorar. No obstante, por lo que tenía entendido, esos límites no se aplicaban a mí.

—Estás enamorada de él y ya te has fugado y casado en Reno —trato de adivinar.

—De hecho, en mi bolso hay un par de tacones ensangrentados. Si pudieras tirarlos por un puente la próxima vez que vayas a la ciudad, te lo agradecería enormemente.

—Venga. No te estoy pidiendo que me des los detalles escabrosos, solo que me pongas al día. —Hago un puchero—. Me has estado dejando de lado y necesito que me hagas un resumen.

Ella pone los ojos en blanco y sonríe con suficiencia antes de decirme que cierre los míos para que pueda empezar a echarme la sombra.

—La gala fue bien. Hemos tenido unas cuantas citas desde entonces.

—Vale... —Eso es bueno. Parece un buen tío. Es atractivo y encantador. Sasha suele ser muy exigente y se cansa más rápido de lo que la gente se resfría. No recuerdo la última vez que tuvo más de dos citas seguidas con nadie.

—Me gusta —prosigue.

—Sí...

—Creo que me gusta más su hermana.

—Joder. —Odio admitirlo, pero no es la primera vez que le ha pasado. Y la cosa nunca termina bien.

—Sí. —El dilema es evidente en su voz, una especie de resignación hacia la injusticia en su vida—. Debería empezar a valorar a las posibles parejas con presentaciones de diapositivas. Si tienen hermanos atractivos, descartados. Solo me voy a acostar con aquellos que tengan familiares feos.

—¿Y le molan las tías?

—Ni idea —dice Sasha—. Creo que está en una proporción del sesenta-cuarenta a que sí. Pero viven juntos, así que...

—Mierda.

—Sí.

—¿Y qué vas a...?

Antes de poder acabar la frase, la puerta del dormitorio de Sasha se abre de golpe y se estrella contra la pared. Ambas pegamos un bote del susto.

—Eh, ¿qué cojones te pasa? —grita Sasha.

—¿Qué has hecho? —Rebecca está en el umbral, con la cara roja e hinchada y las lágrimas resbalándole por la cara. Está temblando, con la mandíbula apretada y claramente cabreada—. ¿Qué narices has hecho?

—Mira, niñata, no sé qué coño te pasa, pero...

—Tú no. Ella. —Señalándome con el dedo, Rebecca entra en la habitación con un iPad en la mano—. ¿Lo sabías? ¿Por qué me haces esto?

Está histérica. Aterrorizada, incluso. Lo primero que pienso es que es algo relacionado con Conor.

—Qué te he hecho yo a ti, ¿eh? —me grita—. ¿Qué narices te pasa?

Me pongo de pie y Sasha me sigue con un peine en la mano en caso de tener que usarlo para defenderme.

—Rebecca —digo con calma—. No sé de qué me estás hablando. Si me lo explicas...

—¡Mira!

Ahora tenemos público. Las Kappa se han reunido en el pasillo o han salido de sus dormitorios para ver qué está pasando.

Rebecca se abalanza hacia adelante y sostiene el iPad frente a mis narices. Tiene el navegador abierto en una página porno con un vídeo preparado.

Antes incluso de que le dé al «*play*», se me cae el alma a los pies. A juzgar por la imagen pausada que veo en la pantalla sé lo que me va a enseñar.

La cocina de la casa Kappa. Está oscuro, y es de noche. La única iluminación procede de las lucecitas del techo y las linternas que las hermanas apagan y encienden de manera intermitente con el propósito de desorientarnos. La habitación está recubierta de lona para proteger las paredes y el suelo, como una escena de una película mala de terror universitaria. Las miembros de último año de Kappa Ji se encuentran de pie en un círculo con seis de nosotras en el centro vestidas con nada más que unas camisetitas de tirantes blancas y las bragas.

Es la semana de iniciación. Primer año de universidad. Abigail se encuentra a mi lado. Tímidas y aterrorizadas, nos estamos preguntando por qué se nos ocurriría que aquello era buena idea. Agotadas porque, por entonces, ya llevábamos treinta horas despiertas. Tiempo que pasamos haciéndoles la colada a las hermanas, acompañándolas a clase, limpiando la casa y siendo víctimas de «pruebas de personalidad» durante seis horas, porque ya no tienen permitido llamarlas novatadas. Y todo aquello culminó en esta escena.

Una de las de último año nos ordena a las seis a que nos bebamos chupitos del cuerpo de las otras en fila, luego coge la manguera del jardín que han metido por la puerta lateral y nos empapa con ella. Nosotras nos achantamos y temblamos, y escupimos agua. Estamos chorreando. Luego otra hermana me señala.

—Atrevimiento o Atrevimiento.

Temblando, me aparto el agua y el pelo de los ojos y digo:

—Atrevimiento.

Ella sonríe con suficiencia.

—Te reto a enrollarte con... —Su atención primero aterriza en Abigail. Pero sabiendo que las dos probablemente seamos las que mejor nos conocemos de primero, opta por hacerlo todavía más vergonzoso. Desliza la mirada hacia la derecha—. Rebecca.

Asintiendo, Rebecca y yo ponemos buena cara y nos preparamos para soportar el humillante episodio de besarnos mientras nos sentimos como un par de gatos mojados. Entonces nos giramos la una hacia la otra y nos besamos.

—No, he dicho que os enrolléis. Como si os gustarais, iniciadas. Fóllale la boca.

Y lo hacemos. Porque más que cualquier otra cosa, la semana de iniciación te priva del instinto de supervivencia, de tu voluntad. Para aquel entonces, nuestra respuesta ya casi era automática. Si decían que saltáramos, aprendíamos a volar.

Y ahí está en internet para los pajilleros: Rebecca y yo, sensuales e intensas, caladas hasta los huesos y con la ropa prácticamente transparente. Con las tetas y la entrepierna a plena vista.

Se alarga mucho más de lo que recuerdo. Tanto que presupongo que tiene que haberse quedado pillado, hasta que por fin acaba y levanto la mirada hacia Rebecca, que sigue sollozando. Ya no de rabia, sino de humillación. El vídeo ha conseguido miles de visitas en cuestión de unas pocas horas. Y se está viralizando.

Le está llegando a las demás Kappa.

A todas las fraternidades.

A todo el campus.

Y la única persona que podría haberlo subido está en esta casa.

CAPÍTULO 38

TAYLOR

Voy a vomitar.

El pensamiento me llega al cerebro mucho después que las náuseas y de que el vómito me suba por la garganta. Voy corriendo al baño de Sasha y apenas llego al retrete antes de devolver. Escucho la puerta del baño abrirse mientras me estoy enjuagando e imagino que es Sasha, que ha venido a ver cómo estoy. Sin embargo, cuando me vuelvo veo a Rebecca sentada en el borde de la bañera.

Se ha recompuesto. Todavía tiene la cara enrojecida y los ojos hinchados. Se le han secado las lágrimas. Ahora luce una expresión resignada.

—Entonces no has sido tú —murmura en un hilo de voz.

Me seco la cara y estropeo el maquillaje que me ha hecho Sasha.

—No.

—Siento haberte acusado de esa forma.

Cierro la tapa del retrete, me siento e intento controlar el pulso. Vomitar me lo ha disparado, y cuanto más tiempo paso de pie, más deprisa se suceden los pensamientos en mi mente.

—Te entiendo —respondo.

De haber sido yo la primera en verlo, no sé si hubiera reaccionado mejor. Tal vez no habría ido gritando por la casa, pero sí que habría sospechado de ciertas personas. La cosa es que Rebecca y yo nunca hemos sido amigas. Por aquel entonces era la iniciada más tímida, y tras la semana de iniciación apenas hemos intercambiado alguna frase. Que no se diga que no lo intenté; parecía que siempre que entraba en un sitio, ella se las ingeniaba para escabullirse hasta la otra punta.

Pero ahora las cosas han cambiado. Aparte de lo obvio, claro. Me mira, sentada y derrotada, como si todo este tiempo hubiera estado intentando escapar de mí y ahora le hubiesen fallado las piernas.

—Mis padres me van a matar —susurra a la vez que baja la cabeza. Suspira. Es como si se hubiera librado de una enorme losa; como si, en lugar de temer las consecuencias, casi se sintiese aliviada de asumirlas.

—Pero no te echarán la culpa de que se haya filtrado el vídeo, ¿no? Tendrán que entender que no es culpa tuya.

—No lo pillas. —Clava las uñas en la funda de polipiel del iPad y le deja marcas en forma de medialuna—. Mis padres son muy conservadores, Taylor. Apenas se relacionan con la gente que no va a su iglesia. Mi padre no quería que formase parte de una hermandad, pero convencí a mi madre de que Kappa era básicamente como unirme a un grupo de estudio religioso. Me dijo que esperaba que me enseñasen a ser una jovencita como Dios manda.

Pongo una mueca.

—¿A qué te refieres?

Me cuesta imaginarme a mi madre haciendo de madre e intentando decirme qué hacer. Creo que la última vez que me ordenó limpiar mi habitación fue cuando perdí al hurón de clase entre la pila de la ropa limpia que llevaba sin colocar casi un mes.

—Tuve mi primera novia a los trece años —me cuenta Rebecca mirándome a los ojos—. Apenas llevábamos juntas un par de semanas cuando una chica nos pilló besándonos en la sala de ensayos de la banda y se lo contó a su madre, la cual iba a la misma iglesia que mis padres. Mi padre avasalló a los padres de mi novia hasta que ellos terminaron quitándola de la banda y cambiando las clases que compartíamos. Nos prohibieron vernos. —Sacude la cabeza con amargura.

»Todos los veranos desde entonces, mi padre me mandaba a un campamento religioso. Empezó a imponerme citas con los chicos de la iglesia. Normalmente con algún chico homosexual tan avergonzado y deprimido como yo por tener que verse obligado a besar a una chica y seguir con la farsa. Para la graduación del instituto, yo ya los había convencido de que me había reformado por completo. De que podían volver a confiar en mí. Supuse que si vivía en una hermandad, mis padres no podrían venir cuando les diera la gana para husmear en mi habitación o esconder cámaras en las paredes.

—Joder, Rebecca, no tenía ni idea.

Ella se encoge de hombros. Apenas esboza una sonrisa triste, pero esta se esfuma enseguida.

—Siento que no nos hiciésemos amigas.

—No, si lo entiendo. —Me muerdo el labio—. No voy a fingir que sé lo que se siente, pero te entiendo.

Muchos nos sentimos atrapados. Nos dicen que hacemos las cosas mal, que carecemos de ciertas cosas. Como si el hecho de ser nosotros mismos resultase una ofensa contra la sociedad. A algunos tratan de meternos en vereda con el cinturón de la conformidad hasta que aprendemos a apreciar el dolor o simplemente nos rendimos. Yo todavía no he hallado la forma de escapar. No obstante, no hay nada peor que quien te vapulee sea tu propia familia. Eso convierte a Rebecca en la persona más fuerte que conozco, y una muy buena aliada.

—¿Qué hacemos? —pregunta en voz baja.

Me muerdo el labio aún más.

—La única persona que podría haber subido el vídeo es de Kappa.

—Pues sí.

—Creo que sé quién podría haber sido.

No recuerdo qué chica estaba grabando. Una de las de último curso, supongo. Excepto los rituales, las actividades de iniciación se graban para tener un recuerdo para la posteridad.

La pregunta es quién tenía acceso a ese vídeo. Jamás he visto imágenes mías o de otra semana de iniciación aparte del vídeo de los mejores momentos que ponen durante la primera cena tras la ceremonia de aceptación. Tendría sentido que quien tenga acceso ilimitado a ese archivo sea la presidenta.

Y la vicepresidenta.

Bajamos al piso de abajo y le pedimos explicaciones a Charlotte en la sala de estar. Se encuentra sola, repantigada en una poltrona, con el portátil encendido y los cascos puestos. Teniendo en cuenta el griterío de hace unos minutos, esperaba que estuviera lista y preparada para defenderse.

—Tenemos que hablar —le digo.

Charlotte se aparta uno de los casos de la oreja, enarca una ceja en señal de irritación, pero ni siquiera alza la vista de la pantalla.

—¿Qué?

—Tenemos que hablar —repito.

—¿En serio?

—Sí —insiste Rebecca.

Charlotte no aparta la mirada de la pantalla. Últimamente está superausente. Se va a graduar y Abigail va a ser su sucesora; le queda poco más que darle las llaves y posar para una foto que se colgará junto a la del resto de presidentas. Todas hemos notado su cambio de actitud. Tiene el síndrome de último curso.

—Charlotte —la llamo.

Ella pone los ojos en blanco, se quita los cascos y cierra el portátil.

—A ver, ¿qué pasa?

—Esto pasa. —Rebecca le pone el iPad prácticamente en la cara y vuelve a reproducir el vídeo.

Al principio Charlotte parece aburrida y confusa y nos mira como esperando a que le demos una explicación. A continuación, se da cuenta de lo que pasa. Se desplaza por la página hacia abajo para leer los comentarios y de nuevo arriba para mirar el nombre de la web. Su mirada sorprendida se clava en nosotras.

—¿Quién ha publicado esto? —inquiere, iracunda. Charlotte Cagney es una fuerza de la naturaleza, y por eso la eligieron como presidenta. Todos temían las repercusiones si no la votaban. Nadie se atrevió a presentarse como candidata.

—Eso mismo hemos venido a preguntarte —le respondo sin rodeos—. ¿No te habías enterado?

—Es la primera vez que lo veo. —Deja el portátil a un lado y se pone de pie—. Acabo de volver del ensayo de la graduación y estaba intentado estudiar para los exámenes finales. ¿Cómo os habéis enterado vosotras?

Rebecca aprieta los labios.

—Justo acabo de llegar a casa y he encontrado a Nancy y Robin viéndolo.

—Los de Sigma también lo han visto —añado—, así que seguro que ya lo sabe todo el campus.

Veo el cambio en los ojos de Charlotte. La ira pasa de una pequeña llama a un fuego infernal. Le devuelve el iPad a Rebecca y se marcha de la estancia como una exhalación, aún hablando.

—Quiero veros a todas en la sala azul —ordena. A continuación, se pone a gritar—: ¡Reunión, cabronas! —Sube a la segunda planta y empieza a aporrear las puertas—. ¡Bajad, ya! —Vuelve al primer piso y llama a todas las puertas. Beth y Olivia están con un grupo de chicas en la sala multimedia y de espaldas a nosotras cuando Charlotte les lanza un plátano—. A la sala azul. Levantaos.

No sé de dónde ha sacado el plátano.

Cuando todas nos reunimos en la sala azul, Rebecca se coloca un poco detrás de mí. Esperamos unos minutos y, mientras tanto, todas nos miramos las unas a las otras, esperando la bomba. Abigail se encarga de pasar lista para ver que estamos todas presentes antes de que Charlotte empiece a hablar.

Cruzo una mirada con Abigail. Intento interpretar su expresión, pero se muestra imperturbable.

—Vale, me he enterado de que está circulando cierto vídeo. —Fulmina con la mirada a Nancy y a Robin, las cuales parecen arrepentidas—. Por lo visto, nadie ha pensado que la presidenta debería estar al tanto de esta invasión de privacidad.

Sasha se abre paso por la sala hasta colocarse a mi lado y al de Rebecca. Entrelaza los dedos con los míos y yo le doy un apretón, agradecida.

—Robin, ¿cuál es el primer mandamiento del credo de las Kappa? —exige saber Charlotte.

Robin, nerviosa, se muerde la uña del pulgar y se mira los pies.

—Protegeré a mi hermana como si se tratara de mí misma.

Entonces, Charlotte se dirige igual de furiosa hacia la otra chica que se ha puesto como un tomate.

—Nancy, ¿y el segundo?

Nancy trata de responder, pero no le sale. Se le quiebra la voz en el proceso.

—Comportarse con honor e integridad.

—Ya —responde Charlotte mientras se pasea por la sala como si llevara una pistola cargada en la mano—. Eso pensaba. Pero, por lo visto, a algunas se os ha olvidado. Así que quiero saber quién es la hermana traidora. La niñata egoísta que ha robado el vídeo del archivo Kappa y lo ha subido a una página porno.

Un silencio sepulcral se instala en la habitación.

Es evidente quiénes no lo sabían aún. Varios pares de ojos curiosos miran en derredor y otras personas intercambian miradas acusatorias. Descubro que hay más personas sorprendidas de las que me esperaba. Creía que todas las chicas habían visto el vídeo ya y se estarían riendo a nuestras espaldas. Sin embargo, aparte de Nancy y Robin, solo veo a algunas otras que sospechaba que lo sabían.

Obviamente, tardo más en analizar la expresión de Abigail. Frunce el ceño, pero no sé por qué. ¿Está sorprendida? ¿Desconcertada?

Sus ojos verdes no paran de escudriñar a las chicas. ¿Busca a la culpable… o más bien a aliadas?

—No, y una mierda —espeta Charlotte, haciendo un gesto negativo con el dedo—. Ahora no os quedéis calladas. Si antes pensasteis que sería buena idea, ahora no podéis dar marcha atrás. O confesáis o nos quedamos aquí toda la noche. Y todo el día. Hasta el final de los tiempos si hace falta, pero alguien va a tener que confesar.

Abigail permanece de pie y de brazos cruzados. No dice ni mu.

Yo ya no puedo soportarlo más.

—Abigail —la llamo, y el aire de la sala se evapora—. ¿No tienes nada que decir?

Ella se encoge en el sitio.

—¿A qué te refieres?

—Verás, estaba mirando el reloj y son las… oh, las zorra vengativa y media, así que tal vez quieras añadir algo a la conversación.

Sasha abre los ojos como platos y se vuelve hacia mí lentamente. Me mira como si me hubiese crecido otra cabeza de repente. A saber. Estoy ya está hasta los ovarios.

—¿Me estás acusando acaso? —Su tono se vuelve más agudo y frunce el ceño como si lo estuviera desmintiendo—. ¡Yo no he tenido nada que ver!

—¿En serio? Porque eres la única en esta habitación que me hace la vida imposible, así que...

—Solo hay dos personas que se sepan la contraseña del servidor donde están guardados los archivos —explica Charlotte con la atención puesta en Abigail—. Tú eres la otra.

—Yo no he sido. —Levanta las manos en señal de súplica—. Lo prometo. Vale, sí, no nos llevamos bien, pero jamás subiría un vídeo pornográfico de otra mujer como venganza.

—¿Aunque no la puedas ver ni en pintura? —le rebato.

Abigail deja caer las manos. Por primera vez en años, me lanza una mirada sincera.

—Ni siquiera a mi peor enemiga. No soy así.

La sala se sume en el silencio. Yo no aparto la mirada de la rubia que me ha hecho la vida imposible durante tantísimo tiempo.

Joder..., la creo.

—Entonces, ¿quién ha sido? —bramo—. ¿Quién ha querido humillarme?

Sé que lo han hecho por mí. Puede que Rebecca y yo no hayamos tenido relación desde primero, pero no se me ocurre nadie que quiera humillarla de esa manera. Ha tenido que ser por mí.

—Yo tengo la contraseña guardada en el móvil —dice Abigail, y empieza a mostrarse cada vez más inquieta—. Si alguien lo ha subido desde ahí...

No sé si lo ha hecho a sabiendas o si ha sido de forma inconsciente, pero mira a Jules, que está intentando mimetizarse con una planta al fondo de la estancia.

En cuanto Jules se percata de que lo ha dicho por ella, atisbo en ella una expresión de terror que enseguida se transforma en otra de traición.

—¿Me has mirado el teléfono? —le pregunta Abigail a su mejor amiga con tono horrorizado.

Al principio parece que lo va a negar, pero entonces decide dejar de fingir. Resopla y pone los ojos en blanco.

—Ha sido una broma, ¿vale? Las dos estaban vestidas. ¿Qué más da?

Abigail se queda con la boca abierta.

—¿Por qué has hecho algo así? —inquiere.

Jules se encoge de hombros y trata de restarle importancia con su lenguaje corporal.

—Fue la otra noche, ¿te acuerdas? Kev dijo algo en plan «¿Cuántas visualizaciones creéis que tendrían las tetas de Taylor en PornHub?». Después, fui a la casa Sigma a ver a Duke y Kevin estaba allí. Estuvimos hablando y le dije que podía conseguir un vídeo en el que se le vieran las tetas. Así que una vez dejaste el móvil por ahí, probé con varias contraseñas hasta que lo desbloqueé. —Sacude la cabeza en actitud desafiante—. No ha sido para tanto, solo una broma estúpida. ¿Por qué os habéis puesto todas así?

—Joder, Jules, ¿cuándo vas a madurar?

—Vete a la mierda, Sasha. ¡Fue Taylor la que empezó besando al ex de Abigail! Ella es la hermana podrida. Habría dejado ya la sororidad de no ser porque tú siempre estás librando sus batallas.

—Menuda zorra eres, Jules.

Abro mucho los ojos porque eso último lo ha dicho Rebecca.

—Cierra el pico, Rebecca, que aquí nadie es una santa.

—¡Callaos todo el mundo! —grita Charlotte. Cierra los ojos y se frota las sienes como si estuviese al borde de volverse loca.

—Hago un llamamiento para una votación de emergencia.

Frunzo el ceño ante las palabras de Abigail. La veo dándole un codazo a Olivia, que está a su lado y secunda la moción aunque no parece entender por qué.

Charlotte asiente despacio.

—Vale, explica el voto.

—Todas a favor de anular la afiliación de Jules a la sororidad Kappa Ji y echarla de la casa que levanten la mano.

Espera, espera.

¿Qué?

Pensaba que Abigail protegería a Jules y que Charlotte haría lo mismo con Abigail. Llevo siendo el objeto de bromas de la sororidad tanto tiempo que me había olvidado de los sueños que tenía de forjar verdaderos lazos de hermandad, de tener amigas íntimas que me apoyasen y cuidasen de mí.

Sin embargo, la declaración de Abigail trae la redención a la casa Kappa, porque todas nos unimos para votar. La mano de Rebecca es la primera que se alza, seguida de cerca por Lisa, Sasha, Olivia y Beth. Varias personas levantan las manos y se van animando al ver que son la mayoría. Al final, yo también la levanto.

—Estamos todas de acuerdo, así que perfecto —anuncia Charlotte a la vez que asiente—. Julianne Munn, por decisión unánime, la división de Briar de la hermandad Kappa Ji siente que has faltado al compromiso para con nuestras hermanas y, por lo tanto, quedas expulsada y desterrada de la casa. —Hace una pausa y se queda mirando a Jules, la cual no responde—. Pues eso, lárgate de una vez.

—Esto es una puta broma, ¿no? No es justo —rebate Jules, y mira a Abigail para que le eche un cable. Pasa los ojos por todas, perpleja y abatida al ver que nadie da la cara por ella—. ¿En serio? Vale. Que os den. Que os vaya bonito.

Jules sube deprisa las escaleras para ir a su cuarto y las demás se quedan alucinadas con lo que ha pasado. Yo estoy igual.

—Taylor —me llama una voz avergonzada. Es Nancy, que me mira con tristeza—. Siento mucho haber visto esa mierda de vídeo. Estábamos pensando cómo contarlo cuando Rebecca nos ha pillado.

—Shep me ha mandado el enlace cinco segundos antes de que llegases a casa —añade Robin, mirando a Rebecca—. Te prometo que no nos estábamos riendo.

Rebecca y yo asentimos como respuesta. No me lo termino de creer, pero al menos se han disculpado.

Después de que Charlotte nos deje irnos, Abigail trata de llamar mi atención y cruza la sala en dirección a mí.

—Espera, Taylor. Quiero hablar contigo —me suplica.

Lo que tiene que decir me interesa menos que nada. Si ahora se le ha encendido la bombillita de la consciencia y hacer lo correcto, yo me alegro, pero no pienso felicitarla. No somos amigas.

Subo las escaleras deprisa con Sasha. Rebecca se mete en su cuarto. Ojalá supiera cómo consolarla. En cuanto nos quedamos a solas, me miro en el espejo y recuerdo que es mi cumpleaños y que Conor viene de camino.

Llegará en cualquier momento y yo estoy hecha un desastre por dentro y por fuera.

—No puedo —murmuro al tiempo que entro al baño de Sasha a trompicones para quitarme el maquillaje.

—Vámonos de aquí —dice desde el umbral—. Dile a Conor que quedamos en tu casa y que llevaremos alcohol. Nos quedamos allí y nos ponemos pedo.

—No, me refiero a que no puedo verlo.

Tan solo de pensar que tengo que verlo después de esto me dan náuseas. Como si a la mínima fuera a volver a vomitar.

—¿Quieres que le llame y le diga que estás enferma? —La miro por el espejo. Su expresión cambia—. ¿Se lo vas a contar?

¿Contarle qué? ¿Que estoy en las tendencias de una de las páginas para adultos más populares del mundo?

¿Que, cuando les hable a su madre y a su padrastro de mí y me busquen en internet, me verán las tetas?

¿Que cuando mi madre reciba comentarios como docente le copiarán el enlace al vídeo de su hija?

Me sube la bilis por la garganta y el miedo me atenaza por dentro.

Hostia. Esto va a pasarme factura toda la vida. ¿Qué pasará cuando los directores de los colegios de primaria y los padres miren a la señorita Marsh y su famosa delantera y me prohíban trabajar en los colegios de todo el condado porque el cuerpo de una mujer es más peligroso que una granada?

—Taylor...

Aparto la mano de Sasha y meto la cabeza en el retrete, donde me quedo sufriendo arcadas.

No quería que me pasase esto. Que dañasen mi imagen. Ser objeto de burlas. El mero hecho de pensar que Conor también va a verse implicado en esto hace que me entren ganas de volver a llorar.

Sus compañeros verán el vídeo. Se masturbarán y sonreirán cuando me vean. Colgarán pantallazos en los vestuarios. No se merece tener una novia que dé semejante vergüenza ajena. ¿Qué pasará a partir de ahora? ¿Tendrá que defenderme toda la vida? ¿Mostrarse paciente y comprensivo hasta la saciedad durante todos los ataques que reciba en el futuro?

No puedo vivir así, sintiéndome continuamente como si todo el mundo me hubiese visto desnuda y sabiendo que avergüenzo a mi novio, aunque él finja que no. No puedo. No puedo seguir con él.

No puedo.

—Llévame a casa —le digo a Sasha, y me tiemblan las piernas cuando me pongo de pie—. Le escribiré de camino.

Ella asiente.

—Lo que prefieras.

En cuanto termino de recoger mis cosas, bajamos. Parece que el universo me odia, porque no me sorprende ver que Conor ha llegado temprano.

Está acercándose por la oscura entrada para coches justo cuando abrimos la puerta. Va vestido con un traje negro y lleva un ramo de flores enorme. No me canso de verlo así de guapo. Es el sexo hecho persona. Una fantasía de carne y hueso.

Y voy a alejarme de él.

Sonríe cuando me ve, pero se fija en cómo estoy y me mira avergonzado.

—Joder, todavía no has terminado de prepararte. Lo siento, tendría que haber hecho tiempo. —Está supermono así de entusiasmado. Y aquí estoy yo, a punto de joderlo a base de bien.

—Lo siento —le digo—. Voy a tener que cancelar la cita.

Murmuro las palabras y pareciera que las haya dicho otra persona. Con voz distante, extraña. Siento cómo me cierro en banda bajo las luces de la casa. Mi mente se está separando del cuerpo, distanciándose de todo.

—¿Por? ¿Qué pasa?

Deja el ramo enorme en el suelo e intenta acercarse a mí, pero yo lo esquivo. Si dejo que me toque, perderé la fuerza de voluntad. No soy lo suficientemente fuerte como para soportar que me toque Conor Edwards.

—Taylor, ¿qué ocurre? —El dolor en sus ojos aparece enseguida, y es devastador.

No soy capaz de decírselo. Recuerdo lo frustrada que estaba el mes pasado porque él no me contaba nada, y aquí estoy yo, haciendo lo mismo. Pero él logró solucionar lo suyo simplemente contándoselo a su familia, por lo que evitó que Kai tuviera poder alguno sobre él.

Lo mío no es tan fácil. Decir la verdad no va a servir de nada, porque internet es infinito.

¿Cómo narices le pido que siga conmigo cuando voy a ser víctima de esa mierda toda la vida? Ya ha sido demasiado paciente y alentador de por sí; esto es demasiado que soportar para una persona. Es demasiado hasta para mí.

Atisbo el miedo en su cara y sé lo que voy a ver después. El dolor, la traición. No quiero hacerle esto. Se merece a alguien mejor; seguramente siempre haya sido así. Desde el principio hemos sido un auténtico desastre, así que tal vez también debamos serlo al final. No lo entenderá, pero lo superará. Siempre lo hacen.

—Lo siento, Conor. Quiero que rompamos.

CAPÍTULO 39

CONOR

No tiene gracia. Tiene que estar quedándose conmigo, ¿verdad? Es alguna especie de broma pesada o algo así. *En lugar de los regalos, te voy a acojonar vivo.*

—Taylor, para.

—Lo digo en serio —dice mirándose los pies.

He venido a la casa Kappa y la he visto actuar de manera sospechosa, como si planeara huir. Con un bolso colgándole del hombro. Parece estar agotada, hecha polvo y, si no la conociera mejor, diría que con resaca. Aun así, siento una frialdad extraña en ella. Tiene la cara seria e impasible, como si mi Taylor ya ni siquiera estuviera ahí.

—Mira, lo siento mucho, pero vas a tener que aceptarlo. Se acabó. —Se encoge de hombros—. Tengo que irme.

Y una mierda.

—Vamos a hablarlo —le ordeno.

Sasha está con ella y ambas empiezan a caminar en dirección al coche rojo aparcado en el lateral de la casa. Dejo las flores allí olvidadas y las sigo, porque no voy a dejar que haga esto justo hoy.

—¿De verdad estás rompiendo conmigo? ¿En tu cumpleaños? ¿Qué cojones te pasa, Taylor?

—Sé que es rastrero —dice, caminando a toda pastilla y negándose a mirarme—, pero es lo que hay. Yo... lo siento.

—No te creo. —Me planto delante de ella porque necesito que me mire a los ojos y me diga la verdad. Reparo en que Sasha está alejándose de nosotros, pero Taylor la mira con el miedo reflejado en el rostro y Sasha se detiene. Se queda a unos cuantos pasos de distancia, pero no se marcha.

—No importa si me crees o no —murmura Taylor.

—Te quiero. —Y ayer habría dicho que ella también me quería a mí—. Ha pasado algo. Dime qué. Si alguien te ha dicho algo que te haya hecho pensar que…

—Hemos tenido un rollo, Conor. Ya se ha acabado. Lo superarás. —Baja la mirada al suelo—. A ambos se nos ha ido de las manos.

—¿Qué quieres decir? —Esta mujer me saca de mis casillas. Tengo la sensación de estar perdiendo la cabeza. Todo está del revés y patas arriba. No tiene sentido que ayer estuviera en mi cama y hoy prácticamente no quiera ni mirarme—. Yo iba en serio. Sigo yendo en serio. Y sé que tú también. ¿Por qué me mientes?

—No te estoy mintiendo. —Su indignación no me convence lo más mínimo. Cuanto más intenta venderme esta estupidez de situación, menos soy capaz de recordar por qué sigo aquí, como un imbécil, cuando lo único que está haciendo es pisotearme el corazón—. Lo llames como lo llames…

—Una relación —rezongo—. Estábamos en una maldita relación.

—Bueno, pues ya no. —Suspira, y a estas alturas me creería que le importo una mierda si no fuera por el hecho de que la conozco mejor de lo que ella se atreve a admitir—. De todas formas, el semestre está a punto de terminar. Tú volverás a California y yo a mi casa en Cambridge, así que… Las relaciones a distancias nunca funcionan.

—Quería que vinieras a California conmigo. Ya lo había hablado con Max y con mi madre. —Sacudo la cabeza con frustración—. Estaban locos por conocerte, T. Mi madre estaba redecorando uno de los cuartos de invitados para ti.

—Ya, bueno… —Juguetea con los dedos y desvía la mirada del suelo a la carretera. A cualquier lado menos a mí—. No sé de dónde has sacado la idea de que me gustaría pasar el verano con tus padres. Nunca te he dicho que sí.

Taylor no es cruel. Ella no trata así a la gente. Ni siquiera a mí. Ni siquiera cuando le rompí el corazón porque tenía demasiado miedo de hablar con ella. No es tan despiadada.

Y aun así…

—¿Por qué lo haces? —Esta cara, esta fachada que está erigiendo, no se parece en nada a la persona que he conocido estos meses—. Si es por lo de Kai, lo siento. Pensaba que ya...

—A lo mejor deberíais consultarlo con la almohada esta noche y hablar otra vez mañana —nos interrumpe Sasha con la atención fija en Taylor. No la conozco bien, pero hasta ella desprende un aire sospechoso.

Taylor hacer el amago de rodearme, así que vuelvo a bloquearle el paso. Me atraviesa con la mirada no con ira, sino con algo parecido a la derrota.

—Solo dime la verdad, Taylor. —Esto es agotador. No sé qué más hacer para penetrar sus defensas, para demoler ese muro que ha levantado entre nosotros. Ni siquiera esa primera noche en la que nos conocimos me había sentido tan distante de ella. Como si ya no me viera. Como si fuera invisible. Irrelevante—. Es lo mínimo que me merezco. Cuéntame la verdad.

—No te quiero como novio, ¿vale? ¿Contento?

Esta vez la pistola sí que estaba cargada. La bala me atraviesa el pecho.

—Sí, Conor, eres un buen tío y estás muy bueno, pero ¿qué más puedes ofrecerme? No tienes ni idea de lo que quieres hacer con tu vida. No tienes ambición. Ni planes de futuro. Y eso a ti te vale. Puedes vivir en la casa de tus padres y pasarte los días en la playa durante el resto de tu vida. Pero yo quiero algo más. Nos lo hemos pasado bien, pero el año que viene estaremos en el último curso y yo ya estoy preparada para madurar. Tú no.

Y, con eso, agarra la mano de Sasha y pasa por mi lado.

Y esta vez la dejo marchar.

Porque por fin ha dado en el clavo, en lo que siempre he sabido y esperaba que ella pasara por alto: que nuestros caminos son muy diferentes. Taylor es inteligente y está motivada. Conseguirá todo lo que se proponga. Y yo... no sé ni dónde tengo la cara. No hago más que vagar por la vida sin propósito ni objetivos propios.

El coche de Sasha se pone en marcha y desaparece por la esquina.

Una punzada de dolor me atraviesa por dentro. Un recuerdo de dolor que ya había enterrado en lo más hondo vuelve a salir a la superficie. El recuerdo de un niño que está en una habitación a oscuras, llorando, solo y desconsolado. Fue la primera vez que caí en que no tenía padre, cuando ya era lo bastante mayor para entender que era algo que los demás niños sí tenían, pero yo no. No porque muriera, sino porque mi madre y yo no éramos suficiente para él. Yo no era suficiente para él. Me abandonó como si no fuera más que basura. Algo de usar y tirar.

Iba a ocurrir tarde o temprano. En el momento en que Taylor abriera los ojos y se diera cuenta de que está muy por encima de mí. Cuando se percatara de que me había perdonado demasiado rápido después de haberle dado la espalda por culpa de Kai. He tardado demasiado en desentrañar mis sentimientos. He esperado demasiado para dejarle claras mis intenciones y para definir nuestra relación. He sido un egoísta al pensar que me necesitaba, que me quería lo suficiente como para ser paciente. He dado por sentado tenerla ahí porque nadie me había hecho sentir igual de cómodo y aceptado que ella.

Y ahora acabo de perder lo mejor que me ha pasado en la vida.

CAPÍTULO 40
TAYLOR

Ahora me ha dado por ver solamente programas con acentos británicos. Es como irse de vacaciones sin tener que vestirse. Hice novillos el viernes, porque, total, era repaso; apagué el móvil y me dediqué única y exclusivamente a la larga lista de series pendientes que llevan acumulándose durante meses. En cuanto dejó de entretenerme, me creé perfiles para aprovechar el período de prueba gratuito en una docena de plataformas de *streaming*.

Hasta la fecha, la moraleja es que los asesinos en serie se descontrolan en los pueblos pintorescos. Ah, y que los programas de citas son mejores con acento británico. Aunque sí que me he dado cuenta de que hay una falta enorme de borracheras en esos programas; a ver, ¿cómo pretenden estar tirándose sillas y rompiendo cosas si se pasan sobrios todo el tiempo? Eso sí, les encantan los aumentos de labios y las extensiones.

—Me gusta ese que dice que está en forma tantas veces —le cuento a Sasha por el altavoz del móvil mientras veo un programa que es básicamente como Tinder, pero donde todos viven juntos—. Y que llama «*milady*» a las tías. Es como si todavía vivieran en el pasado en Inglaterra.

—Ajá —responde Sasha en tono aburrido—. ¿Te has duchado hoy?

Está claro que no tiene buen gusto para los programas de televisión.

—Es sábado —respondo.

—¿Ahora no nos duchamos los sábados o qué? —Mira que es criticona.

—Hay que mirar por el agua.

Después de que Sasha me trajera a casa desde la residencia Kappa el jueves por la noche, me puse la ropa de estar por casa, me acomodé en el sofá y me quedé viendo *El sacerdote detective y el asesinato en la casa de campo inglesa* mientras me zampaba una bolsa entera de Cheerios antes de quedarme dormida en la misma postura. Esta mañana me he despertado, me he traído más cereales y he seguido viendo la tele. Mi vida va a ser así a partir de ahora. Con Instacart y las clases *online,* no me hace falta ni salir de casa.

—El semestre se está acabando —añado—. ¿No es así como se supone que viven los estudiantes? ¿Tumbados viendo la tele y poniéndonos hasta arriba de comida ultraprocesada?

—Pues, desde que los *millennials* han empezado a crear *start-ups,* no.

—Yo es que soy muy madura.

—Estás escondiéndote —rebate en tono cortante.

—¿Y?

¿Y qué pasa? ¿No puedo o qué? Me llevaron a rastras al centro de estudiantes, me desnudaron y todo el campus me miró con lujuria. O así me siento. Así que ajo y agua, porque lo que me apetece es encerrarme y adentrarme en las vidas de otras personas durante un rato.

—Te sentiste abusada —empieza a decir, y suaviza el tono.

—Ya.

Gracias por recordármelo.

—¿No quieres tomar medidas? Podemos hacer que borren el vídeo. Iremos a la policía. Te ayudaré. No deberías aceptar lo que ha pasado y sufrir así sin más.

—Y ¿qué quieres que haga, que arresten a Jules?

—Sí —contesta a través del altavoz—. Y al cabrón del novio de Abigail. O ex, supongo, por los gritos que escuché anoche en su cuarto. Esos dos han cometido un delito, Taylor. En algunos sitios los considerarían agresores sexuales.

—No sé.

Ir a la policía supone testificar. Sentarse en una sala en la que un tío se me quedaría mirando las tetas mientras le cuento la humillante situación por la que estoy pasando.

O peor aún, una mujer casta y honrada me diría que no habría pasado si yo me hubiera negado.

A la mierda.

—Si yo estuviera en tu lugar, estaría rebanando cuellos.

—Pero no eres tú. —Agradezco la rabia de Sasha; es lo que me gusta de ella. Es todo lo contrario a mí; es vengativa y segura de sí misma—. Sé que tratas de ayudarme, y te lo agradezco, pero necesito tiempo para pensarlo. Todavía no estoy preparada.

La verdad es que ni siquiera he asimilado lo que está pasando, y mucho menos las repercusiones. Ayer por la mañana, cuando me sonó la alarma, me entró un miedo horrible. Me puse mala solo de imaginarme andando por el campus mientras los demás me observaban y hablaban de mí en voz baja. Que girasen las cabezas hacia mí cuando entrase en un sitio. Que los compañeros tuvieran el móvil en el regazo y el vídeo puesto. Las risitas y las miradas. No fui capaz.

Así que me quedé en casa. Incluso cuando hice un parón de ver la tele, escribí a Rebecca. No sé por qué; supongo que para sentirnos mal juntas. No me ha respondido, y seguramente sea mejor así. Tal vez si ignoramos la situación y la una a la otra, todo esto desaparezca.

—¿Has sabido algo de Conor? —pregunta con aprensión; todavía le preocupa que le cuelgue por atreverse a preguntarme.

Casi lo hago. Porque de tan solo oír su nombre siento como si me clavaran un cuchillo en el corazón.

—Me ha escrito varias veces, pero lo estoy ignorando.

—Taylor.

—¿Qué? Hemos roto —murmuro—. Tú misma fuiste testigo de ello.

—Sí, y me quedó bien claro que no estabas bien de la cabeza —contesta, exasperada—. Has hecho todo lo posible por alejarte de él. Lo entiendo, ¿vale? Cuando llegamos a ese nivel de problemas, nuestras peores inseguridades toman las riendas. Te preocupa que te juzgue o que sienta vergüenza de la situación...

—Ahora mismo no me interesa la clase de psicología —la interrumpo—. Deja el tema, por favor.

Nos quedamos en silencio durante un momento.

—Vale, me callo. —Pasa otro momento y añade en tono serio—: Ya sabes que aquí me tienes para lo que necesites, que soy capaz de dejar todo de lado.

—Lo sé. Eres muy buena amiga.

—Pues sí que lo soy —responde con una sonrisa en su voz.

Tras colgar con ella, vuelvo a sumergirme en los programas y en el malcomer. Unos capítulos mas tarde llaman a la puerta. Me quedo extrañada porque no sé si he pedido alguna cosa, pero vuelven a llamar y escucho a Abigail pidiéndome que le abra.

Mierda.

—Antes de que me digas que me vaya a paseo, he venido en son de paz. Y a disculparme —se explica una vez abro la puerta a regañadientes.

—Vale —respondo para que se vaya lo antes posible—. Ya lo has hecho. Adiós.

Intento cerrar la puerta, pero se adelanta y entra en casa antes de que le pueda estampar la puerta en las narices.

—Abigail —resoplo—. Quiero estar sola.

—Ya. —Arruga la cara al ver el guiñapo de ropa que llevo puesto—. Eso veo.

—¿A qué demonios has venido?

Ella se dirige a uno de los taburetes de la pequeña barra de la cocina y se sienta.

—Me he enterado de que has roto con Conor.

—¿En serio quieres hablar de eso?

No me lo puedo creer.

—No va a malas —se apresura a responder, y hace una pausa antes de volver a hablar—. Me refiero a que creo que has cometido un error.

Deja a un lado lo de fingir. Y también ese aire de zorra que siempre rezuma. Por primera vez en mucho tiempo, me mira sin crueldad o sarcasmo. Es… extraño.

Sigo sin confiar en ella. Me apoyo contra la encimera de enfrente.

—¿Por qué te preocupas tanto? —Aunque me importa más bien poco lo que ella crea.

—Mira, yo también me comporto así. —Su voz tiene un deje de simpatía—. Estás descompuesta, avergonzada y quieres apartar a todo el mundo. Sobre todo a la gente a tu lado. Así no son testigos de lo mucho que sufres y de lo que sientes. Lo entiendo, te lo prometo.

Primero Sasha y ahora Abigail. ¿Por qué no me dejan todos en paz de una buena vez?

—¿Qué sabrás tú? —murmuro—. Cambias de novio más que de bragas.

—Yo también tengo problemas —insiste—. Que no sean visibles no quiere decir que no los tenga. Todos tenemos cicatrices por dentro.

—Ya, bueno, pues siento que tengas traumas importantes, pero tú eres uno de los míos, así que...

Si pretende que la perdone porque se siente culpable por haber tenido que ver en lo que ha pasado, que se quede esperando. Por mucha afinidad que sienta, no es recíproco.

—A eso mismo me refiero —admite, arrepentida—. Me sentía tan insegura porque besaste al tío con el que estaba saliendo por ese estúpido atrevimiento que la única manera que se me ocurrió de lidiar con la situación fue pagarlo contigo. Después de besarlo, él no hacía otra cosa que repetirme: «Menudo par de tetas», «¿Has pensado en ponerte implantes?» y cosas así. ¿Sabes lo humillante que es?

Frunzo el ceño. No tenía ni idea. A ver, sabía que estaba cabreada, pero si un tío con quien estuviese saliendo no dejara de compararnos, yo también habría perdido los papeles.

—En el instituto me llamaban «la tortitas» —confiesa al tiempo que se pone a hacer dibujitos con el dedo en la encimera—. No tenía pecho ni para ponerme un sujetador deportivo. Sé que te parecerá una tontería, pero lo único que he querido durante toda mi vida era verme bien vestida, ¿sabes? Verme atractiva. Que los chicos me mirasen como miraban a otras tías.

—Pero si eres un pibón —respondo, exasperada—. Tienes un cuerpo perfecto y una cara preciosa. La última vez que me puse yo un bikini todavía dormía con la lucecita infantil. —Y me señalo el pecho—. Esto es un agobio. Pesan mucho. Me cuesta encontrar cosas que me queden bien. Tengo problemas de espalda como si fuera una abuela de setenta años. Todos los tíos que conozco se me quedan mirando las tetas para no fijarse en lo demás.

Menos Conor. Al pensarlo siento otra punzada de soledad.

—Y, aun así, siempre he sentido que no soy suficiente. Nunca me he sentido segura con respecto a quién soy —rebate Abigail—. Lo compenso...

—Siendo una arpía.

Sonríe y pone los ojos en blanco.

—En gran parte sí. A lo que me refiero es que yo también he apartado de mi lado a la gente cuando me he sentido mal. Es lo mismo que estás haciendo tú con Conor, y es una mierda. Ni sé ni me importa cuándo dejasteis de fingir, y ni se te ocurra negarlo. Lo supe al instante. En algún momento las cosas cambiaron y empezasteis a salir de verdad. También me di cuenta de eso. Es obvio que te quiere y, teniendo en cuenta estas dos últimas semanas, tú también a él. Entonces, ¿qué sentido tiene que te alejes porque otra persona te hiciera una putada?

—No lo pillas. —No puede entenderlo. No sé qué decirle que no suene a excusa. De tan solo pensar en ver a Conor después de todo esto hace que se me cierre la garganta y me tiemblen las piernas—. Gracias por venir, pero...

—Vale. —Se vuelve porque nota que estoy a punto de pedirle que se largue para volver a abstraerme en las vidas de gente con acento de Manchester—. No hablemos de Conor. O de las flores que te dejó y que ocupan toda la mesita del salón. ¿Has ido a denunciar ya?

¿Me estás vacilando?

—¿Jules te ha mandado venir a verme o qué? —inquiero.

—No —lo niega deprisa—. Te juro que no. Si vas a ir a denunciar el vídeo, te acompañaré. Les explicaré que Jules accedió a todo a través de mi móvil. Seré tu testigo, ya sabes.

Me estoy cansando del temita.

—Estoy hasta las narices de que la gente me presione. Todos sabéis qué hacer y me estáis abrumando. Necesito una maldita tregua.

—Sé que da miedo, pero tendrías que contárselo a la policía —insiste Abigail—. Si no lo haces ahora, será peor. ¿Y si un día solicitas un puesto de trabajo o, quién sabe, te postulas como presidenta y aparece este vídeo? Te perseguirá el resto de tu vida. —Enarca las cejas—. A menos que hagas algo.

—No eres precisamente la más indicada para darme consejos —le recuerdo.

Qué fácil le resulta a la gente decirme qué hay que hacer y que me aguante. Si fuese al revés, tal vez yo les diría lo mismo. Pero las cosas se ven muy distintas desde este lado. Lo que menos me apetece es pensar en las repercusiones de los procesos judiciales, las declaraciones, los titulares y los periodistas. Prefiero taparme con una manta y no volver a salir jamás de casa. La segunda opción es mucho más cómoda.

—Tienes razón. Me he portado fatal contigo. No he sabido lidiar con mis emociones. —Abigail se mira las manos y juguetea con las uñas—. Éramos mejores amigas durante la semana de iniciación.

—Me acuerdo —respondo con amargura.

—Tenía tantas ganas de que nos convirtiésemos en hermanas. Pero todo se fue a la mierda. Fue culpa mía. Debería haber hecho algo por aquel entonces, hablarlo contigo o yo qué sé, pero las cosas empeoraron. Te perdí como amiga. Pero estoy intentando hacer las paces contigo. Deja que te ayude.

—¿Por qué debería hacerlo? —Me parece perfecto que Abigail se haya dado cuenta de todo, pero eso no significa que ahora vayamos a ser las mejores amigas.

—Porque en situaciones como estas las mujeres debemos permanecer unidas —contesta con sinceridad—. Esto va más allá de nosotras dos. Jules no tenía razón. Nadie se merece lo que hizo. Quiero que reciba su merecido no solo por ti, sino también por las demás. Aunque me retires la palabra, que sepas que pienso apoyarte. Y todas las Kappa lo mismo.

Debo admitir que suena sincera. Y eso significa que le queda algo de humanidad. Ha tenido los ovarios de venir. Y puntos extra por asumir las culpas. Con eso demuestra que es una persona íntegra.

Tal vez no sea demasiado tarde para cambiar para mejor. Tanto ella como yo.

—No te prometo que vaya a ir a la policía, pero sí que me lo pensaré —le digo.

—Me parece justo. —Esboza una sonrisa cargada de esperanza—. ¿Me permites que te sugiera una cosa más?

Pongo los ojos en blanco y le dedico una sonrisa mordaz.

—Si no hay más remedio...

—Deja que, por lo menos, mi madre mande comunicados a las páginas donde está alojado el vídeo para que lo retiren. Es abogada —explica Abigail—. A menudo a la gente le entra el cague cuando ven el membrete. No tendrás que hablar con nadie ni hacer nada de nada.

Pues es buena idea. No tenía ganas de pensar en qué hacer. Si su madre puede aprovechar su trabajo para hacer que desaparezca, sería la leche.

—Te lo agradezco —murmuro, y me tiembla la voz—, y también te agradezco que hayas venido.

—Entonces... —Da vueltas en el taburete como una niña pequeña—. ¿Ya no somos enemigas acérrimas?

—Dejémoslo en hermanastras.

—Con eso me vale.

CAPÍTULO 41

CONOR

Suena una bocina. Sobresaltado, me levanto de golpe, pero solo consigo hacerlo unos cuantos centímetros antes de golpearme la cabeza contra a saber qué. No siento las piernas. Tengo algo clavado en el costado. Tengo un brazo atrapado bajo el cuerpo y el otro entumecido, atrapado bajo...

Otro pitido. Chirriante. Ensordecedor. Una larga sucesión de adjetivos referidos a un ruido atronador.

Joder.

—Despierta, capullo.

Los agudos bocinazos se detienen. Se me cae la cabeza hacia una luz cegadora y atisbo el despejado cielo azul y la cara de Hunter Davenport. Entonces caigo en la cuenta de que estoy embutido en el suelo de los asientos traseros de su Land Rover, y que la cabeza me cuelga fuera del coche.

—¿Qué cojones? —gruño, luchando por recuperar el control de las extremidades o incluso de la cabeza. Soy incapaz de deshacerme del enmarañado lío de brazos y piernas.

—Llevamos buscándote desde anoche, gilipollas.

Hunter me agarra de los brazos y tira de mí hasta sacarme del monovolumen. Luego me deja tirado en la acera. Con esfuerzo y un hormigueo incómodo en las terminaciones nerviosas entumecidas, logro ponerme de pie y me sujeto al coche para no caerme. Tengo el cerebro derretido, y la mirada desenfocada. La cabeza me va a estallar. Por un segundo, pienso que lo tengo bajo control, pero entonces salgo corriendo, desequilibrado y torpe, hacia el césped para potar lo que sabe a *whisky* Fireball, a Red Bull y a Jäger.

Me odio mucho.

—¿Te sientes mejor? —me pregunta Hunter jovialmente, tendiéndome un botellín de agua.

—No. —Doy unos cuantos sorbos, me enjuago la boca y luego escupo en los arbustos. Estos arbustos me suenan. Estoy cerca de mi casa. Sin embargo, no recuerdo irme de la fiesta al otro lado de la ciudad. Y tampoco haberme subido al coche de Hunter. ¿Dónde está mi Jeep?—. Espera. ¿Has dicho que me estabais buscando?

—Tío, anoche desapareciste.

Rebusco en los bolsillos y encuentro las llaves, el móvil y la cartera. Al menos no me han robado nada.

Volvemos al Land Rover de Hunter y me apoyo contra el maletero mientras hago memoria. Hubo una fiesta en casa de una amiga de Demi. Los chicos estaban allí. Jugamos al *beer pong*, como siempre. Recuerdo haberme tomado unos cuantos chupitos con Foster y Bucky. Una chica. Mierda.

—¿Dónde te metiste? —pregunta Hunter, al parecer coscándose de que acabo de recordar algo.

—Me lie con una tía —digo casi como una pregunta.

—Sí, lo vimos. Estuvisteis dándoos el lote en la cocina. Y luego desapareciste.

Mierda.

—Me llevó a uno de los dormitorios. Estábamos dale que te pego, ya sabéis. Besándonos y tal. Luego trató de quitarme los pantalones para chupármela y salí escopetado de allí. No pude hacerlo.

—¿No se te levantó?

—Era como tener algo muerto ahí abajo. —Sigo rebuscando en mi cerebro—. Creo que la dejé allí sola.

—Demi la vio bajar, pero después de eso no pudimos dar contigo —me cuenta Hunter—. Nadie te encontraba. Todos empezamos a llamarte. Y salimos a buscarte.

Todo está borroso. Y con lagunas. Como una película a la que le faltan cachos.

—Salí de la casa, creo, por atrás. Había demasiada gente en el jardín y no fui capaz de encontrar la puerta de la verja, así que me da que la salté.

Me miro las manos. Están arañadas y, además, tengo una rasgadura nueva en los vaqueros. Parece que haya bajado rodando la ladera de una montaña.

—Creo que iba a volver caminando a casa, pero no sabía en qué dirección ir ni dónde estaba la casa. Recuerdo no tener ni idea de dónde estaba y que mi móvil se había quedado sin batería, así que dije: «A la mierda, esperaré a que alguno me lleve a casa». No sé por qué, pero supongo que después me metí en tu coche.

—Joder, tío. —Hunter sacude la cabeza, riéndose de mí. Y con razón—. Anoche dejé el coche en la fiesta después de suspender la búsqueda. Demi y yo volvimos andando a casa porque ambos habíamos bebido. Foster ha llamado esta mañana y nos ha dicho que no volviste a casa, así que he vuelto a por el coche para poder empezar a buscarte en las cunetas. Te he encontrado en los asientos de atrás y te he traído a casa.

—Lo siento, tío. —No es la primera vez que me despierto en un lugar extraño tras haber salido de fiesta, pero sí que lo es desde que vine a Briar—. Supongo que se me fue un poco de las manos.

—Llevas así toda la semana. —Hunter se gira hacia mí con los brazos cruzados. Se ha colocado la máscara de capitán. La que grita «no soy tu padre, pero...»—. A lo mejor ya va tocando que te relajes un poco con las fiestas. Sé que antes yo era partidario de ahogar las penas en el alcohol, pero creo que ya es hora de parar. Desaparecer durante doce horas es el límite.

Tiene razón. He estado saliendo todas las noches desde que Taylor me dejó. Bebiendo como si me fuese la vida en ello, tratando de olvidarla con otra. Solo que no ha funcionado. Ni para mi corazón, ni para mi polla.

La echo de menos. Solo la echo de menos a ella.

—Deberías volver a intentar hablar con ella —me aconseja Hunter con voz ronca—. Ya han pasado unos días. A lo mejor ya está lista para volver en sí.

—Le he mandado mensajes. Y no me responde. —Probablemente hasta me haya bloqueado a estas alturas.

—Mira, no tengo ni idea de qué le habrá podido pasar. Pero, cuando esté lista, sé que podréis arreglar las cosas. No conozco a Taylor muy bien, pero cualquiera con ojos en la cara veía que los dos erais felices juntos. Tiene que estar pasando por algo.

Igual que tú antes. —Se encoge de hombros—. A lo mejor ahora es ella la que tiene que aclararse las ideas.

Ya lo ha hecho. Por fin se ha dado cuenta de que es demasiado buena para mí. Puede que yo haya tomado las riendas de mi vida, pero aún no he conseguido nada, y supongo que Taylor lo sabía y no ha querido esperar. Y no la culpo. ¿Qué cojones he hecho yo por ella aparte de darle orgasmos y dejarla plantada en un baile?

Me trago la amargura que se me está acumulando en la garganta. Eh, al menos ya no es vómito.

—En fin, lo que te haga falta, tío. Ya sabes que aquí estoy. —Hunter me da una palmadita en la espalda y luego me da un empujón—. Y ahora apártate de mi coche. Tengo que limpiar el meado de los asientos de atrás.

—Eh, no te pases. Que no he meado ahí dentro. —Me callo un momento—. Aunque puede que sí que haya vomitado un poco.

—Capullo.

—Gracias por traerme —digo, riéndome y apartándome del coche—. Te veo luego.

Entro en casa, donde soy víctima de un interrogatorio por parte de mis compañeros de piso por lo de anoche. Me lo van a recordar durante mucho tiempo. Me invitan a desayunar en la cafetería, pero estoy agotado y aún tengo que guardar una pila de cosas antes de regresar a California dentro de unos días. Así que me ducho y ellos, mientras, me traen unos gofres con beicon.

Al cabo de una hora haciendo la colada y llenando cajas, suena el timbre. Los chicos están inmersos en un videojuego, así que me acerco a la puerta y la abro.

Al otro lado me encuentro a media docena de chicas Kappa, las hermanas de Taylor, lideradas por la infame Abigail.

Antes de poder pronunciar palabra, ella se me adelanta y dice:

—Tregua. Estamos en el mismo bando.

Parpadeo.

—¿Qué?

No me hace falta invitarla a pasar, puesto que ya lo hace ella solita. Y las otras seis chicas la siguen de cerca. Entran en casa y se colocan como una tropa de vecinas furiosas en mitad del salón.

Foster me dedica una mirada recelosa desde el sofá.

—Hunter nos ha dicho que nada de fiestas.

—Cállate, imbécil. —Me concentro en Abigail, que es claramente la cabecilla de esta invasión. Si tiene que ver con Taylor, quiero oír lo que me tenga que decir—. ¿Por qué estáis aquí?

—Escucha. —Da un paso hacia adelante con las manos en las caderas—. Taylor no te ha dejado porque ya no te quiera.

—¡Hostia! —exclama Foster, pero luego hace como que se cierra la cremallera de la boca cuando le lanzo una miradita cargada de advertencia.

—Te ha dejado porque hay circulando un vídeo de ella de la semana de iniciación en primero. Se suponía que nunca debía ver la luz, pero alguien lo ha subido a internet para avergonzarla. Ahora está humillada y asustada y no quiere que te enteres, por eso ha cortado contigo antes.

—¿Qué clase de vídeo? —exijo saber, confundido ante la vaguedad del asunto—. Y si no quería que me enterara, ¿por qué me lo cuentas?

—Porque, si arranco la tirita por ella, a lo mejor deja de tener tanto miedo y le da por luchar —responde Abigail.

Si lo que me está diciendo es cierto, supongo que entonces ya no es el enemigo. No sé qué habrá podido suscitar este cambio de actitud, pero esa es otra conversación completamente distinta, y una que no sé si me compete a mí tener. Aún no estoy por la labor de confiar en ella del todo, pero venir hasta aquí para gastarme una broma pesada sería demasiado hasta para ella.

—¿Luchar contra qué? —pregunta Matt desde el sillón reclinable.

Buena pregunta. Los otros se incorporan, ansiosos e interesados. Los mandos y el juego se han quedado olvidados.

Abigail mira en derredor con incomodidad.

—La última noche de la semana de iniciación, nos dejaron en camisetas de tirantes y ropa interior, y las de último año nos empaparon con la manguera antes de ordenar a Taylor y a otra chica que se enrollaran. Lo grabaron. La semana pasada alguien robó el vídeo y lo publicó en una página web. Es... explícito. En plan... que se ven cosas, ya sabes.

—Joder, no. —Foster me mira con los ojos abiertos como platos.

Hijos de puta. De repente me entran ganas de estampar el puño contra la pared, pero me contengo a tiempo recordando que, la última vez que lo hice, me di contra un montante y me partí la mano.

No le doy salida a la rabia, sino que esta se queda corriendo por mis venas. Del corazón a los dedos de las manos, y luego a los pies, y vuelta otra vez. Una rabia sofocante acompañada de las imágenes que se me están formando en la cabeza: tíos cualesquiera viéndola, excitándose con ella. Meneándosela con mi novia.

Me cago en mi vida. Lo único que quiero es ir a arrancar cabezas. Miro a Alec y a Gavin, que están ambos inclinados hacia adelante como si estuviesen preparados para salir pitando de allí. Con los puños apretados, igual que yo.

—¿Y cómo es que no me he enterado de lo del vídeo hasta ahora si dices que ya lleva días circulando? —inquiero.

—La verdad es que me sorprende que no lo supieras. —Mira a sus compañeras Kappa con un asentimiento de la cabeza—. Supongo que nuestros esfuerzos están dando sus frutos.

—¿Vuestros esfuerzos? —Frunzo el ceño.

—Para que lo quiten de internet y dejen de compartirlo en el campus. Hemos ordenado a todas las fraternidades que dejen de hablar del vídeo y que no lo compartan, pero no esperaba que esos imbéciles nos hicieran caso, sobre todo los tíos. Hemos estado haciendo lo imposible para intentar evitar que se haga viral.

—¿Quién? —rezongo rechinando los dientes—. ¿Quién lo ha subido?

—Una de nuestras hermanas Kappa. Exhermana, mejor dicho —añade Abigail enseguida—. Y mi exnovio.

Eso es lo que único que necesitaban los chicos: saber que hay otro tío a quien poderle arrancar los huevos.

Se ponen de pie de un salto.

—¿Dónde encontramos a ese cabrón? —gruñe Foster.

—Voy a partirle la cara a ese mamón.

—Se va a enterar.

—Más le vale tener el testamento hecho.

—No —ordena Abigail levantando las manos para blo-quearnos el paso—. Hemos venido hasta aquí porque tenéis que convencer a Taylor de que vaya a denunciar a la policía. Hemos intentado hablar con ella y con la otra hermana que sale en el vídeo, pero tienen miedo. Teníamos la esperanza de que, si haces entrar en razón a Taylor, ella convenza a la otra chica de que es lo que deben hacer.

—Eso me la suda. —murmuro—. Ella que haga lo que quiera. Lo que sí voy a hacer yo es partirle las piernas a ese imbécil.

—No puedes. Créeme. Kevin es un llorica asqueroso y no dudará en ir a la poli si le pones la mano encima. Terminarás en la cárcel y, ¿quién protegerá a Taylor entonces, eh? Relájate, hombretón, y escúchame bien.

—Taylor no quiere hablar conmigo —le digo a las chicas, que me miran como si fuera idiota—. Lo he intentado.

—Pues inténtalo más. —Abigail pone los ojos en blanco y luego suspira de forma exagerada—. De verdad…

—Déjate la piel —dice otra.

—Solo es cuestión de voluntad. —Eso lo dice otra de las chicas que estaba en el restaurante aquella vez. Olivia no sé qué.

Pero tienen razón. Por mucho que quiera hacer morder el polvo a ese cabrón, ahora sería muy mal momento para aca-bar entre rejas. Mientras ese vídeo de Taylor siga en la red, es un objetivo. A saber a qué clase de enfermo pervertido podría ocurrírsele la idea de ir a molestarla. Tengo que estar aquí para protegerla, aunque ella no sea consciente de ello.

Haría cualquier cosa por mantenerla a salvo.

—Lo intentaré —les prometo a las hermanas de sororidad de Taylor. Mi voz suena ronca, así que carraspeo—. Voy a su apartamento.

Si lo que me ha contado Abigail sobre por qué cortó Taylor conmigo es cierto, tengo que recuperarla. Hasta ahora no había querido presionarla demasiado. Sí, probablemente le reventé el teléfono a llamadas y mensajes la noche en que rompimos, pero no me presenté fuera de su casa con un megáfono, ni la esperé fuera de sus clases con una pancarta. No quería ser pesado y alejarla todavía más de mí.

Pero ahora me doy cuenta de que yo también me estaba escondiendo. Las cosas que me dijo esa noche me hicieron mucho daño. Me recordó todas mis inseguridades y, desde entonces, he estado tratando de curarme el orgullo. No la he perseguido ni le he suplicado que vuelva conmigo porque no creía que hubiese una razón para que lo hiciera. Porque no me la merezco.

Y, además, creo que tenía miedo de que me rechazara de forma definitiva y ya no hubiese vuelta atrás. Si evitaba el tema podía seguir creyendo que, con el tiempo, sería posible volver a estar juntos. Si no miraba en la caja, el gato estaría vivo y no muerto.

Pero esto lo cambia todo.

CAPÍTULO 42
TAYLOR

Tengo la sensación de que he engordado más de dos kilos en una semana, pero ya me da igual. Me he duchado por primera vez en un par de días. Me pongo una blusa campesina y unos vaqueros. Ayer, mi madre me invitó a otra cena familiar con Chad y Brenna Jensen, así que no me queda otra que apechugar. Y peinarme. Uf.

Esta vez han ido a lo seguro y cenaremos en el restaurante italiano en lugar de arriesgarnos a crear otra catástrofe culinaria. Intenté poner excusas para escaquearme, pero mi madre hizo oídos sordos.

Y encima tuve que esquivar el tema de Conor porque me dijo que lo invitara. Le conté que estaba ocupado y que, aparte, por mucho que dijera que no, seguro que al entrenador no le molaba que uno de sus jugadores estuviera en todas sus citas. Se lo tragó, aunque la sentí recelosa. Mamá me conoce demasiado; seguro que ha pensado que lo nuestro no ha funcionado o algo, pero agradecí que no me pidiera más detalles.

Aunque no me apetezca, supongo que me distraerá del tema; es como los anuncios cuando estás viendo algo hundida en tu propia miseria.

Justo cuando termino de hacerme una coleta, llaman a la puerta. Miro el reloj del móvil. Han llegado temprano. En fin, da igual. Tampoco es que me apeteciera pintarme.

—Dadme un segundo para ponerme los zapatos —digo al tiempo que abro la puerta.

Pero no es mi madre.

Ni Brenna tampoco.

El que está al otro lado es Conor.

—Hola —me saluda con voz ronca.

Me quedo alelada al verlo. Es como si a mi corazón se le hubiese olvidado su cara. Su aura. Su magnetismo y su espíritu. Me había olvidado de la tensión que se crea entre nosotros siempre que estamos en el mismo lugar. Y que mi cuerpo se rinde sus instintos más básicos.

—Tienes que irte —digo de forma apresurada.

—¿Vas a algún lado? —Me observa, atónito.

—Tengo planes. —Por mucho que me apetezca abrazarlo, tengo que ser fuerte. Aguantar y soportarlo—. Tienes que irte, Conor.

Los nervios ya me atenazan el pecho y las mariposas revolotean por mi estómago. Me entran unas ganas terribles de cerrarle la puerta en las narices por la vergüenza que siento. Es una guerra dentro de otra guerra, yo contra mí misma, y estoy perdiendo.

—Tenemos que hablar. —Conor abarca todo el umbral con sus hombros anchos y su pecho. Emana una tensión casi palpable.

—Ahora no es un buen momento. —Intento cerrar la puerta, pero él entra por ella como si yo no estuviera ahí siquiera.

—Ya. Lo siento, pero esto no puede esperar —responde.

—¿Qué coño te pasa? —Lo sigo hasta el salón.

Responde con amargura.

—Ya me he enterado, T. Abigail ha venido a mi casa y me lo ha contado. Lo del vídeo y por qué rompiste conmigo. Lo sé todo.

Me quedo flipando. ¿Lo dice en serio? Y yo que pensaba que Abigail y yo habíamos llegado a un acuerdo. Vamos a tener que mantener otra conversación.

—Siento que te haya metido —murmuro —pero no es asunto tuyo, así que...

—Yo no lo siento —me interrumpe—. Ni lo más mínimo. ¿Por qué narices pensabas que no te apoyaría en todo esto, o que no te fuera a proteger?

Ignoro la forma en que el corazón me da un vuelco y también sus ojos suplicantes.

—No quiero hablar de ello.

—Venga, Taylor, que soy yo. Me hiciste confesar lo peor y casi nos costó lo nuestro —responde señalándonos—. Ya sabes que puedes contármelo todo y que nada cambiará lo que siento por ti. —La voz le tiembla un poco—. Deja que te ayude.

—Ahora no tengo tiempo para esto. —Ni para hablar de mis sentimientos. Estoy exhausta y hecha un manojo de nervios. Ya no tengo fuerzas para luchar. Lo único que me apetece es cerrar los ojos y hacer que todo desaparezca—. Mi madre viene de camino con Chad y Brenna porque vamos a cenar juntos.

—Diles que no puedes. Vamos a la comisaría. Te prometo que no te dejaré sola.

—No lo entiendes, Conor. No puedo. Por muy humillado que te sintieras cuando les hablaste de Kai y de lo del allanamiento de morada a tu madre y a Max, esto es cien veces peor.

—Pero es que no has hecho nada malo —me rebate—. No eres tú la que cometió un delito.

—¡Es humillante! —le grito.

Ay, Dios, ya no sé cómo narices explicárselo a la gente. ¿Por qué no lo entienden?

—Si voy y denuncio, habrá otra docena de personas más que vean el vídeo —le explico desesperada, y me empiezo a pasear por el salón—. Abren el caso y se va a juicio; eso son otra docena o dos docenas más de personas que lo verán. Cada cosa que haga conseguirá que más gente lo vea.

—¿Y qué? —explota—. ¿No te has cansado aún de todas las veces que te recuerdo lo buena que estás? Algunos gilipollas te verán besándote con una tía durante unos segundos, sí.

—¿No te importa que una panda de desconocidos me vea prácticamente desnuda?

—Joder, pues claro que me importa —gruñe—. Y si quieres que le parta la cara a todos los tíos en un radio de treinta kilómetros que te miren raro, lo haré. Pero no te avergüences de nada. No has hecho nada malo. Eres la víctima. Cuando Abigail ha venido y nos lo ha contado todo a mí y a los chicos, todos estaban dispuestos a ir a pelearse por ti. Ninguno se ha puesto a hacer bromas ni a mirar el móvil. Nos preocupamos por ti. Eres la persona que más me importa, Taylor.

El corazón se me está haciendo añicos. No por mí, sino por todo lo que podríamos haber sido juntos. Si Jules no se hubiese interpuesto en nuestra relación con lo que hizo, podríamos haber tenido algo muy bonito.

—No sabes cómo me siento —susurro—. No soy capaz de superarlo.

—Nadie te ha pedido que lo superes. Pero defiéndete y da la cara.

—Puede que eso para mí sea esperar a que se calmen las cosas y tratar de convencerme a mí misma que está olvidado. No sabes lo que se siente al imaginar que todo el mundo te ha visto desnuda.

—Tienes razón. —Hace una pausa—. Tal vez debería.

Parpadeo y de repente veo que se está quitando la camisa.

—¿Qué haces?

—Empatizar. —Y se quita los zapatos.

—Para —le ordeno.

—No. —Le siguen los calcetines. Y, a continuación, se quita los pantalones en medio del salón y se baja los calzoncillos del todo.

—Conor, vístete, joder. —Y, sin embargo, soy incapaz de apartar la vista de su miembro. Está… ahí al descubierto.

No me responde, sino que sale por la puerta.

—Vuelve aquí, idiota.

Escucho sus pasos en las escaleras y me doy prisa en recoger su ropa y perseguirlo. El muy capullo es rápido. No lo alcanzo hasta que ha llegado al aparcamiento y se queda en el césped que colinda con la carretera.

—¡Sacad los móviles, gente! —grita Conor con los brazos abiertos—. Esto no se ve todos los días.

—¡Estás loco! —Lo veo dar una vuelta, todo guapo y ridículo a la vez. Su cuerpo es carne de fantasías; no debería estar en el césped moviéndose así—. Ay, madre, Conor, para. Van a llamar a la policía.

—Diré que he sufrido un trastorno mental transitorio porque me han roto el corazón —responde.

Por suerte, esta calle suele estar infestada de estudiantes solamente. Son unas cinco calles a cada lado del campus a las que los residentes no se atreven a venir. Las familias huyeron de las fiestas entre semana y los borrachos inconscientes entre los matorrales, así que tampoco habrá ningún niño traumatizado.

La gente empieza a abrir las puertas de sus casas por toda la calle. Se ponen a observar entre las cortinas. Tiene público ya. Se oyen gritos, silbidos y comentarios subidos de tono.

—¡Dejad de darle coba! —les grito a los que le están mirando. Vuelvo a fijar la atención en Conor y en su maravilloso pene bailarín, y gruño con frustración—. ¿Quieres parar de una vez?

—No. Estoy loquito por tus huesos, Taylor Antonia Marsh.

—¡Pero si ese no es mi segundo nombre!

—Pero es un segundo nombre, y no me importa lo que tenga que hacer con tal de dejes de sentirte avergonzada. Lo haré. Haré cualquier cosa.

—¡A ti lo que te tienen que hacer es meterte en un psiquiátrico! —le digo, intentando reprimir la risa.

Es... ridículo. Nunca he conocido a nadie como Conor Edwards; este loco *sexy* que se ha quedado en pelotas frente a todo el barrio para hacer que me sienta apoyada.

—¡Edwards! —lo llama alguien a voz en grito.

Un coche se acerca y desde el lado del conductor veo a Chad Jensen asomar la cabeza.

—¿Qué cojones estás haciendo corriendo en pelotas? ¡Tápate esa cosa!

Conor mira hacia el coche sin inmutarse.

—Hola, entrenador —lo saluda arrastrando las palabras—. ¿Qué tal? —Al ver que mi madre va de copiloto, sonríe algo avergonzado—. Me alegro de verla, doctora mamá.

Esto es increíble. Le doy a Conor su ropa y, mientras él se tapa, miro a mi madre y veo que está con los ojos húmedos y apretando los labios para no reírse. Y Brenna está descojonándose en el asiento de atrás; sus carcajadas llegan hasta los edificios.

—¿Has acabado ya? —le pregunto a este idiota con el corazón de oro.

—Solo si ya estás preparada para ir a comisaría.

—¿A la comisaría? —Mi madre se inclina hacia la ventanilla, preocupada—. ¿Qué ha pasado?

Fulmino a Conor con la mirada.

Podría mentirle. Inventarme una historia que mi madre no se creería pero que tal vez aceptase al ver que no quiero hablar de ello. Podría decirle también que Conor estaba persiguiendo a un acosador que estaba por la zona. Que quería pagarle con la misma moneda o algo así. Mi madre entiende que necesite mi espacio y cree que tengo juicio, así que no me obliga a tomar decisiones incómodas.

Y tal vez esa sea la razón por la que no lo hago, ni lo he hecho nunca. Nadie nunca me ha apoyado a la hora de tomar decisiones duras, al igual que yo tampoco me he convencido a mí misma para hacerlo. Durante toda mi vida me he limitado a encerrarme en mí misma; a distanciarme de aquello que me pudiera causar dolor. O que me rechazara.

He creado una zona de confort y he evitado llamar la atención. Si no me ven, no pueden dejarme en evidencia. Si no estoy donde la gente, no se reirán de mí. Me he quedado en mi burbuja, a salvo, pero sola.

No, no es que me guste que mis amigos, mis enemigos y mi pareja se hayan aliado para empujarme a hacerlo. Yo no actúo así. No obstante… puede que fuera exactamente lo que necesitaba. Que me abriesen los ojos a las malas. No porque tengan razón o quien no la tenga sea yo, sino porque me estaba tirando piedras sobre mi propio tejado. Estaba dejando ganar al miedo. Llevo dejándoles ganar y tomar las riendas tanto que ya no me siento yo misma y no recuerdo la última vez que lo fui.

La gente que sigue así se vuelve amargada. Mala, hastiada. Es como si dejasen que el mundo y la gente indeseable en él les quitasen la alegría y en su lugar solo los dejasen con dudas e inseguridades.

Soy demasiado joven para ser así de infeliz, y me quieren demasiado como para quedarme sola. Me merezco algo mejor.

Miro a Conor, que con sus ojos grises me dice que, si le dejo, me apoyará hasta el final. Después me vuelvo hacia mi madre, que está visiblemente preocupada y me ofrece su apoyo si se lo permito. Hay gente que está dispuesta a luchar por mí. Y yo debería estarlo también.

Miró a mi madre y le lanzo una sonrisa tranquilizadora.

—Te lo cuento de camino a la comisaría.

CAPÍTULO 43

TAYLOR

Es tarde cuando Conor y yo volvemos a mi apartamento. Lo dejo en el sofá viendo la tele mientras yo me doy un buen baño caliente. Me pongo música relajante y apago las luces a excepción de un par de velas sobre la encimera del baño, y por primera vez en una semana, siento que parte de la tensión desaparece.

He pasado muchísima vergüenza explicándole la situación a mi madre mientras Conor nos llevaba a la comisaría en su Jeep. Me ha sabido mal ser la razón por la que mi madre ha cancelado la cena con Chad y Brenna, pero cuando he intentado disculparme por estropearle los planes, ella no me ha dejado.

—Mi hija es lo primero —afirmó con vehemencia, y fue como si todas las otras veces en las que me ha descuidado en el pasado se hubiesen esfumado. Hoy su primera prioridad he sido yo; su única preocupación. Todo ha dejado de existir excepto yo, y se lo agradezco.

Tras una cadena de mensajes, Abigail, Sasha y Rebecca también han venido a la comisaría. He tenido una buena conversación con Rebecca antes de tomar la decisión de denunciar. Ambas estábamos inseguras. Ella, por lo que sus padres pudieran pensar; yo, porque me daría más visibilidad. Al final, la idea de poder transformar la situación en una oportunidad para sacar algo positivo nos ha convencido. Nosotras no pedimos que sucediera nada de esto, pero en vez de escondernos, avergonzadas, podríamos recuperar nuestro poder. Así que, con el comienzo de un plan en mente, hemos entrado juntas. Más fuertes.

Tal y como nos explicó por teléfono la madre de Abigail, Massachusetts no tiene una ley específica contra la difusión de vídeos porno. Si Abigail, por ejemplo, hubiese subido el vídeo, podría no haberse considerado un delito. No obstante, pueden imputar a Jules y al ex de Abigail, Kevin, por haber accedido al móvil de Abigail y al servidor en la nube de la casa Kappa sin autorización, por haber copiado el vídeo y haberlo subido sin consentimiento. La señora Hobbes cree, y el agente con quien hablamos ha estado de acuerdo, que hay muchas posibilidades de ganar el caso.

No he preguntado qué les pasaría a Jules y a Kevin, ni cuándo. La verdad es que no me importa, siempre y cuando reciban su castigo. Mi madre, por otro lado, ha llamado al decano de estudiantes de Briar a casa y ha concertado una reunión para hablar con él mañana a primera hora. Para cuando acabe el día, sospecho que la Universidad de Briar empezará a mover los hilos para expulsarlos a los dos.

La cabeza me sigue dando vueltas. En mi mente aún tienen que caer muchas otras piezas de dominó. Una secuencia de clics con miles de consecuencias que me terminarán afectando en el futuro, no hay duda.

No obstante, el miedo ya ha desaparecido. La soga que sentía alrededor del cuello se ha aflojado. Y ahora estoy a rebosar de ideas y de adrenalina. No me cabe duda de que la estimulación química pasará pronto y mi cuerpo no querrá más que dormir durante una semana. Pero hasta entonces... puntos suspensivos.

En cuanto salgo de la bañera y me pongo el pijama, me quedo de pie en el pasillo, observando a Conor en el sofá. Tiene los ojos cerrados y la cabeza ladeada sobre un hombro. Su pecho sube y baja con respiraciones profundas y sosegadas.

Es extraordinario. No muchos tíos habrían reaccionado a la situación del modo en que él lo ha hecho, ni habrían apreciado la gravedad del delito en vez de restarle importancia.

Pero estamos hablando de Conor, que tiene un instinto de empatía que la mayoría de tíos no posee. Él prefiere hacer sentir bien a las personas que tiene a su alrededor aunque eso no le reporte ningún beneficio personal. Y, más que nada, eso es lo que me hizo enamorarme de él.

Fui una tonta al pensar que necesitaba protegerlo. Es la persona más fuerte y dura que conozco.

Estoy tentada de dejarlo dormir un rato más, pero como si percibiera que lo estoy mirando, parpadea unas cuantas veces y me divisa entre las sombras.

—Lo siento —me dice con voz ronca—. No quería quedarme dormido.

—No, no pasa nada. Ha sido un día muy largo.

A eso le sigue un silencio nervioso. Conor empieza a rebuscar su móvil y las llaves por entre los almohadones del sofá.

—Bueno, no te molesto más. Solo quería asegurarme de que estabas bien después de haber pasado por todo eso. —Se pone de pie y hace amago de rodear el sofá para marcharse.

—No —le digo, y lo detengo—. Quédate. ¿Quieres algo? ¿Tienes hambre? —Le agarro el brazo y luego lo suelto como si me hubiera mordido.

Ahora no sé cómo comportarme con él. La distensión que antes había entre nosotros ya no está. Nuestras conversaciones parecen forzadas y poco naturales. Pero, cuanto más tiempo permanece aquí, más siento esa necesidad de estar junto a él.

—No mucho —contesta.

—Sí, yo tampoco.

Joder. Qué incómodo. Intuyo que seguimos siendo exnovios. A pesar de todo por lo que hemos pasado juntos durante estas últimas semanas, no sé cómo abordar el tema. Es decir, prácticamente le he hundido un puñal en el corazón. Ha venido a ayudarme en una época de necesidad, pero eso no significa que esté todo perdonado.

—Podemos... eh... ¿ver una peli? —sugiero. Pasito a pasito.

Conor asiente. Entonces, una sonrisilla casi imperceptible curva sus labios.

—¿Me estás invitando a ver Netflix y a lo que surja después?

—Joder, qué facilón eres, Conor. Ten un poco más de respeto por ti mismo. ¿Para qué comprar una vaca si tienes la leche gratis? Así no encontrarás a ninguna buena mujer.

Él suspira con dramatismo.

—Mi madre no deja de repetirme eso mismo, pero nunca aprendo.

Nos reímos. Ahí seguimos los dos, en mitad del salón, como dos tontos atacados de los nervios. Entonces se pone serio.

—Deberíamos hablar —me dice.

—Ya.

Me conduce hasta el sofá y nos sentamos. Nos sentamos cara a cara, pero él está mirándose las manos en el regazo. Le cuesta decidir por dónde empezar.

—No sé qué pensarás, ni qué expectativas tendrás. Yo ninguna, quiero que lo sepas. Estás pasando por algo, lo entiendo, y quiero apoyarte, pero solo si a ti te parece bien. —Se encoge de hombros con incomodidad—. Y el tiempo que necesites.

Abro la boca para interrumpirlo, pero él levanta una mano para indicarme que aún no ha terminado.

Tras coger aire, prosigue.

—Anoche me lie con otra en una fiesta.

Cierro los ojos un instante.

—Vale.

Veo cómo su nuez sube y baja al tragar saliva.

—Iba pedo y simplemente sucedió. Ella me llevó a un cuarto para hacer más, pero no pude seguir adelante; ni física ni emocionalmente. Aunque, siendo sincero, fue más bien una disfunción física. Puede que hubiese llegado hasta el final si el cuerpo me hubiese respondido.

Asiento despacio.

—No estaba en mis cabales. Y después me sentí fatal. No fui con la intención de vengarme de ti con otra ni nada. Estaba dolido, confundido y cabreado, así que lo único que quería era ahogar las penas en alcohol. Pero luego se me fue de las manos.

—Habíamos roto —le digo con sinceridad—. No tienes por qué darme explicaciones.

—Pero quiero hacerlo. Porque me gustaría que no hubiera más secretos. Al menos, míos no. No quiero que jamás tengas un motivo para dudar o desconfiar de mí.

—Confío en ti.

Él levanta la mirada, y en sus ojos grises atisbo las heridas que le he infligido. La inseguridad que le he provocado. Hace un mes habría dicho que el maldito Conor Edwards era insensible a todos y a todo. Cien por cien inmune al dolor.

Me equivocaba.

—Entonces, ¿por qué? —me pregunta con voz ronca—. ¿Por qué creíste que romper era la única solución?

—Porque es lo que siempre he hecho. Esconderme. —La vergüenza me atenaza la garganta—. Esconderme me pareció la opción más segura, el camino menos vergonzoso. Creía que si cortaba lazos y huía, todo se arreglaría.

—Ojalá hubieses confiado en que te apoyaría.

Abro los ojos como platos.

—Dios, no. No me entiendes. No dudaba de que fueras a quedarte a mi lado. Eso lo sabía, era lo único que sabía a ciencia cierta. Pero no quería hacerte pasar por todo eso.

Trago saliva con dificultad porque de repente siento la garganta diminuta y muy seca.

—Necesito que te quede algo claro —empiezo. Vuelvo a tragar saliva—. Todas esas cosas horribles que te dije no iban en serio. Solo te las dije porque necesitaba que aceptaras la ruptura. Estuvo fuera de lugar y lamento no haber tenido el coraje de contarte la verdad. —Siento un fuerte escozor en los ojos—. Tenía miedo de lo que pensaras de mí, de que te avergonzaras de mí. Ya fue bastante humillante tener que lidiar con todo eso sola. No quería involucrarte a ti también. No quería que me miraras de forma diferente.

—Yo solo te veo a ti. —Me agarra una mano y me acaricia el interior de la muñeca con el pulgar—. Tal y como eres. No te tengo idealizada ni mucho menos. Para mí tú eres... real. —Curva los labios en una media sonrisa—. Cabezota, terca, ambiciosa, graciosa, inteligente, amable, autocrítica, mordaz, sarcástica, hastiada, y aun así sigues siendo optimista. Me enamoré de ti por ti, T. Nada de lo que puedas decir o hacer va a avergonzarme. Nunca.

—Teniendo en cuenta cómo nos conocimos, ¿no? —digo sonriente.

—Sabía que estabas nerviosa. Hasta cagadita de miedo. —Su pulgar sigue acariciándome la piel, lo cual me hace sentir una calma que no he sentido en días—. Aun así, fuiste muy valiente y honesta. Un soplo de aire fresco. Desde el primer momento tuve pensamientos subidos de tono contigo, pero lo que más me gustó de ti esa noche fue lo muy humilde que eras.

—Bueno, en mi caso fue tu pelo —repongo con solemnidad—. Ah, y los abdominales. Los abdominales no estaban nada mal.

Conor se ríe y sacude la cabeza.

—Eres de lo que no hay.

—Ahora en serio. Lo siento. Por todo. Me entró el pánico y tomé una decisión precipitada. Me pareció lo único que podía hacer en ese momento. —Sereno la voz—. Necesito que sepas que, elijas la carrera que elijas, me parece bien. Sí que tienes planes de futuro, y, decidas lo que decidas, siempre será suficiente para mí. Todas esas gilipolleces que te dije cuando cortamos no son más que eso: gilipolleces. No lo dije en serio.

Entrelaza los dedos con los míos y me da un apretón.

—Lo entiendo. Ambos hemos cometido errores.

—Gracias por quedarte conmigo aunque yo me empecinara en alejarte. Por no darme la espalda.

—Nunca.

Me inclino hacia adelante y le doy un beso en los labios.

Él vacila, solo un instante. Luego, como si de repente se convenciera de que está pasando de verdad, lleva las manos a mis costillas y me aprieta contra su cuerpo. Su beso es dulce, pero a la vez ávido. Intensidad y necesidad, pero también ternura.

—Sigo queriéndote —susurra contra mi boca.

—Y yo a ti —le respondo, también en un susurro.

Me pongo de rodillas y me siento a horcajadas sobre su regazo mientras él se estira hacia atrás, contra el reposabrazos. Enredo los dedos entre los largos y sedosos mechones de pelo en la base de su cuello.

—¿Es muy tarde para abogar locura transitoria? —pregunto.

—Creía que íbamos a fingir que la ruptura no había sido más que un sueño demasiado vívido. —Los pulgares de Conor se mueven dolorosamente despacio bajo mis pechos.

—Eso también me vale.

Lo beso en el mentón, en el cuello. En respuesta, él clava los dedos en mi piel. Lo siento duro entre mis piernas cuando levanta las caderas en busca de mi contacto. Le quito la camiseta por la cabeza y la lanzo a un lado. Entonces, con minuciosa parsimonia, exploro su torso desnudo con la boca. Lo beso en sus gloriosos abdominales y mordisqueo la piel justo por encima de la cinturilla de los vaqueros hasta que se estremece y contrae los músculos fibrosos.

—¿Puedo? —murmuro, tirando del cinturón.

Conor asiente con la mandíbula apretada, como si estuviera haciendo acopio de todo su autocontrol para permanecer quieto. Es esa fuerza cinética y arrolladora la que siempre me ha atraído e intrigado. Un hombre tan tranquilo y dinámico a la vez.

Libero su erección de los vaqueros y la acaricio a la vez que él levanta los brazos por encima de la cabeza para aferrarse a un cojín. Me observa con anticipación, arrobado y ansioso.

—Joder, Taylor, eres lo más bonito que he visto nunca.

Ay, mi adulador. Sonriendo, me lo introduzco en la boca. Despacio al principio, y luego con más intensidad. Gimo al saborear su masculinidad y el calor de su polla mientras se desliza entre mis labios.

—Tan preciosa... —murmura, bajando los dedos para acunarme la cabeza y juguetear con mi pelo.

Lo chupo y lo lamo hasta que no hace más que gemir y jadear. Podría estar haciendo esto toda la vida, pero no pasa mucho antes de que me toque la mejilla con la mano y separe las caderas para indicarme que debo parar a menos que quiera que la cosa acabe muy rápido.

Así que me vuelvo a sentar a horcajadas sobre él y me restriego contra su miembro. Conor me agarra el culo con ambas manos para guiar mis movimientos.

Me quito la camisa por la cabeza y su atención se desplaza inmediatamente a mis pechos. Los acuna y los amasa a la vez que juguetea con mis pezones con los pulgares. Luego se mueve y se incorpora antes de pasar un brazo por detrás de mi espalda para sujetarnos los dos. Baja la cabeza y se mete uno de los pezones en la boca mientras sigue estimulando el otro con los dedos. En cuestión de segundos, estoy preparada y el clítoris me palpita, y ya no lo aguanto más.

—Necesito estar dentro de ti —jadea.

—Tengo los condones en el cuarto.

Sin advertencia previa, se pone de pie conmigo en brazos y me lleva hasta la cama. Se coloca un condón mientras yo me quito los pantalones del pijama. Ahora los dos estamos desnudos, respirando con dificultad y mirándonos fijamente a los ojos.

—Ven aquí —gruñe entonces, y yo sonrío y me subo sobre él.

Me agacho y pego los labios a los suyos. Él los abre y deja que mi lengua penetre en su boca mientras yo me empalo deliberadamente en su polla. Ambos gemimos, disfrutando de la sensación. Me llena por completo; su cuerpo sacia todas mis necesidades.

No me mete prisa. Deja las manos sueltas en mis caderas para que sea yo la que marque el ritmo. Encuentro la cadencia perfecta en la que cada caída hace que mis terminaciones nerviosas se estremezcan de placer. No tardo mucho en acelerar los movimientos, cabalgándolo con mucha más insistencia.

Conor se muerde el labio, pero es incapaz de contener los gemidos graves y suaves que se le forman en el pecho. Y cuando ya no puede seguir controlándose, me aferra las tetas con ambas manos y menea las caderas hacia arriba. Con más fuerza y rapidez. Ambos esprintamos hacia el magnífico clímax.

Conor conoce mi cuerpo, a veces hasta mejor que yo. Al percibir mi necesidad, presiona el pulgar sobre mi clítoris y empieza a frotarlo. Primero suave y luego aplicando más fuerza mientras yo me balanceo adelante y atrás sobre su polla, encontrando el ángulo perfecto donde esté bien enterrado en mí y llegue hasta ese punto más sensible de mi cuerpo.

—Ay, la madre que me parió, que me corro —exclamo con voz ahogada, y su risa como respuesta calienta el aire a nuestro alrededor.

Estoy demasiado ida por el orgasmo como para reírme con él. Se me contraen los músculos de puro placer y me desplomo encima de él temblando como loca. Él busca su orgasmo embistiéndome hasta que lo encuentra momentos después, cuando grita mi nombre.

Y ahí nos quedamos; acalorados, sudados y abrazados el uno al otro.

—Te he echado de menos —dice, sin aliento.

—Yo he echado de menos lo nuestro.

—Se acabó eso de romper, ¿hecho?

No sé cómo he podido tener tanta suerte de conocer a Conor Edwards. Es como si todos los momentos de mierda de mi vida me hubieran conducido a este enorme regalo de compensación. A veces tomamos las decisiones equivocadas, acabamos en los lugares equivocados y, aun así, llegamos justo adonde tenemos que estar. Conor es mi mejor casualidad. Mi lugar y momento equivocados, pero justo el hombre que debía ser. Él me ha enseñado a quererme a mí misma pese a lo difícil que se lo he puesto y me ha mostrado una imagen de mí misma que nunca creí que pudiera existir. Fuerte. Guapa. Segura de mí misma.

Nunca jamás volveré a dar eso por hecho.

Me apoyo sobre los codos y lo miro a los ojos, saciados y medio cerrados, antes de sonreír.

—Hecho.

EPÍLOGO

CONOR

Bueno, pues me ha costado varios golpes y mucha paciencia, pero por fin he conseguido que Taylor se suba a una tabla de surf.

Estoy sentado en mi tabla apartado de las olas, observando cómo surca el final de una hasta llegar a la espuma poco profunda. Todavía se muestra algo incómoda e insegura, pero creo que lo va pillando poco a poco. Cuando saca la cabeza del agua después de llegar a la orilla, la miro con una gran sonrisa. Me saluda con el brazo, ilusionada, para asegurarse de que la he visto. Después da un par de saltitos y hace el gesto de la victoria con los dedos.

Joder, si es que es adorable.

Estas tres semanas con ella aquí en Huntington Beach nos han venido bien a ambos. Hemos podido dormir hasta tarde, relajarnos en la playa y yo le he enseñado los sitios más turísticos. Es el antídoto perfecto contra los problemas del campus.

Mi madre y Max la adoran. Tanto que ya están haciendo planes para el día de Acción de Gracias y Navidad. Se ha convertido en mi futuro, y yo en el suyo.

El entrenador me va a mandar a la mierda cuando se dé cuenta de que va a tener que aguantarme durante otra cena familiar con Iris.

Esperaba poder distraer a Taylor y que solo pensase en la playa o en nosotros desnudos, pero ya la he pillado varias veces hablando por el móvil o con el portátil encendido, trabajando. Por lo visto, cuando Rebecca y ella tomaron la decisión de denunciar, elaboraron un plan. Gracias a la ayuda de las Kappa y de Abigail, van a pedirle al comité de hermandades del campus que se celebre un seminario sobre el consentimiento, el abuso y el acoso sexuales. Van a invitar a varias personas para entrevistarlas y quieren fomentar el compromiso y la conciencia sociales antes de que se celebre la semana de iniciación en otoño.

Jamás he visto a Taylor tan entusiasmada y comprometida con algo. Mentiría si dijese que no me preocupaba que la afectara, porque iba a volver a recordárselo todo, pero está pasando justo lo contrario. Desde que ha empezado a trabajar en ello está más feliz que nunca. Es como si el hecho de tener un propósito haya conseguido que se sienta en paz.

—Hola —me saluda Taylor al tiempo que se acerca remando con las manos. Está sofocada, pero sonriente.

—Has mejorado, nena. Hasta el punto de casi no ser espantoso.

Se ríe y me salpica agua.

—Capullo.

—Niñata.

Se gira de modo que ambos nos quedamos mirando hacia la orilla.

—Te estaba sonando el móvil cuando he ido a pillar algo de beber. En la pantalla aparecía el nombre de Devin.

—Genial. Es el tío de la organización sin ánimo de lucro de la que te he hablado.

—Pues eso es buena señal, ¿no?

Taylor volverá a Boston dentro de unos días, pero yo me quedaré aquí hasta mediados de agosto, así que no vamos a poder vernos durante un tiempo. Había pensado buscar algo que me mantuviera apartado de los problemas durante el mes y medio que estemos separados.

—Eso creo. Si fuesen a rechazarme, me mandarían un correo o algo —respondo.

Después de ponerme a investigar, encontré algunas sucursales de asociaciones para la protección del medioambiente que ofrecieran prácticas en verano. Se trata sobre todo de comprometerse de forma local: trabajar en diferentes puestos en los mercados de agricultores y festivales, inscribir a voluntarios. Su propósito es limpiar los océanos y las playas y concienciar a la gente sobre las formas sostenibles de disfrutar de las zonas marinas. Después de pensarlo mucho el mes pasado —y de mantener largas conversaciones con la cerebrito de mi novia—, he decidido que eso es lo que me apasiona. Formarme a través de las prácticas me parece una buena idea para ver cómo enfocarlo de cara a una salida profesional.

Sé que Taylor no dijo en serio aquello cuando me dejó, pero tenía razón. Estos últimos años, no me he centrado en nada que no fuera el *hockey* y en los planes que tenía Max para mí. Sé que Max lo hacía con intención de ayudar, pero no soy como él. No soy capaz de seguir sus mismos pasos.

Necesitaba forjar mi propio camino y, por fin, siento que tengo un objetivo. Que puedo ser alguien del que Taylor se sienta orgullosa.

—La madre de Abigail me ha mandado un correo esta mañana —me cuenta mientras nos mecemos en el agua y ella la acaricia con los dedos—. Jules va a pedir reducción de cargos. Supongo que el fiscal le metió miedo amenazándola con lo de haber accedido ilegalmente a un móvil ajeno. Pero perece que los padres de Kevin han contratado a un abogado de esos supercaros y agresivos para el caso, así que puede que vayamos a juicio.

—¿Crees que estás preparada?

Ha sido tan valiente con todo este tema. Esperaba que pudiesen solucionarlo pronto, pero no, parece que ese cabrón quiere hacerla sufrir para no tener que asumir su propia responsabilidad. Trato de convencerme a mí mismo de que romperle la cara no ayudaría a Taylor, pero me cuesta.

—Tendré que estarlo —contesta—. La verdad es que cuanto más me presiona, más quiero involucrarme. Este tío va a desear no haberme provocado.

Curvo los labios en una sonrisa.

—Esa es mi chica.

Joder, estoy impresionado por cómo ha llevado el tema. Es todo un ejemplo que seguir. Se enfrenta a todos los obstáculos que aparecen y está más comprometida que nunca a desafiar a aquellos que han querido destruirla.

Me enamoro más de ella con cada día que pasa. Y, por eso, el nudo que siento en el estómago se aprieta cada día más.

—Oye —le digo, y hago una pausa debido al movimiento del oleaje—. Alec, Matt y Gavin ya se han graduado. Como nos íbamos a quedar solos, Foster y yo hemos decidido no renovar el alquiler de la casa.

—Sí, a mí también me quedan un par de semanas para decidir si me quedo en el mismo sitio o busco otro.

—He hablado con Hunter y parece que Demi y él también van a dejar las suyas. Brenna y Summer se van a vivir con sus novios y Mike Hollis se ha casado, así que...

Me mira y enarca una ceja. Joder, no pensaba que me fuera a costar tanto.

Trago saliva.

—En fin, que no sé cómo salió el tema y alguno dijo que tal vez pudiéramos pillar una casa los cuatro.

—Una casa —repite ella.

—Juntos.

—¿Me estás pidiendo que me vaya a vivir contigo?

—No. Bueno, sí, en parte.

—Ya. —Taylor se me queda mirando. No se inmuta. Ni siquiera se le crispa el labio. Me da un poco de yuyu lo quieta que está—. ¿No vais a estar incómodos Demi y tú?

Arqueo las cejas.

—¿Eh? No, para nada. A ver, me besó una vez, pero fue para poner celoso a Hunter. Y ya está.

—No —me corrige Taylor, impávida—. Me refiero a la tensión sexual superobvia entre Hunter y yo. No hemos dicho nada durante todo este tiempo, pero...

—Vete a la mierda, anda —respondo riéndome, y le salpico agua—. Qué capulla eres.

—Tengo que admitir que tu mejor amigo me pone mucho. Al fin y al cabo, es el capitán.

Entrecierro los ojos.

—Le voy a partir las piernas cuando se quede dormido.

—Puedes quedarte mirando si te apetece. —Me lanza una sonrisa socarrona y yo no puedo evitarlo. Esta tía me vuelve loco.

—Ven aquí. —Atraigo su tabla y la beso. Es un beso intenso, intencionado—. Eres una tocapelotas.

—Yo también te quiero.

Si alguien me hubiese pedido que describiera a la chica ideal, no habría sido capaz de hacerlo. Tal vez hubiera soltado un puñado de clichés, como todos los rollos de una noche que he tenido. Sin embargo, la vida ha hecho que conozca a Taylor. Me ha hecho ser mejor. Me ha enseñado a ser fiel a mí mismo, a valorarme como persona. Joder, si hasta ha recompuesto a mi familia.

Tanto ella como yo hemos tratado de arruinar nuestros intentos de ser felices perdiéndonos en nuestras inseguridades y malos hábitos. Pero lo que me hace creer en nuestra relación es que siempre acabamos juntos. Supongo que al final siempre hay esperanza para un par de idiotas como nosotros.

—¿Eso es un sí? —le pregunto.

Taylor mira hacia la ola que se aproxima por encima del hombro. Coloca la tabla en posición y se prepara para surcarla. A continuación, me lanza una sonrisa juguetona y empieza a remar.

—Te echo una carrera.

También de Elle Kennedy

ELLE KENNEDY

LOVE ♥ ME

AMOR INESPERADO

🌀 wonderbooks

Sigue a Wonderbooks
en www.wonderbooks.es
en nuestras redes sociales
y suscríbete a nuestra *newsletter*.

Acerca tu teléfono móvil a los códigos QR
y empieza a disfrutar de información anti-
cipada sobre nuestras novedades y conte-
nidos y ofertas exclusivas.